本书为国家社会科学基金西部项目"五代巴蜀文学研究"（14XZW038）最终成果

五代巴蜀文学研究

孙振涛 著

中国社会科学出版社

图书在版编目（CIP）数据

五代巴蜀文学研究/孙振涛著.—北京：中国社会科学出版社，2022.6
ISBN 978－7－5227－0174－5

Ⅰ.①五… Ⅱ.①孙… Ⅲ.①地方文学史—文学史研究—四川 Ⅳ.①I209.971

中国版本图书馆 CIP 数据核字（2022）第 072998 号

出 版 人	赵剑英
责任编辑	顾世宝
责任校对	李 剑
责任印制	戴 宽

出　　版	中国社会科学出版社
社　　址	北京鼓楼西大街甲 158 号
邮　　编	100720
网　　址	http://www.csspw.cn
发 行 部	010－84083685
门 市 部	010－84029450
经　　销	新华书店及其他书店
印　　刷	北京明恒达印务有限公司
装　　订	廊坊市广阳区广增装订厂
版　　次	2022 年 6 月第 1 版
印　　次	2022 年 6 月第 1 次印刷
开　　本	710×1000　1/16
印　　张	19
插　　页	2
字　　数	239 千字
定　　价	108.00 元

凡购买中国社会科学出版社图书，如有质量问题请与本社营销中心联系调换
电话：010－84083683
版权所有　侵权必究

目　　录

绪　论 …………………………………………………………（1）
　一　论题的提出及选题意义 ……………………………（1）
　二　研究的内容、创新之处及思路方法 ………………（3）
　三　文献综述及对研究现状的思考 ……………………（5）

第一章　唐末季世的巴蜀文学 …………………………（12）
第一节　唐僖宗逃难寓蜀时的巴蜀文学 ………………（13）
　一　僖宗皇帝播迁寓蜀时的巴蜀形势 …………………（13）
　二　朝廷"寓蜀"时期的巴蜀文人聚合情况 …………（19）
第二节　王建割据三川时的巴蜀文学 …………………（27）
　一　王建割据三川时的蜀中形势 ………………………（27）
　二　唐末巴蜀中央势力与三川地方势力之间的角逐
　　　混战 ……………………………………………………（30）
　三　王建割据三川时巴蜀文人的聚合情况 ……………（33）
第三节　唐末巴蜀文坛多元化的文学创作思潮 ………（40）
　一　"崇杜"情结与感事纪实 …………………………（41）
　二　"崇贾"情结与苦吟诗风 …………………………（48）
　三　"崇雅"情结与汉魏风骨 …………………………（54）

第二章　五代前蜀时期的巴蜀文学……………………………（60）
第一节　前蜀王建统治下的巴蜀政坛与文坛………………（61）
　　一　王建统治时期的震荡政局与文人生态………………（61）
　　二　王建统治时期前蜀文人的创作心态…………………（69）
第二节　前蜀王衍统治下的巴蜀政坛与文坛………………（77）
　　一　后主王衍纵情享乐的误国败政与文学创作…………（78）
　　二　王衍统治时期的宦官集团与文学创作………………（81）
　　三　王衍统治时期的后妃集团与文学创作………………（84）
　　四　王衍统治时期的狎客佞臣与文学创作………………（87）
第三节　前蜀王朝的文学创作思潮……………………………（90）
　　一　前蜀文坛市井俗化的文学创作思潮…………………（90）
　　二　前蜀文坛醉入花间的文学创作思潮…………………（94）
　　三　前蜀文坛崇雅讽喻的文学创作思想…………………（97）

第三章　五代后唐时期的巴蜀文学……………………………（102）
第一节　后唐灭亡前蜀时的巴蜀文人聚合情状……………（102）
　　一　"蜀灭唐兴"之际的鼎革巨变 ………………………（103）
　　二　"蜀灭唐兴"之际川蜀文人的聚合情状 ……………（106）
　　三　"蜀灭唐兴"之际巴蜀文人的文学创作 ……………（110）
第二节　后唐王朝统治下的巴蜀政坛与文坛………………（113）
　　一　巴蜀地区战火纷飞背景下的政坛与文坛……………（113）
　　二　孟知祥偏霸割据情形下的巴蜀文坛…………………（118）

第四章　五代后蜀时期的巴蜀文学……………………………（124）
第一节　五代后蜀文人的聚合情状……………………………（124）
　　一　后蜀孟昶求治的政治举措……………………………（125）

二　后蜀一朝文人的聚合情状 …………………………………（129）
　第二节　尊经教化、讽喻谏诤与后蜀文人的崇雅思潮 ……（133）
　　一　后蜀文人尊儒崇雅的文学创作思潮 …………………（133）
　　二　后蜀文人讽喻谏诤的文学创作思潮 …………………（137）
　第三节　诗词选本《才调集》《花间集》与后蜀文学创作思潮的
　　　　　关系探讨 …………………………………………………（140）
　　一　韦縠《才调集》的编选标准及与后蜀文学思潮的
　　　　关系探讨 ……………………………………………………（141）
　　二　赵崇祚《花间集》的编选标准及与后蜀文学思潮的
　　　　关系探讨 ……………………………………………………（148）

第五章　宗教文化视角下的五代巴蜀文学 …………………（157）
　第一节　佛教文化视角下的五代巴蜀文学 ……………………（157）
　　一　五代时期巴蜀地区的佛教传播与崇佛思潮 ………（158）
　　二　五代时期巴蜀地区的诗僧群体及文学创作 ………（164）
　　三　五代巴蜀文人的禅悦情怀与文学创作的佛教
　　　　色彩 …………………………………………………………（172）
　第二节　道教文化视角下的五代巴蜀文学 ……………………（179）
　　一　五代巴蜀道教传播与崇道社会思潮 ………………（179）
　　二　五代时期巴蜀地区的道人群体及文学创作 ………（185）
　　三　五代巴蜀文人的羡仙意识与文学创作的神仙道化
　　　　色彩 …………………………………………………………（189）

第六章　地域文化视角下的五代巴蜀文学 …………………（197）
　第一节　地域文化视角下的五代巴蜀文学 ……………………（198）
　　一　巴文化区的自然地理、人文习俗及文学创作 ………（198）

二　蜀文化区的自然地理、人文习俗及文学创作
　　　　生态 ……………………………………………………（204）
　　三　汉中文化区的自然地理、人文习俗及文学
　　　　创作 ……………………………………………………（208）
　　四　西北和西南边疆地区的自然地理、人文习俗及文学
　　　　创作 ……………………………………………………（212）
第二节　交通地理视角下的五代巴蜀文学 ……………………（216）
　　一　巴蜀地区的陆路交通地理与唐末五代文人的迁徙流转
　　　　态势 ……………………………………………………（216）
　　二　巴蜀地区的水路交通地理与唐末五代文人的迁徙流转
　　　　态势 ……………………………………………………（223）
　　三　交通地理视角下的唐末五代巴蜀文人作品中的地域
　　　　色彩 ……………………………………………………（225）
第三节　地理文化视角下的五代花蕊夫人《宫词》……………（229）
　　一　蜀宫与花蕊夫人《宫词》中的地理文化色彩 …………（229）
　　二　蜀宫与花蕊夫人《宫词》的人文社会色彩 ……………（232）
　　三　花蕊夫人《宫词》的艺术审美特质 ……………………（236）

第七章　五代巴蜀文学对同时期荆南和南唐文坛的影响 ……（240）
第一节　五代巴蜀文学对荆南文坛的影响 ……………………（240）
　　一　五代荆南政权与巴蜀王朝之间的征战聘问活动 ……（241）
　　二　五代巴蜀文人对荆南政权的政治影响 ………………（246）
　　三　五代巴蜀文人对荆南文学创作的影响 ………………（251）
第二节　五代巴蜀文学对南唐文坛的影响 ……………………（253）
　　一　五代巴蜀王朝与南唐政权之间的聘问往返活动 ……（254）
　　二　五代巴蜀影响南唐词坛的原因探讨 …………………（257）

三　南唐词人对西蜀"花间"曲子词的创作范式、词学
　　　　理想的接受 ………………………………………（262）

第八章　五代巴蜀文学对宋初文坛的影响 ……………………（268）
　第一节　宋初蜀籍文人的聚合情状与创作心态 ……………（268）
　第二节　巴蜀文人对宋初诗坛创作思潮的影响 ……………（273）
　第三节　巴蜀文人对宋初词坛创作思潮的影响 ……………（280）

余　论 …………………………………………………………（284）

参考文献 ………………………………………………………（286）

绪　　论

一　论题的提出及选题意义

唐末季世藩镇割据、国土碎裂，延至五代时期篡逆相接、乱象如沸。随着大一统疆域版图的瓦解碎裂和诸多王朝政权的割据对峙，五代时期的文人群体散落在诸多的割据小国，呈现出一种群落式的分布态势。其中，巴蜀文人群体、江淮文人群体、吴越文人群体、南汉文人群体颇具代表性。

五代十国时期，远离中原战火硝烟的巴蜀地区，于唐末五代之际富庶安宁、文教昌盛。五代前蜀王朝与后蜀政权均喜文乐士、奖掖文艺，再加上流寓士人与土著文人的交往酬答、会社唱和，遂使五代巴蜀地区成为当时万众瞩目的文化创作中心。五代巴蜀文坛主要由流寓士人和土著文人组成，他们或生于蜀，或卒于蜀，或仕于蜀，或流寓于蜀，共同组成了唐末五代特定时空地域中的巴蜀文人群落。巴蜀文坛繁荣昌盛，是聚集于此的文人群体的思想、情感及心灵状态的直接反映。考察巴蜀文人群体的生成态势，揭示巴蜀文人的创作主张和文学思想，探讨巴蜀文学的生成机制、分布态势与体貌风格，对于深入研究五代时期南方诸国的文学生态具有触类旁通的启发意义。

自北宋以来，人们对五代十国的文学评价普遍不高，遑论对偏僻蛮荒的巴蜀地区的文人群体给予应有的关注。也许缘自五代十国时间过于短促，许多文人如韦庄、卢延让、冯涓、张道古、李洞、张蠙、贯休、杜光庭等或由唐末转入巴蜀政权，又，欧阳炯、幸寅逊、李昊、张立、景焕、章淳、范禹偁、田锡、卞震等人或由巴蜀政权转入北宋王朝，从而致使人们对唐末五代巴蜀文学能否作为一个独立的文学阶段加以研究产生怀疑。本研究课题认为，五代巴蜀文坛自唐末黄巢起义、长安陷落、士人避难西蜀开始，中间历经前蜀、后唐、后蜀三个地方性割据政权时期，最后到蜀亡归宋为止，历时八十余载，这期间的文人士子生活在同一时空地域之中，他们或仕宦于蜀、或隐逸于蜀、或流寓于蜀，经历了相同时代剧变和命运变迁，他们的作品流露出相同或相似的思想倾向与价值取向，其文学创作在整体上呈现出一种趋同性的意趣追求和审美范式。我们理应将此期的巴蜀文学从以往唐末文学的附庸或宋初文学的前缀中剥离出来，作为一个独立的文学阶段加以深入研究。此外，唐末五代之际的巴蜀文学是整个巴蜀文学研究体系中的重要一环，深入研究此期的文人群体、文学现象、文学思想，对于完整构建整个历时的巴蜀文学体系研究具有重大的意义。

五代巴蜀文学是属于特定时期、特定地域下的一种文学形态。从时间发展的线索来看，它经历了唐末、前蜀、后唐、后蜀、宋初五个不同的历史发展时期，称得上是前承唐末余绪后启宋世新声，是一种典型的转型嬗变时期的文学生态。故而，五代巴蜀文人及巴蜀文学对宋初文坛的版图构建，起到了固本强基、添砖加瓦的重要作用。从地域空间的角度来看，西蜀政权僻处中国疆土西南内陆的一隅，巴蜀文人深受巴蜀地区的宗教文化和地域文化气息的熏陶，遂使巴蜀文学浸染着浓郁的地域文化色彩。同时，五代巴蜀文坛对同一历史时期的五代荆南文坛和南唐文坛产生了深刻的影响。因此，无论从纵向的角度还是从横向的角度来看，五代巴蜀文学具有一种导夫先路、经验示范式的独特研究价值。

二 研究的内容、创新之处及思路方法

本研究课题所关涉的研究内容纷繁复杂、丰富广博，既有历时层面的分段研究，亦有共时层面的互动分析；既有对文人群体的生态分布、人格心态的关注，也有对文人群体的创作思想和审美主张的把握；既有着眼于巴蜀宗教对巴蜀文人群体及文学创作的影响，也注意到巴蜀自然地理和人文环境对巴蜀文学生态的影响。五代巴蜀文学，不仅对同一历史时期的荆南文坛和南唐文坛产生了深刻影响，更对宋初文坛的生成聚合与构造重组贡献良多。概而言之，本研究课题大体上由以下八部分的研究内容组成。

第一部分，对唐末季世的巴蜀文学生态进行全面研究。首先，对唐末流亡皇帝唐僖宗避难寓蜀时的巴蜀文坛进行深入考察。其次，对唐末王建割据三川时的巴蜀文坛进行研究考察。最后，对唐末季世巴蜀地区多元化的文学创作思潮进行深入探讨。

第二部分，对五代时期前蜀一朝的文学生态进行全面研究。首先，全面考察先主王建统治下的巴蜀政坛生态与文坛面貌。其次，研究探讨后主王衍统治时期的巴蜀政坛生态与文坛面貌。最后，全面审视五代前蜀一朝市井俗化、醉入花间、崇雅讽喻之多元化的文学创作思潮。

第三部分，对五代后唐王朝统治下的巴蜀地区的文学生态进行全面研究。首先，考察后唐灭亡前蜀的时代鼎革巨变，对巴蜀地区文人群体的迁徙流转态势产生的深刻影响。其次，探讨前蜀亡国后巴蜀文人的群体人格和思想心态所发生的质变，进而考察这一时期巴蜀文人创作旨归和审美意趣的演变态势。最后，分析探讨五代后唐时期孟知祥割据三川大地时的巴蜀文学生态与文坛面貌。

第四部分，全面探讨五代后蜀一朝文人群体的生成态势、群体人格及文学思想。孟氏二主四十年多年统治下的后蜀文坛自成段落自具特色。首先，全面考察后蜀一朝巴蜀文人群体的构成方式、生成态势及群体人格思想等内容。其次，深入探讨韦縠《才调集》"韵高""词丽"的诗学思想内涵以及与五代巴蜀文学思潮之间的律动关系。最后，分析探讨巴蜀《花间集》的编纂特点、选词标准及编纂思想，全面考察其与后蜀文学思潮之间的律动关系，并对其所代表的后蜀文人集体无意识的词学审美思想进行深入解读。

第五部分，就唐末五代时期蜀地宗教文化与巴蜀文人群体的生成态势、人格心态及文学思想之间的关系进行深入探讨。首先，全面考察巴蜀佛教的发展状况、巴蜀社会的崇佛思潮以及巴蜀文人的禅悦情怀。其次，深入研究佛教传播与巴蜀文人群体和文学创作思想之间的关系。最后，全面考察道教在蜀地的传播情况，巴蜀文人群体的佞仙情怀，以及道教传播与巴蜀文人群体文学创作神仙道化色彩之间的关系。

第六部分，就五代时期巴蜀地域文化与巴蜀文人群体及文学创作思想之间的关系进行全面考察。首先，采用对比的视角分析探讨巴、蜀、汉中三大地理文化板块与巴蜀文人群体的分布状态之间的关系。其次，考察交通地理视角下的五代巴蜀文学生态，分别从陆路交通地理与水路交通地理的独特视角，考察巴蜀交通地理视角下文人群体的迁徙生态。最后，对花蕊夫人的《宫词》作品，从地理文化的独特视角做一全面的审视与解读。

第七部分，全面考察五代十国时期，巴蜀文学对同一历史时期的荆南文坛和南唐文坛所产生的深刻影响。首先，探讨荆南政权与巴蜀王朝之间的征战聘问活动。其次，考察研究五代巴蜀文人群体对荆南地区的政坛和文坛的影响。再次，全面考察五代巴蜀王朝与南唐政权之间的聘问往返活动。最后，研究探讨南唐词人对巴蜀"花间"词人的曲词创作范式和词学思想的认知和接受情况。

第八部分，全面考察五代巴蜀文学对宋初文坛的影响。首先，考察宋初蜀籍文人的聚合情状与创作心态。其次，分析探讨巴蜀文人群体对宋初诗坛构成及诗学思潮产生的影响。最后，考察分析巴蜀文人对宋初词坛的创作审美范式及词学崇雅思潮所产生的影响。

本研究课题的创新之处即在于，针对缺少名家或大家的时代，尝试以时间发展为线索，从剖析群体性或集团性文人群体的人格心态入手，紧密结合当时特定的政治时局、经济发展、地域风俗及宗教文化背景，全面把握唐末、前蜀、后唐、后蜀、宋初五个时段的巴蜀文学的基本特征和总体风貌，进而揭示巴蜀文坛在这些不同历史时期所呈现出的阶段性的文人群落、文学生态和文学思想的流变态势。

本课题突破了前人研究五代文学拘泥于某一时段或某一类作家作品的研究藩篱，力图从宏观的视角将五代巴蜀文学既视为一个完整的不可或缺的有机体来加以整体研究，同时又按照时间发展的线索将其划分为五个不同的时段加以区别对待。本课题在研究过程中，既考察五代巴蜀文学历时性的演变生态，又关注其共时性的宗教文化特征与地域文化色彩。本课题在研究过程中，综合运用考论结合、文史结合、宏观与微观相结合以及对比分析、多学科交叉等多元化的研究方法，试图为构建整个五代巴蜀文学的研究体系做一尝试性的探索工作，同时为五代十国时期其他割据诸国的文学研究，提供一个独特的切入视角甚或是提供一种研究方法上的启迪。

三 文献综述及对研究现状的思考

（一）文献综述

古人很早就开展了对巴蜀文学和文化的探索研究工作。自宋迄清，历代的史传、笔记、方志、诗选、诗话、词选、词话类的文献资料对此多有涉及。古人这些探索成果，为我们的研究工作打下了坚实的基础，提供了必不可少的资料来源。

概括起来讲，古代的各类官、私史传资料为我们研究五代巴蜀地区的文人活动、行踪事迹提供了宝贵的线索。如《旧五代史》《新五代史》《五代史补》《九国志》《资治通鉴》《蜀梼杌》《十国春秋》《唐才子传》等，是我们研究本项目课题所必须借鉴的资料文献。现存的历代蜀地各种方志资料中亦有许多可资借鉴的传记材料，如《锦里耆旧传》《成都氏族谱》《四川总志》《四川通志》等。此外，文人的笔记丛谈中也有许多关于巴蜀文人典故逸事、琐闻趣谈的文字记载，如《北梦琐言》《茅亭客话》《野人闲话》《王氏见闻录》等。

古人辑录的有关巴蜀文人的诗词选本，也是我们研究该课题的重要文献来源。早在五代时期，前蜀韦庄《又玄集》选有唐末寓蜀诗人郑谷和李洞的诗歌作品，后蜀韦縠《才调集》选有韦庄、张蠙、贯休等寓蜀诗人的作品。赵崇祚《花间集》更是唐末五代巴蜀词人的才思技艺的集中展示。花蕊夫人《宫词》最先受到北宋文人王安国的注意，此后的好事者缀补不辍遂致使现存花蕊夫人《宫词一百首》鱼龙混杂真伪难辨。自宋迄清，古人对五代巴蜀文学的资料收集整理工作从未停止过，其中最为丰赡完备且具有集大成性质的两部诗歌总集为《全唐诗》和《全五代诗》。清人彭定求等人纂修的《全唐诗》将五代文人的作品附之于唐末，其卷六百九十四至卷八百九十二所录的诗歌篇章包含了许多巴蜀诗人的作品，卷八百九十五至卷八百九十八选录了许多巴蜀文人的曲词作品。清人李调元纂修的《全五代诗》以朝代和国别为顺序收录诗歌作品，其中卷四十至卷五十六收录前蜀四十五人的诗歌作品，卷五十七至卷六十收录后蜀四十四人的诗歌作品。

古人的诗话、词话、笔记类的文学批评文献，是我们研究五代巴蜀文学思想的重要参考文献。如宋人计有功《唐诗纪事》，收有西蜀卢延让、冯涓、牛峤、蒋贻恭、可朋、昙域等人的诗歌作品及本事资料。宋人阮阅《诗话总龟》，里面有对何瓒、尔岛、蒋贻恭、杨义方、唐求、王衍、花蕊夫人等诗歌作品的评价。明人胡震亨《唐音癸签》在评论唐末诗歌作品时，对郑谷、吴融、李洞、韦庄等人的诗歌创作有着重要的论述。清人王士祯和郑方坤搜奇志异、爬梳整理，其《五代诗话》几乎对整个五代十国时期的诗话资料进行了一番细大不捐的整理和编纂工作。其中，《五代诗话》第四卷专收五代前蜀政权和后蜀王朝共计四十九人的诗话资料。此外，自宋迄清历代文人对《花间集》的评价接受从未间断过，与之相关的诗话、词话、笔记资料不胜枚举。

纵观古人以上的诸多努力，他们所做的基本上是属于奠基性质的工作，大多是零乱、分散、不成体系。真正现代意义上的五代巴蜀文学研究，是从20世纪初期起步直至21世纪初期获得较大发展的。

当前，学术界对唐末五代文人入蜀的生平事迹颇为关注。富有独到见解的学术成果如田玉英《晚唐五代入蜀士人及其在前蜀立国中的作用》(《江苏科技大学学报》2010年第4期)，文章认为："在安史之乱后的移民高潮中，大批士人流寓入蜀，他们入蜀的原因不仅仅是为了避乱，他们仕蜀的心态亦颇复杂：或虽勉强出仕但心怀大唐，或则主动投靠王建以博取功名。不管其初衷如何，他们凝聚于王建周围，为其出谋划策、撰写章奏，协助其处理政务，使之一步步走向强大，从而为前蜀开国立下功勋。"张玲《五代入蜀贰臣诗人大量出现的原因探析——以王仁裕、韦庄、卢延让等10位诗人为例》(《湖北职业技术学院学报》2012年第4期),文章以唐末五代寓蜀的10位贰臣诗人为例,探析了这些诗人寓蜀不归的背景和原因。高静《论唐末至后梁由北入蜀文人心态及其创作》(硕士学位论文,首都师范大学,2012年)认为:"唐末至后梁时期处于乱世,一些文人为了生存由北部迁入蜀地,由于时代和地域的改变,以及文人们在蜀地受到的不同礼遇导致政治地位的不同变化,文人的心态和诗歌创作在入蜀前后也呈现不同的特征。"

这一时期,出现了以宗教文化独特视角审视五代巴蜀文学的研究成果。如李柯《隋唐五代巴蜀仙道文学研究》(博士学位论文,四川师范大学,2015年)认为巴蜀王朝的后妃诸如徐太后、徐太妃、李舜弦等人创作了大量仙道诗歌。文章进而指出后妃之所以创作仙道诗歌,除了平日里受到道教、道人的影响外,更多的是她们随帝王出行游览山川奇景之时,视野豁然被打开,给予她们强烈的心灵震撼。又,吴羽《晚唐前蜀王建的吉凶时间与道教介入——以杜光庭〈广成集〉为中心》(《社会科学战线》2018年第2期)认为杜光庭所撰的斋醮词中有丰富的关于时间感知、塑造的材料。进而指出,在唐亡之际,王建运用祥瑞来宣示新时代来临的手段更加娴熟。此外,刘斌《试论五代西蜀词的道教因素》(《名作欣赏》2007年第16期)从词牌、仙话、题材、语汇四个方面揭示了道教对五代西蜀词的浸染,进而论证了出现这种情况的原因。

以地域文化的独特视角分析探讨巴蜀文学的研究成果亦很多。如慧绘《前后蜀时期的蜀文化概貌》(《文史杂志》2014年第2期)认为前后蜀时期,外来的文人已将自己融进了巴蜀文化的血液里,并试图构建具有北方移民因子的蜀地新文学。韩云波《五代西蜀词题材处理的地域文化论析》(《西南师范大学学报》1997年第4期)通过对文献的计量分析和比较研究发现,五代西蜀词在题材选择及艺术表现诸方面，具有浓厚的地域文化特征。又，金思思《巴蜀文化视域中的〈花间集〉研究》（硕士学位论文，浙江大学，2013年）分析了十八位花间词人与蜀地的渊源（或为蜀籍或宦旅蜀地），进而从《花间集》题材的选择和艺术风格两方面揭示出了《花间集》的巴蜀文化烙印。此外，周涛《从花蕊夫人〈宫词〉透视蜀地宫廷文化》（《四川戏剧》2004年第4期）认为要了解蜀地的宫廷文化，花蕊夫人《宫词》为我们提供了难得的研究素材。作者进而从花蕊夫人《宫词》中所描写的宫廷建筑、游艺习俗、节日习俗、宫中日常生活五个方面，对五代时期蜀地的宫廷文化进行了全面、深入的分析与研讨。

这一时期，学人对五代巴蜀文学对宋初文坛的影响亦表现出了浓厚的研究兴趣。如康宝岑《北宋前期文化重心的成因》（《云南社会科学》2004年第4期）认为，南唐、吴越、荆南、南汉、后蜀、北汉的国家大臣被集中到开封后，形成数量众多的上层移民群体。作者指出，各地方政权的文人向开封等地区迁移定居，南北文士互为师友，互相唱和，取长补短，促进了南北文化交流。又，张兴武《宋初百年文学复兴的历程》（中华书局2009年版），认为从图书的来源可以看出，宋初文化赖以复兴的基础，主要由统一之前的汴洛、西蜀、南唐及吴越四方面力量熔铸而成。作者进而指出，西蜀、南唐及吴越等国作为军事及政治上的失败者，其原有文化资源只能被统一政权吸纳整合，从而为新的大一统文化的重构做出贡献。此外，王瑛《论前后蜀文化的发展及影响》（《中华文化论坛》2007年第1期）认为前后蜀在承唐启宋的历史进程中发挥了重要的历史作用。作者指出，前后蜀文化的发展不仅代表了五代文化发展的水准与高度，而且对宋初的文化重建工作及宋以后的文化发展产生了深远的影响。

(二) 对研究现状的思考

进入 21 世纪以来，学界对五代巴蜀文学的研究有了新的突破，取得了可喜的成就。谭兴国《蜀中文章冠天下——巴蜀文学史稿》（四川人民出版社 2001 年版）把唐五代入蜀诗人作为巴蜀文学的一部分作了专门介绍，书中偏重于史的一般性论述。杨世明《巴蜀文学史》（巴蜀书社 2003 年版）第四章第七节集中介绍了唐末五代的入蜀文人，如贯休、韦庄、崔涂、郑谷等。该书的第八节集中介绍了唐末五代时期的蜀籍文人，如唐求、黄崇嘏、花蕊夫人、幸夤逊等。曹仲芯宁《韦庄入蜀及其蜀中诗歌研究》（硕士学位论文，四川师范大学，2009 年）考证了韦庄现存诗歌作品中交往密切的六位诗文好友，文章还深入探讨了韦庄的入蜀心态及晚年寓蜀时期的诗歌创作特点。张仲裁《唐五代文人入蜀考论》（中国社会科学出版社 2013 年版）利用前人丰富的考证成果，清晰全面地整理了唐五代文人入蜀的行踪事迹。第五章"入蜀文人的巴蜀书写（上）"以交通地理的独特视角探讨入蜀文人文学创作，第六章"入蜀文人的巴蜀书写（下）"深入研究巴蜀地区自然地理条件和人文社会环境与文人创作的互动关系，如"西蜀景观书写""成都故事""锦里新声""成都绘画"等。张海《前后蜀文学研究》（上海古籍出版社 2013 年版）第二章"前后蜀作家考论"，对前后蜀时期的三十多位诗文作家进行了集中考证。书中第三章"前后蜀著作考略"，对前后蜀时期的经部、史部、子部、集部文献资料进行了集中考证。此外，书中列出了专章专节对前后蜀时期的诗词创作、文章创作和小说创作进行了全面深入的研究。严正道《唐五代入蜀诗与巴蜀文化研究》（中国社会科学出版社 2016 年版）将唐五代入蜀诗作为一个整体，书中从巴蜀文化的角度切入，在唐诗发展演进的大背景下，通过深入细致的作家分析个案全面探讨了五代文人入蜀诗发展演变中的文化因素。

　　当代学人对五代巴蜀文学的全面系统的研究，是一项承前启后彰显"文化自信"富有朝气活力的开拓性工作。

　　五代巴蜀文学与唐末、前蜀、后唐、后蜀、宋初五个不同历史时段的王朝政权密切相关。身处每一个王朝时期的文人群体，分别感受着异质独特的时代文化气息，他们的聚合生态、价值理念和创作意趣有着阶段性的流动变异。本研究课题以流动化的审美视角，全面审视巴蜀文人的聚合生态及文学创作面貌，力图把五代巴蜀文学从以往唐末文学的附庸或宋初文学的前缀中剥离出来，作为一个独立的文学阶段加以深入研究。

第 一 章

唐末季世的巴蜀文学

  唐末五代之际干戈扰攘、国土分裂，素有"乱世"之称。唐末季世，黄巢大起义从根本上动摇了李唐王朝的统治根基。各大藩镇势力在镇压农民起义过程中趁势而起，通过无休止的兼并战争最终瓜分了李唐王朝的统治版图。五代十国，是唐末各大藩镇势力之间兼并混战的自然延续以及割据自立的最终结果。唐末黄巢大起义作为一个标志性的历史事件，是李唐王朝向五代十国演进的重要历史拐点，揭开了五代十国分裂动荡、混战不休的历史序幕。唐末五代之际的巴蜀三川大地在黄巢起义之后，先是出现了以流亡皇帝唐僖宗为代表的中央势力入蜀避难的历史事件，随后出现了王建势力集团做大做强、豪夺西川、兼并东川、鲸吞山南最终霸占全蜀的历史事件。唐末季世的巴蜀三川，随着王建集团势力的不断膨胀，最终脱离了李唐王朝的统治版图。当中原地区的朱温弑君篡位改朝换代之后，僻处内陆腹地西南一隅的王建集团亦随之开国立统建立前蜀，历史正式进入五代十国时期。

  唐末季世，巴蜀文坛经历了唐僖宗时期中央朝廷寓蜀避难和唐昭宗时期王建集团割据自专的历史事件，其文人群体的生成聚合和思想心态具有明显的阶段性的演进特征。唐末五代之际的巴蜀文学，属于"唐亡蜀兴"这一特定历史时期的乱世文学。唐末之际,巴蜀文坛上的文学创作多元竞进各领风骚,与当时蜀地社会的时代背景及寓蜀文人的思想心态紧密相连。

第一节 唐僖宗逃难寓蜀时的巴蜀文学

唐朝统治末年政治腐朽、危机四伏、战乱频仍。唐末农民大起义声势浩大、所向披靡,黄巢领导的农民起义军席卷全国、锐不可当,广明元年(880)十二月,黄巢起义军以迅雷不及掩耳之势攻占长安建立大齐政权。值此战火纷飞、乾坤震荡、天下大乱的危亡时刻,以唐僖宗为首的李唐朝廷匆匆踏上了流亡巴蜀的播迁避难之路。中央朝廷寓蜀之际时局动荡、三川鼎沸,巴蜀大地上中央势力、土著势力、宦官势力、悍将势力、农民起义军等各种势力之间的矛盾迅速激化,此时的巴蜀形势发生了巨大的变化。

唐末之际中原鏖战、乱象纵横,许多文人追随着唐僖宗播迁流亡的足迹,纷纷选择入蜀避难。唐僖宗在成都流亡四年,曾于蜀中两次开科取士,朝廷此举吸引了各地文人热切关注的目光。黄巢之乱后中原残破、生灵涂炭,此时的巴蜀三川隔绝战火、境内稍安,再加上銮舆幸蜀、朝廷开科等因素的影响,遂使巴蜀大地汇聚了大批流亡避难和幻想科举功名的文人士子。这些贸然前来的外地文人深受时局变动的影响,他们身逢乱世、寓目怆怀,在唐末季世的巴蜀文坛上自成群落、自具特色。

一 僖宗皇帝播迁寓蜀时的巴蜀形势

唐僖宗广明元年,黄巢起义军挥师北上,越五岭、下湖南、渡荆襄、过江淮，长驱直入东都洛阳，起义军所到之处势如破竹，李唐王朝的镇将戍卒望风而逃。

浩浩荡荡的起义军迫近京都长安，严重威胁李唐王朝的安全。此时的中央朝廷腐朽黑暗气息奄奄，完全丧失了扭转乾坤的振作气象。十二岁幼龄即位的唐僖宗昏聩不堪，史书上称其"不亲政事，专务游戏……好骑射、剑槊、法算，至于音律、蒲博，无不精妙；好蹴鞠、斗鸡，与诸王赌鹅，鹅一头至五十缗"①。朝廷大权为宦官田令孜一人独掌，他要挟皇帝为所欲为目无君上。时局危亡之际，田令孜阴为"幸蜀"之计，暗中在巴蜀三川安插心腹人员为今后入蜀避难私心打算。此事据史书记载，广明元年三月"令孜见关东群盗日炽，阴为幸蜀之计，奏以敬瑄及其心腹左神策大将军杨师立、牛勖、罗元杲镇三川，上令四人击球赌三川，敬瑄得第一筹，即以为西川节度使……夏四月……以杨师立为东川节度使，牛勖为山南西道节度使"②。权阉田令孜此举，意在让僖宗小皇帝走老祖宗唐玄宗避乱入蜀的老路。不管这位小皇帝愿意不愿意，形势逼迫他只能向西南的成都方向逃窜。田令孜预设的这个逃跑路线图很不得人心，正如宰臣豆卢瑑所讽刺的"三川帅臣皆令孜腹心，比于玄宗则有备矣"③。随着前方战况的不断恶化中央朝廷别无选择，广明元年十二月黄巢起义军攻破潼关，田令孜趁着夜色"帅神策兵五百奉帝自金光门出，惟福、穆、泽、寿四王及妃嫔数人从行，百官皆莫知之"④，从而正式踏上了播迁巴蜀的漫长流亡之路，而且"奔驰昼夜不息，从官多不能及"⑤。

---

① （宋）司马光等：《资治通鉴》，岳麓书社1990年版，第401页。
② （宋）司马光等：《资治通鉴》，岳麓书社1990年版，第401页。
③ （宋）司马光等：《资治通鉴》，岳麓书社1990年版，第405页。
④ （宋）司马光等：《资治通鉴》，岳麓书社1990年版，第407页。
⑤ （宋）司马光等：《资治通鉴》，岳麓书社1990年版，第407页。

唐僖宗凄然逃往成都的流亡路线颇为漫长和复杂。广明元年（880）十二月，唐僖宗一行人马从长安含光殿金光门悄然出城，沿骆谷道西上到达凤翔府。凤翔节度使郑畋"谒于道次，请车驾留凤翔"①。唐僖宗不敢稍作停留，对郑畋说："朕不欲密迩巨寇，且幸兴元，征兵以图收复。卿东扞贼锋，西抚诸蕃，纠合邻道，勉建大勋。"②而后沿渭水逃奔，到达山南西道节度使的治所兴元府。唐僖宗在兴元府稍作停留，剑南西川节度使陈敬瑄"闻车驾出幸，遣步骑三千奉迎，表请幸成都。时从兵浸多，兴元储待不丰，田令孜亦劝上。上从之"③。于是，广明二年（881）春，正月"车驾发兴元"，过七盘关、转斗铺、朝天岭、飞仙观、桔柏渡到达绵州，驻跸绵州时"东川节度使杨师立谒见"④；尔后，陈敬瑄谒见于鹿头关"丁丑，车驾至成都，馆于府舍"⑤。

唐僖宗一行到达成都后，流亡寓蜀的时间长达四年之久。巴蜀域外势力诸如兵卒将帅、北司宦官、南衙宰臣，以及奔避逃难的官宦文人、黎民稚子、妇孺宫嫔、释道方外各色人等，纷纷沿着朝廷流亡的路线来到西南边陲的天府之国。再加上剑南地区藩镇跋扈、攻伐不息，土、客势力此消彼长殊死较量，川南峡东地区的农民起义星火燎原，遂使的朝廷寓蜀期间巴蜀地区的各类矛盾迅速激化，蜀中形势错综复杂、叠加动荡。

朝廷寓蜀时的域外势力十分强大，据史书记载："田令孜在蜀募新军五十四都，每都千人，分隶两神策，为十军以统之，又南牙、

---

① （宋）司马光等：《资治通鉴》，岳麓书社1990年版，第407页。
② （宋）司马光等：《资治通鉴》，岳麓书社1990年版，第407页。
③ （宋）司马光等：《资治通鉴》，岳麓书社1990年版，第409页。
④ （宋）司马光等：《资治通鉴》，岳麓书社1990年版，第409页。
⑤ （宋）司马光等：《资治通鉴》，岳麓书社1990年版，第409页。

北司官共万余员。"① 上万人的军卒涌入西南都会成都，其人员的成分构成十分复杂。此外，避难入蜀的北司宦官和南衙朝臣的数量也十分庞大，据《资治通鉴》记载："群臣追从车驾者稍稍集成都，南北司朝者近二百人。"②

北司宦官的首领田令孜挟持小皇帝入蜀避难，权阉势力在巴蜀地区飞扬跋扈有恃无恐。宦官集团在蜀中不仅把持军政大权发号施令，而且在迫害南衙宰臣方面日甚一日，甚至达到禁制天子矫诏的地步。

权阉田令孜首倡"幸蜀"之计契合唐僖宗的心意，于是中和三年（883）"令宰相藩镇共请加赏，上以令孜为十军兼十二卫观军容使"③。田令孜轻而易举地攫取了皇家卫队的整个指挥权。田令孜在对待外来入蜀的客军和川蜀土著"黄头军"方面厚此薄彼，最终将矛盾迅速激化，引发土著"黄头军"举兵叛乱的历史事件。此事，据《资治通鉴》记载云："初，车驾至成都，蜀军赏钱人三缗。田令孜为行在都指挥处置使，每四方贡金帛，辄赐从驾诸军无虚月，不复及蜀军，蜀军颇有怨言。丙寅，令孜宴土客都头，以金杯行酒，因赐之，诸都头皆拜而受，西川黄头军使郭琪独不受，起言曰：'诸将月受俸料，丰赡有余，常思难报，岂敢无厌！顾蜀军与诸军同宿卫，而赏赉悬殊，颇有绝望，恐万一致变。愿军容减诸将之赐以均蜀军，使土客如一，则上下幸甚！'令孜默然有间……乃自酌酒于别樽以赐琪。琪知其毒，不得已，再拜饮之。归，杀一婢，吮其血以解毒，吐黑汁数升，遂率所部作乱。"④ "黄头军"郭琪叛乱的事发

---

① （宋）司马光等：《资治通鉴》，岳麓书社1990年版，第437页。
② （宋）司马光等：《资治通鉴》，岳麓书社1990年版，第410页。
③ （宋）司马光等：《资治通鉴》，岳麓书社1990年版，第425页。
④ （宋）司马光等：《资治通鉴》，岳麓书社1990年版，第412页。

当晚，田令孜断然舍弃从驾的文人百官，亲率宦官党羽簇拥着僖宗小皇帝闭门登楼退保东城。这场叛乱造成南衙朝臣死伤无数，而北司宦官得以独自保全。朝中文人左拾遗孟昭图对田令孜和小皇帝的此番作为愤恨之极，其《请对不召极谏疏》一文疾言厉色斥责曰："昔日西幸，不告南司。故宰相御史中丞京兆尹悉碎于贼，唯两军中尉以扈乘舆得全。今百官之在者，率冒重险出百死者也。昨昔'黄头'乱火照前殿，陛下惟与令孜闭城自守，不召宰相，不谋群臣，欲入不得，求对不许。且天下者，高祖太宗之天下，非北司之天下。陛下固九州天子，非北司之天子。北司岂悉忠于南司，廷臣岂无用于赦使？"① 田令孜不仅将这道奏疏私自扣留下来，而且迅速将孟昭图本人置于死地，所谓："辛未，矫诏贬昭图嘉州司户，遣人沉于蟆颐津，闻者气塞而莫敢言。"②

寓蜀朝廷的所有军政大权均被田令孜和陈敬瑄弟兄二人牢牢掌握，一方为中央宦官势力的集大成者，另一方为川蜀地区藩镇势力的不二人选。田、陈联手不仅在迫害南衙百官、打压地方土著豪强方面不遗余力，而且在鲸吞和豪夺东川藩镇方面也绝不手软。中央朝廷寓蜀期间，东、西两川交恶不断，两大节度藩镇常年火拼混战，从而导致川蜀地区动荡不宁的局面难以改观。

田、陈弟兄在唐僖宗寓蜀时期权势熏天、炙手可热。中央小朝廷不仅对他俩不断加官晋爵，而且封其为功臣、恕其十死。朝廷专门为二人颁布了铁券誓书。翰林学士乐朋龟《赐陈敬瑄太尉铁券文》，全是一派阿谀奉承之词。

东川节度使杨师立原本是田令孜扶植起来的，此时见田、陈弟兄恩宠日盛心生怨愤。中和四年（884）春天，田令孜派心腹高仁厚

---

① （清）董诰等编：《全唐文》，中华书局1983年版，第8653页。
② （宋）司马光等：《资治通鉴》，岳麓书社1990年版，第413页。

讨伐巴东韩秀昇峡口起义军，私自许诺高仁厚"成功而还，当奏天子，以东川相赏"①。东川节度使杨师立得知此事火冒三丈，声称："彼此列藩，而遽以我疆土许人，是无天地也！"② 田令孜担心杨师立举兵造反，征召其入朝为右仆射。杨师立拒绝放弃兵权，遂起兵讨伐田令孜和陈敬瑄"进屯涪城，遣其将郝蠋袭绵州……三月，甲子，杨师立移檄行在百官及诸道将吏士庶，数陈敬瑄十罪，自言集本道将士、八州坛丁共十五万人，长驱问罪"③。田、陈二人派遣高仁厚统兵五千前去迎战，最终击溃杨师立东川兵。杨师立在走投无路、众叛亲离的情况下被部将郑君雄杀害。高仁厚消灭杨师立有功，寓蜀小朝廷在田令孜的授意下任命其为东川节度使。光启二年（885），陈敬瑄怀疑高仁厚对己不利，遂对其痛下杀手。高仁厚派郑君雄起兵攻陷汉州进逼成都，陈敬瑄"遣其将李顺之逆战，君雄败死。敬瑄又发维、茂羌军击仁厚，杀之"④。

以僖宗皇帝为首的小朝廷寓蜀四年各项开支庞大浩繁，统治当局只好加紧对川蜀地区的盘剥压榨，朝廷此举很快将矛盾激化，爆发了川南地区的阡能起义和巴东地区的韩秀昇起义。

随驾入蜀的宦官、大员、胥吏各色人等，在巧取豪夺民财方面各显身手。文人张孜的诗歌作品《杂言》针砭时弊有为而发，该诗讽刺寓蜀朝廷中人"只爱轻与肥，不忧贫与贱。著牙卖朱紫，断钱赊举选"⑤。陈敬瑄手下豢养了一批"寻事人"，经常被派到各县镇敲诈勒索攫取财富。流亡朝廷驻跸巴蜀后大肆搜刮，激化了蜀中本已尖锐的矛盾。中和二年（882），流亡朝廷寓蜀一年有余，在邛州

---

① （宋）司马光等：《资治通鉴》，岳麓书社1990年版，第429页。
② （宋）司马光等：《资治通鉴》，岳麓书社1990年版，第429页。
③ （宋）司马光等：《资治通鉴》，岳麓书社1990年版，第429页。
④ （宋）司马光等：《资治通鉴》，岳麓书社1990年版，第439页。
⑤ （后蜀）何光远：《鉴诫录》，中华书局1985年版，第65页。

爆发了阡能起义，随后罗浑擎、句胡僧、罗夫子聚众数千人云集响应。起义军声势浩大锐不可当，史书记载"众至万人，立部伍，署职级，横行邛、雅二州间，攻陷城邑，所过涂地。先是，蜀中少盗贼，自是纷纷竞起，州县不能制"①。起义军由邛州进入眉州进而迫进成都，严重影响了流亡小朝廷的安全。田、陈弟兄在派出杨行迁镇压不利情况下，紧急派出心腹将领高仁厚领兵前去，最终将起义军扑灭。大约在阡能起义稍后，韩秀昇起兵于巴东涪州。韩秀昇、屈行从等人率领起义军转战巴东，很快截断了峡口入蜀的交通要道。东吴、江淮地区的船只几乎全靠这条水路来运输贡赋，截断了峡口要道等于切断了流亡朝廷的经济命脉。田、陈二人在派出庄梦蝶连吃败仗的情况下，派出高仁厚前去镇压，最终将起义军扑灭。

二 朝廷"寓蜀"时期的巴蜀文人聚合情况

黄巢之乱后銮舆幸蜀，许多朝臣在得知皇帝入蜀的消息后，从长安乱军中冒着生命危险奔赴成都行在。僖宗小朝廷寓蜀四年多，南衙阁僚的文人群体在蜀中的聚合生态和文学创作，在唐末文学史上自成段落、自具特色。

（一）蜀中南衙宰辅的聚合情况与文学创作

宦官田令孜挟持唐僖宗入蜀避难，是在百官不知情的秘密状态下进行的，只有福王、穆王、泽王、寿王及少数的妃嫔随驾从行。朝中百官死于黄巢乱军者不计其数，幸存下来的官员得知銮舆入蜀的消息，悄然出逃陆续抵达行在。如河间人张濬，"黄巢逼潼关，濬避乱商山。上幸兴元，道中无供顿，汉阴令李康以骡负粮粮数百驮献之，从行军士始得食。上问康：'卿为县令，何能如是？'对曰：

---

① （宋）司马光等：《资治通鉴》，岳麓书社1990年版，第416页。

'臣不及此,乃张濬员外教臣。'上召濬诣行在,拜兵部郎中"①。凤翔府节度使郑畋"遣其子凝绩诣行在,凝绩追及上于汉州"②;郑畋本人亦缘自部下李昌言率兵叛乱"乃以留务委之,即日西赴行在"③。关于黄巢乱后长安百官冒死逃奔蜀中行在的艰辛经历,蜀中文人孟昭图《请对不召极谏疏》一针见血地指出:"昔日西幸,不告南司。故宰相御史中丞京兆尹悉碎于贼,唯两军中尉以扈乘舆得全。"④

朝廷寓蜀期间,南衙宰臣与北司宦阉之间两大集团互相倾轧旧习不改。中和元年(881)正月,流亡朝廷在成都立足未稳,权阉田令孜召集行在的各类人等赴宴。宰辅张濬耻于席间众目睽睽下向田令孜敬酒答谢,于是"乃先谒令孜,谢酒。及宾客毕集,令孜言曰:'令孜与张郎中清浊异流,尝蒙中外,既虑玷辱,何惮改更,今日于隐处谢酒则又不可。'"⑤ 田令孜此言一出,张濬又惊又怕以至于"惭惧无所容"。又,唐僖宗中和三年(883),武宁节度使时溥食物中毒,时溥怀疑此事为节度判官李凝古所为,将其杀死。李凝古的父亲李损此时在成都行在担任右散骑常侍一职,时溥向朝廷诬奏李凝古与其父李损同谋加害,并向田令孜行贿要求严加惩处。此事激起了南衙和北司之间的恶斗,据《资治通鉴》记载:"田令孜受溥赂,令御史台鞫之。侍御史王华为损论冤,令孜矫诏移损下神策狱,华拒而不遣。萧遘奏:'李凝古行毒,事出暧昧,已为溥所杀,父损相别数年,声问不通,安得诬以同谋!溥恃功乱法,陵蔑朝廷,欲杀天子侍臣;若徇其欲,行及臣辈,朝廷何以自立!'由是损得免

---

① (宋)司马光等:《资治通鉴》,岳麓书社1990年版,第409页。
② (宋)司马光等:《资治通鉴》,岳麓书社1990年版,第409页。
③ (宋)司马光等:《资治通鉴》,岳麓书社1990年版,第415页。
④ (清)董诰等编:《全唐文》,中华书局1983年版,第8653页。
⑤ (宋)司马光等:《资治通鉴》,岳麓书社1990年版,第409页。

死，归田里。"① 可见，南衙与北司之间的较量以南衙宰辅的略胜一筹而告终，此次博弈的意义非常重大，"时令孜专权，群臣莫敢忤视，惟遘屡与争辩，朝廷倚之"②。此外，田令孜在对待土、客军卒方面厚此薄彼赏罚不公，最终酿成了土著"黄头军"郭琪的兵变事件，南衙宰辅与北司宦官之间一场新的较量随即展开。左拾遗孟昭图上书朝廷《请对不召极谏疏》怒斥权阉专权。此次较量以宦官取胜南衙败北而告终，南衙宰辅气塞而不敢言。

寓蜀朝廷中的南衙宰辅不仅具有辅政才干，而且在文学创作上亦表现出多方面的才能。蜀中的随驾宰辅人才济济，诸如文馆大学士王铎"名高嵩华，量等沧溟，情田洞开，心地无滞"③；左仆射、平章事萧遘"笔海压淮湖之浪，学山凌衡霍之峰。天植国桢，文滋相业"④；吏部尚书、平章事韦昭度"穷训典以立心，正风正雅。调盐梅以味道，肥国肥家"⑤；兵部尚书、平章事裴澈"银汉横空而高朗，玉绳垂象之英华。学川则四渎波澜，书林则五松烟雨"⑥。中和元年（881）正月，流亡朝廷初至成都"时百官未集，乏人草制，右拾遗乐朋龟谒田令孜而拜之，由是擢为翰林学士"⑦。乐朋龟擅长文书诰命之类的应用文写作，蜀中朝廷政令诰命大多出自此人之手。如《萧遘判度支制》《王铎宏文馆大学士等制》《王铎中书令诸道行营都统权知义成军节度使制》《赐陈敬瑄太尉铁券文》《西川青羊宫碑铭》等。又，太子少傅郑畋文韬武略兼备，中和二年（882）淮

---

① （宋）司马光等：《资治通鉴》，岳麓书社1990年版，第429页。
② （宋）司马光等：《资治通鉴》，岳麓书社1990年版，第429页。
③ （清）董诰等编：《全唐文》，中华书局1983年版，第8565页。
④ （清）董诰等编：《全唐文》，中华书局1983年版，第8543页。
⑤ （清）董诰等编：《全唐文》，中华书局1983年版，第8573页。
⑥ （清）董诰等编：《全唐文》，中华书局1983年版，第8573页。
⑦ （宋）司马光等：《资治通鉴》，岳麓书社1990年版，第409页。

南节度使高骈上书朝廷出言不逊，僖宗皇帝命郑畋起草诏书切责之。郑畋《切责高骈诏》云："自黄巢肆毒咸京，卿并不离隋苑。岂金陵苑水，能遮鹅鹳之雄；风伯雨师，终阻帆樯之利。自闻归止，宁免郁陶。卿既安住芜城，郑畋以春初入觐。遂命上相，亲领师徒。因落卿都统之名，固亦不乖事例。仍加封实，贵表优恩。何乃疑忿太深，指陈过当。移时省读，深用震嗟……卿落一都统，何足介怀。况天步未倾，皇纲尚整。三灵不昧，百度犹存。但守君臣之轨仪，正上下之名分。宜遵教约，未可躐凌。"①

南衙宰辅们对远涉巴山蜀水的坎坷遭遇和蜀中政局的震荡波动感慨颇多，其文学作品中对此多有记述。如随驾宰臣兵部侍郎、判度支、同平章事萧遘，对异域他乡的巴蜀风光有着特别的惊奇热爱与赞美之情。萧遘《春诗》诗云："南国韶光早，春风送腊来。水堤烟报柳，山寺雪惊梅。练色浦江晚，潮声逐渚回。青旗问沽酒，何处拨寒醅。"②诗歌描写蜀中的烟柳画桥、山寺雪梅、津浦潮声、沽酒青旗，自有与中原地区风物之美相区别的感慨情愫的自然流露。又，萧遘《成都》诗云："月晓已开花市合，江平偏见竹簰多。好教载取芳菲树，剩照岷天瑟瑟波。"③诗中对锦里成都的花市、芳树、竹簰、岷山、绿波、晓月之景物描写细腻。又，侍中王铎奔避入蜀经过利州时，专门前去梓潼县张恶子庙参拜游赏。王铎《谒梓潼张恶子庙》诗云："盛唐圣主解青萍，欲振新封济顺名。夜雨龙抛三尺匣，春云凤入九重城。剑门喜气随雷动，玉垒韶光待贼平。惟报关

---

① （清）董诰等编：《全唐文》，中华书局1983年版，第7977页。
② 林德保、李俊、倪文杰注：《详注全唐诗》，大连出版社1997年版，第2344页。
③ 林德保、李俊、倪文杰注：《详注全唐诗》，大连出版社1997年版，第2344页。

东诸将相，柱天功业赖阴兵。"① 张恶子即梓潼君，又称张亚子、张垩子等，为传说中掌管文昌府和人间禄籍的尊神。张恶子庙在唐代利州梓潼县七曲山，安史之乱爆发后，唐玄宗入蜀避难途经此地时举行了隆重的祭祀，封张恶子为左丞相。黄巢起义爆发后，唐僖宗入蜀路过七曲山时也亲自前去祭祀，封张恶子为"济顺王"。萧遘寓蜀时《和王侍中谒张恶子庙》诗云："青骨祀吴谁让德，紫华居越亦知名。未闻一剑传唐主，长拥千山护蜀城。斩马威棱应扫荡，截蛟锋刃俟升平。郑侯为国亲箫鼓，堂上神筹更布兵。"② 南衙朝臣对蜀中朝廷的政局变动深有感触，在其文学创作中对此亦多有反映。如中和元年（881）的土著"黄头军"叛乱，左拾遗孟昭图《请对不召极谏疏》对此次兵变事件的起因、发展和危害有着精辟的论述。又，中和二年（882）的邛州阡能及涪州韩秀生峡口起义及覆灭事件，乐朋龟《赐陈敬瑄太尉铁券文》对此事多有提及，文章谄媚陈敬瑄"戮阡能疾如剪草，除秀昇易若焚巢。不让武侯之勋，无愧文翁之化"③。又，蜀中的南衙臣僚对孟昭图被害一事痛心疾首，其文学作品对此事多有涉及。如门下侍郎、同平章事裴澈《吊孟昌图》诗云："一章何罪死何名，投水惟君与屈平。从此蜀江烟月夜，杜鹃应作两般声。"④

（二）蜀中科举考试时的文人聚合情况与文学创作

蜀中开科取士的政治举措，吸引着各地文人热切关注的目光。

---

① 林德保、李俊、倪文杰注：《详注全唐诗》，大连出版社1997年版，第2180页。
② 林德保、李俊、倪文杰注：《详注全唐诗》，大连出版社1997年版，第2344页。
③ （清）董诰等编：《全唐文》，中华书局1983年版，第8566页。
④ 林德保、李俊、倪文杰注：《详注全唐诗》，大连出版社1997年版，第2345页。

这些入蜀应试的文人举子，怀着致君尧舜济世救民的崇高理想和实现自身功名富贵的炽热渴望，奔走于崎岖艰难的巴蜀古道上，构成了巴蜀文坛一道独特亮丽的风景。

中央朝廷流寓巴蜀时，曾放榜前科进士一次，举行正式科举考试两次。广明元年（880），朝廷在长安举行科举考试，当时卢渥知贡举，"帖经后，黄巢犯阙，天子幸蜀。韦昭度侍郎于蜀代放十二人"①。"黄巢犯阙"的时间为此年的十二月，流亡朝廷于次年的正月（中和元年）到达成都行在，寓蜀朝廷在成都放榜前科进士。据《登科记考》记载，韦昭度放榜的十二人中可考者仅有于梲、黄郁和李端三人，续赐进士及第二人为王彦昌和杜昇。中和二年（882），寓蜀朝廷举行第一次科举考试，据《登科记考》记载此次考试由礼部侍郎归仁绍知贡举，放进士及第二十八人，可考者有杨注、裴廷裕、卢尚卿、程贺和秦韬玉五人。中和三年（883），寓蜀朝廷举行第二次科举考试，由礼部侍郎夏侯潭知贡举，放进士及第三十人，仅有崔昭纬和刘崇谟二人可考。中和四年（884）蜀中停考，中和五年（885）三月銮舆回到长安，改元光启。

域外文人在蜀中参加科举考试时创作了大量的诗歌作品。如文人裴廷裕学富五车、才思敏捷、文锋甚锐，在当时即享有"下水船"之美誉。裴廷裕中和二年（882）在蜀中应举及第，友人李搏写有《贺裴廷裕蜀中登第诗》以示祝贺，该诗云："铜梁千里曙云开，仙篆新从紫府来。天上已张新羽翼，世间无复旧尘埃。嘉祯果中君平卜，贺喜须斟卓氏杯。应笑戎藩刀笔吏，至今泥滓曝鱼鳃。"② 同时，李搏写有诗歌《复谑廷裕》赠裴廷裕，该诗云："曾随风水化凡鳞，

---

① （宋）王谠撰，周勋初校证：《唐语林校证》，中华书局1987年版，第838页。
② 林德保、李俊、倪文杰注：《详注全唐诗》，大连出版社1997年版，第2637页。

安上门前一字新。闻道蜀江风景好,不知何似杏园春。"① 李搏在诗中询问好友成都的风物之美与长安相比如何?裴廷裕赋诗一首《蜀中登第答李搏六韵》与之唱和,该诗云:"何劳问我成都事,亦报君知便纳降。蜀柳笼堤烟矗矗,海棠当户燕双双。富春不并穷师子,濯锦全胜旱曲江。高卷绛纱扬氏宅,半垂红袖薛涛窗。浣花泛鹢诗千首,静众寻梅酒百缸。若说弦歌与风景,主人兼是碧油幢。"② 裴廷裕认为蜀中的风光景物诸如烟柳、海棠、锦波、画舫、燕燕、泛鹢等,蜀中遗迹如扬雄宅、薛涛窗、净众寺、狮子门等,与长安杏园的美景相比有过之而无不及。又,中和年间文人张曙和崔昭维同时入蜀参加科举考试,张曙落第而崔昭维高中状元。张曙赋诗一首祝贺好友,其《下第戏状元崔昭纬》诗云:"千里江山陪骥尾,五更风水失龙鳞。昨夜浣花溪上雨,绿杨芳草为何人。"③

　　唐僖宗中和年间,许多域外文人入蜀参加科举考试,并非都能金榜高中如愿以偿,他们有的落第后失意离蜀,有的漫游蜀中滞留不归。如泉州莆田人黄滔,中和年间入蜀应试落第后怅惘北归,其《退居》诗中云"惆怅西川举,戎装度剑门"④,根据诗意,应是诗人落第北归经过剑门时所作。诗人黄滔入蜀应举时对"谒帝逢移国,投文值用兵"(《壬癸岁书情》),国难时事感慨良多。同时对中和四年(884)寓蜀朝廷科举停考一事颇为不满,其诗作《别友人》自

---

① 林德保、李俊、倪文杰注:《详注全唐诗》,大连出版社1997年版,第2637页。
② 林德保、李俊、倪文杰注:《详注全唐诗》,大连出版社1997年版,第2729页。
③ 林德保、李俊、倪文杰注:《详注全唐诗》,大连出版社1997年版,第2734页。
④ 林德保、李俊、倪文杰注:《详注全唐诗》,大连出版社1997年版,第2787页。

云:"大朝多事还停举,故国经荒未有家。"① 又,浙江富阳人崔涂于中和二年(882)入蜀应举,落第后寓蜀不归。崔涂怅惘失意漫游蜀中,其《蜀城春》诗云:"天涯憔悴身,一望一沾巾。在处有芳草,满城无故人。怀才皆得路,失计自伤春。清镜不能照,鬓毛愁更新。"② 崔涂在成都的诗歌作品还有《题净众寺古松》,游历梓州时创作诗歌《秋宿鹤林寺》,漫游嘉州时创作诗歌《秋日犍为道中》,出入巴东时创作诗歌作品《巫山旅别》和《巴山道中除夜书怀》。崔涂寓蜀三年,直到光启元年(885)出峡东归,其《海棠图》诗云:"海棠花底三年客……始惭虚到蜀城来。"③ 又,京兆长安人李洞"黄巢之乱"后避难入蜀,诗人流落川北龙州时创作诗歌作品《龙州送人赴举》。李洞中和二年(882)或三年(883)蜀中应举不第,于中和四年(884)蜀中科举停考时流落东川创作了《东川高仆射》《寄东蜀幕中友》《江峡寇乱寄怀吟僧》等诗作。又,袁州人郑谷在"黄巢之乱"爆发后流寓蜀中,诗人于中和三年(883)参加科举考试不幸落第,其《蜀中春日》诗云:"和暖又逢挑菜日,寂寞未是探花人。"④ 郑谷科举失利后怅恨东归,诗人沿长江水道东出夔门时创作了诗歌作品《巴江》和《峡中二首》。又,诗人王驾入蜀应举不第,好友郑谷赋诗一首《送进士王驾下第归蒲中》相赠。郑谷在诗歌题目下自注"时行朝在西蜀",该诗云:"失

---

① 林德保、李俊、倪文杰注:《详注全唐诗》,大连出版社1997年版,第2789页。
② 林德保、李俊、倪文杰注:《详注全唐诗》,大连出版社1997年版,第2682页。
③ 林德保、李俊、倪文杰注:《详注全唐诗》,大连出版社1997年版,第2686页。
④ 赵昌平、黄明、严寿澂笺注:《郑谷诗集笺注》,上海古籍出版社1991年版,第303页。

意离愁春不知,到家时是落花时。孤单取事休言命,早晚逢人苦爱诗。度塞风沙归路远,傍河桑柘旧居移。应嗟我又巴江去,游子悠悠听子规。"①

第二节　王建割据三川时的巴蜀文学

唐末季世群雄并起、割据混战,李唐王朝的国土版图被碎裂成凌乱的碎片。在巴蜀三川的广袤大地上王建集团乘势而起,蜀地的文人士子择木而栖,纷纷汇聚到了王建的西川幕府之中。

王建早年专干些盗牛、杀驴、贩食盐、抢掠民户的勾当,被邻里称为"贼王八"。王建在房、筠二州贩卖私盐时,当地和尚处寂劝他投军自新"以求豹变",王建因之醒悟投靠朝廷忠武军。王建在镇压唐末农民起义中开始发迹,以其机略和权勇为列校、为都头、为禁军将领。王建在唐末藩镇混战的历史大舞台上,通过剽掠利阆、攻占西川、火并东川、鲸吞山南等一系列军事行动,最终占有了巴蜀三川大地,为五代前蜀王朝的开国立统奠定了疆域版图。

一　王建割据三川时的蜀中形势

唐僖宗中和三年(883)四月,黄巢起义军兵败退出长安。同年七月,忠武军统帅杨复光暴卒,"忠武八都"鹿晏弘、王建等人各率所部袭占兴元驱逐节度使杨勔,鹿晏弘自称山南留后。鹿晏弘对"忠武八都"其他头领如王建等人百般猜忌,王建、韩建、张造、晋晖、李师泰率所部奔赴行在声言迎驾。宦官田令孜将王建等人养为

---

① 赵昌平、黄明、严寿澂笺注:《郑谷诗集笺注》,上海古籍出版社1991年版,第323页。

假子，封赐所率部众为"随驾五都"。王建借此历史机缘，在巴蜀大地上开始了攀龙附凤、拥兵自重的割据之路。

中和五年（885）三月，"銮舆"返回长安，改元"光启"。朝廷回到长安不足数月，宦官田令孜与河中节度使王重荣因争夺安邑、解县两地池盐爆发冲突。田令孜勾结凤翔李昌符、邠宁朱玫两镇"藩兵"为援，王重荣则勾结李克用"沙陀兵"为后盾，二者兵戎相见。同年十二月，李克用的沙陀兵长驱直入逼近长安，田令孜别无长策只好再次劫持僖宗皇帝逃难凤翔，尔后驻跸宝鸡，最后行幸兴元。此次銮舆播迁朝廷流亡，王建以"神策军使"的身份保驾护航奋力前驱。田令孜自知为天下的人神共愤，于是自除西川监军投靠陈敬瑄。宦官杨复恭取代田令孜的职位之后，在排斥田令孜的党羽方面不遗余力，"出王建为利州刺史、晋晖为集州刺史、张造为万州刺史、李师泰为忠州刺史"[①]。王建缘此利州刺史之任职，开始了再度入蜀、剽掠利阆、活跃山南的扩军备战活动。

王建袭占利阆、活跃山南的军事行动，不仅摆脱了杨复恭、杨守亮等人的排挤打压，有了暂时的立足之地，而且为夺取西川、鏖战东川积聚了力量。王建势力集团三川大地上悄然崛起，引起了西川节度使陈敬瑄的注意。宦官田令孜对王建折简相招妄图利诱，却不想引狼入室，为兄弟二人请来了掘墓人。田令孜写给王建的信函娓娓动听，信中说："中原多故，惟三蜀可以偷安，陈公恢廓无疑，同建大事，吾父子辅之，无不可也。"[②] 王建得信后狂喜不已，厉兵秣马攻打西川。王建攻打成都不克转而剽掠西川，田令孜告难于朝廷。王建亦上书朝廷请求割裂西川设置永平军，同时要求迁徙田、陈二人，另派中央要员担任西川节度使。唐僖宗暴毙后唐昭宗即位，

[①] （宋）司马光等：《资治通鉴》，岳麓书社1990年版，第401页。
[②] 王文才、王炎校笺：《蜀梼杌校笺》，巴蜀书社1999年版，第22页。

唐昭宗愤恨藩镇跋扈，想以朝廷的威力弹压西川，于是接受王建的建议，"以韦昭度兼中书令，充西川节度使，兼西川招抚制置等使，征敬瑄为龙武统军……以韦昭度为行营招讨使，山南西道节度使杨守亮副之，东川节度使顾彦朗为行军司马；割邛、蜀、黎、雅置永平军，以王建为节度使，治邛州，充行营诸军都指挥使"[①]。此时的巴蜀大地动荡不堪，以韦昭度为代表的中央朝廷、永平军王建、东川顾彦朗三股势力与西川田令孜、陈敬瑄集团鏖战三年胜负未决，朝廷厌战，于是下诏罢兵。巴蜀鏖战的形势已经明朗，王建打算窃夺胜利果实，于是利用智诈欺骗韦昭度回朝。此事，据史书记载："王建见罢兵制书，曰：'大功垂成，奈何弃之！'谋于周庠，庠劝建请韦公还朝，独攻成都，克而有之……昭度甫出剑门，即以兵守之，不复内东军……建急攻成都，环城烽堠亘五十里。"[②] 王建一鼓作气攻下成都自称留后，朝廷不得不承认既成的事实。只好委任王建为西川节度使。

巴蜀三川的藩镇集团，以西川最强，东川与山南为弱。王建在得到西川后，没有停止开疆扩土吞噬邻道的军事行动。在唐末季世藩镇火并、唯力是视的时代，东川节度使顾彦晖成为西川王建第一个吞并的对象。唐昭宗乾宁四年（897），王建发兵五万攻打东川。经过五十多次的战斗较量，顾彦晖困守梓州孤立无援，同年十月城破自杀。王建势力集团在西川做大做强，对山南西道的杨守亮和李继密构成巨大威胁。王建打着配合朝廷用兵的旗号，联合岐凤李茂贞攻打杨守亮，意在吞并杨守亮集团山南西道的疆土。王建吞并东川之后得陇望蜀，趁岐凤李茂贞与汴梁朱全忠鏖战不休，鲸吞了李茂贞的山南属地。据史书记载，天复元年（901）宦官韩全诲勾结岐

---

① （宋）司马光等：《资治通鉴》，岳麓书社1990年版，第460页。
② （宋）司马光等：《资治通鉴》，岳麓书社1990年版，第401页。

凤李茂贞劫持唐昭宗行幸凤翔府，宰相崔胤勾结宣武朱全忠兴兵劫驾。西川王建趁火打劫，当此中原岐、汴二军混战之际"外修好于全忠，罪状李茂贞，而阴劝茂贞坚守，许之救援。以武信军节度使王宗佶、前东川节度使王宗涤等为扈驾指挥使，将兵五万，声言迎军驾，其实袭茂贞山南诸州"①。鹬蚌相争，渔翁得利，王建于岐、汴集团兵连祸结之际鲸吞了山南。从此，三川大地合并为一，奠定了前蜀王朝的疆域版图。

二 唐末巴蜀中央势力与三川地方势力之间的角逐混战

王建崛起西川之时，巴蜀地区的政治格局极为动荡。以朝廷为代表的中央势力，以剑南西川、剑南东川、山南西道为代表的藩镇势力，以地方土豪为代表的土豪势力，各大利益集团之间的斗争此起彼伏错综复杂。

黄巢起义被镇压銮舆反正后，中央朝廷名存实亡，"时朝廷号令所行，惟河西、山南、剑南、岭南数十州而已"②。即使在皇权旁落的唐末季世，李唐王朝的中央势力依然不放弃对巴蜀三川的掌握控制。光启二年（886）二月，田令孜劫持僖宗皇帝逃奔兴元，田令孜自除西川监军。田、陈兄弟盘踞西川营造藏窟，进而打算控制三川对抗朝命。同年三月，西川陈敬瑄猜忌东川高仁厚，很快发兵进攻东川节度使高仁厚并将其杀死。田、陈兄弟的所作所为刺激了朝廷，中央朝廷马上做出反应，于第二年正月委任"右卫大将军顾彦朗为东川节度使"③，朝廷此举断绝了田、陈二人吞噬东川后的痴心妄念。又，文德元年（888），田令孜折简利诱王建，王建联合东川兵进犯

---

① （宋）司马光等：《资治通鉴》，岳麓书社1990年版，第523页。
② （宋）司马光等：《资治通鉴》，岳麓书社1990年版，第436页。
③ （宋）司马光等：《资治通鉴》，岳麓书社1990年版，第443页。

成都，田令孜告难于朝廷。王建、顾彦朗亦上书朝廷，要求迁徙田、陈二人，委派中央要员入蜀靖难。新即位的唐昭宗奋发有为，"遣人监西川军，令孜不奉诏。上言愤藩镇跋扈，欲以威制之"①；很快委任宰相韦昭度为西川节度使，迁徙陈敬瑄为龙武统军。田、陈二人不从朝命拒不赴任，而且"闻韦昭度将至，治兵完城以拒之"②。田、陈的此番态度激怒了朝廷，唐昭宗决定以武力解决西川问题。于是，以韦昭度为行营招讨使，以山南西道节度使杨守亮为副，以东川节度使顾彦朗为行军司马，割邛、黎、蜀、雅四州置永平军，以王建为节度使充行营都指挥使。巴蜀大地上，一场由中央朝廷主导，三川藩镇参与的战事随即展开，持续三年之久。最终，由于中央朝廷犹豫不决，胜利的果实被王建集团所窃取。王建以智诈欺骗韦昭度回朝，史书记载云："建说昭度曰：'今关东藩镇迭相吞噬，此腹心之疾也，相公宜早归庙堂，与天子谋之。敬瑄，疥癣耳，当以日月制之，责建，可办也！'昭度犹豫未决。庚子，建阴令东川将唐友通等擒昭度亲吏骆保于行府门，脔食之，云其盗军粮。昭度大惧，遽称疾，以印节授建，牒建知三使留后兼行营招讨使，即日东还。建送至新都，跪鞚马前，泣拜而别。昭度甫出剑门，即以兵守之，不复内东军"③。王建不仅独占胜利果实割据西川，而且将中央朝廷的势力排挤出剑门关外。至此，中央势力彻底退出三川，再也无缘指染巴蜀地区。

当中央势力退出三川之时，剑南西川、剑南东川、山南西道三大藩镇集团展开了殊死较量。王建在独得西川后妄图吞并东川，东川继任节度使顾应晖则勾结山南西道作为应援，所谓"王建攻东川，

---

① （宋）司马光等：《资治通鉴》，岳麓书社1990年版，第458页。
② （宋）司马光等：《资治通鉴》，岳麓书社1990年版，第459页。
③ （宋）司马光等：《资治通鉴》，岳麓书社1990年版，第469页。

顾彦晖求救于李茂贞，茂贞命将出兵救之"①。凤翔李茂贞也妄图染指三川，当中央朝廷与宦官杨复恭及山南西道杨守亮爆发冲突后，凤翔李茂贞不待朝命率兵进攻山南西道兴元府。山南西道杨守亮兵败逃奔阆州，李茂贞上书朝廷要求以凤翔节度使的身份兼山南西道节度使，朝廷不敢稍有迟疑马上应允，于是"（李）茂贞尽有凤翔、兴元、洋、陇秦等十五州之地"②。凤翔李茂贞在得陇望蜀之时，西川王建集团趁火打劫对杨守亮的山南属地不断蚕食，所谓"绵州刺史杨守厚卒，其将常再荣举城降王建"③。天复年间，王建又趁岐、汴交兵中原混战之际，一鼓作气将李茂贞的势力赶出山南，进而鲸吞了山南西道。

唐末季世藩镇混战、三川沸腾，地方上的土豪势力趁势崛起。唐末之际，巴蜀地区的土豪势力拥兵自重占山为王。王建割据西川耀武东川时，对这些地方上的土豪势力颇为倚重，不失时机地加以招抚利诱。如王建初任山南西道利州刺史，在周庠的劝说下放弃利州转攻阆州。史书记载王建在进攻"地奥民豪"的阆州时，"召募溪洞酋豪，有众八千，沿嘉陵江而下，袭阆州，逐其刺史杨茂实而据之"④。王建招纳亡命、利诱溪洞酋豪的政治举措，对其袭占阆州初步建立根据地具有举足轻重的作用。又，王建兵出山南进攻成都的田、陈势力集团时，非常注重招抚西川地方上的土著豪强。如王建进攻成都不克剽掠西川时，"绵竹土豪何义阳、安仁费师勤心等所在拥兵自保，众或万人，少者千人。建遣王宗瑶说之，皆帅众附于建，给其资粮，建军复振"⑤。此外，王建在吞并东川的军事行动中

---

① （宋）司马光等：《资治通鉴》，岳麓书社1990年版，第507页。
② （宋）司马光等：《资治通鉴》，岳麓书社1990年版，第482页。
③ （宋）司马光等：《资治通鉴》，岳麓书社1990年版，第486页。
④ （宋）司马光等：《资治通鉴》，岳麓书社1990年版，第443页。
⑤ （宋）司马光等：《资治通鉴》，岳麓书社1990年版，第459页。

注重招抚当地占山为王的土豪势力。王建攻顾彦晖于梓州，鏖战三年、久攻不克，周德权向王建献言"公与彦晖争东川三年，士卒疲于矢石，百姓困于输挽。东川群盗多据州县，彦晖懦而无谋，欲为偷安之计，皆唉以厚利，恃其救援，故坚守不下"①。于是，王建派人"谕贼帅以祸福，来者赏之以官，不服者威之以兵"，很快将其招抚，招安的有利后果是东川顾彦晖困守梓州坐以待毙。

三　王建割据三川时巴蜀文人的聚合情况

唐末之际，巴蜀大地上各大势力集团混战不已。此时的文人士子在夹缝中求生存，他们的聚合离散和行藏出处变得日益复杂化和多元化。

唐末季世，巴蜀三川名义上归属中央统治，朝廷依然不断派出文人士子出敕州郡、奉使宣谕或者贬谪朝官流放三川。随着皇权旁落和朝纲不振，中央朝廷对巴蜀三川的驾驭能力逐渐衰弱。与之相应，巴蜀大地上的朝官文人势单力薄，逐渐倒向了藩镇霸主。如颍川人周庠"唐光启中为龙州司仓参军。考满将归阙，以川路梗涩，乃寓止绵谷"②；在王建驰骋山南剽掠利阆时"袖策谒建于军门，建素闻其名，一见欣然接待甚厚，置之宾席"③。又，婺州东阳人进士冯涓"昭宗时官祠部郎中，擢眉州刺史。时田、陈拒朝命，不令之任"④，只好流落成都灌园糊口，于王建割据西川时投身幕府。又，池州人张蠙，于唐昭宗乾宁年间进士及第，后来"历任校书郎、栎

---

① （宋）司马光等：《资治通鉴》，岳麓书社1990年版，第504页。
② （宋）路振：《九国志》，中华书局1985年版，第139页。
③ （宋）路振：《九国志》，中华书局1985年版，第139页。
④ （清）吴任臣：《十国春秋》，徐敏霞、周莹点校，中华书局1983年版，第589页。

阳县尉、迁犀浦令。高祖开国，拜膳部员外郎"①。朝中官员贬谪巴蜀者，如乾宁二年（895），崔凝知贡举时"无问文章厚薄，邻之金瓦，其间屈人不少"②，唐昭宗将其贬为合州刺史。又，李茂贞、韩建、王行瑜三藩跋扈杀死致仕宰相韦昭度后，又迫使朝廷贬谪杨堪，所谓"贬户部尚书杨堪为雅州刺史。堪，虞卿之子，昭度之舅也"③。唐末之际，朝官出使三川奉使宣谕时，往往因中原多故借机留蜀。如朝廷文人王锴"天复时奉使西川，因留蜀"④。又，诗人韦庄乾宁四年（897）与李洵一起入蜀宣谕、靖难两川。韦、李二人"见（王）建于张杷砦，建指执旗者曰：'战士之情，不可夺也'。"⑤此时东、西两川激战正酣，王建集团倾巢而出志在必得，根本没有理会朝廷的一纸空文。韦庄这次入蜀给王建本人留下了深刻印象，为天复元年（901）韦庄再次入蜀进入西川幕府奠定了基础。

唐末之际，巴蜀三川的藩镇集团"既有其土地，又有其人民，又有其甲兵，又有其财富"⑥，他们形同独立王国割据一方对抗朝廷。山南西道、剑南西川、剑南东川三大藩镇集团，为了在激烈的竞争环境中求得生存，一方面竭力招兵买马扩军备战，另一方面格外注重招抚文人为我所用。良禽择木而栖，良臣择主而事，唐末之际很多文人士子分散在巴蜀三川的藩镇幕府之中。

唐末，山南西道的幕府僚佐可考者有唐彦谦、李巨川、温宪等

---

① （清）吴任臣：《十国春秋》，徐敏霞、周莹点校，中华书局1983年版，第645页。

② 丁如明、李宗为等校点：《唐五代笔记小说大观》，上海古籍出版社2000年版，第1636页。

③ （宋）司马光等：《资治通鉴》，岳麓书社1990年版，第491页。

④ （清）吴任臣：《十国春秋》，徐敏霞、周莹点校，中华书局1983年版，第905页。

⑤ （宋）司马光等：《资治通鉴》，岳麓书社1990年版，第503页。

⑥ （宋）欧阳修、（宋）宋祁等：《新唐书》，中华书局2000年版，第870页。

人。如唐僖宗光启末年唐彦谦、李巨川因河中节度使王重荣遇害一事受到牵连贬谪兴元,史书记载:"时杨守亮镇兴元,素闻其名,彦谦以本府参承,守亮见之,喜握手曰:'闻尚书名久矣邂逅于兹。'翌日,署为判官。累官至副使,阆、壁二郡刺史。卒于汉中。"① 文人李巨川投靠山南西道节度使杨守亮后,先任掌书记后迁判官之职,此事据《旧唐书·李巨川传》记载:"时杨守亮帅兴元,素知之,闻巨川至,喜谓客曰:'天以李书记遗我也。'即命管记室,累迁幕职。"② 该书记载昭宗景福元年(892)凤翔李茂贞发兵攻打山南杨守亮时,"判官李巨川突围而遁"③。又,《唐摭言》记载李巨川向杨守亮推荐好友温宪入幕一事,所谓"温宪,先辈庭筠之子,光启中及第,寻为山南从事。词人李巨川草荐表"④。唐末,剑南东川的藩镇幕府在招纳文人士子方面亦不遗余力。如文人李途,曾于中和年间任剑南东川节度使杨师立幕府掌书记。李途在东川任职期间撰有《记室新书》三十卷,此事据《郡斋读书记》记载,《记室新书》三十卷"右唐李途撰……中和中为东川掌书记,因以名其书云"⑤。又,文人张韶为东川高仁厚的孔目官,《资治通鉴》有高仁厚"乃密召孔目官张韶谕之"的记载。又,文人蔡叔向追随东川两任节度使顾彦朗、顾彦晖弟兄二人担任节度副使一职。此事,据《太平广记》引《北梦琐言》记载云:"东川顾彦朗以蔡叔向为副使,感微

---

① (后晋)刘昫等:《旧唐书》,中华书局2000年版,第3445页。
② (后晋)刘昫等:《旧唐书》,中华书局2000年版,第3457页。
③ (后晋)刘昫等:《旧唐书》,中华书局2000年版,第506页。
④ 丁如明、李宗为等校点:《唐五代笔记小说大观》,上海古籍出版社2000年版,第1661页。
⑤ (宋)晁公武撰,孙猛校证:《郡斋读书志校证》,上海古籍出版社1999年版,第654页。

时之恩，惟为戎倅……大顾薨，其弟彦晖嗣之，亦使相。"① 唐末僖、昭二帝时期，田令孜、陈敬瑄兄弟长期盘踞剑南西川。陈敬瑄的西川幕府中人才济济，如陈敬瑄镇压阡能起义后，邛州刺史申逵霸占阡能叔父阡行全的宅院田产，"敬瑄以问孔目官唐溪"②；文人唐溪劝陈敬瑄秉公执法彻查到底。又，王建跃马西川领兵至鹿头关时，西川幕府参谋李乂"谓敬瑄曰：'王建，虎也，奈何延之入室！彼安肯为公下乎！'敬瑄悔，亟遣人止之，且增修守备。建怒，破关而进，败汉州刺史张顼于绵竹"③。

此外，龙纪元年（889）韦昭度率兵十万入蜀讨伐陈敬瑄，用兵三年无功而返。朝廷讨伐田令孜、陈敬瑄时，以韦昭度为行营招讨使、山南西道节度使杨守亮为副使、东川节度使顾彦朗为行军司马，"三府各署幕僚，皆是朝达子弟，视王先主蔑如也。先主侍从，髡发行睹，黥面札腕，如一部鬼神"④。王建作为韦昭度的衙前指挥使，因目不知书相貌丑陋受到"朝达"子弟们的蔑视。韦昭度西川幕府中的僚佐文人很多，其中最出名的是吴融。吴融才华横溢，《唐摭言》称其"才力浩大，八面受敌，以八韵著称，游刃颇攻骚雅"⑤。吴融，于唐昭宗龙纪初进士及第，旋即入蜀为韦昭度幕府掌书记。据《新唐书》吴融本传记载云："韦昭度讨蜀，表掌书记，累迁侍御史。"⑥ 又《全唐诗》吴融小传，称其"龙纪初，及进士第，韦昭

---

① （宋）李昉等编：《太平广记》，中华书局1961年版，第1135页。

② （宋）司马光等：《资治通鉴》，岳麓书社1990年版，第255页。

③ （宋）司马光等：《资治通鉴》，岳麓书社1990年版，第454页。

④ （五代）孙光宪：《北梦琐言》，林艾园校点，上海古籍出版社2012年版，第154页。

⑤ 丁如明、李宗为等校点：《唐五代笔记小说大观》，上海古籍出版社2000年版，第1663页。

⑥ （宋）欧阳修、（宋）宋祁：《新唐书》，中华书局2000年版，第4432页。

度讨蜀表掌书记，累迁侍御史"①。此外，吴融诗作《灵池县见早梅》可以证明诗人这段幕府经历，诗题下有注云："时太尉中书令京兆公奉诏讨蜀，余在幕中。"②吴融《赴职西川过便桥书怀寄同年》诗云："平门桥下水东驰，万里从军一望时。乡思旋生芳草见，客愁何限夕阳知。秦陵无树烟犹锁，汉苑空墙浪欲吹。不是伤春爱回首，杏坛恩重马迟迟。"③根据诗意可知，吴融登进士第后，旋即入蜀。又，吴融《坤维军前寄江南兄弟》诗曰："二年征战剑山秋，家在松江白浪头。关月几时干客泪，戍烟终日起乡愁。未知辽堞何当下，转觉燕台不易酬。独羡一声南去雁，满天风雨到汀州。"由此可知，吴融在韦昭度幕府已达两年之多，诗人厌倦无休无止的戎马生涯，抑制不住对家人和故乡的思念。又，五代孙光宪《北梦琐言》中有关于吴融任职西川幕府时的事迹记载。《北梦琐言》卷四"吴侍郎文笔"条称："唐吴融侍郎策名后，曾依相国太尉韦公昭度，以文笔求知。每起草先呈，皆不称旨。"④说明吴融在韦昭度的戎幕中起初并不得意，所起草的羽书文翰并不符合韦昭度的心意。后来吴融向韦昭度的亲信吐露内心的苦闷，"吴乃祈掌武亲密俾达其诚，且曰：'某幸得齿在宾次，唯以文字受眷。虽愧荒拙，敢不著力。未闻惬当，反甚忧惧。'掌武笑曰：'吴校书诚是艺士，每有见请，自是吴家文字，非干老夫。'由是改之，果惬上公之意也"⑤。

王建集团在群雄逐鹿的西南地区，通过夺取西川、吞并东川、

---

① 林德保、李俊、倪文杰注：《详注全唐诗》，大连出版社1997年版，第2707页。
② 林德保、李俊、倪文杰注：《详注全唐诗》，大连出版社1997年版，第2710页。
③ 林德保、李俊、倪文杰注：《详注全唐诗》，大连出版社1997年版，第2722页。
④ （五代）孙光宪：《北梦琐言》，林艾园校点，上海古籍出版社2012年版，第24页。
⑤ （五代）孙光宪：《北梦琐言》，林艾园校点，上海古籍出版社2012年版，第24页。

蚕食山南等一系列的军事行动独占全蜀，为前蜀王朝的开国立统奠定基础。王建集团之所以取得最终的胜利，一方面缘自王建注重扩军备战，手下豢养了一支虎狼之师，另一方面与王建礼贤下士重用文人的策略密切相关。王建本人虽然狡诈无赖目不知书，却对文人士子礼敬有加，史书称"蜀主虽目不知书，好与书生谈论，粗晓其理。是时唐衣冠之族多避乱在蜀，蜀主礼而用之，使修举故事，故其典章文物有唐之遗风"①。这些衣冠士子在西川幕府中决断机务参谋韬略，为王建偏霸称雄的割据事业做出了巨大的贡献。

光启元年（885）僖宗皇帝逃奔兴元时，王建因护驾有功被授予利州刺史。利州属于山南西道，山南节度使杨守亮对王建百般猜忌。此时的王建迫切需要一个智囊团为其出谋划策摆脱困境。龙州司仓参军周庠任期已满，由于唐僖宗再幸梁洋、川路不通，暂时寓居绵谷伺机而动。周庠主动投身王建为其出谋划策，史书称周庠"袖策谒建于军门，建素闻其名，一见忻然，接待甚厚，置之宾席"②。周庠劝说王建主动放弃兵家必争之地利州，南下夺取地奥民豪的阆州扩充实力。《九国志·周博雅传》记载周庠劝说王建："明公御众有术，临事能断……今端守一隅，坐以待毙，非君子豹变之象也。且葭萌四会五达之郊，非久安之地，若不薄人，人将薄之，不如果、阆，地奥民豪……得其地以广形胜，得其士以增卒伍，此策之上，不可失也。"③ 王建采纳了周庠的意见，迅速沿着嘉陵江挥师南下一鼓作气攻下阆州，然后回师北上重夺利州。王建剽掠利、阆的军事行动，不仅扩大了王建集团的声威、摆脱了山南西道杨守亮的猜忌迫害，更为择机而动豪夺西川奠定了人力、财力的基础。又，朝廷

---

① （宋）司马光等：《资治通鉴》，岳麓书社1990年版，第567页。
② （宋）路振：《九国志》，中华书局1985年版，第60页。
③ （宋）路振：《九国志》，中华书局1985年版，第61页。

派韦昭度入蜀讨伐西川田令孜、陈敬瑄时，王建配合韦昭度鏖战西川。朝廷在蜀中用兵两年不堪重负下诏停战，令顾彦朗、王建各回镇所。王建看到罢兵的诏书感到十分可惜，谋士周庠向王建献策，利用计策威逼韦昭度还朝。此事，据《资治通鉴》记载云："王建见罢兵制书，曰：'大功垂成，奈何弃之！'谋于周庠，庠劝建请韦公还朝，独攻成都，克而有之。建表称：'陈敬瑄、田令孜罪不可赦，愿毕命以图成功。'昭度无如之何，由是未能东还。建说昭度曰：'今关东藩镇迭相吞噬，此腹心之疾也，相公宜早归庙堂，与天子谋之。敬瑄，疥癣耳，当以日月制之，责建，可办也！'昭度犹豫未决。庚子，建阴令东川将唐友通等擒昭度亲吏骆保于行府门，脔食之，云其盗军粮。昭度大惧，遽称疾，以印节授建。"[①] 王建亲自将韦昭度送至新都后，还攻成都，"建急攻成都，环城烽堠亘五十里"。王建独享剑南西川的胜利果实，其谋士周庠功不可没。王建攻下成都后，先将田令孜、陈敬瑄流放，后于景福年间将二人分别杀害。西川幕府掌书记冯涓工于章奏文书，王建上报朝廷处决田、陈二人的奏章出自冯涓的手笔。该奏章写得义正词严气势恢宏，如："开匣出虎，孔宣父不责他人；当路斩蛇，孙叔敖盖非利己。专杀不行于阃外，先机恐失于彀中。"[②] 又，天复年间，王建趁凤翔李茂贞与宣武朱全忠交恶混战时，鲸吞了李茂贞山南诸州的疆土。众将士劝说王建一鼓作气吞并李茂贞的凤翔巢穴，文人冯涓高瞻远瞩力排众议，劝说王建："兵者凶器，残民耗财，不可穷也。今梁、晋虎争，势不两立，若并而为一，举兵向蜀，虽诸葛亮复生，不能敌矣。凤翔，蜀之藩蔽，不若与之和亲，结为婚姻，无事则务农训兵，保

[①] （宋）司马光等：《资治通鉴》，岳麓书社1990年版，第469页。
[②] （清）董诰等编：《全唐文》，中华书局1983年版，第9287页。

固疆埸，有事则觇其机事，观衅而动，可以万全。"① 唇亡齿寒互为犄角，王建采纳了冯涓的意见以避免过度的实力消耗。又，文人韦庄天复元年（901）入蜀，先为王建幕府掌书记后为西川判官、节度副使。韦庄任职西川幕府时，积极为王建出谋划策。如天复二年（902），王建派遣韦庄入贡朝廷且修好于朱全忠。朱全忠篡弑唐昭宗后，派告哀使司马卿宣谕王建。韦庄为王建献策阻止司马卿入蜀，《资治通鉴》记载此事云："昭宗之丧，朝廷遣告哀使司马卿宣谕王建，至是始入蜀境。西川掌书记韦庄为建谋，使武定节度使王宗绾谕卿曰：'蜀之将士，世受唐恩，去岁闻乘舆东迁，凡上二十表，皆不报。寻有亡卒自汴来，闻先帝已罹朱全忠弑逆。蜀之将士方日夕枕戈，思为先帝报仇。不知今兹使来以何事宣谕？舍人宜自图进退。'卿乃还。"② 公元907年，朱全忠称帝汴梁，韦庄积极劝说王建开国登基。据史书记载，王建"用安抚副使、掌书记韦庄之谋，帅吏民哭三日；己亥，即皇帝位，国号大蜀"③。至此，王建凭借将士疆埸拼杀及幕府僚佐的谋略，最终实现了由唐末割据三川的节度藩镇到五代初期开国称帝的实质性飞跃。

第三节　唐末巴蜀文坛多元化的文学创作思潮

　　唐末季世的文人士子身逢乱世、亲历国难，他们在广袤的巴蜀大地上生成聚合自成群落。这些流寓巴蜀的文人群体，有着非常相

---

① （宋）司马光等：《资治通鉴》，岳麓书社1990年版，第548页。
② （宋）司马光等：《资治通鉴》，岳麓书社1990年版，第555页。
③ （宋）司马光等：《资治通鉴》，岳麓书社1990年版，第567页。

同或相似的身世遭际，其精神气度、思想心态和文学创作表现出明显的趋同性。唐末季世的巴蜀文坛上涌动着多元化的文学创作思潮，其中"崇杜"情结与感事纪实的文学创作取向、"崇贾"情结与苦吟为诗创作取向以及"崇雅"情怀与对汉魏风骨的深情呼唤，这三类创作思潮最具代表性。

一 "崇杜"情结与感事纪实

杜甫所处的时代由盛转衰，"安史之乱"的爆发使得诗人一夜之间沦落为千万个难民中的一员。杜甫在战火纷飞的中原地区难以立足，步履匆匆地逃向了内陆腹地的天府之国。杜甫由秦入川一路上历尽千难万阻，其《发同谷县》《木皮岭》《剑门》《鹿头山》等十二首纪行诗如实记录了此番艰危路程。杜甫寓蜀期间，蜀中战事不断，诗人不得不东西飘零奔避逃难。比如，唐肃宗上元二年（761），剑南东川节度兵马使段子璋叛乱，节度使李奂逃奔成都，西川节度牙将"花卿"出兵平叛时滥杀无辜。杜甫创作《戏作花卿歌》一诗，目击时难直言斥责。又，西川节度使严武还朝时，出现了成都少尹剑南兵马使徐知道的叛乱事件，杜甫在梓州避难欲归成都草堂未果。关于这一时期的战乱经历，杜甫《将赴成都草堂途中有作先寄严郑公五首》诗云："三年奔走空皮骨，信有人间行路难。"这是杜甫即将结束川北流浪生活时所发出的浩叹与感慨。这三年之内，杜甫以梓州为中心，往返于梓州、射洪、通泉、涪城、盐亭、汉州、阆州、苍溪之间，没过上什么安静的日子。杜甫寓蜀长达八年之久，巴蜀大地留下了诗人一串串漂泊流浪的足迹，杜甫作为苦难时代的代言人敢于直面冷峻的社会和人生直接以诗纪实、以诗存史，从而创作出了大量饱含热泪与深情的具有鲜明"诗史"性质的不朽篇章。诗人杜甫亲历中原战乱和川蜀动荡的悲惨遭遇，流寓西南居无定所的漂泊经历、轸念苍生忧国忧民的仁者情怀,以及悲愤抒情长歌当哭的纪实篇章,使唐末寓蜀文人产生了强烈的共鸣。

唐末寓蜀文人历经丧乱、劫后余生,他们对杜甫漂泊蜀中的身世经历和感事纪实的诗歌创作手法感同身受。唐末寓蜀文人的内心深处有着赤诚强烈的"崇杜"情结,他们对杜甫的其人其事格外推重,对杜甫的篇章作品格外珍视,他们很自觉地学习杜甫以诗纪实、以诗存史,创作出了大量具有"诗史"性质的诗歌作品。

唐末寓蜀文人,对杜甫晚年漂泊西南流离三川时的蜀中遗迹格外珍视。如诗人郑谷《蜀中》诗云"扬雄宅在唯乔木,杜甫台荒绝旧邻"[1];李洞《闻杜鹃》诗云"花落玄宗回蜀道,雨收工部宿江津"[2]。又,唐末天复年间,诗人韦庄投奔剑南西川节度使王建,担任其幕府掌书记。韦庄入蜀后,曾亲自前往浣花溪寻觅杜甫草堂。韦庄找到杜甫草堂的旧址后"因命芟夷,结茅为一室"[3],诗人此举"盖欲思其人而完其庐"[4]。唐末寓蜀文人对杜甫的乱世遭遇感同身受,他们的平生遭际和所思所感与杜甫类似。如唐末中和年间,寓蜀诗人郑谷《峡中》诗云:"独吟谁会解,多病自淹留。往事如今日,聊同子美愁。"[5]郑谷在中原兵乱之时流落川蜀贫病交加,诗人"聊同子美愁"与杜甫当年的遭遇相比有过之而无不及,杜甫诗歌亦

---

[1] 赵昌平、黄明、严寿澂笺注:《郑谷诗集笺注》,上海古籍出版社1991年版,第310页。

[2] 林德保、李俊、倪文杰注:《详注全唐诗》,大连出版社1997年版,第2846页。

[3] (清)董诰等编:《全唐文》,中华书局1983年版,第9289页。

[4] (清)董诰等编:《全唐文》,中华书局1983年版,第9289页。

[5] 赵昌平、黄明、严寿澂笺注:《郑谷诗集笺注》,上海古籍出版社1991年版,第193页。

云："老病巫山里，稽留楚客中。"（《老病》）① 此外，郑谷又有"浣花溪上堪惆怅，子美无心为发扬"② "子美犹如此，翻然不敢悲"③ 等关涉杜甫离乱遭遇的诗歌作品。唐末寓蜀文人对动荡乱离的时局，有着一种痛彻心扉的感触。如郑谷诗歌"乱兵何日息，故老几人全"（《中秋》）④、"乱前看不足，乱后眼独明"（《牡丹》）⑤、"乱离时辈少，风月夜吟孤。旧疾衰还有，穷愁醉暂无"（《端居》）⑥、"乱来奔走巴江滨，愁客多于江徼人"（《巴江》）⑦ 等。杜甫避乱流离之际经常思念故土，所谓"自断此生休问天，杜曲幸有桑麻田"（《曲江三章》）⑧；唐末寓蜀诗人韦庄则云"年年春日异乡悲，杜曲黄鹂可得知"（《江外思乡》）⑨。

唐末寓蜀文人对杜甫的人格操守、心胸抱负和创作才华颇为钦羡，对杜甫的诗歌作品格外珍视并极力模仿。唐末光启年间，文人冯涓寓居成都穷困潦倒灌园自给，其人仰慕杜甫且自视甚高，经常

---

① （清）仇兆鳌注，秦亮点校：《杜甫全集》，珠海出版社1996年版，第1051页。
② 赵昌平、黄明、严寿澂笺注：《郑谷诗集笺注》，上海古籍出版社1991年版，第241页。
③ 赵昌平、黄明、严寿澂笺注：《郑谷诗集笺注》，上海古籍出版社1991年版，第57页。
④ 赵昌平、黄明、严寿澂笺注：《郑谷诗集笺注》，上海古籍出版社1991年版，第402页。
⑤ 赵昌平、黄明、严寿澂笺注：《郑谷诗集笺注》，上海古籍出版社1991年版，第6页。
⑥ 赵昌平、黄明、严寿澂笺注：《郑谷诗集笺注》，上海古籍出版社1991年版，第120页。
⑦ 赵昌平、黄明、严寿澂笺注：《郑谷诗集笺注》，上海古籍出版社1991年版，第379页。
⑧ （清）仇兆鳌注，秦亮点校：《杜甫全集》，珠海出版社1996年版，第120页。
⑨ （五代）韦庄著，聂安福笺注：《韦庄集笺注》，上海古籍出版社2002年版，第209页。

将自己与杜甫相媲美。五代蜀人孙光宪《北梦琐言》记载此事云："冯涓大夫有大名于人间，沦落于蜀，自比杜工部，意谓它人无出其右。"① 又池州人张蠙科举及第后由栎阳尉转成都犀浦令，其人对杜甫仰慕不已，《续修四库全书》之《张象文传》评价张蠙："明秀之才，一时罕俪。生非其时遭乱入蜀，其有慕于杜少陵之风乎？"② 又，诗人韦庄唐末天复年间入蜀，诗人将个人的平生作品结集为《浣花集》。韦庄的诗集作品取名"浣花"，暗含自比老杜之意，所谓"以草堂为居，浣花名集"③。杜甫气吞八荒抱负远大，立志"致君尧舜上，再使风俗淳"④；韦庄亦云"平生志业匡尧舜"⑤；"有心重筑太平基"⑥。杜甫感到乱世中儒风浇薄守道不易，曾云"万方声一慨，吾道竟何之"（《秦州杂诗》）；韦庄对此深有感触亦云"为儒逢道乱，吾道欲何之"（《寓言》）。杜甫每以"杜陵野客"（《醉时歌》）自称，韦庄则以"杜陵归客"（《章江作》）自居。韦庄特别喜爱杜甫的诗歌作品，其编选有唐一代诗歌作品的《又选集》收录杜甫七首作品且置于卷首。韦庄酷爱杜诗以至于病重临终之际尚且把玩杜诗吟咏不辍，《唐诗纪事》记载韦庄："诵子美诗：'白沙翠竹江村暮，相送柴门月色新。'吟讽不辍。是岁，卒于花林坊，葬于白沙。"⑦ 此外，唐末之际，诗僧贯休流寓荆南溯江而上终老川蜀，贯

---

① （宋）孙光宪：《北梦琐言》，贾二强点校，中华书局2002年版，第364页。
② 续修四库编委会编：《续修四库全书》第1313册，上海古籍出版社2006年版，第85页。
③ 陈寅恪：《寒柳堂集》，上海古籍出版社1980年版，第121页。
④ （清）仇兆鳌注，秦亮点校：《杜甫全集》，珠海出版社1996年版，第63页。
⑤ （五代）韦庄著，聂安福笺注：《韦庄集笺注》，上海古籍出版社2002年版，第25页。
⑥ （五代）韦庄著，聂安福笺注：《韦庄集笺注》，上海古籍出版社2002年版，第81页。
⑦ （宋）计有功编：《唐诗纪事》，上海古籍出版社1987年版，第1020页。

休对杜甫的作品推崇备至,其《读杜工部集》(其一)诗云:"造化拾无遗,唯应杜甫诗。岂非玄域橐,夺得古人旗。日月精华薄,山川气概卑。古今吟不尽,惆怅不同时。"① 可见,在贯休眼中杜诗乃日月精华,诗人以读杜诗但不与杜甫同处一时代为憾。

唐末寓蜀文人在乱离时代奔避入蜀,他们将自己的所见所闻及亲身经历的历史事件捕捉入诗。唐末寓蜀文人长歌当哭悲愤抒情,在流离中记事在战乱中写实,创作出了大量"感时念乱"颇具"诗史"性质的篇章,直可补史书记载之不足。

唐末寓蜀文人亲历战乱饱受摧残,以其饱含热切深情的叙事写实之笔,对他们所处时代以及亲身经历的重大历史事件,进行了真实生动的揭露与再现。唐末寓蜀文人亲历了那场雷霆狂飙般的"黄巢大起义",目睹了兵乱战火的巨大破坏力。如张蠙诗云"故国别来桑柘尽,十年兵践海西艖"②;韩偓诗云"千村万落如寒食,不见人烟空见花"③;韦庄眼中的乱象为"中原初纵燎,下国竟探汤。盗据三秦地,兵缠八水乡"④。文人士子在乱世之中,深感朝不保夕的死亡威胁,其精神上备受折磨。如郑谷宣称"何以保孤危,操修自不知"(《投时相十韵》)⑤;杜荀鹤诗云"九土如今尽用兵,短戈长戟困书生"⑥。韦庄深陷乱兵几遭杀身之祸,其《重围中逢萧校书》诗云:"相逢俱此地,此地是何乡。侧目不成语,抚心空自伤。剑高无

---

① (五代)贯休:《禅月集》,中华书局1985年版,第40页。

② 林德保、李俊、倪文杰注:《详注全唐诗》,大连出版社1997年版,第2780页。

③ 齐涛笺注:《韩偓诗集笺注》,山东教育出版社2000年版,第90页。

④ (五代)韦庄著,聂安福笺注:《韦庄集笺注》,上海古籍出版社2002年版,第209页。

⑤ 赵昌平、黄明、严寿澂笺注:《郑谷诗集笺注》,上海古籍出版社1991年版,第134页。

⑥ (清)彭定求等编:《全唐诗》,中华书局1979年版,第7713页。

鸟度，树暗有兵藏。底事征西将，年年戍洛阳。"① 诗人于危邦倾城之中偶遇故人，两人慑于白色恐怖敢怒不敢言。诗人韦庄身陷长安乱兵之中目睹国破家亡的残破景象，其思亲念归悲愤难平的内在情愫，与杜甫身陷长安兵乱时创作的《春望》《月夜》《遣兴》等诗歌作品别无二致。

唐末寓蜀文人感时伤怀以诗存史，再现了一幅幅波澜壮阔的历史画卷。唐末僖宗皇帝两次逃离长安，第一次因黄巢起义军迫近长安而南下成都避难，第二次因藩镇混战而逃亡山南西道的兴元府。郑谷《巴江》诗云："乱来奔走巴江西，愁客多于江徼人。"② 该作品创作于唐僖宗逃奔兴元府之时，诗人在题目下标注"僖宗省方南梁"。诗人郑谷关涉朝廷避难兴元府的作品很多，如郑谷东出峡口因荆州战乱滞留巴东时的《峡中寓止》诗云："传闻殊不定，銮辂几时还。俗易无常性，江清见老颜。夜船归草市，春步上茶山。寨将来相问，儿童竞启关。"③ 又，诗人韦庄创作有关唐僖宗第二次逃难事件的诗歌作品，如《闻再幸梁洋》诗云："才喜中原息战鼙，又闻天子幸巴西。延烧魏阙非关燕，大狩陈仓不为鸡。"④ 按，光启元年（885）凤翔、邠宁二镇与河中节度使王重荣鏖战，王重荣引李克用沙陀兵为后援，同年十二月李克用进逼长安，宦官田令孜挟持僖宗皇帝逃离京师，先驻足凤翔后经由陈仓抵达山南西道兴元府。诗

---

① （五代）韦庄著，聂安福笺注：《韦庄集笺注》，上海古籍出版社2002年版，第74页。

② 赵昌平、黄明、严寿澂笺注：《郑谷诗集笺注》，上海古籍出版社1991年版，第379页。

③ 赵昌平、黄明、严寿澂笺注：《郑谷诗集笺注》，上海古籍出版社1991年版，第57页。

④ （五代）韦庄著，聂安福笺注：《韦庄集笺注》，上海古籍出版社2002年版，第152页。

歌中"延烧魏阙非关燕"意指战乱燃遍京都,"大狩陈仓不为鸡"意指僖宗皇帝被田令孜劫持到陈仓,而后经由宝鸡逃窜兴元府。诗中的"才喜""又闻"极言时间之短、事件转换之迅疾、感情落差之强烈,对李唐皇室的再次播迁逃难事件极为痛心。

唐末寓蜀文人,对川蜀地区的藩镇混战和地方农民起义亦采用写事纪实的手法予以深刻揭露。唐僖宗中和四年(884),剑南地区东西两川交恶混战,西川节度使陈敬瑄发兵攻伐东川节度使杨师立。关于此次战事,郑谷《梓潼岁暮》诗云:"老吟穷景象,多难损精神。渐有还京望,绵州减战尘。"①两川混战的战火最先在绵州点燃,而后迅即蔓延于整个剑南两川之地。据《资治通鉴》记载:"中和四年……田令孜恐其(杨师立)为乱,因其不发兵防遏,征立为右仆射……杨师立得诏书怒,不受代,杀官告使及监军使,举兵,以讨陈敬瑄为名,大将有谏者辄杀之,进屯涪城,遣其将郝蠲袭绵州。"②该书又云:"中和四年,六月,壬辰,东川留后高仁厚奏郑君雄斩杨师立出降。"③战争的结果是西川取胜,东川杨师立兵败授首。东西两川激战的战火尚未熄灭,一场更大规模的藩镇战乱便接踵而至。中央朝廷对西川田令孜和陈敬瑄攻打东川的行为十分不满,下诏调离田令孜与陈敬瑄,同时委任顾彦朗为东川节度使。田、陈拒绝朝命,不愿离开营建多年的西川巢窟。此时的巴蜀地区混乱不堪,先是出现田、陈西川势力与东川顾彦朗及王建势力交恶混战的事件,后有中央朝廷委任宰相韦昭度率兵入川靖难的事件。作为动乱时代的代言人,郑谷诗歌《漂泊》正作于此时,该诗云:"十口

---

① 赵昌平、黄明、严寿澂笺注:《郑谷诗集笺注》,上海古籍出版社1991年版,第112页。
② (宋)司马光等:《资治通鉴》,岳麓书社1990年版,第429页。
③ (宋)司马光等:《资治通鉴》,岳麓书社1990年版,第433页。

漂零犹寄食,两川消息未休兵。黄花催促重阳近,何处登高望二京。"① 缘自"两川消息未休兵",郑谷困顿巴蜀空有怀归之念,考诸此期的史实事件正相吻合。

二 "崇贾"情结与苦吟诗风

唐末蜀中文人身处战乱频仍的时代又僻处西南一隅情怀落寞心态内敛。唐末寓蜀文人的文学创作,在整体上呈现出一种狭深化、琐细化、内敛化的审美取向,自觉继承了贾岛的"苦吟"作风。

晚唐五代是贾岛的时代,贾岛对唐末五代之际的巴蜀文坛影响很大。闻一多先生指出:"由晚唐到五代,学贾岛的诗人不是用数字可以计算的。除极少数鲜明的例外,是向着词的意境与辞藻移动的,其余一般的诗人大众,也就是大众的诗人,则全属于贾岛。从这观点看,我们不妨称晚唐五代为贾岛时代。"② 中唐诗人贾岛漂泊困顿终老巴蜀的悲怆经历,翻新出奇宣泄苦闷的"苦吟"诗风很容易在唐末寓蜀文人那里引起强烈共鸣。

唐末寓蜀文人的"崇贾"情结十分强烈,他们对贾岛推崇备至,在创作上自觉学习贾岛的"苦吟"诗风。唐末寓蜀文人创作了大量缅怀贾岛的诗歌作品,如李洞《贾岛墓》诗云:"一第人皆得,先生岂不销。位卑终蜀士,诗绝占唐朝。旅葬新坟小,魂归故国遥。我来因奠洒,立石用为标。"③ 郑谷《长江县经贾岛墓》诗曰:"水

---

① 赵昌平、黄明、严寿澂笺注:《郑谷诗集笺注》,上海古籍出版社1991年版,第352页。

② 闻一多:《唐诗杂论》,上海古籍出版社1998年版,第36页。

③ 林德保、李俊、倪文杰注:《详注全唐诗》,大连出版社1997年版,第2843页。

绕荒坟县路斜,耕人讶我久咨嗟。重来兼恐无寻处,落日风吹鼓子花。"① 张蠙《伤贾岛》诗曰:"生为明代苦吟身,死作长江一逐臣。可是当时少知己,不知知己是何人。"从上述诗歌作品可以看出,唐末文人对贾岛的身世遭遇和坎坷人生深表同情,对其诗歌的创作成就极为仰慕。诗人李洞对贾岛的崇拜达到了无以复加的程度。《唐才子传》之李洞本传记载云:"(李洞)酷慕贾长江,遂铸写岛像,载之巾中。常持数珠念岛佛,一日千遍。人有喜岛者,洞必手录岛诗赠之,叮咛再四曰:'此无异佛经,归焚香拜之。'其仰慕一何如此之切也。"② 诗人李洞将贾岛的诗歌作品与佛教相比,在李洞看来贾诗与佛经同等重要。李洞《题晰上人贾岛诗卷》诗云:"贾生诗卷惠休装,百叶莲花万里香。供得半年吟不足,长须字字顶司仓。"③ 正缘于此,李洞在诗歌创作上对贾岛的"苦吟"作法奉若神明,所谓"五七律及绝句、长排,俱师阆仙。五言尤逼肖,一字一句必依贾生格式"④。

唐末寓蜀文人的诗歌创作深受贾岛影响,具有贾诗的苦涩、瘦硬、古淡风貌特征。寓蜀文人在诗歌的创作过程中不断模仿贾岛,非常注重构思立意和用字造境上的锻炼精工。唐末寓蜀文人每以追摹贾岛的苦吟诗风自任,如韦庄"强亲文墨事儒丘"(《惊秋》,卷一)⑤,一生与歌诗为伴,且在苦吟创作中一路走来。韦庄自云:

---

① 赵昌平、黄明、严寿澂笺注:《郑谷诗集笺注》,上海古籍出版社1991年版,第401页。
② 傅璇琮主编:《唐才子传校笺》,中华书局1990年版,第213页。
③ 林德保、李俊、倪文杰注:《全唐诗》,大连出版社1997年版,第2848页。
④ 陈增杰编著:《唐人律诗笺注集评》,浙江古籍出版社2003年版,第1034页。
⑤ (五代)韦庄著,聂安福笺注:《韦庄集笺注》,上海古籍出版社2002年版,第65页。

"应笑我曹身是梦,白头犹自学诗狂"(《王道者》,卷四)①;"尔来中酒起常迟,卧看南山改旧诗"(《晏起》,补遗)②;有时甚至天还朦朦未亮,诗人就已"独吟三十里,城月尚如珪"(《早发》,卷一)③。韦庄对贾岛诗风十分崇拜,其《送李秀才归荆溪》诗云:"人言格调胜玄度,我爱篇章敌浪仙。"④韦庄在该诗中表达了对贾岛诗风的赞誉之情。又,郑谷仰慕贾岛,与贾、姚诗派的后劲方干、马戴、李频、李洞等人有着非常密切的交往。清人李怀民在其《中晚唐诗主客图》中,以贾岛为"清真僻苦主",而将郑谷列为"及门"。郑谷在其诗歌作品的创作过程中,极力模仿贾岛,深具其"苦吟"风范。郑谷非常注重诗歌作品的构思立意,经常在创作过程中冥思苦想立意奇峻,诗人曾云:"夜夜冥搜苦,哪能鬓不衰"(《寄膳部李郎中昌符》,卷一)⑤;"属思看山眼,冥搜依树身"(《读故许昌薛尚书诗集》,卷三)⑥。诗人郑谷在创作过程中十分重视对诗歌字句的推敲锻炼,所谓"得句甚于得好官"(《静吟》,卷三)⑦。诗人郑谷又云:"属兴同吟咏,成功更琢磨"(《予尝有雪景一绝为人

---

① (五代)韦庄著,聂安福笺注:《韦庄集笺注》,上海古籍出版社2002年版,第154页。

② (五代)韦庄著,聂安福笺注:《韦庄集笺注》,上海古籍出版社2002年版,第390页。

③ (五代)韦庄著,聂安福笺注:《韦庄集笺注》,上海古籍出版社2002年版,第31页。

④ (五代)韦庄著,聂安福笺注:《韦庄集笺注》,上海古籍出版社2002年版,第257页。

⑤ 赵昌平、黄明、严寿澂笺注:《郑谷诗集笺注》,上海古籍出版社1991年版,第66页。

⑥ 赵昌平、黄明、严寿澂笺注:《郑谷诗集笺注》,上海古籍出版社1991年版,第434页。

⑦ 赵昌平、黄明、严寿澂笺注:《郑谷诗集笺注》,上海古籍出版社1991年版,第370页。

所讽吟段赞善小笔精微忽为图画》，卷二)①；"强健宦途何足谓，入微章句更难沦"(《自遣》，卷三)②；"衰迟自喜添诗学，更把前联改数题"(《中年》，卷三)③。可见郑谷在诗句的斟酌、锤炼和推敲的方面，一如贾岛惨淡经营、呕心沥血、煞费苦心。宋人陶岳在其《五代史补》中记载了郑谷"一字师"的典故趣闻，据陶岳记载："时谷在袁州，齐己因携所撰诗往谒焉。有《早梅》诗曰：'前村深雪里，昨夜数枝开。'谷笑谓曰'数枝非早也，不如一枝则佳。'齐己矍然，不觉兼三衣叩地膜拜，自是士林以谷为齐己一字之师。"④

唐末五代之际，寓蜀文人努力学习贾岛"苦吟"诗风的诗人很多。如唐末寓蜀文人卢延让"业僻涩诗""词意入僻，时人多笑之"⑤。卢延让注重诗句的锻炼与推敲，在写作过程中努力学习贾岛，诗人曾云："莫话诗中事，诗中难更无。吟安一个字，捻断数茎须。"⑥卢延让在诗歌作品的构思立意方面一如贾岛煞费苦心，所谓"险觅天应闷，狂搜海亦枯。不同文赋易，为著者之乎。"⑦又，唐末诗僧贯休暮年入蜀投奔王建，他对卢延让诗歌作品的构思立意、琢句造境的"苦吟"颇为称赏。贯休赞叹卢延让："冥搜忍饥冻，

---

① 赵昌平、黄明、严寿澂笺注：《郑谷诗集笺注》，上海古籍出版社1991年版，第147页。

② 赵昌平、黄明、严寿澂笺注：《郑谷诗集笺注》，上海古籍出版社1991年版，第347页。

③ 赵昌平、黄明、严寿澂笺注：《郑谷诗集笺注》，上海古籍出版社1991年版，第348页。

④ (宋)陶岳：《五代史补》卷三，清文渊阁四库全书本．

⑤ (清)王士祯编，(清)郑方坤删补：《五代诗话》，人民文学出版社1989年版，第189页。

⑥ 林德保、李俊、倪文杰注：《详注全唐诗》，大连出版社1997年版，第2823页。

⑦ 林德保、李俊、倪文杰注：《详注全唐诗》，大连出版社1997年版，第2823页。

磋尔不能休。几叹不得力,到头还白头……"(《禅月集》卷十八)①又,唐末蜀地土著诗人唐求在创作上极力追摹贾岛,其人放旷疏逸、苦心为诗。诗人唐求的作品酷似贾岛,如《客行》前四句"不但似贾岛,且似孟郊'……《赠行如上人》中'衲补云千片,香烧印一窠'两句,则肖贾语"②。清人李怀民在《中晚唐诗派主客图》中将唐求列为贾岛苦吟一派的"升堂"弟子。诗人唐求呕心沥血苦吟为诗,晚年曾将其全部诗歌作品放于大瓢之中投入岷江任其生灭。此事,据《茅亭客话》记载云:"(唐求)或吟或咏,有所得,则将稿捻为丸,内于大瓢中,二十余年,莫知其数,亦不复吟咏。其赠送寄别之诗,布于人口。暮年,因卧病,索瓢,致于江中,曰:'斯文苟不沉没于水,后之人得者,方知我苦心耳。'漂至新渠江口,有识者云:'唐山人诗瓢也。'探得之,已遭漂润损坏,十得其二三,凡三十余篇行于世。"③又,诗人李洞怀着对贾岛其人其诗无比崇敬的心情,曾经"集岛句五十联,及唐诸人警句五十联,为《诗句图》,自为之序"④。清人李怀民在《中晚唐诗主客图》中指出,五言律诗以贾岛为"清奇僻苦主",李洞为"上入室"。诗人李洞"吟极苦,至废寝食"⑤。在诗歌创作上深得贾岛之神髓意趣,李洞在作品的谋篇造句上亦刻意追新逐奇,嗜好在作品中营造一种枯寂、冷僻、凄清、峭拔的意境。如"坠果敲楼瓦,高萤映鹤身"(《同僧宿道者院》)⑥;"吏瘦餐溪柏,身赢

---

① 陆永峰校注:《禅月集校注》,巴蜀书社2006年版,第381页。
② 苏雪林:《唐诗概论》(民国丛书第三编),上海书店1991年版,第179页。
③ (宋)黄休复:《茅亭客话》,中华书局1991年版,第18页。
④ 傅璇琮主编:《唐才子传校笺》,中华书局1990年版,第220页。
⑤ 傅璇琮主编:《唐才子传校笺》,中华书局1990年版,第212页。
⑥ 林德保、李俊、倪文杰注:《详注全唐诗》,大连出版社1997年版,第2840页。

凭海槎"(《江干即事》)[①];"片云穿塔过,枯叶入城飞"(《秋日曲江书事》)[②];"虫网花间井,鸿鸣雨后天"(《送远上人》)[③] 等。李洞的以上诗篇炼字工稳、琢句峭拔、取象寒塞、造境幽微,深得贾岛的"苦吟"作品的神髓内质。

  唐末寓蜀文人学习贾岛"苦吟"诗风的诗人很多,有些诗人醉心苦吟专学其冷僻、寒涩的瘦硬一面。如李洞在创作过程中专力效仿贾岛的生涩、峭拔、古淡的苦吟作风,一字一句必依贾诗格式,在创作上过多选用一些冷僻、怪涩的字眼,诗篇笔力孤峭、生涩怪异。据《北梦琐言》记载:"李洞慕贾岛,欲铸而顶戴,尝念贾岛佛,而其诗体又僻于贾。"[④] 又据《唐才子传》记载:"洞诗逼真似岛,新奇或过之。"[⑤] 李洞的僻涩诗风,在当时不被人们所认可,以至于"时人但讥诮其僻涩,而不能贵其奇峭"[⑥]。另一些诗人在学习贾岛的同时参之以张籍、姚合、白居易诸人,在诗风的抉择上去其生、新、瘦、硬的塞涩弊病,直接指向温婉、浑融、雅洁的清丽一途。如郑谷诗学贾岛,摒除了贾、姚一派的僻苦诗境和险涩字句,取其幽微而去其艰涩,其五言律绝清雅舒徐、圆熟流利虽近贾、姚而每类白居易,整体诗风向着通脱、骚雅、旷达的方向发展。诗人唐求在诗歌创作上亦主要继承了贾岛和姚合诸人的平易、浅切的畅达风格,而摒弃其尖新、僻苦、怪巧之弊病。唐求虽然深受贾、姚

---

① 林德保、李俊、倪文杰注:《详注全唐诗》,大连出版社1997年版,第2840页。
② 林德保、李俊、倪文杰注:《详注全唐诗》,大连出版社1997年版,第2841页。
③ 林德保、李俊、倪文杰注:《详注全唐诗》,大连出版社1997年版,第2840页。
④ (宋)孙光宪撰,贾二强点校:《北梦琐言》,中华书局2002年版,第164页。
⑤ 傅璇琮主编:《唐才子传校笺》,中华书局1990年版,第214页。
⑥ (五代)王定保:《唐摭言》,上海古籍出版社1978年版,第109页。

诗风的影响，但他的诗歌作品读来别有一番风味，"气韵清新，每动奇趣，工而不僻，皆达者之词"①。

三 "崇雅"情结与汉魏风骨

晚唐五代时期，文坛上的创作思潮争奇斗艳多元竞进。这是一个末世悲凉、商声泛起的时代。乱世中的文坛哀音充斥，有的文人敢于直面时代的混乱与人生的惨淡，以写事纪实的存史手法创作了大量具有诗史性质的文学作品；有的文人则逃匿于都市的畸形繁华，在狂欢烂醉中交织着无尽的伤痛，创作出了大量凄迷神伤、哀感顽艳的绮靡文学；有的文人则抱着乱世中孤高狷介与世无争的冷漠心态，在艺文中痴迷、在"苦吟"中度日，创作了大量硬峭寒涩的"苦吟"篇章；更有一些文人力图在乱世中复古崇雅、梦想英豪，内心深处充满了对汉魏风骨的深情呼唤，颇有些惊世骇俗、独标一格的卓然挺立意味。

唐末之际，寓蜀文人对整个的晚唐文学思潮做出了很大程度上的因应共鸣。许多寓蜀文人受到社会上复古崇雅思潮的洗礼，他们有着补救时弊端正文风的初衷，自觉地在创作过程中独标高格出没二雅。唐末寓蜀文人意在消弭当时文坛上哀音充斥浮华绮丽的不良文风，他们推尊教化复古，在创作上崇尚驰骤建安追慕盛唐，有着黜浮崇雅廓清文裳的理论自觉与创作实绩。

唐末寓蜀文人，对当时文坛上所盛行的与世乖离浇薄浮华的文风颇为不满。他们在诗文作品中，表达出了对这股形式主义创作思潮的内在隐忧。如诗人在诗歌作品《故少师从翁隐岩别墅乱后榛芜感旧怆怀遂有追纪》中，形容当时的文坛风气为"浮华重发作，雅

---

① 傅璇琮主编：《唐才子传校笺》，中华书局1990年版，第461页。

正甚湮沦"[1];对其好友"风雅为主人,凡俗仰清尘"之独标高格的文学创作颇为钦佩。郑谷对当时人们沉溺浮华执迷不悟的现状颇为担忧,所谓"雅道谁开口,时风未醒心"(《郊园》)[2],"风骚如线不胜悲,国步多难即此时"(《读前集》)[3]。又,韦庄的诗学思想在于高举"清词"与"丽句",诗人在诗歌选本《又玄集》中提出了"清词""丽句"的选诗标准。韦庄对当时文坛上盛行已久的苦涩雕琢、绮靡浮华的诗文创作风气深为不满,诗人曾云"后生常建彼何人,赠我篇章苦雕刻"[4]。又,寓蜀文人牛希济对当时文坛上的不良创作风习直言斥责,诗人悲愤决绝地指出:"齐梁以降,国风雅颂之道委地。今国朝文士之作……制作不同,师模各异。然忘于教化之道,以妖艳为胜。"[5] 此外,李洞对当时雅道沦丧、世风不古的时代风潮,流露出许多不满的情绪,其《送郜先辈归觐华阴》诗云:"骚雅近来颇丧甚,送君傍觉有光辉。"[6]

唐末之际,寓蜀文人崇尚国风、推尊教化,他们以黜浮崇雅为担当,以恢弘古道为己任。如韦庄的诗歌创作以"清丽雅正"为旨归,在强调"兴、观、群、怨"的同时又主张本之于"中正和平""温柔敦厚",出之于"哀而不伤""怨而不怒"的和雅之气,不以

---

[1] 赵昌平、黄明、严寿澂笺注:《郑谷诗集笺注》,上海古籍出版社1991年版,第177页。

[2] 赵昌平、黄明、严寿澂笺注:《郑谷诗集笺注》,上海古籍出版社1991年版,第121页。

[3] 赵昌平、黄明、严寿澂笺注:《郑谷诗集笺注》,上海古籍出版社1991年版,第262页。

[4] (五代)韦庄著,聂安福笺注:《韦庄集笺注》,上海古籍出版社2002年版,第352页。

[5] (清)董诰等编:《全唐文》,中华书局1983年版,第8877页。

[6] 林德保、李俊、倪文杰注:《详注全唐诗》,大连出版社1997年版,第2846页。

逞才使学为能,不以刻削雕琢为巧,每每给人一种清浅雅洁、洗尽铅华之美。如韦庄《题许浑诗卷》诗云:"江南才子许浑诗,字字清新句句奇。十斛明珠量不尽,惠休虚作《碧云词》。"诗人评价江南才许浑的作品"字字清新""句句奇",犹如十斛明珠珠圆玉润、价值不菲。又,韦庄诗歌《览萧必先卷》称赞友人的作品为"满轴编新句,翛然大雅风"①,将之与"国风""二雅"相媲美。韦庄与友人对酒长歌时,欣赏其作品"白雪篇篇丽,清酤盏盏深"(《对酒》)②。明人胡震亨对韦庄清雅的诗歌作品颇为称赏,认为"五代十国诗歌家最著者,多有唐遗士,韦端己体近雅正"③。清人翁方纲在其《石洲诗话》一书中,称许"韦庄在晚唐之末,稍为官样"④。丁仪在其《诗学渊源》一书中,亦赞扬韦庄的诗文作品"典雅绮丽,风致嫣然"⑤。唐末寓蜀文人冯涓才华横溢,有大名于世,其诗文创作颂美讽谏、悉达教化,所谓"直谏比讽,箴规章奏,悉于教化,所著文章,迥然群品,诸儒称之大手笔"⑥。郑谷在诗文创作上推尊教化崇尚骚雅,其作品往往以撒播王泽为己任,诗人的诗学理论和文学创作实绩为当时社会所称许。郑谷因创作上崇尚风雅得到了改官升迁的礼遇,薛廷珪在《授长安县尉直弘文馆杨赞禹左拾遗鄠县郑谷右拾遗制》一文中,提到诗人郑谷改官升迁的原因在于

---

① (五代)韦庄著,聂安福笺注:《韦庄集笺注》,上海古籍出版社2002年版,第93页。

② (五代)韦庄著,聂安福笺注:《韦庄集笺注》,上海古籍出版社2002年版,第95页。

③ (明)胡震亨:《唐音癸签》,上海古籍出版社1981年版,第81页。

④ (清)翁方纲等:《谈龙录 石洲诗话》,人民文学出版社1981年版,第77页。

⑤ (五代)韦庄著,聂安福笺注:《韦庄集笺注》,上海古籍出版社2002年版,第479页。

⑥ (五代)何光远:《鉴诫录》,中华书局1985年版,第25页。

"以谷二雅驰声,甲科得俊……闻尔谷之诗什,往往在人口而伸王泽。举贤劝善,允得厥中"①。又,唐末寓蜀文人牛希济创作了大量有为而作、针砭时弊的散文作品。牛希济的此类作品,代表了唐末巴蜀文坛的最高水平。牛希济曾言其散文创作的内在动力在于"探治乱之精微,尽当时之利病"②。牛希济的文学思想和创作主张,集中见于其《文章论》和《表章论》两篇作品。牛希济的散文创作承袭了中唐韩、柳古文运动的思想精髓,对韩愈在古文发展史上所起的兴废继绝的重要作用推崇备至,牛氏云:"古人之道,殆以中绝,赖韩吏部独正之于千载之下,使圣人之旨复新。"③牛希济深以"夫子之文章,不可得而见"为人生之憾事,认为当今士人学子的所业之文"诗赋判章而已",而且"唯声病忌讳为切,比事之中,过于谐谑。学古文者,深以为惭"④。牛希济认为散文创作要"师于古""置于理",反对奥学深文、僻事比对、用以相夸,在写作表章之文时,主张"窃愿复师于古,但置于理,何以幽僻文烦为能也"⑤。牛希济为扭转时下文场中浮艳颓丧的不良文风力主"斥浮崇雅",认为"今朝廷思尧舜治化之文,莫若退屈宋徐庾之学,以通经之儒居燮理之任,以杨孟为侍从之臣,使二义治乱之道,日习于耳目"⑥。牛希济期望世人对儒家教义的理解掌握,达到耳熟能详的地步。

唐末寓蜀文人推崇建安风骨、梦寐盛唐气象,其诗歌创作呈现出追摹盛唐、复归骚雅的创作倾向。如吴融的诗文创作和文学思想以驰骛建安、推尊盛唐和标举风雅比兴为旨归。吴融在为好友贯休

---

① (清)董诰等编:《全唐文》,中华书局1983年版,第8809页。
② (清)董诰等编:《全唐文》,中华书局1983年版,第8883页。
③ (清)董诰等编:《全唐文》,中华书局1983年版,第8877页。
④ (清)董诰等编:《全唐文》,中华书局1983年版,第8878页。
⑤ (清)董诰等编:《全唐文》,中华书局1983年版,第8878页。
⑥ (清)董诰等编:《全唐文》,中华书局1983年版,第8878页。

所写的《禅月集序》中，集中表达了崇雅复古、追摹盛唐和梦寐英豪的心态意趣和创作主张。吴融《禅月集序》云："夫诗之作，善善则颂美之，恶恶则风刺之……国朝能为歌、为诗者不少，独李太白为称首；盖气骨高举，不失颂美风刺之道焉。厥后，白乐天《讽谏》五十篇，亦一时之奇逸极言。昔张为作《诗图》五层，以白氏为广大教化主，不错矣。"① 又，郑谷在追随僖、昭二帝逃难之时，曾自编诗文集《云台编》。郑谷在《云台编》的卷末题写三首诗歌，其《卷末偶题》三首流露出作者心仪风雅、驰鹜建安、呼唤风骨的审美取向。其中一首诗云："一第由来是出身，垂名俱为国风陈。此生若不知骚雅，孤宦如何作近臣。"② 该诗流露出郑谷吟咏"国风"、赋诗"二雅"的创作主张和审美取向。郑谷崇尚"汉魏风骨"和"正始之音"，其《兵部卢郎中光济借示诗集以四韵谢之》诗云："七子风骚寻失主，五君歌诵久无声。调和雅乐归时正，澄滤颓波到底清。才大始知寰宇窄，吟高何止鬼神惊。叶公好尚浑疏阔，忽见真龙几丧明。"③ 郑谷在诗中推尊"建安七子"和颜延之《五君咏》中所称颂的阮籍、嵇康、刘伶、阮咸、向秀等"竹林名士"，并希望以汉魏之际的刚健风骨和慷慨情辞来扫荡时下文场中绮丽浮华的不良风气，以期达到重振儒风、复归"正声"的效果。郑谷推崇盛唐的热情很高，诗人对殷璠编选的《河岳英灵集》颇为称许，宋人计有功认为"谷不喜高仲武《间气集》，而喜殷璠《河岳英灵集》"④。郑谷在诗歌创作中亦流露出崇尚盛唐诗风的审美意趣。如《读前集

---

① 陆永峰校注：《禅月集校注》，巴蜀书社2006年版，第3页。

② 赵昌平、黄明、严寿澂笺注：《郑谷诗集笺注》，上海古籍出版社1991年版，第260页。

③ 赵昌平、黄明、严寿澂笺注：《郑谷诗集笺注》，上海古籍出版社1991年版，第387页。

④ （宋）纪有功：《唐诗纪事》，上海古籍出版社1987年版，第1042页。

二首》（其一）诗云："殷璠裁鉴英灵集，颇觉同才得旨深。何事后来高仲武，品题间气未公心。"① 殷璠《河岳英灵集》专门选录盛唐时代的二十位诗人的作品，其取舍选录的标准甚严，均以"声律风骨兼备"为旨归。郑谷认可《河岳英灵集》序言中提出的"兴象""风骨"审美主张。唐人高仲武的《中兴间气集》选录了大量"风骨顿衰"的"大历诗人"的作品，以"体格""理致"为选录标准，郑谷对此颇有微词。郑谷不仅有着呼唤建安风骨和盛唐气象的理论自觉，更有着不俗的创作实绩。如《唐诗选脉会通评林》评价郑谷的诗歌"《别同志》《送颜明经》等篇，往往有高、岑风骨"②。《四库全书总目提要》亦评价郑谷的诗歌作品"往往于风调中独饶思致，汰其肤浅，撷其菁华，固亦晚唐之巨擘矣"③。诗人郑谷心仪盛唐梦寐英豪，其诗歌作品深具雄浑厚重的盛唐气象。如郑谷《长安夜坐寄怀湖外嵇处士》诗云："万里念江海，浩然天地秋。风高群木落，夜久数星流。钟绝分宫漏，萤微隔御沟。遥思洞庭上，苇露滴渔舟。"④ 唐汝临评价该诗"风格雄浑，何减盛唐"⑤；钟惺评价该诗"此等高贵起句，中、晚最不易得，勿轻视之"⑥。

---

① 赵昌平、黄明、严寿澂笺注：《郑谷诗集笺注》，上海古籍出版社1991年版，第262页。

② （明）周敬、（明）周珽辑，（明）陈继儒等评点：《唐诗选脉会通评林》，明崇祯八年毂采斋刻本。

③ （清）纪昀等：《四库全书总目提要》，河北人民出版社2000年版，第3909页。

④ 赵昌平、黄明、严寿澂笺注：《郑谷诗集笺注》，上海古籍出版社1991年版，第71页。

⑤ 赵昌平、黄明、严寿澂笺注：《郑谷诗集笺注》，上海古籍出版社1991年版，第72页。

⑥ 赵昌平、黄明、严寿澂笺注：《郑谷诗集笺注》，上海古籍出版社1991年版，第72页。

第 二 章

五代前蜀时期的巴蜀文学

　　唐末乱世，王建通过十多年的兼并战争最终独占了巴蜀大地，于公元907年建立"大蜀"政权。五代初期，先主王建与后主王衍统治下的前蜀王朝长达二十八年之久。前蜀王朝与李唐王朝渊源甚深，前蜀政权在某种意义上是对唐末藩镇割据政权的继承与延续，前蜀政权草创时期的各类典章制度几乎一律照搬前朝。前蜀文人群体的思想心态在封闭隔绝奢靡苟安的小朝廷中发生了质的裂变。他们没有守道不移的磊落节操，只有因循苟且的顺时无为；没有兼济天下的功名意识，只有个人名利的得失计较；没有力挽狂澜的振作气象，只有醉入花间的沉醉低迷。受社会经济发展、朝廷政局变化、文人思想人格蜕变等多重因素影响，一种类似于市井化、俚俗化及"宫体"艳冶的创作审美思潮，在前蜀文坛上引领时尚居于主流。五代前蜀一朝的文学创作，整体上以尚俗、尚艳、缘情、绮靡为特征。

第一节　前蜀王建统治下的巴蜀政坛与文坛

前蜀政权直承李唐王朝的统治余绪,先主王建统治下的巴蜀政坛与文坛镌刻着鲜明的前朝烙印。众所周知,悍将跋扈、宦官专权、朋党之争是导致李唐王朝覆灭的三大顽疾。这三大顽疾在前蜀王朝那里,不仅没有得到有效根治,而且愈演愈烈、势不可遏。唐末天下大乱,文人士子纷纷入蜀避难。王建在割据巴蜀三川的兼并战争中,将大量寓蜀避难的中原文人纳入其西川节度使的幕府之中。这些数量可观的蜀中流寓文人,为王建前蜀政权的建立储备了人力资源,成为偏霸王朝中重要的智力支柱。这些文人在前蜀王朝的政坛与文坛上十分活跃,王建统治时期巴蜀政坛上诸如悍将跋扈、王储废立、宦官乱政等诸多事件都离不开文人的积极参与。

一　王建统治时期的震荡政局与文人生态

王建在唐末乱世中能够顺利建立前蜀王朝,与流寓蜀中投其麾下的文人群体的鼎力支持息息相关。唐末王建西川节度幕府中聚集着大量士人,据史书《十国春秋》统计,编入列传的文人达四十多人。这些文人士子各有所长:有擅长文辞笺表、出使专对者;有善观形势、出谋划策者;有谙习前朝事典、晓畅国礼制度者;有谙熟吏治、讽喻谏诤、致力清平者;有工诗善画、赋诗填词、通达天文历法者。王建将巴蜀大地上各类英才囊括殆尽,给予他们特殊的礼遇。据史书记载:"蜀恃险而富,当唐之末,人士多欲依建以避乱。建虽起盗贼,而为人多智诈,善待士,故其僭号所用,皆唐名臣世族……其余宋玭等百余人，并见信用。"① 王建开国后的偏霸政权汇聚着大量的前朝文士，故而王建治下的前蜀政权深具李唐王朝的流风余韵。《资治通鉴》称赞王建，"蜀主虽目不知书，好与书生谈论，粗晓其理。是时唐衣冠之族，多避乱在蜀，蜀王礼而用之，使修举故事，故其典章文物，有唐之遗风"②。王建对李唐王朝滞留川蜀的宗室后裔和名臣遗孤优加礼遇。王建即位后，在大赦天下的诏书中明确表示："应自僖宗朝，凡在有功文武大臣显忠孝者，并委中书门下追赠，仍搜访遗孤，量才录用。"③ 其实，王建前蜀政权中有许多前朝高官后裔只是坐享俸禄的庸碌无能之辈。《蜀梼杌》指出："唐故家子弟留蜀者，亦多庸碌之辈。"④ 比如韦昭度之子韦巽寓蜀不归，其人尫懦蒙钝"先主以其事旧，优容之，以至卿监。或为同列所讥云：'三公门前出死狗'巽曰：'死狗门前出三公'，又能酬酢也"⑤。又，前朝相国驸马杜悰之子杜何，其人"仕蜀至五转，无他才俊，止以贵公子享俸禄而已"⑥。此外，前朝太尉高骈之孙高讽，其人"羁旅三川，每叹求官不遂，遍告人曰：何不还我罗城来"⑦。

王建即位时有"永致清平"的良好初衷，希望把大蜀政权巩固好治理好。前蜀开国的次年，王建向全国颁布即位大赦诏。大赦诏

---

① （宋）欧阳修撰，（宋）徐无党注：《新五代史》，中华书局1974年版，第787页。
② （宋）司马光等：《资治通鉴》，岳麓书社1990年版，第567页。
③ （清）董诰等编：《全唐文》，中华书局1983年版，第1290页。
④ 王文才、王炎校笺：《蜀梼杌校笺》，巴蜀书社1999年版，第83页。
⑤ （五代）孙光宪：《北梦琐言》，林艾园校点，上海古籍出版社1981年版，第139页。
⑥ （五代）孙光宪：《北梦琐言》，林艾园校点，上海古籍出版社1981年版，第138页。
⑦ （五代）孙光宪：《北梦琐言》，林艾园校点，上海古籍出版社2012年版，第134页。

作为一部施政纲领,其中心思想是希望构建大蜀政权蒸蒸日上"永致清平"的崭新气象,其中有云:"革弊从新,去华务实,有利于民者,不得不用,有害于民者,不得不除;公平必致于民安,富庶自成于国霸。恩虽不吝,法且无私。教宥者各仰自新,厘革者皆宜共守,俾从涤荡,永致清平。"[1]为实现这一美好愿望,王建也曾采取一些措施。比如王建采取文人许寂的求贤建议,大力搜罗朝野之间的各类人才为朝廷所用,尽量做到人尽其才、才尽其用。许寂《上王建求贤书》云:"今百辟之中,有谋可以策国,勇可以荡寇,或博究治体,或精知化源,未擢颖于明廷,尚含光于庶位者。伏望恢明圣之略,开户牖之图,亲赐给顾问,以观其能,置之列位,尽其献纳,俾官无败政,人无滞才。"[2]又,前蜀武成元年(908),王建任命文人韦庄和张格为宰相时,对他们提出任职和履职的要求为"不恃权,不行私,惟公是守,此宰相之任也"[3]。王建在即位大赦诏中对刺史、县令等亲民之官,提出了明确的任职要求,所谓"刺史县令,身皆受职,宠在分忧,非唯效答于恩荣,亦在保全于终始,将申报国,只计安人。其有徭役不均,刑法不中,乡县凋弊,税赋逋悬,必当分命使臣,大明黜陟。若清廉可奖,课绩有闻,或就转官资,或超加任用。并举劝惩之命,以彰悔过之名"[4]。王建对前蜀朝廷吏部的"铨选"事宜非常重视,要求吏部官员执掌铨选时做到"摭实推公,自执规绳,勿随请托"[5]。王建在十多年的治蜀时期,"委任将佐,擢用才智,抚养士卒,惠绥黎庶,劝课农商"[6]。尽管

---

[1] 王文才、王炎校笺:《蜀梼杌校笺》,巴蜀书社1999年版,第504页。
[2] 王文才、王炎校笺:《蜀梼杌校笺》,巴蜀书社1999年版,第82页。
[3] 王文才、王炎校笺:《蜀梼杌校笺》,巴蜀书社1999年版,第89页。
[4] 王文才、王炎校笺:《蜀梼杌校笺》,巴蜀书社1999年版,第503页。
[5] (清)董诰等编:《全唐文》,中华书局1983年版,第1290页。
[6] 王文才、王炎校笺:《蜀梼杌校笺》,巴蜀书社1999年版,第154页。

王建有兢兢业业治国之心，不过由于他本人的雄猜隐忍、施政苛暴、宠幸佞臣、迷魂声色等问题，其统治下的前蜀王朝在政局上动荡不宁纷争不已。前蜀文人的生平遭际、命运浮沉以及生存态势，与先主王建朝中的悍将、佞臣、宦官三大邪恶势力紧密地扭结在一起。王建统治时期，朝中每一次重大的政局动荡都与文人士子争名夺利、朋党为奸、推波助澜的参与活动密不可分。

王建即位伊始的武成年间，前蜀政坛上爆发了悍将王宗佶飞扬跋扈的谋叛事件。在该事件中，文人郑骞、李纲因其沉瀣一气助纣为虐惨遭王建的贬谪赐死。悍将王宗佶本姓甘氏，史书记载"（王）建未有子，录为养子，以战功累迁中书令"①。王宗佶在朝中结党营私图谋不轨，"策勋录旧，高下在心，附顺者超擢，违戾者挤之散地"②。前蜀武成元年（908）王建讲武星宿山时，王建对臣僚发出感慨"得一二人如韩信而将之，中原不足平也。宗佶跪曰：臣虽不才，自顾可驱策。兵部郎中张扶进曰：陛下雄才大略，尚不能得岐陇尺寸之土，宗佶小子狂妄，愿陛下无以中原为意。宗佶撼之，谕疡人置药而毒杀之"③。文人张扶字子持，益州广都人，其人"博学善文，凡书奏笺檄皆属之。赠谏议大夫"④。悍将王宗佶在王建诸养子中年最长，随着王建亲子宗懿等人的长大成人而受到严峻挑战。史书记载王宗佶"及宗懿等兄弟成长，内不自安，遂与御史中丞郑骞、判官李纲谋"⑤。文人郑骞、李纲作为王宗佶死党为其奔走呐喊，妄图为王宗佶谋取大司马一职总揽全国兵权。郑骞、李纲变本加厉，进一步教唆王宗佶上书朝廷请求册封太子，此举意在提前谋求储君

① 王文才、王炎校笺：《蜀梼杌校笺》，巴蜀书社1999年版，第97页。
② （宋）路振：《九国志》，中华书局1985年版，第54页。
③ 王文才、王炎校笺：《蜀梼杌校笺》，巴蜀书社1999年版，第95页。
④ 王文才、王炎校笺：《蜀梼杌校笺》，巴蜀书社1999年版，第95页。
⑤ （宋）路振：《九国志》，中华书局1985年版，第54页。

的地位。郑、李二人帮王宗佶起草了《上蜀高祖表》，其中有云："臣官预大臣，亲则长子，国家之事，休戚是同。今储贰未定，必生万阶。陛下若以宗懿才堪继承，宜早行册礼，以臣为元帅，兼总六军。倘以时方艰难，宗懿冲幼，臣安敢持议，不当重事。陛下既正位南面，军旅之事，宜委之臣下。臣请开元帅府，铸六军印，征戍征伐，臣悉专行。"① 表中宣称"宗懿冲幼""不当重事""军旅之事，宜委之臣下"之类言辞悖谬叫嚣狂妄，该表为王宗佶及其党人的覆灭埋下了伏笔。

究其原因，郑骞、李纲所撰写的《上蜀高祖表》是矛盾激化的导火线，佞臣唐道袭挑拨离间的谗言是催化剂，蜀主王建猜忌多变的性格是王宗佶党人覆灭的内在因素。阆州人唐道袭，少年时以"舞童"身份受到王建的宠幸，其人"美眉目，足机智，自童年亲事太祖"②。唐道袭虽然深受王建的宠幸，王宗佶却对其"尤易之，后为枢密使，犹名呼袭，袭虽内恨，而外奉宗佶愈谨。建闻之怒曰：宗佶名呼我枢密使，是将反也"③。王宗佶为求取大司马一职连上表章，"建以问袭，袭因激怒建曰：宗佶功臣，其威望可以服人心，陛下宜即与之。建心益疑"④。唐道袭的谗言催化，再加上王宗佶本人固执己见狂妄叫嚣，最终导致他本人"入奏事，自请不已，建叱卫士扑杀之"⑤。王宗佶被扑杀后，党人郑骞、李纲很快受到了株连，

---

① （清）董诰等编：《全唐文》，中华书局1983年版，第9286页。

② （五代）何光远撰，邓星亮等校注：《鉴诫录校注》，巴蜀书社2011年版，第115页。

③ （宋）欧阳修撰，（宋）徐无党注：《新五代史》，中华书局1974年版，第788页。

④ （宋）欧阳修撰，（宋）徐无党注：《新五代史》，中华书局1974年版，第788页。

⑤ （宋）欧阳修撰，（宋）徐无党注：《新五代史》，中华书局1974年版，第788页。

"贬其党御史中丞郑骞为维州司户,卫尉少卿李纲为汶川尉,皆赐死于路……"①

悍将王宗佶及其文人党羽覆灭之后,一波未平一波又起,前蜀永平年间出现了太子宗懿(后改名元膺)与佞臣唐道袭之间的武装冲突。两人率军在蜀都城内兵戎相见,混战的结果为双双殒命丧亡,一个死后废为庶人,另一个谥号"忠壮"。太子与佞臣的此次争权械斗事件,将文人潘峭和毛文锡牵涉进来,潘、毛二人惨遭太子元膺的拷打险些丧命九泉。

太子元膺性情暴躁喜欢残害旧臣,"内枢密使唐道袭,蜀主之嬖臣也,太子屡谑之于朝,由是有隙,互诉于蜀主。蜀主恐其交恶,以道袭为山南西道节度使同平章事"②。蜀主王建宠幸"舞童"唐道袭,在其出镇山南西道节度使时亲自饯别慰劳,"帝御大安楼亲送,及见唐公将别,帝颇动容,侍从宫娥,无不弹泪。太祖制《赠别》以赐唐公"③。目不知书的王建由于平时亲近士子,也学会一些吟诗的本事,向唐道袭赠别诗云:"早岁便将为肘腋,二纪何曾离一日。更深犹尚立案前,敷奏柔和不伤物。今朝荣贵慰我心,双旌引向重城出。褒斜旧地委勋贤,从此生灵永泰息。"④ 唐道袭任职期满,回朝后重新担任枢密使要职。此事引起了太子元膺的不满,二人的关系重新恶化互诉于帝。前蜀的武成三年(910)七月,太子元膺召集诸王和大臣宴饮"集王宗翰、枢密使潘峭、翰林学士毛文锡不至。元膺怒曰:集王不来,峭及文锡教之耳。明日元膺白建,峭及文锡

---

① (宋)司马光等:《资治通鉴》,岳麓书社1990年版,第570页。
② (宋)司马光等:《资治通鉴》,岳麓书社1990年版,第582页。
③ (五代)何光远撰,邓星亮等校注:《鉴诫录校注》,巴蜀书社2011年版,第115页。
④ (五代)何光远撰,邓星亮等校注:《鉴诫录校注》,巴蜀书社2011年版,第115页。

离间诸王,建怒将罪之。元膺出而袭入,建以问之,袭曰:太子谋作乱,欲召诸将诸王,以兵锢之,然后举事耳。建疑之,袭请召屯营军入卫。元膺初不为备,闻袭召兵,以为诛己,乃与伶人安悉香、军将喻全殊,率天武兵自卫"①。太子元膺在发动兵变攻杀唐道袭前,首先逮捕了文人潘峭和毛文锡百般摧残虐待,史书记载其"捕潘峭、毛文锡至,榻之几死,囚诸东宫"②。太子元膺平时对文人毛文锡颇为轻视,《蜀梼杌》记载:"元膺尝射中钱的,翰林学士毛文锡作赋美之,元膺曰:穷措大畏此神箭否?"③ 此时,太子元膺捕获潘峭、毛文锡后,必欲置之死地而后快。太子元膺与佞臣唐道袭各自率领士兵械斗逞凶,最后结果为唐道袭中流矢丧命归西,太子元膺在龙跃池被卫兵所杀。蜀主王建闻讯后,惊骇失措痛哭不已,"左右恐事变,会张格呈慰谕军民榜,读至'不行斧钺之诛,将误社稷之计',蜀主收涕曰:朕'何敢以私害公?'于是下诏废太子元膺为庶人……赠唐道袭太师,谥忠壮"④。

太子元膺暴卒后,另行册立储君的事宜被提到日程上来,枢密使潘炕上书王建请求择立太子。围绕太子册立一事,朝中内廷的后宫势力、宦官势力与外廷朝官势力相互勾结最终废长立幼,为前蜀朝廷的最终覆亡埋下了祸根。王建认为,雅王宗辂长得与自己的相貌类似,信王宗杰有才干处事果断,想在两人之间选择一人立为太子,郑王宗衍年龄最小自不当立。郑王宗衍的母亲徐贤妃最受王建的宠爱,徐贤妃凭借王建的专宠谋立宗衍为太子"使飞龙使唐文扆

---

① (宋)欧阳修撰,(宋)徐无党注:《新五代史》,中华书局1974年版,第789页。
② (宋)司马光等:《资治通鉴》,岳麓书社1990年版,第601页。
③ 王文才、王炎校笺:《蜀梼杌校笺》,巴蜀书社1999年版,第120页。
④ (宋)司马光等:《资治通鉴》,岳麓书社1990年版,第602页。

讽张格上表请立宗衍"①。宰相张格以为奇货可居，于是"夜以表示功臣宗王侃等，诈云受密旨，众皆署名"②。王建不得已，只好册立宗衍为太子，不过心中仍存疑惑，经常扪心自问"宗衍幼懦，能堪其任乎"③。

在宗衍被册立为太子一事上，后宫徐妃干预朝政，与宦官势力的代表唐文扆及朝官势力的代表张格勾结在了一起，此后三方势力联手把持朝政诛杀异己，甚至发展到左右皇帝意志鸩毒君王的地步。宗衍被拥立为太子，宦官唐文扆有拥立之功，宰相张格比附之。张格与司徒毛文锡争权，二人势同水火。前蜀天汉元年（917），毛文锡嫁女与左仆射兼中书侍郎、同平章事庾传素之子。毛文锡在枢密院宴请亲族，使用了宫廷乐队，事先没有奏请皇帝。王建听到乐声感到奇怪，"文扆从而谮之"④。于是，毛文锡被贬为茂州司马，其子司封员外郎毛询被流放维州，毛文锡弟弟翰林学士毛文晏被贬为荣经尉。宗衍被立为太子并不符合王建的本意，后又欲废之而不果行。宗衍本是纨绔子弟，好酒色，乐游戏，光天元年（918），蜀主王建"尝自夹城过，闻太子与诸王斗鸡击球喧呼之声，叹曰：吾百战以立基业，此辈其能守之乎？由是恶张格，而徐贤妃为之内主，竟不能去也"⑤。此时王建又有了废除宗衍改立宗杰的意图，此意图被徐妃、唐文扆、张格等人察觉后，光天元年（918）二月癸亥"宗杰暴卒，蜀主深疑之"⑥。正当王建打算深究此事时，却染病暴卒。蜀主王建的真正死因在于被人投毒，据《通鉴考异》卷二十九

---

① （宋）司马光等：《资治通鉴》，岳麓书社1990年版，第602页。
② （宋）司马光等：《资治通鉴》，岳麓书社1990年版，第602页。
③ （宋）司马光等：《资治通鉴》，岳麓书社1990年版，第602页。
④ （宋）司马光等：《资治通鉴》，岳麓书社1990年版，第618页。
⑤ （宋）司马光等：《资治通鉴》，岳麓书社1990年版，第621页。
⑥ （宋）司马光等：《资治通鉴》，岳麓书社1990年版，第621页。

引《北梦琐言》记载云："余闻宗弼亲吏曹处琪言：建疑信王暴卒，唐文扆与徐妃张格阴谋，使尚食进鸡烧饼，因置毒。"① 王建弥留之际召集顾命大臣，颁赐手诏云："感此疾恙，药石弗救。太子虽幼有贤德，然次不当立，卿等固请于外，后妃亦甚笃爱，朕不能违，立为储贰。勉力辅戴，无坠我邦家之休！又谓曰：太子若不克荷，但置之别宫，选立贤者，慎勿害之。徐氏兄弟但优与俸禄，以丰其家，勿令掌兵，以速其祸。"② 王建将册立宗衍为太子的责任强加给了诸位大臣，自己推脱得一干二净。王建病重期间朝政动荡飞短流长，宦官唐文扆居中用事图谋政变，阴谋败露后唐文扆被流放雅州，同党文人王保融被流放泸州。此事《资治通鉴》记载云："内飞龙使唐文扆久典禁兵，参与机密，欲去诸大臣，遣人守宫门。王宗弼等三十余人日至朝堂，不得入见，文扆屡以蜀主之命慰抚之，伺蜀主殂，即作难。遣其党内皇城使潘在迎侦察外事，在迎以其谋告宗弼等。宗弼等排闼入，言文扆之罪，以天册府掌书记崔延昌权判六军事，召太子入侍疾。丙子，贬唐文扆为眉州刺史。翰林学士承旨王保晦坐附会文扆，削官爵，流泸州。"③

二 王建统治时期前蜀文人的创作心态

五代时期，前蜀王朝不过是一个僻处内陆腹地西南一隅的偏霸政权。王建本人及臣僚文人缺乏逐鹿中原一统寰宇的雄心与实力。前蜀王朝弥漫着苟且偷安、纸醉金迷的享乐气息，缺乏欣欣向荣、吞吐八荒的恢宏气象。王建统治下的前蜀文人，偏嗜于一种浅斟低

---

① （宋）司马光等著，（元）胡三省音注：《资治通鉴》，中华书局1956年版，第8826页。
② 王文才、王炎校笺：《蜀梼杌校笺》，巴蜀书社1999年版，第150页。
③ （宋）司马光等：《资治通鉴》，岳麓书社1990年版，第622页。

唱的惬意生活，他们在封闭隔绝的小朝廷里消磨了兼济天下的胸襟壮志，只剩下因循苟安的顺世无为，他们没有守道不移的磊落情怀，只有醉入花间的沉醉低迷。王建治下前蜀文人的人格操守上的质变，深刻影响了他们的文学创作心态。前蜀文人在创作心态上，收回了关注大千世界和社会民生的茫茫视野，转而聚焦在了眼中景、身边事、酒中趣、意中人等，他们率而挥笔、肆而含情，每每给人一种浅近清雅生机盎然的韵味美，碧海鲸鱼的阔大意象自然不会存于他们的胸中。

诗人韦庄唐末入蜀投靠王建麾下为其效力，他鼎力支持王建称帝，在前蜀政权建立过程中功劳卓著。《蜀梼杌》记载："建之开国，制度号令，刑政礼乐，皆庄所定。"[1] 王建也对韦庄信任有加托以心腹，最终委以宰相之职勉励其"不恃权，不行私，惟公是守，此宰相之任也"[2]。韦庄入蜀后的创作心态发生了很大变化，这一时期的文学创作大都是一些知足饱饮玩性情的浅斟低唱以及留恋杯酒光景的小碎篇章。

韦庄入蜀后的诗歌创作不仅在数量上急剧减少，而且诗歌的创作主题由关注社稷苍生转为描写日常生活中的人和事。韦庄在前蜀朝廷中生活了四年便去世，诗人此时步入老境颇有一种阅尽沧桑的旷达情怀。《读通鉴论》评价诗人晚年在蜀中的文学创作心态为："韦庄之流，寄身偏霸以谋安，其于忧世爱国之道梦寐不及，而谈笑天下。"[3] 韦庄灵心善感，寓蜀时诗歌作品描写最多的是亲情、爱情和友情，创作了大量的家事诗、悼亡诗及赠答唱和诗。

---

[1] 王文才、王炎校笺：《蜀梼杌校笺》，巴蜀书社1999年版，第104页。
[2] 王文才、王炎校笺：《蜀梼杌校笺》，巴蜀书社1999年版，第89页。
[3] （明）王夫之：《读通鉴论》，中华书局1975年版，第1022页。

(一) 韦庄晚年寓蜀时的家事亲情诗

韦庄多愁善感,一生忠于自己的内心,创作了大量的"家事亲情诗"。韦庄的此类"家事诗"给人一种洗尽凡俗、晶莹澄澈的感觉。广明元年(880),黄巢起义军攻破长安时,韦庄身陷乱兵之中与弟妹相失。第二年春,诗人逃离长安途中与弟妹相遇,其《辛丑年》诗云:"田园已没红尘里,弟妹相逢白刃间。西望翠华殊未返,泪痕空湿剑文斑。"① 从乱兵战火中逃难出来的亲人散居在了江南各地,而诗人自己亦漂泊江南各地,中举之后最终选择了入蜀。诗人对天各一方的亲人系念不已,经常书信往返殷勤问讯。此类家事诗,诸如《寄舍弟》《寄江南诸弟》《夏口行寄婺州诸弟》等无不至情至性、感人至深。

现存韦庄"家事诗"中有一个十分醒目的悼亡主题。韦庄及第之前曾纳一姬,二人感情深厚。韦庄《悼亡姬》诗云:"六七年来春又秋,也同欢笑也同愁。才闻及第心先喜,试说求婚泪便流。几为妒来频敛黛,每思闲事不梳头。如今悔恨将何益,肠断千休与万休。"② 根据诗意可知,韦庄与亡姬共同度过了六七年的美好时光。又韦庄《悼杨氏妓琴弦》诗云:"魂归寥廓魄归烟,只住人间十八年。昨日施僧裙带上,断肠犹系琵琶弦。"③ 由此可知,爱姬死时年仅十八岁。花样年华的爱姬突然亡去,是诗人始终无法释怀的内心感伤。韦庄暮年的此类诗歌作品《独吟》《悔恨》《灵魂》《旧居》《赠姬人》《姬人养蚕》等,无不给人一种感人肺腑的凄怆之美。

---

① (五代)韦庄著,聂安福笺注:《韦庄集笺注》,上海古籍出版社2002年版,第83页。

② (五代)韦庄著,聂安福笺注:《韦庄集笺注》,上海古籍出版社2002年版,第377页。

③ (五代)韦庄著,聂安福笺注:《韦庄集笺注》,上海古籍出版社2002年版,第396页。

"若无少女花应老，为有姮娥月易沉。"（韦庄《悼亡姬》）韦庄不仅将对"亡姬"的悼念付诸诗篇，亦倾诉于其曲词作品的创作之中。如《荷叶杯》词云："绝代佳人难得，倾国，花下见无期。一双愁黛远山眉，不忍更思惟。井井闲掩翠屏金凤，残梦，帘幕画堂空。碧天无路信难通，惆怅旧房栊。"① 近人李冰若在其《栩庄漫记》一书中认为："《浣花集》悼念亡姬之作甚多，《荷叶杯》《小重山》当属同类。"②

韦庄的"家事诗"还表现在关爱子女成长等方面。其《勉儿子》诗云："养尔逢多难，常忧学已迟。辟疆为上相，何必待从师。"③ 诗中勉励儿子自强自立、努力向学、茁壮成长。又《与小女》诗曰："见人初解语呕哑，不肯归眠恋小车。一夜娇啼缘底事，为嫌衣少缕金花。"④ 诗歌描写孩童时代的小儿女憨态可掬形象逼真。如此情思细腻、趣味盎然的小诗，写尽了诗人的挚爱关切之情。又《忆小女银娘》诗云："睦州江上水门西，荡桨扬帆各解携。今日天涯夜深坐，断肠偏忆阿银犁。"⑤ 根据诗意可知，韦庄其女名叫银娘。此时的小女早已长大成家，如今父女二人天各一方，夜深独想、空断人肠。

韦庄的"家事诗"，又涉及对家中仆人的怜爱和倚重方面。如《女仆阿柱》诗云："念尔辛勤岁已深，乱离相失又相寻。他年待我

---

① 刘金城校注，夏承焘审订：《韦庄词校注》，中国社会科学出版社1981年版，第29页。
② 王兆鹏主编：《唐宋词汇评》，浙江教育出版社2004年版，第201页。
③ （五代）韦庄著，聂安福笺注：《韦庄集笺注》，上海古籍出版社2002年版，第381页。
④ （五代）韦庄著，聂安福笺注：《韦庄集笺注》，上海古籍出版社2002年版，第391页。
⑤ （五代）韦庄著，聂安福笺注：《韦庄集笺注》，上海古籍出版社2002年版，第394页。

门如市，报尔千金与万金。"① 诗人对家中仆人的辛勤劳作和乱世中不离不弃，充满了无限感激之情。又《仆者杨金》诗曰："半年辛苦其荒居，不独单寒腹亦虚。努力且为田舍客，他年为尔觅金鱼。"② 韦庄与仆人倾心相交、肝胆相照的高贵品格感人至深。明人朱国桢在《涌幢小品》一书中为之感慨道："韦庄穷时，赖内外努之用。作诗慰之。有曰：'努力且为田舍客，他年为尔觅金鱼。'又曰：'他年待我门如市，报尔千金与万金。'其言虽俚，其事难期，而其情则可悲。"③

(二) 韦庄晚年寓蜀时的酬唱赠答诗

韦庄在王建政权的从政之余，经常与友人赋诗酬答。韦庄的此类作品，是诗人晚年"寓蜀"生活的真实写照。如《和人春暮书事寄崔秀才》诗云："半掩朱门白日长，晚风轻堕落梅妆。不知芳草情何限，只怪游人思易伤。才见早春鹦出谷，已惊新夏燕巢梁。相逢只赖如渑酒，一曲狂歌入醉乡。"④ 诗歌首联描写昼长人静的闲适生活。诗中的"才见"和"已惊"极言人情易老、时光迅即、逝水流年的让人无比感伤。又《奉和左司郎中春物暗度感而成章》诗曰："才喜新春已暮春，夕阳吟杀倚楼人。锦江风散霏霏雨，花市香飘漠漠尘。今日尚追巫峡梦，少年应遇洛川神。有时自患多情病，莫是生前宋玉身。"⑤ 诗歌首句"才新春""已暮春"映衬诗歌题目中的

---

① (五代) 韦庄著，聂安福笺注：《韦庄集笺注》，上海古籍出版社2002年版，第395页。
② (五代) 韦庄著，聂安福笺注：《韦庄集笺注》，上海古籍出版社2002年版，第388页。
③ (明) 朱国桢：《涌幢小品》，文化艺术出版社1998年版，第525页。
④ (五代) 韦庄著，聂安福笺注：《韦庄集笺注》，上海古籍出版社2002年版，第365页。
⑤ (五代) 韦庄著，聂安福笺注：《韦庄集笺注》，上海古籍出版社2002年版，第370页。

"春物暗度";诗歌随后以"夕阳闲吟"极写"春物暗度"。诗人灵心善感笔触多情,诗中的锦江暮春风物历历在目。又,《奉和观察郎中春暮忆花言怀见寄四韵之什》诗云:"天畔峨眉簇簇青,楚云何处隔重扃。落花带雪埋芳草,春雨和风湿画屏。对酒莫辞憧暮角,望乡谁解倚高亭。惟君信我多惆怅,只愿陶陶不愿醒。"① 韦庄在该诗中直陈"惟君信我多惆怅,只愿陶陶不愿醒",颇有些看淡世事的旷达意味。

韦庄"三年流落卧漳滨",曾在诗僧贯休的家乡婺州寓居漂泊,入蜀之前二人就已结下了深厚的友谊。入蜀后,韦庄、贯休二人推心置腹闲话婺州,贯休《和韦相公话婺州陈事》诗云:"昔事堪惆怅,谈玄爱白牛。千场花下醉,一片梦中游。耕避初平石,烧残沈约楼。无因更重到,且副济川舟。"② 诗中的"白牛"暗含佛典,《法华经》中以白牛喻大乘佛教,足见韦庄喜好谈玄说禅,且具有很深的佛学修养。诗中的"初平石""沈约楼"均在婺州,贯休的桑梓之思不难索解。又,贯休《酬韦相公见寄》:"盐梅金鼎美调和,诗寄空门问讯多。秦客弈棋抛已久,楞严禅髓更无过。万般如幻希先觉,一丈临山且奈何。空讽平津好珠玉,不知更得及门么。"③ 诗中"诗寄空门问讯多"意指韦庄经常投诗贯休,与之讨论佛理。诗中"楞严禅髓更无过",意指韦庄的佛学造诣天分极高,能够参透楞严"禅髓"。

又,韦庄的绝笔诗《闲卧》诗云:"谁知闲卧意,非病亦非眠。

---

① (五代)韦庄著,聂安福笺注:《韦庄集笺注》,上海古籍出版社2002年版,第371页。
② 陆永峰校注:《禅月集校注》,巴蜀书社2006年版,第286页。
③ 陆永峰校注:《禅月集校注》,巴蜀书社2006年版,第394页。

手从雕扇落,头任漉巾偏。"① 韦庄此时已是垂垂暮年,早已消磨尽了昔日的雄心壮志,把留恋的目光聚焦在了身边琐事。诗中的"手从雕扇落,头任漉巾偏"颇有些遗落世事、看破红尘的方外意味。宋人计有功《唐诗纪事》记载该事典云:"至若《闲卧》:'谁知闲卧意,非病亦非眠。'又'手从雕扇落,头任漉巾偏。'识者知其不详,后诵子美诗:'白沙翠竹江村暮,相送柴门月色新'吟讽不辍。是岁卒于花林坊,葬于白沙。"② 韦庄赋此诗后,赠予了友人贯休。贯休赋诗酬答,其《和韦相公见示闲卧》诗云:"刻形求得相,事事未尝眠。霖雨方为雨,非烟岂是烟。童收庭树果,风曳案头笺。仲尪专为诰,何充雅爱禅。静嫌山色远,病是酒杯偏。蜩响初穿壁,兰芽半出砖。堂悬金粟像,门枕御沟泉。旦沐虽频握,融帷孰敢骞。德高群彦表,善植几生前。修补乌皮几,深藏子敬毡。扶持千载圣,潇洒一声蝉。棋阵连残月,僧交似大颠。常知生似幻,维重直如弦。饼忆莼羹美,茶思岳瀑煎。只闻温树誉,堪鄙竹林贤。脱颖三千士,馨香四十年。宽平开义路,淡泞润清田。哲后知如子,空王凤有缘。对归香满袖,吟次月当川。休说渐如捷,尧天即梵天。"③ "德高群彦表,善植几生前"喻指韦庄德操高迈、行为世范。"修补乌皮几,深藏子敬毡"描写诗人韦庄生活简朴、勤俭持家。"脱颖三千士,馨香四十年"喻指诗人韦庄才华横溢,在文坛上久负盛名。僧贯休在作品中描绘了韦庄晚年的一些生活片段,为我们了解诗人晚年的生活情状和创作心态提供了重要线索。从该诗中可以看出,韦庄生活朴素,公务之余便闭门不出,过着"童收庭树果,风曳案头笺"的

---

① (五代)韦庄著,聂安福笺注:《韦庄集笺注》,上海古籍出版社2002年版,第472页。
② (宋)计有功:《唐诗纪事》,上海古籍出版社1987年版,第1020页。
③ 陆永峰校注:《禅月集校注》,巴蜀书社2006年版,第263页。

雅士生活。韦庄嗜好饮酒、喜欢品茗，经常与僧人交往。

五代前蜀一朝是一个缺乏道德约束和信仰力量的混乱时代。此时，整个社会的名教纲常和世道人心早已沦丧不堪。王建治下前蜀文人缺乏心怀天下的磊落情怀和守道不移的刚直节操，他们在苟且偷安、残暴动荡的小朝廷中大多选择了迎合主意、与世浮沉和明哲保身的消极处世态度。前蜀文人群体的人格裂变反映在文学创作心态上，则是创作了许多哗众取宠、言不由衷的谄媚谀圣类的文学作品。

先主王建好大喜功且笃好谶纬迷信，于是举国上下纷纷制造祥瑞并进献作品歌功颂德。如杜光庭进献表章《贺雅州进白鹊歌》，并创作诗歌《颂圣德纪瑞》称赞王建德高尧舜卓越古今。王建的妻弟周德权听说朱温篡唐即位后，积极向王建进献谶言劝其登基，此举深得王建欢心。《蜀梼杌》记载此事云："德权上表曰：按谶文'李祐西王逢吉昌，土德兑兴丹莫当。'李祐者，唐亡也；西王者，王氏兴于西方也；逢吉昌者，逢字如殿下之名也。土德，坤维也；兑兴，亦西方也；丹莫当者，丹，朱也，言朱梁不敢与殿下抗也。愿稽合天命，仰膺宝录，使天地有主，人神有依。建大悦曰：成我者叔舅也。"[①]贯休在王建的生日"寿春节"进献诗歌作品《寿春进祝圣七首》和《大蜀皇帝寿春节进尧铭舜颂二首》。又，王建猜忌嗜杀，对于功劳卓著的疆场战将尤为忌惮，经常听信谗言屠戮立至。王建统治末年年老力衰，忌惮由秦岐政权归降而来的悍将刘知俊。王建认为刘知俊骄横难制，担心接班人王衍难以驾驭，于是听信谶纬谗言将刘知俊斩首于成都的炭市。杜光庭对王建私心擅杀刘知俊一事极尽谄媚粉饰之能事，撰写《贺诛刘知俊表》上奏。杜光庭在表文

---

① （五代）韦庄著，聂安福笺注：《韦庄集笺注》，上海古籍出版社2002年版，第112页。

中极力诋毁和丑化刘知俊,抨击他"性惟凶狡,器本凡庸。有贪狠苟且之心,无报德怀恩之志。咆哮自恣,残忍为怀,屠害黎元,罔遵刑宪"①。同时,在表文中极力美化王建对刘知俊的诛杀行为,所谓:"伏惟陛下,恩弘天地,仁冠尧汤。体至道以好生,布春和而照物。夷蛮戎狄,皆知慈育之深;日月星辰,共鉴包荒之广。而知俊独违圣造,肆用淫刑,致遐激之未通,阻四方之向化。今则雷霆震令,斧钺兴诛。使普天率土之人,荷去恶除凶之德。克昌祚历,永福生灵。"②杜光庭在表文的最后掩饰不住幸灾乐祸的阴暗心态,所谓"臣某获睹宸威,无任欢跃忭抃之至"③云云。

第二节 前蜀王衍统治下的巴蜀政坛与文坛

王建虽有"永致清平"的美好愿望,但其统治下的前蜀政权跌宕起伏远没有实现天下大治的愿望初衷。光天元年(918)王建暴病崩殂后,前蜀政权的接力棒传到了后主王衍的手中。王衍昏聩平庸不亲政务,经常狎昵佞臣摒弃故老,所谓"惟宴游是好,惟险巧是近,惟声色是尚"④,是一个地地道道的亡国之君。王衍十八岁即位,其统治下的前蜀政权黑暗腐朽污浊混乱,所谓"贤愚易位,刑赏紊乱,君臣上下专以奢淫相尚"⑤,不足八载便国破家亡纳土后唐。前蜀王朝灭亡的原因很多,大体在于昏主误国、宦官弄权、后妃干政、狎客惑主以及宰辅不作为等方面。王衍纵情奢靡、荒政误国背景下

---

① (清)董诰等编:《全唐文》,中华书局1983年版,第9691页。
② (清)董诰等编:《全唐文》,中华书局1983年版,第9691页。
③ (清)董诰等编:《全唐文》,中华书局1983年版,第9691页。
④ 王文才、王炎校笺:《蜀梼杌校笺》,巴蜀书社1999年版,第250页。
⑤ (宋)司马光等:《资治通鉴》,岳麓书社1990年版,第660页。

的宦官、后妃、狎客三大腐朽势力集团,对于前蜀王朝政局的动荡倾覆以及文学创作的生态风貌产生了深刻影响。

一 后主王衍纵情享乐的误国败政与文学创作

后主王衍荒废政务游戏人生,终其短暂的一生只知道游宴奢靡、恣情享乐。王衍平生的所作所为与历史上的陈后主、隋炀帝、南唐后主颇为神似,都是典型的生活腐化、沉湎酒色、国亡身死的亡国之君。他们除却做天子不合格外,诗词歌赋琴棋书画样样精通,称得上是引领时代风尚的文坛大家。王衍的人生信条是拼命享乐,所谓"有酒不醉真痴人",醇酒、美人、游戏构成了他生活的全部内容。王衍经常在"宣华苑"中作长夜之饮,喜好夜以继日地歌舞宴饮,王衍在其《醉妆词》中塑造了一个放浪形骸的自我形象。

乾德二年(920)五月,"宣华苑"建成,其土木工程穷奢极丽,"有重光、太清、延昌、会真之殿,清和、迎仙之宫,降真、蓬莱、丹霞之亭"①。王衍在"宣华苑"中夜以继日地饮酒作乐,与嫔妃狎客们宴饮笑谑歌舞翩跹。王衍在"宣华苑"中醉花醉酒追欢卖笑,整天过着填词谱曲征歌选舞的艳冶生活,进而创作了大量应歌侑酒的"宫体"诗词作品。如乾德三年(921),王衍在"宣华苑"中设宴召见王宗寿,"宗寿因持杯谏衍,宜以社稷为念,少节宴饮。其言慷慨流涕,衍有愧色"②。李玉箫歌唱王衍新撰的宫词向宗寿敬献寿酒,该词云:"赫赫辉辉浮五云,宣华池上月华新。月华如水浸宫殿,有酒不醉真痴人。"③又,乾德五年(923)三月"上巳节",王衍宴请妃嫔佞臣于"昭神亭"。此时"妇女杂坐,夜分而罢。衍

---

① 王文才、王炎校笺:《蜀梼杌校笺》,巴蜀书社1999年版,第168页。
② 王文才、王炎校笺:《蜀梼杌校笺》,巴蜀书社1999年版,第168页。
③ 王文才、王炎校笺:《蜀梼杌校笺》,巴蜀书社1999年版,第168页。

自执板,唱《霓裳羽衣》及《后庭花》、《思越人》曲"①。又,同年九月"重阳节",王衍"宴群臣于宣华苑,夜分未罢,衍自唱韩琮《柳枝词》曰:'梁苑隋堤事已空,万条犹舞旧东风。何须思想千年事,谁见杨花入汉宫。'……"②

后主王衍奢纵无度,在位期间经常巡幸各地、游山玩水、饮酒赋诗。王衍频繁省方一路走来歌诗为伴,其文学创作才能在巡游的途中发挥得淋漓尽致。如乾德二年(920)八月,王衍北狩巡边"旌旗戈甲,百里不绝。衍戎装披金甲,珠帽锦袖,执弓挟矢,百姓望之,谓如灌口神"③。王衍的这次巡游活动,以宫人二十人随行,在到达汉州的西湖上与宫人们泛舟为乐宴饮数日。九月,王衍一行到达北疆安远城,十月到达武定军节度使的驻地洋州,尔后返回安远城。十二月,王衍巡游结束,南返途中到达利州,而后借道来到阆州,王衍一行"泛舟巡阆中,舟子皆衣锦绣。衍自制《水调·银汉曲》,命乐工歌之,郡民何康有女美色,将嫁,衍取之,赐其夫家百缣,其夫一恸而卒"④。又,咸康元年(925)九月,王衍陪伴顺圣皇太后和翊圣太妃游赏近郡名山,《蜀梼杌》记载王衍等人此行祈祷青城山时"宫人毕从,皆衣云霞之衣。衍自制《甘州词》,令宫人歌之。其词哀怨,闻者凄怆"⑤。王衍亲自创作的《甘州词》曰:"画罗裙,能结束,称腰身。柳眉桃脸不胜春,薄媚足精神。可惜许,沦落在风尘。"⑥ 王衍在创作此词后不久,后唐灭亡了前蜀,大

---

① 王文才、王炎校笺:《蜀梼杌校笺》,巴蜀书社1999年版,第178页。
② 王文才、王炎校笺:《蜀梼杌校笺》,巴蜀书社1999年版,第182页。
③ 王文才、王炎校笺:《蜀梼杌校笺》,巴蜀书社1999年版,第164页。
④ 王文才、王炎校笺:《蜀梼杌校笺》,巴蜀书社1999年版,第165页。
⑤ 王文才、王炎校笺:《蜀梼杌校笺》,巴蜀书社1999年版,第208页。
⑥ 林德保、李俊、倪文杰注:《详注全唐诗》,大连出版社1997年版,第3379页。

量的妃嫔宫女沦落风尘。王衍陪伴太后太妃游赏完成都附近的名山胜迹后，同年十月又马不停蹄地下诏北巡秦州。王衍的秦州之行打着巡边安民的幌子，所谓"盖闻前王巡狩，观土地之惨舒；历代省方，慰黎元之徯望。西秦封域，远在边隅，先皇帝画此山河，历年征讨，虽归王化，未浃惠风。今耕稼既属有年，军民颇闻望幸，用安疆场，聊议省巡"（《幸秦州制》）①。实际上，王衍北上秦州的真正目的是要去私会他的情人王承休之妻严氏。此事，据《十国春秋》记载云："承休妻严，有殊色，后主绝加宠爱。秦州之行，后主以严故临幸焉，至则赐以妆镜。"② 王衍千里迢迢地巡幸秦州，在行进的途中创作了许多纪行类的诗歌作品。其中比较出名的，如《题剑门》诗云："缓辔逾双剑，行行蹑石棱。作千寻壁垒，为万祀依凭。道德虽无取，江山粗可矜。回看城阙路，云叠树层层。"③ 又，王衍行进途中《幸秦川上梓潼山》诗云："乔岩簇冷烟，幽径上寒天。下瞰峨眉岭，上窥华岳巅。驱驰非取乐，按幸为忧边。此去如登陟，歌楼路几千。"④ 王衍到达秦州私会严氏时，赠予其定情信物铜镜一面。王衍在赠予严氏的铜镜上面镌刻了相思文字颇有几分文采，文曰："炼形神冶，莹质良工。如珠出匣，似月停空。当眉写翠，对脸傅红。绮窗绣幌，俱含影中。"⑤ 蜀主王衍的此番手笔，在铭文的字里行间流露出了对严氏的叹赏与相思之情。

---

① （清）董诰等编：《全唐文》，中华书局1983年版，第1293页。
② （清）吴任臣撰，徐敏霞、周莹点校：《十国春秋》，中华书局1983年版，第667页。
③ 林德保、李俊、倪文杰注：《详注全唐诗》，大连出版社1997年版，第25页。
④ 林德保、李俊、倪文杰注：《详注全唐诗》，大连出版社1997年版，第25页。
⑤ （清）董诰等编：《全唐文》，中华书局1983年版，第1294页。

二 王衍统治时期的宦官集团与文学创作

后主王衍一味享乐不理政事，境内军国大事一概委任宦官执掌。宦官势力把持朝政为所欲为，是导致前蜀王朝衰败灭亡的重要原因。宋人张商英一针见血地指出前蜀王朝的灭亡在于"阉官执政于外，母后司晨于内……其灭亡也，宜哉！"[1] 宦官势力在前蜀王朝能够做大做强，主要还是昏主王衍的宠信纵容，所谓"（王）衍年少荒淫，委其政于宦者宋光嗣、光葆、景润澄、王承休、欧阳晃、田鲁俦等"[2]。王衍在位时期宦官势力一手遮天。他们通过把持军权来干预朝政，史书云："蜀主以内给事王廷绍、欧阳晃、李周辂、朱光葆、朱承、田鲁俦等为将军及军使，皆干预朝政，骄纵贪暴，大为蜀患。"[3] 宦官在前蜀一朝不仅把持中央朝政发号施令，而且能够被委任为节度使，成为雄霸一方的封疆大吏。如宦官王承休采取属下安重霸的计谋，顺利爬上了秦州节度使的高官显位。前蜀宦官作为封疆大吏出任节度使，属于破天荒的大事，司马光感慨道："唐僖、昭之世，宦官虽盛，未尝有建节者。蜀安重霸劝王承休求秦州节……蜀主许之。"[4]

前朝一朝的宦官势力暴虐恣睢、劣迹斑斑。宦官欧阳晃不满自己居住的府邸狭小，纵火焚烧邻舍军营。史书记载此事云："晃患所居之隘，夜，因风纵火，焚西邻军营数百间，明旦，召匠广其居；蜀主亦不之问。"[5] 文人林罕在其《十在文》中对欧阳晃的暴虐行为

---

[1] 王文才、王炎校笺：《蜀梼杌校笺》，巴蜀书社1999年版，第250页。
[2] （宋）欧阳修撰，（宋）徐无党注：《新五代史》，中华书局1974年版，第791页。
[3] （宋）司马光等：《资治通鉴》，岳麓书社1990年版，第625页。
[4] （宋）司马光等：《资治通鉴》，岳麓书社1990年版，第663页。
[5] （宋）司马光等：《资治通鉴》，岳麓书社1990年版，第625页。

进行了无情的揭露和抨击，文曰："性怀惨毒，心恣贪残，焚艺军营，要宽私第，不顾喧腾于众口，惟思自任于忿怀，有欧阳晃在。"①此外，宦官田鲁俦出任地方官时剥削搜刮横征暴敛，"酷毒害民，市井聚货，叨为郡守，实负天恩，疮痍已遍于阳安，蒙蔽由凭于密勿"②。又，宦官王承休谄媚王衍"秦州多美妇人，请为陛下采择以献"③；从而获得蜀主的欢悦出任秦州节度使。王承休到达秦州后积极兴建行宫别院，根本不把地方上的军政大事放在心上，所谓："爰持斧钺，出镇藩篱，饰宫殿于遐方，命銮舆而远幸，为衅之端，为祸之原，有王承休在。"④ 又，宦官宋光嗣吹扬佞媚深得王衍欢心托为心腹，其人谬掌枢衡、摧挫英雄、全无才智。前蜀文人杨义方赋诗《九头鸟》讥刺宋光嗣，几乎招致杀身之祸。《十国春秋》记载此事云："后主时，九头鸟见成都，义方作诗有'好惜羽毛还鬼窟，莫留灾害与苍生'之句，宋光嗣疑其刺己，恨之。"⑤ 杨义方的这首《题九头鸟》诗云："三百禽中尔最盛，就中恶尔九头名。数年云外藏凶影，此夜天边发羞声。好惜羽毛还鬼窟，莫留灾害与苍生。况当社稷延洪日，不合鸣时莫乱鸣。"⑥

宦官宋光嗣不仅紊乱时政祸国殃民，而且喜好舞文弄墨、乱下判语，视朝廷的奏章谍报为儿戏，"凡断国章，多为戏判，用三军为儿戏，将万机为诡随。取笑四方，结怨上下"⑦。譬如《判行营将士

---

① （清）董诰等编：《全唐文》，中华书局1983年版，第9293页。
② （清）董诰等编：《全唐文》，中华书局1983年版，第9293页。
③ （宋）司马光等：《资治通鉴》，岳麓书社1990年版，第663页。
④ （清）董诰等编：《全唐文》，中华书局1983年版，第9293页。
⑤ （清）吴任臣撰，徐敏霞、周莹点校：《十国春秋》，中华书局1983年版，第643页。
⑥ （清）李调元编，何光清点校：《全五代诗》，巴蜀书社1992年版，第491页。
⑦ （五代）何光远撰，邓星亮等校注：《鉴诫录校注》，巴蜀书社2011年版，第136页。

申请裹粮》云："才请冬赐，又给行装。汉州咫尺，要甚裹粮。绵州物贱，直到益昌。"① 又《判内庭求事人》云："觅事撮巅坳，勾当须教了。傥若有阙遗，禁君直到老。"② 又《判导江县申状封皮上著状上门府衙》云："敕加开府，不是门府。典押双眇，令佐单瞽。量事书罚，胜打十五。令佐盘庚，典押岁取。事了速归，用修廨宇。"③ 又《判小朝官郭延钧进识字女子》云："进来便是宫人，状内犹言女子。应见容止可观，遂令始制文字。更遣阿母教招，恨不太真相似。且图亲近官家，直向内廷求事。"④ 又《判神奇军背军官健李绍妻阿邓乞判改嫁》云："淡红衫子赤辉辉，不抹燕脂不画眉。夫婿背军缘甚事，女人别嫁欲何为。孤儿携去君争忍，抵子归来我不知。若有支持且须守，口中争著两张匙。"⑤ 又《判简州刺史安太尉申院状希酒场》云："系州收榷，安胡安胡，空有髭须。所见不远，智解全愚。酒场是太后教令，问你还有耳孔也无。"⑥ 又《判内门捉得御厨杂使衙官偷肉》云："斤斤肉是官家物，饱祭喉咙更将出。不能为食斩君头，领送右巡枷见骨。"⑦ 由此可见，宋光嗣此类的断章判语，

---

① （五代）何光远撰，邓星亮等校注：《鉴诫录校注》，巴蜀书社2011年版，第136页。
② （五代）何光远撰，邓星亮等校注：《鉴诫录校注》，巴蜀书社2011年版，第136页。
③ （五代）何光远撰，邓星亮等校注：《鉴诫录校注》，巴蜀书社2011年版，第136页。
④ （五代）何光远撰，邓星亮等校注：《鉴诫录校注》，巴蜀书社2011年版，第136页。
⑤ （五代）何光远撰，邓星亮等校注：《鉴诫录校注》，巴蜀书社2011年版，第136页。
⑥ （五代）何光远撰，邓星亮等校注：《鉴诫录校注》，巴蜀书社2011年版，第136页。
⑦ （五代）何光远撰，邓星亮等校注：《鉴诫录校注》，巴蜀书社2011年版，第136页。

不仅"断性命于戏玩之间、戮仇仇于枢机之下"①,而且遣词粗鄙、造句无聊、俗不可耐。

三 王衍统治时期的后妃集团与文学创作

后主王衍治下的前蜀王朝不到八年便崩溃败亡,究其原因除了最高统治者王衍本人斗鸡走狗巡幸各地不守宗祧外,宦官执政于外、母后司晨于内是其重要乱源所在。先主王建在位期间宠幸徐妃姊妹,徐妃彼时既有干预朝政的斑斑劣迹,譬如阴谋拥立王衍为太子。王衍登基后,册封生母徐贤妃为顺圣皇太后,册封徐淑妃为翊圣皇太妃。王衍不理政务,徐氏后妃集团大权独揽宣敕教令、卖官鬻爵、指挥公事无所不为。《资治通鉴》记载前蜀王衍当政期间,徐氏二妃大肆敛财、卖官鬻爵,所谓"太后、太妃各出教令卖刺史、令、录等官,每一官阙,数人争纳赂,赂多者得之"②。又,乾德三年(921),前蜀朝廷面向全国制科考试选拔人才,为此设置了贤良方正、博通经史、明达吏理、沉滞丘园、洞识兵机五科,号召天下的黄衣选人和白衣举子前来应试。王衍任命韩昭为礼部侍郎负责此事。韩昭收受贿赂徇私枉法,诸选人击"登闻鼓"告御状、诉不公。王衍召见韩昭询问情况,韩昭对曰:"此皆太后太妃国舅之情,非臣之情。衍默然。"③ 外戚徐延琼是王衍的元舅,此人"受保傅之专官,但务奢华,不思辅弼,第宅迥同于上苑,金珠未满于贪心"④。

王衍统治时期,前蜀朝廷不仅"政归国母,多行教令,淫戮重

---

① (清)董诰等编:《全唐文》,中华书局1983年版,第9293页。
② (宋)司马光等:《资治通鉴》,岳麓书社1990年版,第628页。
③ 王文才、王炎校笺:《蜀梼杌校笺》,巴蜀书社1999年版,第173页。
④ (清)董诰等编:《全唐文》,中华书局1983年版,第9293页。

臣"①，而且徐氏后妃恣其风月烟花之性，经常打着巡游圣境的幌子到处游山玩水赋诗唱和。如咸康元年（925）九月，王衍陪同徐氏后妃巡游成都、汉州、彭州等地的名山胜迹。徐氏后妃首先来到成都附近的青城山，拜谒了王建的铸像并设醮祈福，顺圣太后赋诗《谒丈人观先帝圣容》一首，翊圣太妃与之同题唱和。徐氏二妃又巡游了丈人观、玄都观、金华宫、至德寺，顺圣太后创作了《青城丈人观》《玄都观》《金华宫》《丹景山至德寺》等诗歌作品，翊圣太妃亦与之同题唱和。徐氏后妃一路前行到达彭州后，顺圣太后创作诗歌作品《彭州阳平化》，翊圣太妃同题唱和。到达汉州后，夜里在三学山观看"圣灯"，二人创作了同题唱和作品《汉州三学山夜看圣灯》。徐氏后妃在从汉州返回成都的途中经过天回驿，顺圣太后赋诗一首《天回驿》，翊圣太妃同题唱和。后人对徐氏二妃巡游赋诗之事持贬斥态度，如后蜀文人何光远《鉴诫录》一书中指出徐氏二妃的巡游行为劳民伤财，"驾辒辌于绿野，拥金翠于青山。倍役生灵，颇销经费。凡经过之所，宴寝之宫，悉有篇章刊于玉石。自秦汉以来，妃后省巡未有富贵如兹之盛者也"②。何光远认为："翰墨文章之能，非妇人女子之事。所以谢女无长城之志，空振才名；班姬有团扇之词，亦彰淫思。"③ 进而抨击徐氏二妃"逞乎妖志，饰自幸臣，假以风骚，庇其游佚。取女史一时之美，为游人旷代之嗤"④。何光远认

---

① （五代）何光远撰，邓星亮等校注：《鉴诫录校注》，巴蜀书社2011年版，第105页。

② （五代）何光远撰，邓星亮等校注：《鉴诫录校注》，巴蜀书社2011年版，第105页。

③ （五代）何光远撰，邓星亮等校注：《鉴诫录校注》，巴蜀书社2011年版，第105页。

④ （五代）何光远撰，邓星亮等校注：《鉴诫录校注》，巴蜀书社2011年版，第105页。

为前蜀亡国，二妃荒唐的巡游行为脱不掉干系，所谓"及唐朝兴吊伐之师，遇蜀国有荒淫之主，三军不战，束手而降，良由子母盘游、君臣凌替之所致也"[1]。

前蜀王衍时期，后宫才人集团多才多艺，除了颇有文学才华的太后母妃徐氏姊妹外，尚有李舜弦、李玉箫之类的妃嫔才人。如作为王衍后宫昭仪的李舜弦是前蜀著名词人李珣之妹，为定居蜀地梓州的波斯人后裔。《十国春秋》记载昭仪李舜弦的生平事迹："昭仪李氏，名舜弦，梓州人，酷有辞藻，后主立为昭仪，世所称李舜弦夫人也。所著蜀宫应制诗，随驾诗，钓鱼不得诗诸篇，多为文人鉴赏。"[2] 李舜弦《蜀宫应制》诗云："浓树禁花开后庭，饮筵中散酒微醒。濛濛雨草瑶阶湿，钟晓愁吟独依屏。"[3] 该诗虽为临场发挥的应制诗歌，但其笔下描写的饮宴醉眼中的细雨宫阙瑶草碧树别有景致。又《钓鱼不得》诗云："尽日池边钓锦鳞，芰荷香里暗消魂。依稀纵有寻香饵，知是金钩不肯吞。"[4] 该诗描写宫女们的临流垂钓场景，富有灵动活泛的生活机趣，颇有花蕊夫人宫词的风韵。又《随驾游青城》诗云："因随八马上仙山，顿隔尘埃物象闲。只恐西池王母宴，却忧难得到人间。"[5] 该诗创作于陪同王衍及徐氏后妃巡游青城山之际，诗中编织着八骏马、西王母、穆天子等道教仙化意象，诗歌造境幽微、想落天外，远胜于徐氏后妃的同题赋诗作品。

---

[1] （五代）何光远撰，邓星亮等校注：《鉴诫录校注》，巴蜀书社2011年版，第105页。

[2] （清）吴任臣撰：《十国春秋》，中华书局1983年版，第562页。

[3] （清）李调元编，何光清点校：《全五代诗》，巴蜀书社1992年版，第1144页。

[4] （清）李调元编，何光清点校：《全五代诗》，巴蜀书社1992年版，第1144页。

[5] （清）李调元编，何光清点校：《全五代诗》，巴蜀书社1992年版，第1144页。

此外，王衍时的宫人李玉箫能歌善舞歌喉婉转，曾经"后主宴近臣，命玉箫歌已所撰《月华如水宫词》，侑宗寿酒，一座倾倒"①。李玉箫的这首《宫词》诗云："鸳鸯瓦上瞥然声，昼寝宫娥梦里惊。元是我王金弹子，海棠花下打流莺。"②

四　王衍统治时期的狎客佞臣与文学创作

后主王衍"自童子即能属文，甚有才思，尤能为艳歌"③，有着很高的艺术修养，手底下豢养着一大批填词谱曲饮酒笑谑的狎客佞臣。欧阳修在《新五代史》记述王衍即位后的荒嬉诸事时指出，后主王衍"以韩昭、潘在迎、顾在珣、严旭等为狎客"④。这些狎客佞臣别无长策，只知一味地谄媚惑主败政误国。如狎客严旭"搜求女色，取悦宸襟，常叨不次之恩，每冒无厌之宠"⑤；其人乾德年间强取士民女子纳入王衍后宫，因此荣获彭州刺史的高位。狎客韩昭以便佞得幸素无才智，其人"兴乱本则逞章程之妙，恣奸谋则事颊舌之能，心口倾危，尚居左右"⑥。乾德三年（921），韩昭担任礼部侍郎判三铨时收受贿赂，诸选人诣鼓院诉冤之时编了一段顺口溜讥刺韩昭，所谓"嘉、眉、邛、蜀，侍郎骨肉；导江、青城，侍郎亲情；

---

① （清）李调元编，何光清点校：《全五代诗》，巴蜀书社1992年版，第1144页。

② （清）李调元编，何光清点校：《全五代诗》，巴蜀书社1992年版，第1144页。

③ （宋）王钦若等编纂，周勋初等校订：《册府元龟》，凤凰出版社2006年版，第2557页。

④ （宋）欧阳修撰，（宋）徐无党注：《新五代史》，中华书局1974年版，第791页。

⑤ （清）董诰等编：《全唐文》，中华书局1983年版，第9293页。

⑥ （清）董诰等编：《全唐文》，中华书局1983年版，第9293页。

果、阆二州，侍郎自留；巴、彭、集、壁、侍郎不惜"①。韩昭经常出入宫禁君臣狎昵，曾经向王衍"乞通、渠、巴、集数州刺史卖之以营居第，蜀主许之"②。又，狎客顾在珣为顾彦朗之子，其人"唱亡国之音，炫趋时之侈，每为巫觋，以习圣明，致君为桀纣之昏，使上乏虞唐之化"③。

韩昭、潘在迎、顾在珣、严旭之类的狎客佞臣，整日陪伴在昏主王衍的左右宴饮调笑、助纣为虐。如王衍在蜀宫内修建"宣华苑"后，夜以继日地与这些狎客佞臣酣饮不休，其中男女杂坐、亵慢放荡、无所不至。乾德三年（921），王衍在"宣华苑"中做长夜之饮时"嫔御杂坐，舃履交错"，嘉王王宗寿赴宴时持酒劝谏、言辞慷慨、痛哭流涕，王衍此时颇有愧色。于是，"佞臣潘在迎、顾在珣、韩昭等奏曰：'嘉王从来酒悲，不足怪也。'乃相与谐谑戏笑。衍命宫人李玉箫歌衍所撰宫词，送宗寿酒。宗寿惧祸，乃尽饮之。迎曰：'嘉王闻玉箫歌即饮，请以玉箫赐之。'衍曰：'王必不纳'。"④顾在珣、潘在迎之类的狎客群小颇有一些制词谱曲的荒唐歪才。他们整日追随在王衍的身边"竞抆手摇头令"，甚至后唐军队进攻前蜀之际阻遏军情战报教唆后主巡幸秦州。此事，据《北梦琐言》记载："衍嬖佞韩昭、顾（在）珣、潘在迎等为狎客，竞抆手摇头令。唐师入境，遏其报而游幸，师至利州方知。将士纷然曰：'且打抆手摇头。'衍念周宣帝作歌曰：'自知身命促，把烛夜行游。'令宫女连臂踏脚而歌。"

后主王衍在亡国前夕北上巡行秦州，韩昭、王仁裕、李浩弼等

---

① 王文才、王炎校笺：《蜀梼杌校笺》，巴蜀书社1999年版，第173页。
② （宋）司马光等：《资治通鉴》，岳麓书社1990年版，第634页。
③ （清）董诰等编：《全唐文》，中华书局1983年版，第9293页。
④ 王文才、王炎校笺：《蜀梼杌校笺》，巴蜀书社1999年版，第168页。

狎客佞臣一路上陪伴左右，赋诗酬酢略无虚日。王衍君臣北上途中经过绵州梓潼山时，王衍赋诗一首《幸秦川上梓潼山》："乔岩簇冷烟，幽径上寒天。下瞰峨眉岭，上窥华岳巅。驱驰非取乐，按幸为忧边。此去如登陟，歌楼路几千。"① 素有"诗窖子"之称的狎客佞臣王仁裕赋诗酬酢，其《上梓潼山》诗云："彩仗拂寒烟，鸣驺在半天。黄云生马足，白日下松巅。盛德安疲俗，仁风扇极边。前程问成纪，此去尚三千。"② 王衍君臣途经剑州时，面对一夫当关万夫莫开的剑门雄关诗兴大发。王衍《题剑门》诗云："缓辔逾双剑，行行蹑石棱。作千寻壁垒，为万祀依凭。道德虽无取，江山粗可矜。回看城阙路，云叠树层层。"③ 狎客韩昭赋诗唱和，其《和题剑门》诗云："闭关防老寇，孰敢振威棱。险固疑天设，山河自古凭。三川奚所赖，双剑最堪矜。鸟道微通处，烟霞锁百层。"④ 佞臣王仁裕亦同题唱和，其《题剑门》诗云："孟阳曾有语，刊在白云棱。李杜常挨托，孙刘亦恃凭。庸才安可守，上德始堪矜。暗指长天路，浓峦蔽几层。"⑤ 王衍君臣在剑州西南二十里，夜间经过"税人场"时"忽闻前后数十里，军人行旅，振革鸣金，连山叫噪，声动溪谷。问人云：'将过税人场，惧有鸷兽搏人，是以噪之。'其乘马忽咆哮恐惧，箠之不肯前……迟明有军人寻之，草上委余骸矣。少主至行宫，顾问臣僚，皆陈恐惧之事。寻命从臣令各赋诗"⑥。王仁裕《奉诏赋剑州途中鸷兽》诗云："剑牙钉舌血毛腥，窥算劳心岂暂停。不与大

---

① 林德保、李俊、倪文杰注：《详注全唐诗》，大连出版社1997年版，第25页。
② （清）李调元编，何光清点校：《全五代诗》，巴蜀书社1992年版，第280页。
③ 林德保、李俊、倪文杰注：《详注全唐诗》，大连出版社1997年版，第25页。
④ （清）李调元编，何光清点校：《全五代诗》，巴蜀书社1992年版，第839页。
⑤ （清）李调元编，何光清点校：《全五代诗》，巴蜀书社1992年版，第280页。
⑥ 傅璇琮、徐海荣、徐吉军主编：《五代史书汇编》，杭州出版社2004年版，第5939页。

朝除患难，惟余当路食生灵。从将户口资谶口，未委三丁税几丁。今日帝王亲出狩，白云岩下好藏形。"① 李浩弼赋诗《从幸秦川赋鸷兽歌》云："岩下年年自寝讹，生灵餐尽意如何？爪牙众后民随减，溪壑深来骨已多。天子纪纲犹被弄，庸人穷独固难过。长途莫怪无人迹，尽被山王抹杀他。"② 王衍对王、李二人这两首同题唱和的作品非常欣赏，《王氏闻见录》记载："后主览之大笑曰：'二臣之诗各有旨。'"③

第三节　前蜀王朝的文学创作思潮

五代前蜀政权偏霸开国经济发达，生活在此地的文人士子苟且偷安纵情享乐。前蜀文坛上一种类似于市井化、俚俗化和世俗化的文学创作风气潜滋暗长并且逐渐引领风尚。前蜀文坛上与市井俗化创作思潮相对应，文人士子醉入花间寻芳猎艳，在狂欢烂醉中消沉歌唱，在缘情绮靡中谱写艳冶篇章。于是，一种类似"玉树后庭花"末世狂欢般的创作思潮，在前蜀文坛上风靡弥漫并且居于主流。此外，前蜀文坛上回荡着一些化俗为雅、讽喻劝诫的另类声音，不过其影响力微乎其微。

一　前蜀文坛市井俗化的文学创作思潮

前蜀商业发达市场众多，市民阶层迅速崛起，与之相对应市民

---

① （清）李调元编，何光清点校：《全五代诗》，巴蜀书社1992年版，第284页。
② （清）王士祯编，（清）郑方坤删补：《五代诗话》，人民文学出版社1989年版，第21页。
③ 傅璇琮、徐海荣、徐吉军主编：《五代史书汇编》，杭州出版社2004年版，第5939页。

阶层的文艺娱乐活动日益变得丰富多彩。前蜀时，成都城内既有分门别类的行市如米市、炭市，又有按时令季节交易的集市如元月灯市、二月花市、三月蚕市、五月扇市等。韦庄诗歌描写成都的花市为"锦江风散霏霏雨，花市香飘漠漠尘"①；韦庄曲子词描写成都的蚕市为"锦里，蚕市。满街珠翠，千万红妆……"②前蜀时期，商品交易的思想观念深入人心弥漫宫廷内外。如王衍母后徐氏禁不住经商获利的诱惑向全国下达教令，于"通都大邑起邸店，以夺民利"③。王衍也在皇宫内院"造村坊市肆，令宫嫔著青衫，悬帘鬻食，男女杂沓，交易而退，帝与妃嫔辄为笑乐"④。王衍所导演的这场市场交易，纯属一种荒唐无聊的宫廷闹剧。前蜀一朝社会上的市民阶层获得很大发展，他们常年行走于街头巷尾经商交易，他们又经常混迹于烟花巷陌进行世俗享乐。于是，适应市民阶层欣赏口味的各类通俗文学如雨后春笋般层出不穷。前蜀文坛上的变文、俗讲、参军戏、傀儡戏、曲子词等市民通俗文学获得蓬勃发展。五代前蜀时期，佛教积极适应商品发展和市民意识勃兴的社会现实，走上了一条世俗化和平民化的发展道路。俗讲和变文这类适应市民审美趣味采用散韵相间、讲唱结合的通俗文学，在五代前蜀一朝为市民阶层所喜闻乐见。如前蜀王建时期，诗僧贯休在成都大慈寺举行过一场佛经教义的通俗宣讲活动，此举吸引了广大市井细民前去聆听和

---

①（五代）韦庄著，聂安福笺注：《韦庄集笺注》，上海古籍出版社2002年版，第370页。

②（五代）韦庄著，聂安福笺注：《韦庄集笺注》，上海古籍出版社2002年版，第370页。

③（宋）欧阳修撰，（宋）徐无党注：《新五代史》，中华书局1974年版，第791页。

④（清）吴任臣撰，徐敏霞、周莹点校：《十国春秋》，中华书局1983年版，第538页。

观瞻，出现了"百千民拥听经座"①的热闹场面。另一市民通俗文艺娱乐活动"参军戏"，在前蜀社会上十分流行。据前蜀陵州人孙光宪《北梦琐言》记载，前蜀时有位姓王的优人善于舞参军，"每遇府中飨军宴客，先呈百戏，王生腰背一船，船中载十二人，舞《河传》一曲，略无困乏"②。五代前蜀时，文人冯涓的《险竿歌》描写了爬竿艺人表演杂耍的情况，该诗云："山险惊摧车，水险怕覆舟。奈何平地不肯立，沿上百尺高竿头。我不知尔是人耶猿耶复猱耶，教我见尔为尔长叹嗟。"③市民通俗文艺样式傀儡戏，在前蜀社会上也十分流行。前蜀灭亡后，王衍率领君臣北上入洛归顺后唐，当他们来到咸阳时王衍大发感慨："撰曲子云：'尽是一场傀儡。'"④又，后蜀孟昶广政元年（938）游赏大慈寺，"优人以前蜀后主（王衍）为戏"⑤，孟昶大怒，下令诛杀伶人，这种以前朝帝王为题材的傀儡戏自然很容易触动统治者的敏感神经。

受前蜀一朝商品经济畸形发达、市民阶层迅速壮大及市井娱乐活动丰富多彩等多方面影响，前蜀文坛上一种市井化、俚俗化和世俗化的文学创作思潮风靡一时引领时尚。社会上的市民通俗文艺盛行弥漫，对前蜀文人的审美情趣、创作心态和文学主张产生了深刻影响。

前蜀时期，各类文学样式浸染着非常浓郁的市井气息和俗化色

---

① （五代）贯休：《禅月集》，中华书局1985年版，第99页。

② （五代）孙光宪著，林艾园校点：《北梦琐言》，上海古籍出版社1981年版，第152页。

③ 陈尚君辑校：《全唐诗补编》，中华书局1992年版，第492页。

④ 《中华野史》编委会编：《中华野史·宋朝卷》，泰山出版社2000年版，第2745页。

⑤ （清）吴任臣撰，徐敏霞、周莹点校：《十国春秋》，中华书局1983年版，第709页。

彩。在诗歌领域，前蜀文人沿着元稹、白居易所开创的尚俗、务尽的诗歌创作道路走得更远，以致走向了油滑、鄙俗和拙劣的穷途末路。前蜀文人卢延让的诗歌创作鄙俗近俳，后蜀文人何光远在《鉴诫录》中认为："王蜀卢侍郎吟诗多著寻常容易言语，时辈称之为高格。"① 何光远在该书中列举卢延让的诗句"臂鹰健卒悬毡帽，骑马佳人著画衫"（《送周太保赴浙西》）、"每过私第邀看鹤，长著公裳送上驴"（《寄友人》），认为其"此容易之甚矣"②。卢延让浅俗鄙陋的诗歌作品在当时很有市场，深受文化水平不高的市井细民和悍将武夫们的欢迎。如卢延让"狐冲官道过，犬刺店门开"受到租庸使张相的喜爱；"饿猫临鼠穴，馋犬舔鱼砧"受到荆南节度使成汭的击赏；"栗爆烧毡破，猫跳触鼎翻"受到前蜀王建的叹赏。就连卢延让本人也不无解嘲地感慨道："平生投谒公卿，不意得猫儿狗子力也。"③ 又，前蜀文人冯涓学富五车却行为轻薄语对鄙俗，《鉴诫录》记载其典故逸闻："王太祖问：'击抢之戏创自谁人？'大夫对曰：'丘八所置。'上为大笑。又与相座王司空等小酌，巡故字令，错举一字三呼，两物相似。错令曰：'乐乐乐，冷淘似馎饦。'涓曰：'己已巳，驴粪似马屎。'合座大咍。"④ 此外，苏轼评价五代时期油滑鄙俗的文学创作风习时，认为："诗有贯休，书有亚栖，村俗之

---

① （五代）何光远撰，邓星亮等校注：《鉴诫录校注》，巴蜀书社2011年版，第117页。

② （五代）何光远撰，邓星亮等校注：《鉴诫录校注》，巴蜀书社2011年版，第117页。

③ （清）王士禛编，（清）郑方坤删补：《五代诗话》，人民文学出版社1989年版，第192页。

④ （五代）何光远撰，邓星亮等校注：《鉴诫录校注》，巴蜀书社2011年版，第96页。

气,大率相似。"① 宋人叶梦得评价贯休的诗歌作品为"格律尤凡俗"②。此外,明人胡震亨批评贯休的作品"无奈发村,忽作恶骂,令人不堪受"③。前蜀文坛上鄙俗俚陋的创作风习,不仅流行于诗歌创作,而且亦见之于曲词歌唱,如清人吴衡照评价前蜀文人张泌的曲词作品《江城子》"直是伧父唇舌,都乏佳致"④。宋人叶梦得对前蜀词人毛文锡的作品《赞成功》深恶痛绝,认为:"诸人评庸陋词,必曰此仿毛文锡之《赞成功》而不及者。"⑤ 近人李冰若认为毛文锡作为前蜀朝廷的御用词人等同于当时的狎客佞臣,他创作大量浅俗庸陋的曲词作品在所难免,所谓"(毛文锡)又多供奉之作,其庸率,也固宜"⑥。

二 前蜀文坛醉入花间的文学创作思潮

封闭隔绝的地理条件、畸形繁荣的商品经济、教化缺失的道德环境的以及户户弦歌的音乐氛围,滋生了前蜀文人纵情奢靡醉入花间的享乐情怀。前蜀王朝苟且偷安纸醉金迷的时代气息,正如欧阳修所指出的"是时,蜀之君臣皆庸暗,而恃险自安,穷极奢僭"⑦。前蜀王朝缘情绮靡的时代风尚以及醉生梦死的声色追求,培养了前蜀文人幽微细腻、寻芳猎艳的审美情结。前蜀文人淫逸放纵的奢靡

---

① (宋)阮阅编,周木淳校点:《诗话总龟》,人民文学出版社1987年版,第75页。
② (宋)叶梦得:《石林诗话》,中华书局1991年版,第19页。
③ (明)胡震亨:《唐音癸签》,上海古籍出版社1981年版,第82页。
④ 张璋等编纂:《历代词话》,大象出版社2002年版,第1425页。
⑤ 孙克强编著:《唐宋人词话》,河南文艺出版社1999年版,第54页。
⑥ 李庆苏、李庆淦编著:《李冰若〈栩庄漫记〉笺注》,中国文联出版社2009年版,第69页。
⑦ (宋)欧阳修撰,(宋)徐无党注:《新五代史》,中华书局1974年版,第284页。

生活以及末路狂欢般的"嗜艳"心声，使得此时文坛的创作风习不自觉地走上了绮靡香艳一途。

统治阶级浮华放荡的奢靡生活和寻芳猎艳的审美意趣，是前蜀一朝"嗜艳"风潮的积极倡导者和强有力的推动者。前蜀时期，先主王建颇有声色之好，在其开国之初的大赦诏中明确规定将乐营升格为教坊，目的是为其歌舞宴饮时的声色娱乐大开方便之门。王建死后，其陵墓中的棺材石座上雕刻着二十四伎乐图，这正是其生前声色娱乐的真实写照。后主王衍更是倚红偎翠恣意豪奢的荒唐昏主。王衍不仅喜欢在"宣华苑"中让宫女狎客陪伴作长夜之饮，更喜好头戴大帽混迹于市井青楼，史书上称其"好私行，往往宿于娼家，饮于酒楼，索笔题曰：王一来云。恐人识之，故令民间皆戴大帽"[①]。王衍又喜欢头裹"尖巾"，让宫女们穿着道士服装头戴金莲花面施醉妆，史书记载："又好裹尖巾，其状如锥。而后宫皆戴金莲花冠，衣道士服，酒酣免冠，其髻鬖然。更施朱粉，号醉妆。"[②] 王衍在"宣华苑"中作长夜之饮时，狎客佞臣韩昭、顾在珣、潘在迎等人当此盛筵，"与宫女杂坐，或为艳歌相唱和，或谈嘲谑浪，鄙俚亵慢，无所不至，蜀主乐之"[③]。潘在迎工于心计善于揣度上意，经常"以柔顺侍后主游宴，或为艳歌唱和，沉湎无虚日"[④]。王衍与狎客佞臣"颂酒赛色"的艳歌创作，引领和推动了前蜀文坛秾艳、绮丽的时代创作风尚。

后主王衍童年属文甚有才思，酷好丽靡之辞，《十国春秋》称其

---

① 王文才、王炎校笺：《蜀梼杌校笺》，巴蜀书社1999年版，第175页。
② （宋）欧阳修撰，（宋）徐无党注：《新五代史》，中华书局1974年版，第792页。
③ （宋）司马光等：《资治通鉴》，岳麓书社1990年版，第648页。
④ （清）吴任臣撰，徐敏霞、周莹点校：《十国春秋》，中华书局1983年版，第661页。

"常集艳体诗二百篇,号曰《烟花集》"①。王衍不仅编选艳歌《烟花集》昭示寻芳猎艳的审美创作情怀,而且创作了大量艳冶的曲词作品。如王衍自制《水调·银汉曲》《甘州词》《醉妆词》《宫词》等,其中王衍《醉妆词》云:"者边走,那边走,只是寻花柳。那边走,者边走,莫厌金杯酒。"② 上有所好下必甚焉,王衍发明创造的"宫样"或"内家妆",由深宫大院迅速走向了市井民间。如牛峤《女冠子》词云:"绿云高髻,点翠匀红时世"③;李珣《中兴乐》词曰:"休开鸾镜学宫妆,可能更理笙簧"④;李珣《浣溪沙》亦称:"晚出闲庭看海棠,风流学得内家妆"⑤。前蜀王朝寻芳猎艳的时代社会思潮不断向文坛渗透,使得前蜀文人的文学创作浸染着浓烈的香艳气息。如韦庄的曲词作品"何处游女,蜀国多云雨。云解有情花解语,窣地绣罗金缕"(《清平乐》),牛希济的曲词作品"须知狂客,拼死为红颜"(《临江仙》),李珣的曲词作品"早为不逢巫峡梦,哪堪虚度锦江春,遇花倾酒莫辞频"(《浣溪沙》)等,无不是词人醉入花间、溺于声色的艳冶心态的真实流露。受时代社会思潮的浸润渗透,前蜀文人的曲词作品既多艳冶柔曼的香艳气息又具绮靡富丽的装饰色彩。如《十国春秋》记述毛文锡"尤工艳语,所撰《巫山一段云》词,当世传咏之"⑥;清人况周颐评价顾琼的曲词作

---

① (清)吴任臣撰,徐敏霞、周莹点校:《十国春秋》,中华书局1983年版,第531页。

② 张璋、黄畲编:《全唐五代词》,上海古籍出版社1986年版,第521页。

③ (五代)赵崇祚辑,李一氓校:《花间集校》,商务印书馆香港分馆1960年版,第61页。

④ 张璋、黄畲编:《全唐五代词》,上海古籍出版社1986年版,第661页。

⑤ (五代)赵崇祚辑,李一氓校:《花间集校》,商务印书馆香港分馆1960年版,第191页。

⑥ (清)吴任臣撰,徐敏霞、周莹点校:《十国春秋》,中华书局1983年版,第609页。

品"五代艳词之上驷也",认为其作品"工致丽密,时复清疏。以艳之神与骨为清,其艳乃益入神入骨……浓淡疏密,一归于艳"①;近人李冰若《栩庄漫记》评价尹鹗的曲词作品《拔棹子》为"流于狎昵,几如柳三变俳调"②;况周颐评价魏承班的曲词作品《生查子》为"只是刷色鲜艳耳"③;《栩庄漫记》评价魏承班的曲词作品为"浓艳处近飞卿"④。前蜀文人曲词作品中的装饰色彩,主要体现在遣词造句、敷彩设色之镂玉雕琼、剪花裁叶般的工笔描摹方面。前蜀文人在其词作品中,喜欢采用诸如"金""碧""红""绿"等艳丽色彩加以修饰,如"额黄侵腻发,臂钏透红纱"(牛峤《女冠子》);"金缕翠钿浮动,妆罢小窗圆梦"(李珣《西溪子》);"思梦笑。红腮隐出枕函花,有些些"(张泌《柳枝》);"蕊黄香画贴金蝉"(张泌《浣溪沙》);"依约残眉理旧黄,翠鬟抛掷一簪长"(张泌《浣溪沙》)等。这些绚丽斑斓、光彩耀目、灼灼烈烈的颜色语词,无不给人以强烈的视觉冲击。

三 前蜀文坛崇雅讽喻的文学创作思想

前蜀一朝的文学创作审美取向斑驳陆离,除了占主导地位的市井俗化和绮靡艳冶外,还有与之相对的雅化讽喻的文学创作思潮。在前蜀文坛上,有一些文人不满于恶俗油滑的文学创作风尚,力图以黜俗崇雅的审美取向和高格的创作主张,指出文学创作的向上一路。此外,一些文人对前蜀文坛上绮靡艳冶的"宫体"创作时尚甚

---

① 孙克强编著:《唐宋人词话》,河南文艺出版社1999年版,第66页。
② 李庆苏、李庆淦编著:《李冰若〈栩庄漫记〉笺注》,中国文联出版社2009年版,第124页。
③ 史双元编著:《唐五代词纪事会评》,黄山书社1995年版,第856页。
④ 李庆苏、李庆淦编著:《李冰若〈栩庄漫记〉笺注》,中国文联出版社2009年版,第115页。

为不满,自觉拿起讽喻批判的创作利器力图消解寻芳猎艳文学创作思潮的不良影响。

前蜀时期,一些文人的作品卓立挺出,弥漫着醇厚温雅的文人士大夫气息,于市井俗化的时代风潮之外独标高格。如文人张蠙在王建开国后任膳部员外郎,后为金堂令,他在成都大慈寺墙壁的题诗清新雅致,深受昏主王衍和母后徐妃的喜爱。此事据《唐才子传》记载:"王衍与徐氏游大慈寺,见壁间题:'墙头细雨垂纤草,水面回风聚落花。'爱赏久之,问谁作,左右以蠙对。因给札令以诗进。蠙上二百篇,衍尤待重,将召掌制诰,宋光嗣以其轻傲,驸马宣疏之,止赐白金千两而已。"① 又,《续四库全书》评价张蠙的作品为:"读张象文诗,明秀之才,一时罕俪……王衍爱其诗,而以清华见擢,亦展其布之机也。"② 前蜀时期,波斯人李珣擅长曲词创作,其作品以婉约清雅质朴情深见长。如李珣的《渔父歌》《渔歌子》《定风波》为读者展示一个与清风明月为伍、以湖泊四海为家逍遥尘外的渔父垂纶世界,此类作品含蓄蕴藉、婉曲幽微,每每给人一种清新婉丽、洗尽凡俗的清新之感。李珣创作了许多富有诗情画意别开生面的风物词。其中著名的一首《南乡子》词云:"乘彩舫,过莲塘,棹歌惊起睡鸳鸯。游女带香偎伴笑,争窈窕,竞折团荷遮晚照。"③ 该词如梦如幻、如诗似画,声光色交织,构成了一幅生机盎然的立体画面。明人茅暎评该词为"景真意趣"④;近人李冰若评价

---

① (元)辛文房撰,周本淳校正:《唐才子传校正》;文津出版社1987年版,第304页。

② 续修四库编委会编:《续修四库全书》第1313册,上海古籍出版社2006年版,第85页。

③ 唐圭璋、钟振振主编:《全宋词鉴赏辞典》,安徽文艺出版社2006年版,第89页。

④ 张璋、黄畬编:《全唐五代词》,上海古籍出版社1986年版,第644页。

该该词云："以浅语写景而极生动可爱，不下刘禹锡巴渝《竹枝》，亦《花间集》中之新境也。"① 又，韦庄的曲词作品大多创作于暮年的仕蜀之际。韦庄的曲词作品以清新疏朗见长，在百花争艳的《花间集》中别立高格，开创清雅一宗。明人沈际飞评价韦庄的《谒金门》（空相忆）云："'把伊书迹'四字颇秀；'落花寂寂'淡语之有景者。"② 清人陈廷焯评价韦庄《谒金门》（野花芳草）云："起笔冷，清绝孤绝。"③ 近人李冰若评价韦庄词《木兰花》（独上小楼春欲暮）云："'千山'、'魂梦'二语，荡气回肠，声哀情苦。"④ 近人王国维更以"'弦上黄莺语'，端己语也，其词品亦似之"⑤ 称许韦庄，对于其人品和词品倾心推崇。此外，词人薛昭蕴"《花间集》采其词十九首，大抵清超、拔俗，雅近韦相"⑥。又，词人牛峤的曲词作品，在创作风格的清雅蕴藉方面与韦庄词类似。清人陈廷焯认为"松卿词如怨如慕，当与端己并驱"⑦；并举例评价牛峤《江城子》"感慨苍凉"⑧。清人况周颐评价牛峤《望江怨》《西溪子》为："繁弦促柱间，有劲气暗转，愈转愈深。"⑨ 近人李冰若评价牛峤词《更漏子》为："'月明杨柳风'五字，秀韵独绝。"⑩ 评价牛峤词《感恩多》（自从南浦别）为："情韵谐婉，纯以白描见长。"⑪

---

① 张璋、黄畬编：《全唐五代词》，上海古籍出版社1986年版，第649页。
② 史双元编著：《唐五代词纪事会评》，黄山书社1995年版，第753页。
③ 史双元编著：《唐五代词纪事会评》，黄山书社1995年版，第754页。
④ 史双元编著：《唐五代词纪事会评》，黄山书社1995年版，第762页。
⑤ 黄霖、邬国平、周兴陆：《人间词话鉴赏辞典》，上海辞书出版社2011年版，第29页。
⑥ 史双元编著：《唐五代词纪事会评》，黄山书社1995年版，第768页。
⑦ 史双元编著：《唐五代词纪事会评》，黄山书社1995年版，第777页。
⑧ 史双元编著：《唐五代词纪事会评》，黄山书社1995年版，第782页。
⑨ 史双元编著：《唐五代词纪事会评》，黄山书社1995年版，第783页。
⑩ 史双元编著：《唐五代词纪事会评》，黄山书社1995年版，第785页。
⑪ 史双元编著：《唐五代词纪事会评》，黄山书社1995年版，第791页。

前蜀时期，有一些文人士子高举讽喻教化的文学创作大旗，他们针对时代创作风习有的放矢。例如，前蜀大臣刘纂针对社会上弥漫的"醉妆"时尚，上书王衍进行劝谏。刘纂文曰："下之从上，如风偃草。以仁义理法化之，则为谨愿之行；以骄奢淫佚化之，则为狂薄之俗。今一国之人，皆效醉妆，臣恐邦基颓然，如人之醉而不可支。"[①] 此番谏诤言论，意在向后主王衍阐明上有所好下比甚焉，前蜀社会上弥漫的艳冶"醉妆"风气关乎国祚长短和社稷安危。前蜀时，文人刘隐辞为镇江节度使王宗宪掌书记。王宗宪其人"起家武人，颇务诛求，多为恣横，隐辞数数进谏。宗宪颇不平，无复宾客之礼，对将吏呲责之。隐辞求退职，又不许，遂咏《白盐山》、《滟滪堆》诗刺之"[②]。刘隐辞《白盐山》一诗以夔州江边的白盐山横插云霄突兀孤傲的凶横气象讽喻王宗宪，该诗云："占断瞿塘一峡烟，危峰迥出众峰前。都缘顽梗揎浮世，遮莫峥嵘倚半天。有树只知引鸟雀，无云不易驻神仙。假饶突兀高千丈，争及平平数亩田。"[③] 瞿塘峡一带的滟滪堆暗礁潜伏，是舟人航行途中的致命威胁，刘隐辞将王宗宪与滟滪堆相比附讥刺其飞扬跋扈无事生非的豪横行径。刘隐辞《滟滪堆》诗云："滟滪崔嵬百万秋，年年出没几时休。未容寸土生纤草，能向当江覆巨舟。无事便腾千丈浪，与人长作一堆愁。都缘不似蟠溪石，难使渔翁下钓钩。"[④] 又，前蜀乾德四年（922），王衍下令制科取士征召天下能言敢谏的草野俊彦。成都人蒲禹卿，当时作为一介布衣文人，此人激扬忠义慷慨直言，在对策朝堂之际抨击时政无所顾忌。蒲禹卿的策文曰："今朝廷所行者，多一

---

① （清）董诰等编：《全唐文》，中华书局1983年版，第9300页。
② （清）吴任臣撰，徐敏霞、周莹点校：《十国春秋》，中华书局1983年版，第621页。
③ （清）李调元编，何光清点校：《全五代诗》，巴蜀书社1992年版，第963页。
④ （清）李调元编，何光清点校：《全五代诗》，巴蜀书社1992年版，第864页。

朝一夕之事；公卿所陈者，非乃子乃孙之谋。暂偷目前之安，不为身后之虑。衣朱紫者咸盗跖之辈，在郡县者悉狼虎之人。奸佞满朝，贪淫如市，以是求治，实为倒行。"① 蒲禹卿的上述言论击中了朝廷佞臣贼子的要害之处，执政大臣对此他切齿痛恨，必欲置之死地而后快。

---

① （清）吴任臣撰，徐敏霞、周莹点校：《十国春秋》，中华书局1983年版，第632页。

第 三 章

五代后唐时期的巴蜀文学

　　王氏前蜀政权在急剧衰退的岁月中，活跃于河东地区的李氏集团在与朱梁政权的争锋中越战越勇，最后一举击溃后梁政权，在中原地区建立了五代时期第一个沙陀族入主的后唐王朝。后梁统治末年，沙陀李氏集团与朱梁政权殊死较量，在黄河两岸"十年对垒，万阵交锋"。沙陀李氏王朝灭亡朱梁王朝之后风驰电掣挥戈奋击，于公元925年派兵伐蜀，历七十五日摧朽拉枯、势如破竹般地灭亡前蜀。后唐王朝平定巴蜀后，将其纳入了中原王朝的统治版图，随即最高统治者后唐庄宗委派孟知祥镇守西川，从此揭开了孟氏父子长达三十年之久经营东西两川和偏霸称帝的历史序幕。

第一节　后唐灭亡前蜀时的巴蜀文人聚合情状

　　后唐政权灭亡后梁王朝的速度之快出乎人们的想象，文人李严在《笏记》中记载："才过汾水，缚王铁枪于马前。旋及夷门，斩朱友贞于楼下……取乾坤只劳于八日，救涂炭遂定于四方。"① 朱梁王朝倾覆之后，苟安西南一隅的前蜀政权立刻暴露在了沙陀李氏王朝的矛头之下。后唐庄宗李存勖慨然有澄清寰宇一统天下的雄心壮志，于是兵锋西指以摧枯拉朽般的赫赫声威七十五日荡平了巴蜀大地。"蜀灭唐兴"的时代鼎革巨变，给前蜀文人带来了心灵上的震撼，江山易主的亡国伤痛对前蜀文人的聚合生态和文学创作造成了深远的影响。

一 "蜀灭唐兴"之际的鼎革巨变

后唐灭亡朱梁的雷霆万钧之势，对四周的割据政权造成了强烈震慑，于是"秦庭贡表，两浙称臣。淮南陈附拜之仪，回纥备朝天之礼"②。后唐朝廷委派李严使蜀，李严在前蜀朝堂上大放厥词凌蔑众臣，用威胁的口气宣称："才安宇宙，便息干戈。未尽枭夷，方议除翦。"③ 同时，振振有词、信心满满地表示："吾皇以德怀来，以威款附，顺则涵之以恩泽，逆则问之以干戈，四海同车，大同非晚。"④ 李严在王衍接见的场合发表的这些言辞，在前蜀朝廷引起了强烈的反响。许多人认为李严的言辞冒犯了蜀国国威，后唐政权有派兵入蜀的侵略意图。宣徽北院使宋光葆上书朝廷，认为："晋王有凭陵我国家之志，宜选将练兵，屯戍边鄙，积粮粮，治战舰以待之。"⑤ 为了宣示蜀国的繁荣富庶和政治稳定，前蜀后主王衍特意邀请李严一同朝觐上清宫并为他表演《采红莲队》大型歌舞剧。蜀主的此番安排并没有发挥很好的作用，相反进一步暴露了前蜀君臣腐

---

① （清）董诰等编：《全唐文》，中华书局1983年版，第8898页。
② （清）董诰等编：《全唐文》，中华书局1983年版，第8898页。
③ （清）董诰等编：《全唐文》，中华书局1983年版，第8898页。
④ （宋）薛居正等：《旧五代史》，中华书局1976年版，第930页。
⑤ （宋）司马光等：《资治通鉴》，岳麓书社1990年版，第659页。

朽享乐不理朝政的致命弱点。李严回到洛阳后向李存勖汇报出使的情况，认为蜀国"君臣上下专以奢淫相尚，以臣观之，大军一临，瓦解土崩，可翘足而待也"①。李严的此番见解犀利深刻，坚定了后唐庄宗的伐蜀决心。

后唐庄宗下定伐蜀决心之后，便着手进行了一系列的战前准备工作。伐蜀大计战马为先，后唐同光三年（925）六月，庄宗"诏下河南、河北诸州和市战马，官吏除一匹外，匿者坐罪"②。王溥注曰："时将伐蜀故也。"③在后唐大军开拔之前，朝廷需要师出有名，于面向全国颁布了一篇类似动员令的《伐蜀制文》："蠢兹蜀主，世负唐恩，间者父总藩宣，任居统制，属朱温东离汴水，致昭皇西幸岐阳，而乃不务扶持，反怀顾望，盗据剑南之土宇，全亏阃外之忱诚。"④制文抨击前蜀王建，意在树立前蜀割据政权"世负唐恩"的反面形象。制文对后主王衍更是极尽鞭挞怒骂之能事，所谓"今观孽坚，绍据山河，委阉官以持权，凭阻修而僭号……疏远忠直，朋比奸邪。内则纵恣轻华，竞贪宠位；外则滋彰法令，蠹耗生灵。既德力以不量，在人祇之共愤"⑤，简直到了人神共愤不得不伐的程度。此外，在战争打响之前，后唐朝廷还煞费苦心地发布了类似招降书的《伐蜀檄文》，以分化、瓦解和引诱敌人，从而达到屈人之兵不战而胜的战略目的。名义上的伐蜀统帅魏王李继岌，在大军开拔之前发布了一篇义正词严的《谕蜀檄》晓谕敌国。檄文首先数落后主王衍的罪状，树立其祸国殃民昏庸形象，所谓"洎兹余裔，益奋残妖，阉竖擅权，而功勋结舌。不稼不穑，奢侈者何啻千门，内淫外荒，

---

① （宋）司马光等：《资治通鉴》，岳麓书社1990年版，第659页。
② （宋）王溥编：《五代会要》，上海古籍出版社1978年版，第208页。
③ （宋）王溥编：《五代会要》，上海古籍出版社1978年版，第208页。
④ （清）董诰等编：《全唐文》，中华书局1983年版，第1054页。
⑤ （清）董诰等编：《全唐文》，中华书局1983年版，第1054页。

涂炭者已余万室"①。檄文在鞭挞痛斥昏主王衍的"残妖"行为的同时,花费大量笔墨刻意说明了后唐朝廷招降纳叛的优厚宽大政策。其中有云:"应三川管内,有以藩镇降者,即授之节度;有以州郡降者,即授之刺史;有以镇、县降者,即付之主守;有能见机知变,诛斩伪命将帅,以其藩镇城池降者,授之以节度;五千人以上,授之大郡;三千人以上,授之次郡;一千人以上,授之主将;有蜀城将校诛斩伪主首领降者,授之方镇;自蜀主王衍首过自新,以三川旧国,即授之方面;其同谋将校,当加列爵……所有降人,倍加安抚,所罪者一人——僭窃,所救者万姓——疮痍……蜀中遐僻,亦合传闻,各审变通,速谋归向。"②檄文中开列出的各类赏格和优厚待遇,具有难以抵挡的诱惑力。

在伐蜀的《制文》和《檄文》发布之后,魏王李继岌和统领郭崇韬率领着后唐大军浩浩荡荡地攻入了前蜀的边境。后唐军队在伐蜀战场上之所以能够势如破竹高歌猛进,其伐蜀《檄文》的政治攻心策略起了很大的作用。后唐的先锋部队进入蜀境迫近凤州时,李严飞书告谕蜀武兴节度使王承捷,王承捷很快持凤、兴、文、扶四州印节开城迎降。此后,后唐军队一路南下,东川节度使宋光葆持梓、绵、剑、龙、普五州印节投降;武定军使王承肇持洋、蓬、壁三州印节投降;兴元节度使王宗威持梁、开、通、渠、麟五州印节投降;武信节度使王宗寿持遂、合、渝、泸、忠五州印节投降。后唐军队咄咄逼人的进军速度和前蜀军民不战而降的庸懦表现,令前蜀朝廷措手不及胆战心惊。蜀主王衍看到大势已去别无长策终日痛哭流涕以泪洗面,最后只好命翰林学士李昊起草《降表》,令中书侍

---

① 王文才、王炎校笺:《蜀梼杌校笺》,巴蜀书社1999年版,第215页。
② (宋)王钦若等编纂,周勋初等校订:《册府元龟》,凤凰出版社1990年版,第4730页。

郎同平章事王锴起草《降书》。此外，王衍还亲自写信给魏王李继岌苦苦哀求，其《上魏王继岌笺》自云："衍扣头言：……今则完全府库，守遏邑居，率文武以陈诚，舆棺而纳款。伏惟殿下特宏哀鉴，保证奏闻……庶几先人之灵，犹享血食之祀，免支离于眷属，得敬养于庭闱。惟圣君之明慈，系殿下之元造。衍无任危迫殆越战惧激切之至。"①王衍被吓得魂飞魄散，彻底放下了昔日的皇帝架子，在信中呈现出一幅待宰羔羊求活心切的可笑画面。后唐军队抵达成都时，王衍君臣准备好亡国之礼举国投降。前蜀君臣在投降仪式上猥琐不堪丑态百出，"蜀主白衣、衔璧、牵羊，草绳萦首，百官衰绖、徒跣、舆榇，号哭俟命"②。诗人王承裕亲历了蜀亡唐兴的历史事件，其诗歌作品真实再现了那场屈辱的投降仪式，其《咏后主出降诗》诗云："蜀朝昏主出降时，衔璧牵羊倒系旗。二十万人齐拱手，更无一个是男儿。"③

二 "蜀灭唐兴"之际川蜀文人的聚合情状

"蜀灭唐兴"这一沧桑巨变，带给巴蜀大地一场破坏力极大的经济、文化和社会秩序的浩劫。"蜀灭唐兴"的鼎革巨变，对川蜀地区文人群体的迁徙流转产生了深刻影响。

后唐灭亡前蜀，大肆搜刮蜀中财富。文人李严"平蜀之际，先入禁帷，取内藏之珠玉，选宫廷之嫔彩"④。统帅郭崇韬上报后唐朝廷的战利品种类繁多，据《新五代史·郭崇韬传》记载："上蜀簿，

---

① （清）董诰等编：《全唐文》，中华书局1983年版，第1293页。
② （宋）司马光等：《资治通鉴》，岳麓书社1990年版，第670页。
③ （五代）何光远撰，邓星亮等校注：《鉴戒录校注》，巴蜀书社2011年版，第113页。
④ （五代）何光远撰，邓星亮等校注：《鉴戒录校注》，巴蜀书社2011年版，第6页。

得兵三十万，马九千五百匹，兵器七百万，粮二百五十三万石，钱一百九十二万缗，金银二十二万两，珠玉犀象二万，文锦绫罗五十万匹。"① 此外，魏王继岌又派人沿长江水路东出三峡运送巴蜀财物到洛阳，史书记载："魏王继岌遣押牙韩珙等，部送蜀珍货金帛四十万，浮江而下。"② 不过，船只要经过荆南高季兴的领地，"季兴杀珙等于峡口，尽掠取之"③。后唐军队在伐蜀过程中肆意劫掠杀戮无数。右谏议大夫梁文矩上书朝廷："平蜀以来，军人剽掠到西川人口甚多，骨肉阻隔，恐伤和气，请许收认。"④ 既然三川大地的人口是后唐军人的掠夺对象，其他财物更不用说了。后唐灭亡前蜀之际，大军所到之处哀鸿遍野民不聊生。"蜀灭唐兴"对于巴蜀之人来说，无疑是一场生灵涂炭的浩劫。前蜀灭亡之际，社会秩序混乱不堪，处于无政府状态，此时许多不甘心被剥削被奴役的民众揭竿而起，所谓"蜀中盗贼群起，布满山林"⑤。《旧五代史·郭崇韬传》亦云："蜀土初平，山林多盗。"⑥ 此起彼伏的农民起义，严重威胁后唐王朝在巴蜀的统治。不仅啸聚山林的"盗贼"群起反抗，那些不甘心前朝灭亡的蜀地官吏也加入反抗者的队伍中，如戎州刺史肖怀武、眉州刺史鲜于皋等。

后唐朝廷在灭亡前蜀政权后，对巴蜀地区的动荡时局甚为担忧。为巩固胜利果实和稳定蜀中政局，后唐庄宗下令征召蜀国君臣及将佐文人数千人集体入洛，意在根除巴蜀地区潜在的反抗力量。宋人

---

① （宋）欧阳修撰，（宋）徐无党注：《新五代史》，中华书局1974年版，第250页。
② （宋）司马光等：《资治通鉴》，岳麓书社1990年版，第691页。
③ （宋）司马光等：《资治通鉴》，岳麓书社1990年版，第691页。
④ （宋）薛居正等：《旧五代史》，中华书局1976年版，第523页。
⑤ （宋）司马光等：《资治通鉴》，岳麓书社1990年版，第672页。
⑥ （宋）薛居正等：《旧五代史》，中华书局1976年版，第771页。

张商英在《蜀梼杌》中记载此事为："朝廷颇疑蜀人，凡有势力资产之族，悉令遣入洛。隐士张立为诗讽曰：'朝廷不用忧巴俗，称伯何曾是蜀人。'"① 后唐庄宗为招诱前蜀君臣尽快上路，亲自给王衍下达诏书，信誓旦旦地保证其政治地位和生命安全，"庄宗下诏慰劳王衍曰：'固当裂土而封，必不薄人于险，三辰在上，一言不欺。'"②《蜀梼杌》记载王衍接到诏书后欣然上路，文曰："衍捧诏欣然就道曰：'不失为安乐公。'乃率其宗属及伪宰相王锴等，及将佐家族，上下数千人，东赴洛阳。"③ 王衍君臣对后唐朝廷的不杀之恩深信不疑，认为国家虽亡赴洛后依然可以位列公卿安享尊荣，所谓："今则已远龟城，将趋凤阙。虽亡家国，喜归有道之朝。纵别乡园，幸在太平之化。臣以正月二日与母亲并姨舅兄弟骨肉等发离当道，奔赴京师。"④

前蜀灭亡，文人星散。后唐王朝荡平前蜀政权后，巴蜀地区的文人士子、皇族国戚、将佐豪族以至于伶人乐工等，形成规模巨大的人口迁徙。欧阳修在《新五代史》中详细记载了前蜀君臣的此行，"衍捧诏欣然就道，率其宗族、及伪宰相王锴、张格、庾传素、许寂、翰林学士李昊等，及将佐家族，数千人以东"⑤。欧史记载此次征召入洛的有数千人，《儒林公议》则明确记载入洛的人口为五千余人，该书云后唐庄宗"属中官乘驿就长安，杀伪蜀王衍一行，枢密使张居翰叹曰：'上方寸已乱，一行五千余人，岂可尽杀。'乃改一

---

① 王文才、王炎校笺：《蜀梼杌校笺》，巴蜀书社1999年版，第248页。
② 王文才、王炎校笺：《蜀梼杌校笺》，巴蜀书社1999年版，第237页。
③ 王文才、王炎校笺：《蜀梼杌校笺》，巴蜀书社1999年版，第237页。
④ （清）董诰等编：《全唐文》，中华书局1983年版，第9304页。
⑤ （宋）欧阳修撰，（宋）徐无党注：《新五代史》，中华书局1974年版，第793页。

行为一家"①。这些征召入洛的人员成分复杂，伶人乐工亦在范围之内，据《资治通鉴》记载，明宗天成元年（926），"魏王通谒李廷安献蜀乐工二百余人，有严旭者，王衍用为蓬州刺史，帝问曰：'汝何以得刺史？'对曰：'以歌。'帝使歌而善之，许复故任"②。王衍君臣踏上背井离乡之路时，对后唐王朝充满了天真幻想。当他们北上入洛行经剑门时，王衍诗情大发，史载："蜀主衍俘系入秦，至剑阁，阅山水之美，诗云：'不缘朝阙去，好此结茅庐。'时人笑之。"③ 快到咸阳时，王衍"又作曲子云：'尽是一场赢得。'"④ 当王衍君臣走到长安时，由于后唐政权出现内乱，后唐庄宗命令宦官向延嗣将王衍一家诛杀于长安城郊的秦川驿。蜀主王衍死后，他的文人臣子和将佐乐工继续赶路，最终到达后唐王朝的都城洛阳。

蜀灭唐兴，在结束一个王朝前尘旧梦的同时，又开一个接续政权的统治时代。前蜀政权灭亡之后，入洛文人中的大部分选择了仕宦新朝。据《旧五代史·明宗纪》记载，天成元年（926）"七月丁卯，以伪蜀守司空门下侍郎平章事晋国公王锴为检校司空守陵州刺史……乙亥，以伪蜀吏部尚书杨玢为给事中充集贤殿学士判院事……八月壬子，以伪蜀右仆射中书侍郎平章事赵国公张格为太子宾客充三司副使，从任圆请也……九月戊辰，以伪蜀检校太师兼中书令右金吾街使张贻范为兵部尚书致仕"⑤。又，据《清异录》记

---

① 王文才、王炎校笺：《蜀梼杌校笺》，巴蜀书社1999年版，第240页。
② （宋）司马光等：《资治通鉴》，岳麓书社1990年版，674页。
③ （清）王士禛编，（清）郑方坤删补：《五代诗话》，人民文学出版社1989年版，第22页。
④ （清）王士禛编，（清）郑方坤删补：《五代诗话》，人民文学出版社1989年版，第22页。
⑤ （宋）薛居正等：《旧五代史》，中华书局1976年版，第501页。

载："蜀相许寂相王衍，衍终秦川，寂至洛阳，以尚书致仕。"① 此外，还有一部分巴蜀文人抱着饿死首阳山的决绝态度排斥新朝。如前蜀永平节度使兼侍中马全，《资治通鉴》记载其事迹为："蜀百官至洛阳，永平节度使兼侍中马全曰：'国亡至此，生不如死。'不食而卒。"② 前蜀政权灭亡后巴蜀文人的行藏出处颇为复杂，许多文人入洛后选择了仕宦新朝。不过，仍有个别文人入洛后选择了冒死归蜀。如蜀臣蒲禹卿"随例赴洛，亦在长安，痛后主遭诛，朝廷失信，于驿门大恸，仍书五十六字而归，雍守捕之，已还蜀矣"③。此外，前蜀亡国后还有一些文人并未入洛，有的选择了托身邻国的割据政权，如著名花间词人孙光宪蜀亡后仕宦荆南政权；有的文人选择了漂泊江湖隐逸终老，如祖籍波斯的著名花间词人李珣，在前蜀灭亡后漫游湘楚赣粤等地。

三 "蜀灭唐兴"之际巴蜀文人的文学创作

"蜀灭唐兴"的社会巨变，对巴蜀文人的创作思想和创作心态产生了深刻影响。一些经历亡国丧家之痛的词臣文人，对前蜀灭亡的原因进行了深刻的反思。如蜀僧远国《伤蜀国》诗云："乐极悲来数有涯，歌声才歇便兴嗟。牵羊废主寻倾国，指鹿奸臣尽丧家。丹禁夜凉空锁月，后庭春老谩开花。两朝帝业都成梦，陵树苍苍噪暮鸦。"④ 诗人深究蜀亡的历史教训，将其归结于后主王衍的昏庸无道和佞臣小人的指鹿为马。蜀人蒲禹卿跟随王衍入洛归命，在秦川驿

---

① 王文才、王炎校笺：《蜀梼杌校笺》，巴蜀书社1999年版，第241页。
② （宋）司马光等：《资治通鉴》，岳麓书社1990年版，第686页。
③ （五代）何光远撰，邓星亮等校注：《鉴戒录校注》，巴蜀书社2011年版，第167页。
④ （宋）阮阅编，周本淳校点：《诗话总龟》，人民文学出版社1987年版，第323页。

亲眼目睹了蜀主喋血驿门的惨烈遭遇。诗人对王衍的暴毙遭诛感到痛心疾首，对新朝当政的失信行为感到无比愤恨。蒲禹卿《题诗驿门》诗云："我王衔璧远称臣，何事全家并杀身。汉舍子婴名尚在，魏封刘禅事犹新。非干大国浑无识，都是中原未有人。独向长安尽惆怅，力微何路报君亲。"①

前蜀一朝灭亡后，巴蜀文人沉痛反思长歌当哭。前蜀文人悼念故国的感伤情愫与文学创作，不仅发之于诗篇翰墨的沉痛吟咏，而且亦呈现于曲词作品的哀怨创作。如花间词人孙光宪，于前蜀灭亡之后不仕新朝终身托身于荆南政权。孙光宪在客居荆南的劫后余生中，对"蜀灭唐兴"的前朝旧事感伤不已，每每于其曲词作品中怀古伤悼长歌当哭。如《后庭花》词云："石城依旧空江国，故宫春色。七尺青丝芳草绿，绝世难得。玉英凋落尽，更何人识！野棠如织，只是教人添忆，怅望无极。"②词人通过对石头城遗迹和七尺青丝的描写，意在彰显荒淫废主的祸国殃民。孙光宪早年亲历前蜀亡国，其曲词笔下的陈后主与前蜀后主的误国行为别无二致。词人抚今追昔托物起兴，心中淤积着无比愤懑之情，陈廷焯评该词为："胸有所郁，触处伤怀，妙在不说破，说破则浅矣。"③又，词人李珣于前蜀灭亡之后逃奔出峡，漫游于湘楚南粤的泽国水乡以终老。词人在余生岁月中，时而潇洒风流、时而悲歌喟叹。词人舟行出峡，在巫山古庙前遥想千年、思绪悠悠。如《巫山一段云》词云："有客经巫峡，停桡向水湄。楚王曾此梦瑶姬，一梦杳无期。尘暗珠帘卷，

---

① （五代）何光远撰，邓星亮等校注：《鉴诫录校注》，巴蜀书社2011年版，第167页。

② （五代）赵崇祚辑，李一氓校：《花间集》，人民文学出版社1958年版，第147页。

③ 张璋、黄畬编：《全唐五代词》，上海古籍出版社1986年版，第809页。

香消翠幄垂。西风回首不胜悲，暮雨洒空祠。"① 曾经的繁华往事犹如过眼烟云，词人独对苍茫凭栏怀古，对那段"蜀灭唐兴"的昨日残梦充满了刻骨的伤痛，内心别有幽愁暗恨生。又，前蜀文人鹿虔扆暗伤故国百感交集，其曲词作品运用隐晦曲折、寄托遥深的创作笔法，尽情抒发了心头挥之不去的亡国伤痛。如《临江仙》词云："金锁重门荒苑静，绮窗愁对秋空。翠华一去寂无踪，玉楼歌吹，声断已随风。烟月不知人事改，夜阑还照深宫。藕花相向野塘中，暗伤亡国，清露泣香红。"② 明代人杨慎激赏该词，评价其"故宫禾黍之思，令人黯然。此词比李后主《浪淘沙》词更胜"③。宋人蔡居厚评价鹿虔扆"工小词，伤蜀亡，词云：'金锁重门荒苑静……'"④ 元人倪瓒亦认为："鹿公高节，偶尔寄情倚声，而曲折尽变，有无限感慨淋漓处。"⑤

此外，前蜀亡国之后，川蜀文人的群体人格和思想心态发生了质的裂变，其文学创作的意趣旨归显得颇为复杂多元。如，前蜀亡国群臣入洛后，唐明宗召见前蜀宰相王锴、张格、庾传素及御史中丞牛希济等人各赐一韵，让他们各以蜀主降唐为题赋诗五十六字。史书记载此事云："锴等皆讽后主僭号，荒淫失国，独希济得川字，诗意但述数尽，不谤君亲。明宗得诗叹曰：'如希济才思敏妙，不伤两国，迥存忠孝者，罕矣。'"⑥ 文人张格、王锴、庾传素身为前朝

---

① （五代）赵崇祚辑，李一氓校：《花间集》，人民文学出版社 1958 年版，第 147 页。

② 史双元编著：《唐五代词纪事会评》，黄山书社 1995 年版，第 901 页。

③ 史双元编著：《唐五代词纪事会评》，黄山书社 1995 年版，第 901 页。

④ 史双元编著：《唐五代词纪事会评》，黄山书社 1995 年版，第 901 页。

⑤ 史双元编著：《唐五代词纪事会评》，黄山书社 1995 年版，第 899 页。

⑥ （清）吴任臣撰，徐敏霞、周莹点校：《十国春秋》，中华书局 1983 年版，第 646 页。

宰相忘恩负义，只知一味地讽刺王衍僭号荒淫，流露出了一种卖主求荣、摇尾乞怜的急切心情。牛希济《奉诏赋蜀主降唐》诗云："满城文武欲朝天，不觉邻师犯塞烟。唐主再悬新日月，蜀王难保旧山川。非干将相扶持拙，自是君臣数尽年。古往今来亦如此，几曾欢笑几潸然。"① 该诗受到后唐明宗的褒奖，认为牛希济"不伤两国，迥存忠孝"。其实牛希济这首诗，打着天命劫数的幌子，宣称"非干将相扶持拙，自是君臣数尽年"，将自己在前蜀一朝苟且偷生无所建树的行径遮掩过去，与张格、王锴、庾传素等人相比，颇有些"五十步笑百步"的意味。

第二节 后唐王朝统治下的巴蜀政坛与文坛

前蜀灭亡不仅标志着一个王朝的统治终结，而且意味着一个特定时空地域文人群体的分崩离析，一个昔日在巴蜀大地上风云际会、特色鲜明的文学创作思潮的风流消歇。"蜀亡唐兴"十多年间的巴蜀文坛颇为纷繁复杂。受战乱纷争和政局动荡的影响，这一时期的文人群体漂泊流转择木而栖饱受摧残，其离合聚散的生存态势发生了深刻变化。

一 巴蜀地区战火纷飞背景下的政坛与文坛

后唐王朝凭借灭亡后梁政权的余威，于公元925年派兵伐蜀势如破竹般灭亡了前蜀。后唐王朝灭亡前蜀后，将其纳入中原王朝的统治版图。后唐王朝仿效李唐政权，依旧在巴蜀大地上设置剑南西

---

① （清）李调元编，何光清点校：《全五代诗》，巴蜀书社1992年版，第847页。

川和剑南东川两大藩镇委任重臣进行统治。后唐王朝版图下的巴蜀地区刀光剑影,十年间经历了一系列的战火焚荡与摧残。

前蜀灭亡,后唐庄宗李存勖为加强对巴蜀地区的有效控制,分别任命孟知祥和董璋为剑南西川和剑南东川节度使。庄宗李存勖暴毙身亡后,明宗李嗣源即位。后唐明宗尽管有意于治道,通过一系列的努力使混乱不堪的中央朝廷逐步稳定下来,但对巴蜀地区的西川孟知祥和东川董璋统御乏术,致使两川地区的离心力不断增强,最终造成与中央朝廷决裂的对抗态势。后唐中央朝廷与剑南西川、剑南东川之间的裂痕越来越大,最后发展到兵戎相见的地步,两大势力集团斗争角逐,最终结果是剑南东川、剑南西川联军获胜,中央朝廷的统治势力淡出了巴蜀地区。

文武之道一张一弛,二者相辅相成。在后唐中央朝廷与西川孟知祥和东川董璋双方交恶的过程中,两大势力集团除了动用悍将武夫排兵布阵在战场上厮杀外,还十分注重发挥文人士子的智慧,通过翰墨檄文之口诛笔伐的力量取胜。孟知祥在《起兵西川示诸州榜》文中将连兵东川起兵叛乱的责任强词夺理地推卸给了中原朝廷,榜文指出:"不幸间谍潜兴,窥觎显露,于阆中而立节,就列镇而益兵,摇动我军民,控扼我吭背,频将异议,累具上闻,冀粗轸于怀柔,希稍安于方面。而朝廷不以为德,转深其疑,竟乖鱼水之欢,自绝云龙之契。"[1] 榜文锋芒毕露,对两川的军事实力毫不隐瞒,所谓"今与东川点检马步军十五万人骑,分路往武信利阆路黔夔等州,问逐制置之由,与兴屯集之众"[2]。榜文挥洒笔墨夸饰东、西两川精诚合作的决心,对角逐取胜的前景充满憧憬,所谓"某与东川相公已联姻好,况密封圻,朝闻鸡犬之声,暮接笳鼙之响,地里虽分于

---

① (清)董诰等编:《全唐文》,中华书局1983年版,第1295页。
② (清)董诰等编:《全唐文》,中华书局1983年版,第1295页。

两镇，人心何异于一家，势比同舟，事资共济"①。

后唐中央朝廷与东西两川的控制与反控制的战争，在唐明宗长兴元年（930）九月打响。东川董璋率军率先攻占阆州，杀朝廷派来的节度使李仁矩全家。同年十月，西川孟知祥起兵，派大将李仁罕攻占遂州。随后，东川军攻占合、巴、蓬、果等州，西川军攻取渝、泸、黔、涪等州。后唐朝廷派兵入川，双方胶着在剑门关一带殊死拼杀。在战争进行的过程中，西川孟知祥始终不忘运用榜文捷报的力量来制造舆论、振奋人心。孟知祥《收阆州示西川榜》云："今月二十九日酉时得东川相公来书云：二十五日夜三更三点，亲领两川大军，四面围裹，攻打阆州城池，至其日平明打破，斫到李仁矩首级，并捉到都指挥使姚洪、马军指挥使王景、步军指挥使费晖等讫，余城下见机来投，指挥使都头已下，便与赏给安存。兼本城军人百姓并不伤动外，余拒敌党类，杀戮无余。此则天赞兵威，人叶勇力，遂至元凶斩首，同恶就擒。我师四合以环围，逆垒一攻而瓦解。"②该榜文洋洋洒洒，以夸饰口吻宣示民众，所谓："捷书雷迅，喜气山横，想与士民，同多庆快，见便乘胜前进，攻收利州，只朝反掌之闲，更俟克敌之捷。"③孟知祥派兵攻占夔州和黔南地区后，在颁示西川管内的捷报《收下夔州并黔南榜》中，口吻豪迈地指出："窃以大举舟师，远征峡路，旗鼓才闻其下濑，云樯寻指于上游，连降郡城，继收营监，势且疾于破竹，声有类于爇蓬。今则更阅捷书，屡闻胜策。况宁江军以黔南为肘臂之地，以渝合为馈运之衢，我已断之，彼何望矣？节帅充城而窜遁，裨将兼队而追擒，数俘馘以既

---

① （清）董诰等编：《全唐文》，中华书局1983年版，第1295页。
② （清）董诰等编：《全唐文》，中华书局1983年版，第1295页。
③ （清）董诰等编：《全唐文》，中华书局1983年版，第1295页。

我，收铠甲而亦众。指期荡定，以固封隅，凡曰军民，攸同快慰。"①

东、西两川连兵对抗中央王朝成功之后，孟知祥与董璋之间兼并与反兼并的矛盾日愈加深。二者的矛盾不可调和，最后只好付诸武力解决，战争的结果是东川董璋暴兴甲兵迅速败亡，西川孟知祥鲸吞东川一家独大，后唐朝廷最终失去了对剑南地区的羁绊与管控。

东川董璋历经战阵、作战勇敢，原为后唐伐蜀时的一名虎将，《鉴诫录》称其"有南面之志"和"窥四海之心"。②后唐长兴三年（932）四月，董璋骤兴师旅突入西川，亲率精兵二万迅速占领杨林镇旗开得胜，进而攻陷汉州迫近成都。东川士兵原本是一支劲旅，打得号称掌握镇兵十万的孟知祥措手不及。由于剑南东川董璋集团盲目乐观，而且董章有着"朝令夕改、坐喜立嗔"③的恶劣习性，再加上师出无名"兵有斗心、将无战意"④等一系列错误和弱点的凸显，战争朝着有利于西川孟知祥的方向发展。交战双方在新都县弥牟镇展开决战，孟知祥指挥西川军迎战东川军，一鼓作气斩首数千级，所谓"一击而鱼溃鸟散，四合而豕分蛇断"⑤。董璋败亡后逃归东川的驻地梓州，手下部将王晖将其斩首开城纳降。西川孟知祥击败董璋后兼并了东川疆土，孟知祥在巡行东川安抚军民时发布了一道布告《讨平董璋榜》，其榜文曰："逆贼东川节度使董璋，包藏祸心，负背盟约，暴兴士马，急寇封圻，迎锋而寻没全军，单马而

---

① （清）董诰等编：《全唐文》，中华书局1983年版，第1296页。
② （五代）何光远撰，邓星亮等校注：《鉴诫录校注》，巴蜀书社2011年版，第80页。
③ （五代）何光远撰，邓星亮等校注：《鉴诫录校注》，巴蜀书社2011年版，第12页。
④ （五代）何光远撰，邓星亮等校注：《鉴诫录校注》，巴蜀书社2011年版，第12页。
⑤ （五代）何光远撰，邓星亮等校注：《鉴诫录校注》，巴蜀书社2011年版，第17页。

第三章 五代后唐时期的巴蜀文学 117

窜归本府。昭武司徒统领大众，追袭余妖。则有前陵州刺史王晖，睹其将亡，因图转祸，枭斩董璋父子，双献其元，克保军城，待余旌旆。念其智勇，足可嘉称。且谋不自于众人，罪止归于元恶，既除心腹之患，永固邦国之基。某见亲往东川，慰谕军民。"① 榜文首先交代了起兵讨伐的原因及战争进行的过程，然后为了安抚人心稳定时局，提出了"谋不自于众人，罪止归于元恶"之宽大处理的政策。

两川鏖战结束后，西川节度掌书记李昊向后唐中央朝廷上书通报战况，其《为孟知祥答唐明宗奏状》文曰："伏以故东川节度使董璋，与臣为邻，从初不睦，常厚诬于表疏，每深间于朝廷，欲窃兵权，来并土宇……其董璋至今年四月二十八日，暴兴兵甲，五月一日，骤入汉州。臣其日先差昭武军节度兵马留后兼左厢步军都指挥使赵廷隐，总领三万人骑，发次新都，臣自统领衙内亲军二万人骑继之，俱列营于弥牟镇北。至三日诘旦，结其大阵，俟剿元凶。其董璋至午时，敢领妖徒，来当锋锐。臣则亲驱戈甲，赵廷隐手奋鼓旗，一击而鱼溃鸟离，四合而豕分蛇断。斩首一万余级，执俘八千余人……臣幸以疾雷之势，破其急电之机……平定一方之众，止于四日之间。"② 两川鏖兵混战之际，后唐朝廷密切注视着剑南两川战争事态的发展。后唐中央朝廷希望交战双方两败俱伤，故而采取坐山观虎斗的策略，密诏山南西道节度使王思同"相度形势，即乘间用军"③，准备坐收渔人之利。可是，两川战事的发展大大出乎人们的意料，短短的四天时间董璋集团便土崩瓦解，西川孟知祥以迅雷不及掩耳之势鲸吞了剑南东川。东西两川合二为一声势大增，这

---

① （清）董诰等编：《全唐文》，中华书局1983年版，第1296页。
② （清）董诰等编：《全唐文》，中华书局1983年版，第9309页。
③ （宋）薛居正等：《旧五代史》，中华书局1976年版，第869页。

是后唐朝廷绝不愿意看到的结果，因为朝廷深知"若两川并于一贼，抚众守险，则取之益难"①的逻辑和道理。西川孟知祥兼并东川疆土，为开国立统建立偏霸王朝奠定了坚实的基础。长兴四年（933）十一月后唐明宗驾崩，继位者孱弱昏庸。后唐王朝的时运称得上是日薄西山气息奄奄。孟知祥于次年的正月，十分从容地登基即位，建立了后蜀王朝。

二 孟知祥偏霸割据情形下的巴蜀文坛

后蜀孟知祥割据两川与前蜀王建如出一辙，二者都经历了一个由藩镇供职到与中央朝廷决裂进而偏霸称帝的演变过程。孟知祥偏霸割据情形下的巴蜀文坛颇为凌乱复杂，巴蜀地区文人士子的命运浮沉与时代政局的兴衰治乱密切相关，动荡不安的战乱时局，给巴蜀地区文人士子的生成聚合造成巨大影响。

后唐庄宗同光三年（925）任命孟知祥镇守西川，从此拉开了孟氏父子偏霸称帝与经营巴蜀的历史序幕。高祖孟知祥入主西川后积极谋划惨淡经营，俨然以巴蜀大地的主人自居。孟知祥下车伊始便着手整顿和恢复巴蜀地区混乱的社会秩序，史书称其"蜀中群盗未熄，知祥择廉吏使治州县，蠲除横赋，安集流散，下宽大之令，与民更始。遣左厢都指挥使赵廷隐、右厢都指挥使张业，将兵分讨群盗，悉诛之"②。又，孟知祥统治西川时兢兢业业、勤于政事，对前朝王蜀的破家丧国之事每每引以为戒，对前蜀王衍的纨绔习性和轻薄举止常常痛加斥责。如孟知祥曾宴请僚属于王氏"宣华苑"，他感慨前蜀亡国，训诫手下曰："使衍不荒于政，有贤臣辅之，继岌小子

---

① （宋）司马光等：《资治通鉴》，岳麓书社1990年版，第719页。
② （宋）司马光等：《资治通鉴》，岳麓书社1990年版，第679页。

岂能遽至此邪！"①

随着时间的推移，孟知祥逐渐萌生了霸占巴蜀开国称帝的野心。当孟知祥住在前蜀国舅徐延琼的府邸时，见到了徐府墙壁上王衍御笔亲题的"孟"字时特别高兴，得意扬扬地对部下说："疏狂霸竖，亦预知我代，知我居此也。"②孟知祥的言外之意是说，他才是前朝的真正接替者，他称得上是巴蜀大地的真正主人。后唐朝廷委派赵季良入蜀征调犒军钱饷及制置西川租税，孟知祥表示："府库他人所聚，输之可也。州县租税，以赡镇兵十万，决不可得。"③ 又，后唐明宗天成四年（929）"将有事于南郊，遣李仁矩责知祥助礼钱一百万缗。知祥觉唐谋欲困己，辞不肯出"④。孟知祥上述的言辞举止不存在封疆大吏所应有的恭顺，表明其"专制蜀土之心已呈露"（胡三省语）。此外，孟知祥擅杀后唐委派的西川监军客省使李严，此举意在向中原朝廷宣示拒绝来自后唐政权的羁绊和控制。此外，孟知祥还打着防御南诏和西戎进攻的幌子，私自修建了成都的外围防御工事羊马城，此举无疑是构建了一道与后唐王朝隔离对抗的屏障。随着时间发展，孟知祥主动出击，先是与东川董璋联合举兵对抗后唐，后来两川交恶时孟知祥一举吞并董璋，等到后唐明宗晏驾、诸子争权无暇西顾之时，孟知祥的开国称帝也就水到渠成了。

孟知祥镇守西川十多年飞扬跋扈割据自专，名虽藩吏实非王臣。孟知祥为积聚力量做大做强，格外注重人才的储备和利用，力图通过各种途径加以招募延纳。经过不懈的努力，孟氏藩府之内的各色

---

① （清）吴任臣撰，徐敏霞、周莹点校：《十国春秋》，中华书局1983年版，第699页。
② 王文才、王炎校笺：《蜀梼杌校笺》，巴蜀书社1999年版，第269页。
③ （宋）司马光等：《资治通鉴》，岳麓书社1990年版，第689页。
④ （宋）欧阳修撰，（宋）徐无党注：《新五代史》，中华书局1974年版，第799页。

人才济济一堂，其中既有细柳将军专斧钺之任，亦有红莲上客参帷幄之谋。蜀中粗安战乱平息之后，中原王朝的豪杰俊秀以及部分离蜀的文人又纷纷涌向了巴蜀大地，从而构成了后唐时期巴蜀文坛上文人群体迁徙流动的崭新面貌。由中原入蜀者，如后唐谏议大夫何瓒离洛入蜀，孟知祥任命其为西川行军司马；河中龙门人毋昭裔离洛入蜀，孟知祥辟为掌书记。此外，一些文人于前蜀国亡时离蜀入洛，等孟知祥镇蜀后又重新离洛返蜀，如李昊"王氏既亡，昊入洛，唐明宗授检校兵部郎中……昊至成都……高祖始辟为观察推官"[①]；欧阳彬"王氏亡，复归高祖。广政初，后主以为嘉州刺史"[②]；欧阳炯事前蜀，蜀亡入洛、任秦州从事，后来还蜀"事高祖（孟知祥）、后主（孟昶），历武德军判官、翰林学士、中书舍人"[③]。孟知祥对藩府中的文人特别倚重经常委以要职，如徐光溥任观察判官，向瓒任行军司马，季镐任判官，李昊归蜀任观察推官，"凡表、奏、书、檄，皆出昊手"[④]。孟氏开国之后，昔日的藩府僚属及谋士文人摇身一变，成为后蜀王朝的军政要员和统治核心。如毋昭裔为御史中丞，李昊、徐光溥任翰林学士。

西川幕府中的文人士子，为后蜀高祖孟知祥割据蜀土决裂朝廷乃至开国立统、登基称帝立下了汗马功劳。如后唐明宗下令罢免各地节度藩镇的监军宦官，西川监军焦彦宾罢归。朝中文人李严主动

---

① （清）吴任臣撰，徐敏霞、周莹点校：《十国春秋》，中华书局1983年版，第769页。
② （清）吴任臣撰，徐敏霞、周莹点校：《十国春秋》，中华书局1983年版，第780页。
③ （清）吴任臣撰，徐敏霞、周莹点校：《十国春秋》，中华书局1983年版，第812页。
④ （清）吴任臣撰，徐敏霞、周莹点校：《十国春秋》，中华书局1983年版，第684页。

请缨前往西川担任监军，妄想掣肘孟知祥达到二度入川再立奇功的目的。蜀主孟知祥对此非常恼怒，认为："焦彦宾以例罢，而诸道皆废监军，独吾军置之，是严欲以蜀再为功也。"① 西川幕府文士毋昭裔献策孟知祥请求阻止李严入境，所谓"掌书记毋昭裔及诸将吏皆请止严勿内"②。西川幕府中的文人士子除了伸纸捉笔代为书写檄文奏章之外，还经常被委任以出使专对的职责重任。如后唐明宗长兴三年（932），孟知祥派出使者游说董璋联表上书朝廷无功而返，后来委派幕府观察判官李昊出使专对，史书记载："三月辛丑遣李昊诣梓州，极论利害，璋见昊诟怒不许。昊还言于知祥曰：'璋不通谋议，且有窥西川之志，公宜备之。'"③ 后唐天成三年（928），孟知祥击败董璋进入东川梓州时，文人举子勾龙逢献诗贺捷。诗云："唇齿论交岁月长，岂期率意忽颠狂。元戎统领三军战，巨蘖奔冲一阵亡。莫讶潼江刚入寇，都缘锦浦合兴王。武功盖世光前后，堪向青编万古扬。"④ 诗中讥刺东川董璋发狂暴兴甲兵，歌颂西川孟知祥为戡乱靖难的应运明主。

西川节度判官李昊为蜀主孟知祥修建城防羊马城大造舆论和声势。李昊的《筑羊马成记》文采华章金声玉振，是其效忠西川幕府的又一显证。《筑羊马城记》开篇讲道："若蚕丛启国，鱼凫羽化于湔山；望帝开基，鳖灵复生于岷水。"⑤ 李昊在文章中似乎着意渲染

---

① （宋）欧阳修撰，（宋）徐无党注：《新五代史》，中华书局1974年版，第798页。
② （宋）欧阳修撰，（宋）徐无党注：《新五代史》，中华书局1974年版，第798页。
③ （宋）司马光等：《资治通鉴》，岳麓书社1990年版，第716页。
④ （五代）何光远撰，邓星亮等校注：《鉴诫录校注》，巴蜀书社2011年版，第18页。
⑤ （清）董诰等编：《全唐文》，中华书局1983年版，第9310页。

巴蜀古国的历史悠久和文明灿烂。此后，文章重点讲述西川孟知祥来到成都治蜀的道德教化和丰功伟绩，所谓"即我太尉侍中平原公分茅金阙，受瑞彤廷。帐移竹马之邦，轮辗木牛之路。星驰十乘，雾廓三川。宣皇风于上事之初，慰人望于下车之日"①云云。接下来，李昊在该文中着意交代了蜀主孟知祥修建成都羊马城的缘起和城防的意义，所谓："公一旦谓诸将吏曰：'夫华阳旧国，宇内奥区。地称陆海之珍，民有沃野之利。郛郭则楼台叠映，珠碧鲜辉。江山则襟带牵连，物华秀丽，闾阎棋布。廛陌骈罗，不戒严陴，是轻武备耳。乱臣贼子，何尝不窥。南诏西羌，会闻入寇，将沮豺狼之意，须营羊马之城。'"②然后，成都军民一齐上阵，"揆日量工。分界绳基，辨方画址。百城酋壮，呼之响答以云来。十万貔貅，令之风行以雾集。杵声雷震，版级云排。王猛鸷奋于城隅，傅说飞锹于岩下。公间日巡抚，役者忘疲。周给米盐，均颁牢酒。如效五丁之力，才逾三旬而成。克就厥功，不愆于素"③。最终羊马城"象众山之迤逦""若峭壁之斗悬"，蜿蜒矗立在富饶肥沃的西川平原。

西川幕府徐光溥"蜀人也。博学善诗歌。初仕高祖为观察判官"④。徐光溥博学多才，后唐长兴初上疏孟知祥请行墨制。徐氏《上后蜀高祖请行墨制疏》文曰："我蜀被山带江，足食足兵，实天下之强国也。我公本仁祖义，允武允文，乃天下之贤主也。以我公之贤，拓土开封，取威定霸，固得其宜矣。而况内则有红莲上客，参帷幄之谋。外则仗细柳将军，专斧钺之任。率土之内，足可保磐石之固，泰山之安。顾惟冗贱，何补高明。但念智者百虑，必有一

---

① （清）董诰等编：《全唐文》，中华书局1983年版，第9311页。
② （清）董诰等编：《全唐文》，中华书局1983年版，第9311页。
③ （清）董诰等编：《全唐文》，中华书局1983年版，第9312页。
④ （清）吴任臣撰，徐敏霞、周莹点校：《十国春秋》，中华书局1983年版，第775页。

失。愚者百虑，必有一得。狂夫之言，圣人择之。樵童之歌，哲王听焉。窃以惟赏与刑，国之利器。惩恶劝善，君之要权。不可偏行，尤须具举。历观往典，备考前规，或王命而不通，或公室以多难。列国率闻于专制，诸侯或可以从权。苟有利于生灵，又何辞于通变。昔来歙邓禹，擅命于征伐之间。蜀主岐王，承制于隔绝之间。事俱非己，实欲安人。昨邻近诸藩，间谍上国，有虎视狼贪之意，阻君臣鱼水之欢。添益兵师，动摇生聚。况我公恒修贡职，不亏楚子之茅。遽构谗邪，竟掷曾参之杼。以至两川歃血，合从连横。列校齐心，奉辞伐罪。今则旋平狁穴，渐拓鸿基。立功者悉望升荣，向化者皆思叙进。方属路途有阻，恩信未通。二星不见于云霄，三蜀久怨于雨雪。将期劝善，切在报功。酬庸合议于策勋，列爵宜遵于故事。自今以后，若且行墨制，以布鸿恩。式副群情，无亏大体。先宜晓谕，后可施行。所冀设爵待功，免授逾时之赏，允协称霸之宜。"① 徐光溥此文契合孟知祥割据蜀土称王称帝的隐秘心机，深得其欢心。孟知祥在徐光溥文章的启发抑或是劝说下，积极向后唐朝廷索要便宜从事"权行墨制"割据蜀土的自治权。后唐明宗对于蜀主孟知祥的欲望贪心束手无策，只好采取绥靖政策，下达《许孟知祥权行墨制诏》息事宁人。后唐明宗在《许孟知祥权行墨制诏》一文中，无奈地向蜀主孟知祥保证："据所奏，以文武之将寮，希尺寸之官赏，请卿自称王爵，权行制书……自今已后，剑南诸道应节度使刺史并州县官军府文武将吏等，或陟降贤愚，或黜陟功过，一切委卿逐便选择，差署施行讫奏，朝廷更不除人。"② 从此，孟知祥成了巴蜀大地名正言顺的主人，离孟氏开国立统、决裂朝廷、僭号称帝只剩一步之遥。

---

① （清）董诰等编：《全唐文》，中华书局1983年版，第9303页。
② （清）董诰等编：《全唐文》，中华书局1983年版，第203页。

第 四 章

五代后蜀时期的巴蜀文学

孟知祥在巴蜀地区割据自专，进而登基开国建立后蜀王朝。孟知祥在位不到一年便撒手人寰，太子孟昶承袭帝位统治后蜀政权长达三十一年之久，直到划入北宋王朝的统治版图。后蜀文坛，主要是指蜀主孟昶在位期间的巴蜀文坛。蜀主孟昶统治下的巴蜀文坛历时三十年之久，在王朝更迭的时间节点上自成段落，后蜀文人的聚合态势自成特色。后蜀文人的群体思想心态、文学审美追求及文学创作成就与王蜀前朝相比，自有格调雅俗、境界高低、气象宏促等不可同日而语的崭新气象。

第一节　五代后蜀文人的聚合情状

五代时期，前蜀后主王衍与后蜀后主孟昶所处的时代背景和家庭条件大体相同，二人均年少执掌国柄，史书称王衍"即位年十八，时梁贞明五年也"①；孟昶"遂袭其伪位，时年十六"②。不过，后蜀孟昶与前蜀王衍相比，二人在思想品格、执政理念与政治举措等方面存在很大的差异。两位"幼主"将不同的思想理念和审美追求付诸行动，分别给前蜀、后蜀政权带来了不同的影响。前蜀王衍"惟宫苑是务，惟宴游是好，惟险巧是近，惟声色是好"③；表现出一种不顾一切拼命享乐的膏粱习气。后蜀孟昶在位期间，抚黎庶以仁惠、接士大夫以礼义，表现出一种孜孜求治谨慎有为的明主气象。后蜀孟昶每以前蜀王衍种种丧国败家的言行为鉴戒，通过劝农耕织、颁布官箴、创设轨函、馆阁修史、开科取士、刊刻石经、肇兴文教等一系列的政治举措，精心营造出后蜀王朝保境安民、偃武修文的富庶安宁局面。

一 后蜀孟昶求治的政治举措

后蜀孟昶勤于政事，注重劝农耕织，即位之初下达《劝农桑诏》，要求"刺史县令，其务出入阡陌，劳徕三农，望杏敦耕，瞻蒲劝稼。春鹕始嘲，便具笼筐，蟋蟀载吟，即行机杼"④。由上述引文可知，孟昶轸念黎元与民休息，主观上有把国家治理好的美好愿望。广政四年（941），孟昶制定官箴《戒石文》颁布全国，其中有云："朕念赤子，旰食宵衣。托之令长，抚养安绥。政在三异，道在七丝。驱鸡为理，留犊为规。宽猛得所，风俗可移。无令侵削，无使疮痏。下民易虐，上天难欺。赋与是均，军国是资。朕之爵赏，固不逾时。尔俸尔禄，民膏民脂。为民父母，莫不仁慈。勉尔为戒，

---

① 王文才、王炎校笺：《蜀梼杌校笺》，巴蜀书社1999年版，第156页。
② （宋）薛居正等：《旧五代史》，中华书局1976年版，第1823页。
③ 王文才、王炎校笺：《蜀梼杌校笺》，巴蜀书社1999年版，第250页。
④ （清）董诰等编：《全唐文》，中华书局1983年版，第1296页。

体朕深思。"① 引文中，孟昶孜孜求治的精神跃然纸上。孟昶注重运用儒家的仁政思想教育地方官吏，以官爵俸禄为诱饵加大对地方官吏的激励力度。孟昶所追求的是一种小民富足、社会安定的小康社会。孟昶劝农耕织的政治举措取得了良好的效果，勾延庆《锦里耆旧传》记载："（广政）二、三年，边陲无忧，百姓丰肥。"② 孟昶统治时期连年丰收，《蜀梼杌》亦云："是时，蜀中久安，赋役俱省，斗米三钱。城中之人子弟，不识稻麦之苗，以笋、芋俱生于林木之上，盖未尝出至郊外也。屯落间巷之间，弦管歌诵，合筵社会，昼夜相接。府库之积，无一丝一粒入于中原，所以财币充实。"③ 此时的后蜀社会仓库充盈，米价极贱，斗米三钱，城市呈现出一片安宁享乐的繁荣景象，颇有些贞观之治的盛世遗风。富庶繁荣、歌舞升平的社会环境，为后蜀文人的生成聚合及文学创作奠定了基础。

　　蜀主孟昶勤于吏治通达下情，曾在朝堂之上设立"匦函"。据史书记载，后蜀广政十一年（948）九月，孟昶"以张业、王处回执政，事多壅蔽，己未，始置匦函，后改为献纳函"④。"匦函"的创设，源自李唐前朝。垂拱二年（686）三月，武则天"初置匦于朝堂，有进书言事者，听投之。由是人间善恶事，多所知熟悉"⑤。其实，武则天设置"匦函"的初衷是专门用来接受告密的，意在消除不利于武周统治的异己力量。蜀主孟昶的"匦函"之设意在通达下情，让百官或百姓建言献策，二者创设的出发点相去甚远。孟昶"匦函"创设的政治举措，振兴起了后蜀文人直言谏诤和果敢勇为的

---

① （清）董诰等编：《全唐文》，中华书局1983年版，第1298页。
② 傅璇琮、徐海荣、徐吉军主编：《五代史书汇编》，杭州出版社2004年版，第6049页。
③ 王文才、王炎校笺：《蜀梼杌校笺》，巴蜀书社1999年版，第381页。
④ （宋）司马光等：《资治通鉴》，岳麓书社1990年版，第847页。
⑤ （后晋）刘昫等：《旧唐书》，中华书局2000年版，第79页。

时代风气。

蜀主孟昶注重馆阁创设和编修史书，后蜀一朝的史官建置颇为正规。李昊在后蜀时以宰相官衔监修国史，曾上书朝廷请设史官。孟昶采纳了李昊的建议，以给事中郭廷钧、职方员外郎赵元拱为修撰，双流县令崔崇构、成都主簿王中孚为直史馆，正式建立了一个分工明确的修史班子。宰相李昊带领着这个修史班子，先后修成了《前蜀书》、《后蜀高祖实录》（三十卷）、《后蜀主实录》（八十卷）。广政十四年（951），当后蜀主《实录》四十卷修成后，孟昶"欲取观，昊曰：帝王不阅史，不敢奉诏"①。除官方修史外，后蜀一朝私人著史的风气颇为盛行。如蒲仁裕著《蜀广政杂记》十五卷、何光远著《广政杂录》三卷，二书皆记后蜀孟昶时期的杂事。又，后蜀杨九龄著《政史杂录》十卷、《经史书目》七卷。

前蜀王氏一朝尚无开科取士的史料记载，后蜀孟氏一朝的史书则明确记载着广政年间贡举取士之事。据《新五代史》记载："（广政）十二年，置吏部三铨，礼部贡举。"②《十国春秋》亦曰："广政十二年……置吏部三铨，礼部贡举。"③ 勾延庆《锦里耆旧传》则云："广政十三年，始置贡举。"④ 后蜀杨九龄撰写的二十卷《蜀桂堂编事》，专门记载孟昶广政年间的科举杂事。该书杂记当时考试的诗、赋、策题，以及知贡举、登科人姓氏等事项。《蜀桂堂编事》是研究后蜀科举事项的重要史料，可惜该书早已亡佚。孟昶恢复前朝李唐王朝的科举制度重视场屋取士，此番举措对后蜀文人迁徙流转

---

① （元）脱脱等：《宋史》，中华书局1977年版，第13892页。
② （宋）欧阳修撰，（宋）徐无党注：《新五代史》，中华书局1974年版，第805页。
③ （清）吴任臣撰，徐敏霞、周莹点校：《十国春秋》，中华书局1983年版，第708页。
④ 傅璇琮、徐海荣、徐吉军主编：《五代史书汇编》，杭州出版社2004年版，第6049页。

的聚合态势产生了深刻影响。

后蜀孟昶尊经复古绍兴汉学，非常重视儒家经书的版印和刊刻事业。后蜀广政年间，宰相毋昭裔将自己的俸金捐献出来刊刻石经，孟昶对毋昭裔的此举颇为赞许进而鼎力支持。《资治通鉴》将此事系为后周广顺三年即后蜀广政十六年，该书云："自唐末以来，所在学校废绝，蜀毋昭裔出私财百万营学馆，且请刻板九经，蜀主从之，由是蜀中文学复盛。"①后蜀石经的此次刊刻活动，以前朝唐代的开成石经为蓝本。五代时期的孟蜀石经，历八年时间而成《孝经》《论语》《尔雅》《周易》《尚书》《周礼》《毛诗》《仪礼》《礼记》共九经。孟蜀石经虽以"雍都九经"（即开成九经）为蓝本，但增加了许多的注解。此外，孟蜀石经的"摹勒书丹"者皆为孟蜀时期的书法圣手，据晁公武《石经考异》序言考证，张德钊于广政七年（944）书《孝经》《论语》和《尔雅》。广政十四年（951），杨钊、孙逢吉书《周易》，周德正书《尚书》。蜀主孟昶刊刻石经的崇儒举措，为后人所津津乐道。如《谭苑醍醐》"王锴藏书条"评曰："五代僭伪诸君，惟吴蜀二主有文学，然李昇不过作小词，工画竹而已。孟昶乃表章五经，立石经于成都，纂集《本草》，有功于经学矣。"②孟蜀石经的刊刻工程十分浩繁，刻经所用的碑石达到上千块之多。在刊刻完石经之后，孟昶"恐石经流传不广，易以木板。宋世书称刻本始于蜀，今人求宋版，尚以蜀本为佳"③。孟昶统治期间，又十分注重学馆、庠序的建设工作。孟昶在国子监设立"经学博士"，文人孙逢吉曾任孟蜀国子《毛诗》博士。广政十二年（949），孟昶在刊刻石经的同时，于成都创设畿内二学馆。此事，据宋人张愈《华

---

① （宋）司马光等：《资治通鉴》，岳麓书社1990年版，第889页。
② 王文才、王炎校笺：《蜀梼杌校笺》，巴蜀书社1999年版，第346页。
③ 王文才、王炎校笺：《蜀梼杌校笺》，巴蜀书社1999年版，第354页。

阳县学馆记》记载:"孟氏踵有西蜀,以文为事,凡草创制度,僭袭唐轨。既而绍汉庙学,遂勒石书九经,又作都内二县(成都、华阳)学馆,置师弟子讲习,以儒远人。王师平蜀,仍而不废。华阳县学馆者,广政十二年作。"①

二 后蜀一朝文人的聚合情状

后蜀孟昶奉行崇文抑武保境安民的治国理念,极力倡导君臣上下园林游赏诗文唱和的太平雅事。环绕在孟昶周围的宫廷雅士,大多以赏花游园和应景赋诗为擅场,这与前蜀后主王衍所豢养的宫廷狎客专以绮靡妖艳的艳歌俚辞为专长,自有雅洁与尘俗及崇高与卑下之区别。

孟昶在治国理政上崇文抑武,对于桀骜不驯的悍将武夫敢于诛戮。如李仁罕手握重兵飞扬跋扈,"知祥宽厚多优容之,及其事昶,益骄蹇,多逾法度,务广第宅,夺人良田,发其坟墓"②。后主孟昶即位数月后,"执李仁罕杀之,并族其家"③。又,悍将张业"置狱于家,务以酷法厚敛,蜀人大怨"④。广政十一年(948),孟昶"与匡圣指挥使安思谦谋,执而杀之"⑤。孟昶在初步稳固政权之后,将予头指向那些手握禁军且兼任地方节度使的大将,着手削夺其兵权,随后委派一些心腹文人接任地方节度使。如广政四年(941)二月,孟昶将武德节度使兼中书令赵廷隐、枢密使武信节度使同平章事王处回以及捧圣控鹤都指挥使保宁节度使同平章事张公铎三人的节度

---

① 曾枣庄、刘琳主编:《全宋文》(第26册),上海古籍出版社2006年版,第154页。
② 王文才、王炎校笺:《蜀梼杌校笺》,巴蜀书社1999年版,第330页。
③ 王文才、王炎校笺:《蜀梼杌校笺》,巴蜀书社1999年版,第330页。
④ (宋)欧阳修撰,(宋)徐无党注:《新五代史》,中华书局1974年版,第904页。
⑤ (宋)欧阳修撰,(宋)徐无党注:《新五代史》,中华书局1974年版,第904页。

使官衔一概削去。孟昶在抑制武将的封疆权势的同时，又于广政四年（941）三月"以翰林学士承旨李昊知武德军，散骑常侍刘英图知保宁军，谏议大夫崔銮知武信军，给事中谢从志知武泰军，将作监张赞知宁江军"①。孟昶此类崇文抑武、守内虚外的政治举措，对宋初统治的治国理念有很强的借鉴意义。

孟昶积极倡导并热心参与文人士子的游园雅集活动。孟昶君臣经常在蜀宫御花园中赏花赋诗，《北梦琐言》之"赵廷隐家莲花"条："禁苑中有莲一茎，歧分三朵，蜀主开筵宴，召群臣赏之，是时词臣以下皆贡诗。当时有好事者，图以绘事，至今传之。"② 又，广政十二年（949）十月，蜀主孟昶"召百官宴芳林园，赏红栀花。此花青城山中进三粒子，种之而成，其花六出而红，清香如梅"③。孟昶对御花园中的这株红栀子花格外珍视，所谓"蜀主甚爱重之，或令图写于团扇，或绣入于衣服，或以熟革、或以绢素鹅毛首饰"④。此外，广政十三年（950）"（孟昶）令城上植芙蓉，尽以幄幕遮护……九月间盛开，望之皆如锦绣。昶谓左右曰：'自古以蜀为锦城，今日观之，真锦城也。'"⑤ 广政十二年（949）八月，孟昶与臣僚一起游赏浣花溪，"是时，蜀中百姓富庶，夹江皆创亭榭游赏之处，都人士女，倾城游玩，珠翠绮罗，名花异香，馥郁森列。昶御龙舟观水嬉，上下十里，人望之如神仙之境。昶曰：曲江金殿锁千门，殆未及此。兵部尚书王廷珪赋曰：十字水中分岛屿，数重花外

---

① （宋）司马光等：《资治通鉴》，岳麓书社1990年版，第778页。
② （五代）孙光宪撰，林艾园校点：《北梦琐言》，上海古籍出版社2012年版，第162页。
③ 王文才、王炎校笺：《蜀梼杌校笺》，巴蜀书社1999年版，第376页。
④ 傅璇琮、徐海荣、徐吉军主编：《五代史书汇编》，杭州出版社2004年版，第5992页。
⑤ 王文才、王炎校笺：《蜀梼杌校笺》，巴蜀书社1999年版，第381页。

见楼台。昶称善久之"①。

五代前蜀王氏一朝尚未见到开科贡举的文献记载，只是在后主王衍时期进行过博通经史、贤良方正、识洞兵机、明达吏理之类的恩科制举。五代后蜀一朝，在孟昶的积极倡导和大力支持下，广政年间的科举考试及文化教育事业蒸蒸日上。后蜀一朝文人士子的聚合生态及文学创作，与当时朝廷的科举考试活动密切相关。

后蜀广政十二年（949），朝廷开始科举考试。当时参加科举考试的文人很多，可考者如进士杨鼎夫"富于词学，为时所称"②。杨鼎夫在游青城山过皂江时所乘坐的小船突然沉没，他幸免一死归后赋诗一首云："青城山峭皂江寒，欲度当时作等闲。棹逆狂风趋近岸，舟逢怪石碎前湾。手携弱杖仓皇处，命出洪涛顷刻间。今日深恩无以报，令人差记雀衔环。"③ 又，成都人卞震"蜀进士，为渝州判，蜀平，入宋，仍旧职"④。卞震现存《秋夕诗》残句云："空囊万里客，斜月一床寒。"⑤ 又，文人田淳"孟氏朝及第。负文学，性刚介，不畏强御"⑥；文人王著"字知微，成都人。伪蜀明经及第"⑦；文人袁廓"初应举，梦立北斗下，果以第七人及第"⑧。此外，宋初名臣苏易简之父苏协"伪广政十九年贾珪下及第"⑨。后蜀

---

① 王文才、王炎校笺：《蜀梼杌校笺》，巴蜀书社1999年版，第375页。
② （五代）孙光宪撰，林艾园校点：《北梦琐言》，上海古籍出版社2012年版，第143页。
③ （五代）孙光宪撰，林艾园校点：《北梦琐言》，上海古籍出版社2012年版，第144页。
④ 陈尚君辑校：《全唐诗补编》（上册），中华书局1992年版，第277页。
⑤ 陈尚君辑校：《全唐诗补编》（上册），中华书局1992年版，第277页。
⑥ 王文才、王炎校笺：《蜀梼杌校笺》，巴蜀书社1999年版，第409页。
⑦ 王文才、王炎校笺：《蜀梼杌校笺》，巴蜀书社1999年版，第378页。
⑧ 王文才、王炎校笺：《蜀梼杌校笺》，巴蜀书社1999年版，第378页。
⑨ 王文才、王炎校笺：《蜀梼杌校笺》，巴蜀书社1999年版，第378页。

文人参加科举考试者，除了上述登科及第幸运者之外，尚有一些落第文人行藏事迹见诸文献记载。如成都华阳县人王处厚参加广政十八年（955）科举考试不幸落第，《蜀梼杌》引《古今类事》记载云："王处厚，字元美，华阳人也。举进士，于孟氏广政丁卯岁下第。"① 又，《诗话总龟》卷三十三"诗谶门"云："王处厚字元美，益州华阳县人。尝遇一老僧论浮世苦空事。登第后（按：当为'落第后'）出郭，徘徊古陌，轸怀长吟曰：'谁言今古事难穷，大抵荣枯总是空。算得生前随梦蝶，争如云外指冥鸿。暗添雪色眉根白，旋落花光脸上红。惆怅荒原懒回首，暮林萧索起悲风。'及暮还家，心疾而卒。"②

　　后蜀一朝文人的生成聚合及流转迁徙生态颇为复杂，他们除了供职朝廷参加禁苑唱和及投身科举考试奔波往返外，还会游走地方州县甚或栖身节镇藩府以求进身之阶。蜀主孟昶奉行虚外守内的治国理念，大力加强对地方节镇和州县的统治力度。孟昶积极效仿前朝，在蜀地关山要塞和通达之处设立节度藩镇。后蜀文人的聚合生态，又多出了一条依靠藩镇幕府以求仕宦腾达的终南捷径。如后蜀文人欧阳炯在武德军（驻梓州）节度判官的任职期间，曾写有文章《武德军衙记》。张廷伟出任山南西道（驻兴元）节度判官时，曾劝通奏使王昭远以蜡丸密书联合北汉夹攻赵宋王朝。文谷担任过山南西道的节度判官，其人笃学博闻"广政末，随王昭远巡边"③。又，文人杨鼎夫为权臣安思谦幕僚，此事据《北梦琐言》记载："杨鼎

---

① 王文才、王炎校笺：《蜀梼杌校笺》，巴蜀书社1999年版，第378页。
② （宋）阮阅编，周本淳校点：《诗话总龟》（前集），人民文学出版社1987年版，第330页。
③ （清）吴任臣撰，徐敏霞、周莹点校：《十国春秋》，中华书局1983年版，第816页。

夫富于词学……后为安思谦幕吏，判榷盐院事，遇疾暴亡。"① 宋初文人罗处约之父罗济在后蜀广政末年为宁江军（驻夔州）节度判官，史书记载："刘光乂攻夔州，夔州将高彦俦战败，闭牙城拒守，判官罗济劝其走。"②

第二节 尊经教化、讽喻谏诤与后蜀文人的崇雅思潮

后蜀孟昶尊经教化、崇雅复古的政治举措和执政理念，不仅引领了当时社会的风气，而且对孟蜀一朝的文学习气和文坛面貌产生了深刻影响。后蜀一朝的文人群体积极进取人格挺立，所谓"（孟昶）在位三纪以来，尊儒尚道，贵农贱商……不十余年，山西潭隐者俱起，肃肃多士，赳赳武夫，亦一方之盛也"③。后蜀孟氏一朝的文人士子与前蜀王氏一朝相比，在人格操守、理想信念、襟怀气度、审美追求、风神气象及文学创作等方面大相径庭。

一 后蜀文人尊儒崇雅的文学创作思潮

后蜀孟昶对前蜀王衍所倡导的寻芳猎艳的创作风习深恶痛绝。蜀主孟昶曾对朝中的文学词臣李昊、徐光溥语重心长地说道："王衍浮薄，而好轻艳之辞，朕不为也。"④ 后蜀广政元年（938）上巳节，

---

① （五代）孙光宪撰，贾二强点校：《北梦琐言》，中华书局2002年版，第388页。
② （宋）欧阳修撰，（宋）徐无党注：《新五代史》，中华书局1974年版，第807页。
③ 傅璇琮、徐海荣、徐吉军主编：《五代史书汇编》，杭州出版社2004年版，第5991页。
④ （清）吴任臣撰，徐敏霞、周莹点校：《十国春秋》，中华书局1983年版，第712页。

孟昶游赏大慈寺宴请随从官员于玉溪院，此时"俳优以王衍为戏，（孟昶）命斩之"①。孟昶诛戮优伶，意在告诫臣子们后蜀王朝坚决抵制前蜀王衍靡丽腐化的生活方式和意趣追求。又，广政十一年（948），后蜀宰相徐光溥撰写艳词挑逗前蜀长公主，孟昶得知此事后颇为震怒，迅速将徐光溥罢官降职。据《十国春秋》记载："中书侍郎兼礼部尚书、同平章事徐光溥坐以艳词挑前蜀安康长公主，罢本官。"②

五代时期，巴蜀文人大多醉心于水榭、池沼、溪流、林泉、绿荫等自然美景的游玩鉴赏。不过，前蜀文人追欢买笑，倾心于风花雪月的艳冶与游戏，后蜀文人则执着于以一种淡泊雅洁的超然情怀对待自然芳景和日常生活，力图化俗为雅摒弃浮华。如后蜀中书令赵廷隐凿池引水、植树种花、叠石成山，将府邸建造成了野趣横生风光旖旎的大庄园。赵氏府邸类似皇家御花园，所谓"甃石循池，四岸皆种垂杨，或间杂木芙蓉。池中种藕，每至秋夏，花开鱼跃。柳荫之下，有士子执卷者，垂纶者，执如意者，执麈尾者，谈诗论道者。一旦，岸之隈，有莲一茎，上分两歧，开二朵。其时谓之太平无事之秋，士女拖香肆艳，看者甚众"③。赵廷隐又命人将园林池馆付之于丹青进献朝廷。蜀主孟昶对进献来的画卷叹赏不已，所谓"赵廷隐画图以进，蜀主叹赏，其时歌咏者不少"④。后蜀时，文人李昊酷爱名花牡丹，并经常将其付之篇章吟咏，所谓"每牡丹开时，

---

① 王文才、王炎校笺：《蜀梼杌校笺》，巴蜀书社1999年版，第340页。
② （清）吴任臣撰，徐敏霞、周莹点校：《十国春秋》，中华书局1983年版，第718页。
③ （五代）孙光宪撰，林艾园校点：《北梦琐言》，上海古籍出版社2012年版，第162页。
④ （五代）孙光宪撰，林艾园校点：《北梦琐言》，上海古籍出版社2012年版，第162页。

将数枚分遣亲友，以金凤笺成歌诗以致之"①。李昊不仅赏花，还将枯萎凋零的牡丹花瓣收集起来制作成美食慢慢享用，所谓"俟花谢即以酥煎食之，无弃秾华也。其风流贵重如此。牡丹之希贵，且以为食，可与红绫饼并称"②。李昊诗意般惬意的生活追求和审美意趣在孟蜀一朝风靡草偃余韵绵绵。如风神俊秀博学能文的欧阳彬，当其被朝廷委任以嘉州刺史时喜不自胜，认为到了嘉州，"青山绿水中为二千石，作诗饮酒，为风月主人，岂不嘉哉！"③欧阳彬的好友齐己曾赋诗一首描写其在嘉州刺史任上闲云野鹤般的惬意生活。齐己《寄欧阳侍郎》诗云："又闻繁总在嘉州，职重身闲倚寺楼。大象影和山面落，两江声合郡前流。棋轻国手知难敌，诗是天才肯易酬。毕竟男儿自高达，从来心不是悠悠。"④齐己在诗题下自注"时在嘉州馈遗"，可知欧阳彬此时尚在嘉州刺史任上。

　　孟蜀一朝的文人士子博学多能崇儒重道，涌现出了一批尊经嗜古的饱学宿儒。如儒士多岳"寓铁锋，教授生徒，门下多知名士"⑤；刘僖、王昭图在普州设教"当时号二人为宿儒"⑥。又，处士李湛设馆授徒讲授五经，刘孟温的长子刘玙在广政十年（947）担任石室教授。此外，刘保乂治《尚书》《左氏》《礼》《春秋》，对待学生有问必答，善于诱导教诲，堪称一时名儒。《蜀梼杌》记载侍读刘保乂"治《尚书》《左传》。性严急，日施榎楚于诸王及昶诸子，

---

① 王文才、王炎校笺：《蜀梼杌校笺》，巴蜀书社1999年版，第348页。
② 王文才、王炎校笺：《蜀梼杌校笺》，巴蜀书社1999年版，第348页。
③ 王文才、王炎校笺：《蜀梼杌校笺》，巴蜀书社1999年版，第382页。
④ 林德保、李俊、倪文杰注：《详注全唐诗》，大连出版社1997年版，第3245页。
⑤ （清）吴任臣撰，徐敏霞、周莹点校：《十国春秋》，中华书局1983年版，第784页。
⑥ （清）吴任臣撰，徐敏霞、周莹点校：《十国春秋》，中华书局1983年版，第783页。

乳媪密令谕之,保乂曰:'膏粱之性,不挞之,则他日为豚犬耳。'"① 后蜀一朝的文人士子兴学教化荡涤文场,颇具醇厚尚雅中兴儒学的意趣旨归和精神气魄。他们除了传道、授业、解惑外,还殚精竭虑地撰写经传、绍兴汉学。如蒲于贯著有《易轨》一卷,该书"可以知否泰之源,察延促之数,涵数学也"②。毋昭裔著有《尔雅音略》三卷,该书可为读者阅读《尔雅》提供正确的读音。后蜀诗僧昙域著有《补说文解字》三十卷(参见《宋史》卷二〇二《艺文志一》"小学"类)。冯继先著有《春秋名号归一图》二卷,缘自《左传》一书中所载君臣的名、号、字、氏、爵、谥等互见错出,该书将《左传》中人物的字、号、爵、谥系于人名之下,有利于读者对《春秋》和《左传》经书的学习。后蜀文人淹恰博学、儒雅嗜古,具有与前蜀文人大相径庭的心性修持和审美理想。如何光远"好学嗜古"③,撰有《鉴诫录》十卷;文谷"笃学博闻"④,撰有《备忘小钞》十卷;毋昭裔"博学有才名……性嗜藏书,酷好古文"⑤,曾经以《九经》刻石于成都学馆,又自刻《文选》《初学记》《白氏六帖》颁行于郡国属县。又,文人韩保升"博恰无所不窥,尤详于名物之学"⑥,曾经参校和注释《唐本草》,撰写《图经》

---

① 王文才、王炎校笺:《蜀梼杌校笺》,巴蜀书社1999年版,第357页。
② (宋)晁公武撰,孙猛校证:《郡斋读书志校证》,上海古籍出版社1990年版,第27页。
③ (清)吴任臣撰,徐敏霞、周莹点校:《十国春秋》,中华书局1983年版,第817页。
④ (清)吴任臣撰,徐敏霞、周莹点校:《十国春秋》,中华书局1983年版,第816页。
⑤ (清)吴任臣撰,徐敏霞、周莹点校:《十国春秋》,中华书局1983年版,第768页。
⑥ (清)吴任臣撰,徐敏霞、周莹点校:《十国春秋》,中华书局1983年版,第817页。

二十卷，蜀主孟昶为之作序且命名为《蜀本草》。后蜀文人句中正"凡古文、篆、隶、行、草诸书，无所不工"[1]，入宋之后"尝以大小篆、八分三体书《孝经》摹石"[2]。后蜀灭亡后，句中正入宋与南唐来的文人徐铉共同校订《说文解字》，后与杨文举、徐弦等人编纂《雍熙广韵》一百卷。

二 后蜀文人讽喻谏诤的文学创作思潮

蜀主孟昶一方面排斥和打击前蜀王朝及当下文坛中氤氲弥漫的艳冶文风，另一方面又大力推崇和褒奖崇儒教化的"元白"诗风，以期振起一代文气和世风。如"欧阳炯拟白居易《讽谏诗》五十篇以献，昶手诏嘉美，赉以银器、锦彩"[3]。又，据《南部新书》（癸卷）记载："四明人胡抱章，作拟白氏讽谏五十首，行于东南，然其辞甚平。后蜀末，杨士达亦撰五十篇，颇讽时事。"[4] 后主孟昶勤劳政事勇于纳谏，每以贞观之治时的唐太宗为榜样，所谓"左右请以其言诘上书者，昶曰：'吾见唐太宗初即位，狱吏孙伏伽上书言事，皆见嘉纳，奈何劝我拒谏耶。'"[5] 朝臣上书言事，认为台省官位高权重应由清流士人担任，孟昶十分赞同："何不择其人而任之？"[6] 孟昶纳谏自新的襟怀勇气深得后蜀臣僚的爱戴拥护，文人幸寅逊上

---

[1] （清）吴任臣撰，徐敏霞、周莹点校：《十国春秋》，中华书局1983年版，第814页。

[2] （清）吴任臣撰，徐敏霞、周莹点校：《十国春秋》，中华书局1983年版，第814页。

[3] （元）脱脱等：《宋史》，中华书局1977年版，第13894页。

[4] （宋）钱易：《南部新书》，中华书局1958年版，第128页。

[5] （清）吴任臣撰，徐敏霞、周莹点校：《十国春秋》，中华书局1983年版，第708页。

[6] （清）吴任臣撰，徐敏霞、周莹点校：《十国春秋》，中华书局1983年版，第708页。

书朝廷剖白心迹曰:"臣虽外官,每闻陛下赏一功诛一罪,未尝不振已踊跃,以为再睹有唐贞观之风也。"① 幸寅逊在文中以唐太宗誉美孟昶,认为孟昶致力清平的施政措施和不懈努力使宽猛相济的贞观气象复见于世。

蜀主孟昶纳谏自新的心胸气度和孜孜求治的政治举措,培养起了后蜀文人犯颜敢谏、刚正不阿的挺立人格,激发了他们不平则鸣、慷慨为文的创作心态和审美追求。如文人蒋贻恭"无媚世之谄,有咏人之才。全蜀士流,莫不畏惮。初见则言词清楚,不称是非。后来则唇吻张皇,便分丑美。干忤时相,数遭流遣,亦一慷慨之士也"②。文人章九龄,当其仕宦孟昶时"慷慨好直言,不避权贵。广政中,上言政事不治,由奸佞在朝。后主问奸佞为谁,九龄指宰相李昊、知枢密使王昭远以对"③。又,文人李起于后蜀广政年间官任右补阙,孟昶任命李昊为武信军节度使,李起主张宰相不能兼领藩镇,进而与孟昶辩论不已。李昊私下找到李起做他的思想工作:"以子才,苟能慎默,当为翰林学士。起曰:喉无舌,乃不言耳。"④ 又,后蜀梓潼人李尧夫性耿介、好讥刺,当其谒见宰相李昊时,"昊戏曰:'何名之背时也',尧夫属色对曰:'甘作尧时夫,不乐蜀中相',因是为昊所摈"⑤。又,后蜀成都人田淳喜好谈论治乱大略、屡陈朝廷得失,其人"负文学、性刚介、不畏强御。自犀浦薄改授

---

① (清)董诰等编:《全唐文》,中华书局1983年版,第9314页。
② (五代)何光远:《鉴诫录》,中华书局1985年版,第23页。
③ (清)吴任臣撰,徐敏霞、周莹点校:《十国春秋》,中华书局1983年版,第795页。
④ (清)吴任臣撰,徐敏霞、周莹点校:《十国春秋》,中华书局1983年版,第795页。
⑤ (清)李调元编,何光清点校:《全五代诗》,巴蜀书社1992年版,第1188页。

龙游令。排斥权贵、屡遭倾覆……或劝以逊辞取贵仕，淳曰：'大丈夫事宁能附狗鼠求进哉！'其侃直多此类"①。孟昶一朝肃肃多士、赳赳武夫，清人吴任臣在《十国春秋》中认为："幸寅逊明德一疏，兢兢乎得防微杜渐之意焉。章（九龄）、李（起）直言，陈（及之）、田（淳）恺论，皆广政之诤臣也。"②

　　孟蜀一朝的文人士子直面现实、人格挺立，他们手擎如椽巨笔，敢于讥刺朝政。蜀主孟昶晚年于罗城上遍植芙蓉，每至秋间四十里尽铺锦绣，文人张立作诗以《豳风·七月》为刺，诗云："四十里城花发时，锦囊高下照坤维。虽妆蜀国三秋色，难入豳风七月诗。"③后蜀时，安仁县令贪污腐化所为不法，诗人蒋贻恭赋诗一首《咏安仁宰捣蒜》痛加讥刺，诗云："安仁县令好诛求，百姓脂膏满面流。半破磁缸盛醋酒，死牛肠肚作馒头。长生岁取餐三顿，乡老盘庚饭五瓯。半醉半醒齐出县，共伤涂炭不胜愁。"④又，蜀主孟昶早年喜好击球驰骋，文人幸寅逊上书谏诤，其《谏孟昶击球驰骋疏》文曰："高祖皇帝节衣俭食，惠养黎元，化家为国，传之陛下。陛下宜亲贤俊，去壬佞，视前代书传，究历世兴废。选端良之士，置于左右，访时政得失，天下利病。奈何博戏击鞠，妨怠政事，奔车跃马，轻宗庙社稷？今复闻陛下或采戏打球，虽宫禁无事，止于释闷，亦可一两月时为之。臣虑积习生常，不唯劳倦圣体，复且妨于庶务。诸司申覆，因之淹滞。其次奔蹄失驭，奄有惊蹶，陛下虽自轻，奈宗

---

① （清）吴任臣撰，徐敏霞、周莹点校：《十国春秋》，中华书局1983年版，第795页。

② （清）吴任臣撰，徐敏霞、周莹点校：《十国春秋》，中华书局1983年版，第797页。

③ （清）李调元编，何光清点校：《全五代诗》，巴蜀书社1992年版，第1186页。

④ （五代）何光远：《鉴诫录》，中华书局1985年版，第23页。

庙社稷何？"① 幸寅逊希望后主孟昶能够继承先主孟知祥"节衣缩食、惠养黎元"的优良传统，以社稷江山为念，克制驰骋击球的荒嬉私欲。孟昶统治晚年为防御后周军队的入侵，频繁调动军队弄得天怨人怒民不聊生，文人田淳上书孟昶犯言直谏，其《谏用兵疏》文曰："臣又见频发士卒，远戍边庭。人心动摇，莫测其故。家构异议，如临汤火，人且忧骇，将何抚宁。若夫举众兴师，须明利害。况关大事，岂可容易。心若金鼓一鸣，前锋稍接。一败一成，疾如反掌。愿陛下先事而计，无贻后患……愿陛下以短兵自固，扼塞要冲。分布腹心，把断细径，精加号令，老彼敌师。纵柴氏亲来，未敢便谋深入。"② 田淳反对师出无名、劳民伤财的军事调动，主张对东北边境来自后周柴氏政权的军事威胁，采取控扼要冲以静制动的防御战略。

第三节　诗词选本《才调集》《花间集》与后蜀文学创作思潮的关系探讨

诗词选本是古代文学理论或文学批评的重要形式之一。诗词编选工作往往会受到编选者本人的生活经历、审美意趣和文化修养等主观因素的影响。同时，编选者本人所处的社会背景、时代风尚及文学创作观念，亦会对诗词选本的编纂过程产生深刻影响。《才调集》是后蜀一朝重要的诗歌选本，同时也是现存"唐人选唐诗"系列中选诗规模最大的一种。后蜀一朝重要的曲词选本《花间集》专选曲子词，堪称古代曲词选本的开山之作。诗词选本《才调集》和

---

① （清）董诰等编：《全唐文》，中华书局1983年版，第9314页。
② （清）董诰等编：《全唐文》，中华书局1983年版，第9304页。

《花间集》，不仅集中体现了编选者本人的选录标准、爱憎喜好、批评观念及审美取向，而且深深地烙上了编选者所处后蜀一朝的文坛生态、审美观念和创作思潮的时代印记。

一 韦縠《才调集》的编选标准及与后蜀文学思潮的关系探讨

后蜀时期韦縠编选的《才调集》标举"韵高、词丽"说，其编选体例和编选标准特色鲜明卓尔不群，具有丰富多彩的理论内涵和审美意蕴。韦縠身处五代后蜀一朝，《才调集》的编选环境受到当时蜀地社会文化思潮的渗透与熏陶，其编选活动针对后蜀时期的文坛生态和文学创作因应而发，或是意在迎合当时时代风尚同鸣共振，或是意在矫正文坛流弊不遗余力。故而，韦縠《才调集》编选活动不仅是编者本人诗学思想的集中体现，而且称得上是后蜀一朝文人群体的文学创作思潮的集中代言。

韦縠在《才调集》序言中，明确交代了该诗歌选本的编选缘起、选录标准及编写体例等方面的问题。韦縠文曰："余少博群言，常取得志。虽秋萤之照不远，而雕虫之见自佳。古人云：'自听之谓聪，内视之谓明也。'又安可受诮于愚卤，取讥于书厨者哉！暇日因阅李杜集、元白诗，其间天海混茫，风流挺特。遂采撷奥妙，并诸贤达章句，不可备录，各有编次。或闲窗展卷，或月榭行吟；韵高而桂魄争光，词丽而春色斗美。但贵自乐所好，岂敢垂诸后昆。今纂诸家歌诗，总一千首，每一百首成卷，分之为十目，曰《才调集》。"[1]韦縠《才调集》的这篇序言包含信息量很大。韦縠自云"余少博群言，常取得志"，是指编者的知识储备十分丰富，个人有能力编选诗歌总集。接下来又云"虽秋萤之照不远，而雕虫之见自佳"，意指

---

[1] （清）董诰等编：《全唐文》，中华书局1983年版，第9305页。

《才调集》的辑录或编选自成一家之言，与下文"但贵自乐所好，岂敢垂诸后昆"遥相呼应。韦縠所谓"暇日因阅李杜集、元白诗，其间天海混茫，风流挺特"，明确交代了《才调集》的编选缘起。韦縠所谓"或闲窗展卷，或月榭行吟；韵高而桂魄争光，词丽而春色斗美"，指出了《才调集》的选录标准以"韵高"和"词丽"为准。

韦縠在《才调集》序言中提出的"韵高""词丽"的辑录标准内涵深刻、韵致独特，其"韵高而桂魄争光、词丽而春色斗艳"的诗学批评思想和审美价值取向，具有很强的解读功能和广阔的阐释空间。韦縠选诗标准"韵高"指向情韵格调方面，要求选录的诗歌作品格高调雅。"词丽"指向诗歌的外在形式方面，要求诗歌的语言清丽爽朗，适合读者"闲窗展卷"或"月榭行吟"之需。

韦縠《才调集》"韵高"说内涵丰富，"韵"最初作为一个音乐术语，意指韵律节奏余音袅袅，令人回味无穷。随着时间的推移，"韵"的范畴不断扩大，由音乐的节律方面，向"品人"或"品文"的精神气度和风神面貌方面转化。"韵"最初的缘起指向"琴声"，东汉蔡邕《琴赋》曰："清声发兮五音举，韵宫商兮动角羽，曲引兴兮繁弦抚。"[1] 嵇康《琴赋》云："曲引向阑，众音将歇，改韵易调，奇弄乃发。"[2] 曹植《白鹤赋》亦曰："聆雅琴之清均。"（"均"同"韵"）[3] "韵"的本义指音律节奏和婉悦耳，如《说文解字》曰："韵，和也。从音，员声"[4]《玉篇校释》称："音和曰韵也。"[5]

---

[1] （明）张溥辑：《汉魏六朝百家三名家集》，江苏古籍出版社2001年版，第492页。

[2] 夏明钊译注：《嵇康集译注》，黑龙江人民出版社1987年版，第231页。

[3] 赵幼文校注：《曹植集校注》，人民文学出版社1984年版，第240页。

[4] 臧克和、王平校订：《说文解字新订》，中华书局2002年版，第161页。

[5] （南朝梁）顾野王编撰：《原玉篇章残卷》，中华书局1985年版，第262页。

刘勰《文心雕龙·声律》亦云："异音相从谓之和，同声相应谓之韵。"[1] 随着时间发展"韵"的范畴不断扩大，由音乐节律向六朝人伦识鉴的"品人"方面演进。六朝人在评价人物之际，动则以"韵"许人或自诩。如《世说新语》评价卫玠"颖识通体，天韵标令"（《世说新语·言语》注引《卫玠别传》）[2]；评价王澄"风韵迈达，志气不群"（《世说新语·赏誉》注引《王澄别传》）[3]；评价郗昙"性韵方质，和正沉简"（《世说新语·贤媛》注引《郗昙别传》）[4]；评价阮浑"阮浑长成，风气韵度似父"（《世说新语·任诞》）[5] 等。随着社会发展的不断演进和文学创作活动的丰富多元，"韵"的范畴内涵逐渐由"品人"向"品文"的方向发展。如陆机《文赋》曰："收百世之阙文，采千载之遗韵"[6]；刘勰《文心雕龙》云："曹摅清靡于长篇，季鹰辨切于短韵，各其善也"[7]；沈约《宋书·谢灵运传》则云："缀平台之逸响，采南皮之高韵。"[8] 唐代诗僧皎然《诗式》中有"辨体十九字"，其中对于"高雅"的界定，则云"风韵朗畅曰高"[9]。皎然以此标准考量和评价前代的诗人作

---

[1] 黄霖编著：《文心雕龙汇评》，上海古籍出版社2005年版，第114页。
[2] （南朝宋）刘义庆等著，张万起、刘尚慈译注：《世说新语译注》，中华书局1998年版，第76页。
[3] （南朝宋）刘义庆等著，张万起、刘尚慈译注：《世说新语译注》，中华书局1998年版，第402页。
[4] （南朝宋）刘义庆等著，张万起、刘尚慈译注：《世说新语译注》，中华书局1998年版，第680页。
[5] 李毓芙注：《世说新语新注》，山东教育出版社1989年版，第539页。
[6] （晋）陆机撰，张少康集释：《文赋集释》，上海古籍出版社1984年版，第25页。
[7] 黄霖编著：《文心雕龙汇评》，上海古籍出版社2005年版，第155页。
[8] （南朝梁）沈约：《宋书》，中华书局1974年版，第1778页。
[9] （唐）皎然著，李壮鹰校注：《诗式校注》，人民文学出版社2003年版，第69页。

品，如皎然评价曹植、刘桢、王粲的作品"不由作意，气格自高"①，评价苏武、李陵的诗歌作品"天予真性，发言自高"②，等等。

韦縠《才调集》"词丽"说丰富深刻，着眼于选录作品之辞采藻饰等外在形式。考证"丽"的本义可知，"丽"最初指向"并驾""成对"或"结伴而行"。东汉许慎《说文解字》曰："丽，旅行也。鹿之性见食急则必旅行，从鹿丽声。"郑玄为之注云："丽，耦也"③；清代段玉裁为其注解曰："此丽之本意。其字本作丽，旅行之象也。后乃加鹿耳"④。又，《周礼·夏官》云："丽马一圉，八丽一师。"⑤ 清代孙诒让《周礼正义》为之注解云："驾马一丽二匹，则一圉，八丽；凡十六匹，则一师。"⑥ 随着时间的推移，"丽"的内涵不断丰富扩展，由"并驾""成对"的本义逐渐引申为"美好""华丽"之意。如宋玉《登徒子好色赋》曰："玉为人，体貌闲丽"⑦；屈原《招魂》云："被文服纤，丽而不奇些。"⑧ 韦縠《才调集》选诗标准"词丽"说内涵丰富、意指宽泛，兼有清丽、绮丽、

---

① （唐）皎然著，李壮鹰校注：《诗式校注》，人民文学出版社2003年版，第110页。

② （唐）皎然著，李壮鹰校注：《诗式校注》，人民文学出版社2003年版，第103页。

③ （汉）许慎撰，（清）段玉裁注：《说文解字》，上海古籍出版社1981年版，第471页。

④ （汉）许慎撰，（清）段玉裁注：《说文解字》，上海古籍出版社1981年版，第471页。

⑤ （清）孙诒让撰，王文锦、陈玉霞点校：《周礼正义》，中华书局1987年版，第2605页。

⑥ （清）孙诒让撰，王文锦、陈玉霞点校：《周礼正义》，中华书局1987年版，第2609页。

⑦ 金荣权笺评：《宋玉辞赋笺评》，中州古籍出版社1991年版，第101页。

⑧ 蒋天枢校释：《楚辞校释》，上海古籍出版社1989年版，第285页。

秾丽之多重意解,要求所选诗歌作品具有"词丽而春色斗美"的绚丽风采。

韦縠生活在后蜀一朝特定的时空之中,其《才调集》的编选活动受到五代蜀地社会环境、时局政治、文坛生态及文学思潮的多重影响。《才调集》"韵高""词丽"的选诗标准和选诗活动,集中体现了五代后蜀一朝文人呼唤风骨、崇儒尚雅、直言谏诤的审美观念和创作取向。

韦縠《才调集》"韵高"说具有朴野刚健的内涵气度,体现了编者对盛唐风骨和对高洁人格的深情呼唤。清代王士祯评价韦縠选本时,认为:"孟蜀监察御史韦縠撰《才调集》,诗凡若千首,大抵以风调为宗。"[①] 清代冯武亦认为:"韦御史《才调集》才情横溢、声调宣畅,不入于风雅颂者不收,不合于赋比兴者不取。"[②] 韦縠《才调集》推尊盛唐,大量选录苍凉慷慨、仗剑横行的边塞类和游侠类诗歌作品。如盛唐诗人常建"属思既苦,词亦警绝"[③];《才调集》选录诗歌《吊王将军》一首。边塞游侠与山水田园兼通的盛唐诗人王维"词秀调雅,意新理惬"[④];《才调集》选录其《送元二使安西》《陇头吟》两首诗歌。边塞诗人陶翰"既多兴象,复备风骨"[⑤];《才调集》选录其诗歌《古塞下曲》一首。又,边塞诗人高适"诗多胸臆语,兼有气骨"[⑥];《才调集》选录其著名诗篇《燕歌行》。盛唐豪

---

① (清)王士祯著,李毓芙选注:《王渔洋诗文选注》,齐鲁书社1982年版,第334页。
② 四库存目编委会编:《四库全书存目丛书》(集部第288册),齐鲁书社1997年版,第635页。
③ 王克让注:《河岳英灵集注》,巴蜀书社2006年版,第12页。
④ 王克让注:《河岳英灵集注》,巴蜀书社2006年版,第66页。
⑤ 王克让注:《河岳英灵集注》,巴蜀书社2006年版,第122页。
⑥ 王克让注:《河岳英灵集注》,巴蜀书社2006年版,第180页。

侠诗人崔颢"晚节忽变常体，风骨凛然"①；《才调集》选录其刚健含婀娜的诗歌《黄鹤楼》一首。

韦縠《才调集》中的"词丽"说，集中反映了五代后蜀文人崇雅高洁的审美情怀。《才调集》十分注重选录中晚唐时期婉丽工整、清新雅洁的近体律绝诗歌作品。《才调集》选录如此，清代朱彝尊为之解释曰："（《才调集》）便于初学，取其清俊不涉陈腐耳。"② 如《才调集》选录诗人郑谷诗歌作品十一首，选录许浑诗歌二十首；选录韦庄诗歌六十三首。《才调集》选录韦庄的作品数量最多，韦縠所选如此不仅由于同宗共祖情感上的认同，更缘自追蹑前贤、承流接绪之诗学审美观念上的高度契合。韦縠《才调集》的"词丽"说，与韦庄《又玄集》中的"清词丽句"说前呼后应一脉相承。

韦縠《才调集》"韵高""词丽"诗学思潮的提出，与五代后蜀一朝讽喻教化、直言谏争的时代风潮应节合拍同鸣共振。后蜀君臣力图振兴一代文风和士风，极力倡导诗歌创作上的比兴寄托和讽喻教化。韦縠《才调集》响应时代的要求，大量选录关涉风雅教化的诗歌作品。如白居易的讽喻诗代表"一篇长恨有风情，十首秦吟近正声"③，其《秦中吟》十首悉皆入选且置于卷首。清代冯武对《才调集》所选如此别具只眼，认为韦縠"以白太傅压通部，取其昌明博大，有关风教诸篇，而不取其闲适小篇也"④。后蜀君臣对唐末诗坛和前蜀诗坛上哀音充斥、朴陋鄙俚、苦涩雕琢类的小碎篇章颇为不满，韦縠《才调集》顺应后蜀文坛斥浮崇雅的时代要求，力图对唐末五代的浮薄风习拨乱反正。五代前蜀时期，文坛上朴陋鄙俚、

---

① 王克让注：《河岳英灵集注》，巴蜀书社2006年版，第212页。
② （清）王夫之等：《清诗话》，上海古籍出版社1978年版，第937页。
③ 林德保、李俊、倪文杰注：《详注全唐诗》，大连出版社1997年版，第1671页。
④ 四库存目编委会编：《四库全书存目丛书》（集部第288册），齐鲁书社1997年版，第633页。

刻意求俗的创作风习十分盛行。如前蜀卢延让的诗歌作品"狗触店门开""饥猫临鼠穴""谗犬舐鱼砧"之类,"人多诮为浅陋"[1]。前蜀诗僧贯休率性而为,所创作的诗歌作品鄙俗之极近乎叫嚣恶骂,明代胡震亨批评其作品"无奈发村,忽作恶骂,令人不堪受"[2]。又,前蜀诗人陈咏"唯事唇喙,睹物便嘲",其《咏大慈寺斋头鲜于阇梨》诗云:"酒肉终朝没缺时,高堂大舍养肥尸。行婆满院多为妇,童子成行半是儿。面折掇斋穷措大,笑迎搽粉阿尼师。一朝若也无常至,剑树刀山不放伊。"后蜀诗人蒋贻恭谑浪笑傲,所写诗歌喜好讥讽,孙光宪《北梦琐言》记载云:"蜀中士子好着袜头袴,蒋谓之曰:'仁贤既裹将仕郎头,为何作散子将脚?'"[3] 五代巴蜀的诗坛创作风习,无不令韦縠感同身受,并与之针锋相对地展开了斗争。四库馆臣认为:"縠生于五代文弊之际,故所选取法晚唐,以依丽宏敞为宗,救粗疏浅陋之习。"[4] 清代宋思仁亦认为:"縠生五代文敝之际,惟以浓丽秀发救当时粗俚之习。"[5]

后蜀韦縠不仅对前蜀诗坛上所盛行的市井鄙俚风习不满,而且对"下笔多在神仙诡怪之间"艳冶绮靡的尚怪思潮颇为不满。中唐时期,韩孟诗派尚奇尚怪、笔参造化,作诗融会古文句法和赋体手法,刻意追求"以丑为美"和"非诗之诗"光怪陆离的另类审美意趣。韩孟诗派的诗学思想和创作主张,不符合韦縠"韵高、词丽"

---

[1] (清)吴任臣撰,徐敏霞、周莹点校:《十国春秋》,中华书局1983年版,第642页。
[2] (明)胡震亨:《唐音癸签》,上海古籍出版社1981年版,第82页。
[3] (五代)孙光宪著,林艾园校点:《北梦琐言》,上海古籍出版社1981年版,第77页。
[4] (清)永瑢等:《四库全书总目》,中华书局1965年版,第1691页。
[5] 续修四库编委会编:《续修四库全书》第1611册,上海古籍出版社2001年版,第255页。

的选录标准，故《才调集》于韩愈、刘叉、卢仝之人无一首作品入选，于孟郊只选取一首具有汉魏乐府风貌的作品《古结爱》，于李贺只选取一首洗削尽"长吉体"诡怪色彩的诗歌作品《七夕》。诗人韦縠对唐末五代诗坛盛行"下笔多在洞房蛾眉"之浇薄浮靡的创作风气甚为不满，《才调集》选录诗歌作品时于温庭筠、李商隐、韩偓诸人摒弃其"乐府"艳歌、"无题"哀曲和"妆奁"宫体，选录其关涉羁旅、赠寄、咏史、怀古、悼亡、边塞主题类的近体律绝。如羁旅类，《才调集》选录温庭筠《碧涧驿晓思》、韩偓《残春旅舍》。赠别类，《才调集》选录温庭筠《送人东游》《送李亿东归》、李商隐《题后重有戏赠任秀才》、韩偓《寄邻庄道侣》。咏史怀古类，《才调集》选录李商隐《马嵬》《龙池》《齐宫词》《富平少侯》，温庭筠《过华清宫二十二韵》。边塞类，《才调集》选录温庭筠《塞寒行》《边笳曲》。诗人韦縠对五代前蜀诗坛上盛行的刻削雕琢的苦吟风习不以为然。尽管《才调集》选录唐末"寓蜀"诗人大量的"苦吟"作品，如贾岛、姚合、崔涂、李洞、郑谷、张蠙等。可韦縠在《才调集》辑录过程中，对这些诗歌进行了谨慎地筛选，大量选录其清丽可喜的作品，刻意摒除其雕琢苦涩的苦吟篇章，从而达到"闲窗展卷"或"月榭行吟"之鉴赏、雅阅的功效。如《才调集》选录贾岛作品《寄远》，该诗妙用顶针手法、意脉贯通不绝如缕。又，选录李洞《喜鸾公自蜀归》、崔涂《夕次洛阳道中》、张蠙《叙怀》《题嘉陵驿》等作品。上述诗歌作品平易浅切、婉转流荡，荡涤了幽僻、蹇涩的苦吟气息。

二　赵崇祚《花间集》的编选标准及与后蜀文学思潮的关系探讨

五代后蜀时期，赵崇祚编选的曲词选本《花间集》，堪称中国古代词史上文人曲子词汇编的开山之作。《花间集》专门收录晚唐五代时期的"诗客曲子词"，尤其以辑录五代蜀地词人的曲词作品为大宗，带有鲜明的地域文化色彩。《花间集》的编纂由后蜀一朝的文人诸如赵崇祚、欧阳炯等人，经过一番"广会众宾，时延佳论"之广泛征求意见和集体讨论而最终定稿。《花间集》专收文人曲子词，集中体现了后蜀文人群体的词学思想、创作观念和审美追求，其词学审美趣味与《云谣集》专收伶人乐工类的曲词相比大相径庭。

后蜀时期，赵崇祚的好友欧阳炯应邀参加了《花间集》的讨论和编选工作，欧阳炯的一篇《花间集叙》为我们考索该曲词选本的编纂思想、编排体例、辑录标准、编选目的等方面的问题，提供了可资佐证的重要线索。欧阳炯《花间集叙》云："镂玉雕琼，拟化工而迥巧；裁花剪叶，夺春艳以争鲜。是以唱《云谣》则金母词清；挹霞醴则穆王心醉。名高《白雪》，声声而自合鸾歌；响遏行云，字字而便谐凤律。《杨柳》《大堤》之句，乐府相传；《芙蓉》《曲渚》之篇，豪家自制。莫不争高门下，三千玳瑁之簪；竞富樽前，数十珊瑚之树。则有绮筵公子，绣幌佳人，递叶叶之花笺，文抽丽锦；举纤纤之玉指，拍按香檀。不无清绝之辞，用助娇娆之态。自南朝之宫体，扇北里之娼风，何止言之不文，所谓绣而不实。有唐已降，率土之滨，家家之香径春风，宁寻越艳；处处之红楼夜月，自锁嫦娥。在明皇朝，则有李太白应制《清平乐》词四首；近代温飞卿，复有《金筌集》。迩来作者，无愧前人。今卫尉少卿字弘基，以拾翠洲边，自得羽毛之异；织绡泉底，独殊机杼之功。广会众宾，时延佳论，因集近来诗客曲子词五百首，分为十卷。以炯粗预知音，辱请命题，仍为序引。昔郢人有歌《阳春》者，号为绝唱，乃名之为《花间集》。庶使西园英哲，用资羽盖之欢；南国婵娟，休唱《莲舟》之引。广正三年夏四月大蜀欧阳炯序。"①

欧阳炯《花间集序》所包含的词学思想十分丰富，全面反映了以赵崇祚、欧阳炯为代表的后蜀文人对曲子词文学的整体认知，具体包括曲子词发生论、创作论、词体观和功能论等多方面的思想内容。在曲子词的生发起源方面，欧阳炯认为曲子词的产生原因在于汉魏六朝乐府与边地异域音乐及隋唐以来的燕乐歌舞三者交互影响，所谓"自南朝之宫体，扇北里之娼风，何止言之不文，所谓绣而不实。有唐以降，率土之滨，家家之香径春风，宁寻越艳；处处之红楼夜月，自锁嫦娥"。在曲子词的创作观念上，欧阳炯认为曲子词创作是雅士文人与歌伎乐工通力合作的结果，所谓"绮筵公子，绣幌佳人，递叶叶之花笺，文抽丽锦；举纤纤之玉指，拍按香檀"云云。在当时，文人作词者与歌伎演唱者分别具有很高的文学素养与音乐天赋，曲子词经过文人雅士"镂玉雕琼""裁花剪叶"般地精心雕琢与歌伎伶人响遏行云般地揭调歌唱，日益向着充满文人意趣的雅正清绮的一途发展。在曲词作品的词体方面，源自当时宴席场合发达的酒令歌令的助兴风习，《花间集》自然无法突破时代局限专门辑录小令篇章。关于赵崇祚编选《花间集》的功用目的，好友欧阳炯有着精彩的论述，所谓"庶使西园英哲，用资羽盖之欢"，即专为社会上层文士进行"西园雅集"之类的高雅娱乐活动，提供一个可资评论鉴赏或配乐演出的曲词底本。

赵崇祚对《花间集》作品的选录十分谨慎，所谓"拾翠洲边，自得羽毛之异；织绡泉底，独殊机杼之功"，经过了一番严格的筛选、讨论与辑录的过程。《花间集》专选唐末五代时期的文人曲子词，其原因在于赵崇祚认为"在明皇朝，则有李太白应制《清平

---

① （五代）赵崇祚辑，李一氓校：《花间集》，人民文学出版社1958年版，第1页。

乐》词四首，近代温飞卿复有《金筌集》。迩来作者，无愧前人"。可见，赵崇祚认为唐代文人创作曲子词的风习由来已久，近来的词人踵事增华大量创作，《花间集》理应将这些诗客的曲子词作品汇集起来，《花间集》保存和总结当代词人词作的汇编意识十分明显。

《花间集》无论是编者还是选入的词人都具有很高的文学修养，该曲子词选本的编选目的，旨在给当时的词人文士宴会雅集时提供一本高雅的作品集，所谓"庶使西园英哲，用资羽盖之欢；南国婵娟，休唱《莲舟》之引"云云。后蜀《花间集》具有慷慨苍凉、绮丽哀怨、清幽雅正的审美意趣，这也正是后蜀文人崇雅斥浮的文学思想、词学观念与创作审美追求集体无意识的彰显。

《花间集》的入选作品以五代巴蜀文人为大宗，后蜀文人人格挺立、格高调雅，具有傲岸挺立、直言谏诤的精神气度。五代巴蜀文人讽喻教化、斥浮崇雅的文学创作旨趣，对《花间集》的品貌特征产生了深刻影响。后蜀文人在曲子词创作上的价值认知与功能解读，将《花间集》引向格高调远的雅正一途。后蜀文人十分注重化俗为雅，努力提高词品、不断开拓词境。后蜀赵崇祚、欧阳炯等人从曲子词的格调、品位、意蕴等方面对《花间集》的辑录严加要求。后蜀文人清绮雅正的词学审美理想，主要体现在他们将曲子词创作看作文人才子驰骋笔墨、逞才斗巧的用武之地，故而《花间集》注重选录那些颇具文人雅化气息、格调高远、劲气内转、充满绮怨之美或清雅余韵的曲词作品。

唐末五代之际，曲子词经过一百多年的发展历程蔚为大观、绚丽多彩。面对曲子词欣欣向荣的繁盛局面，中唐以来许多文人士子按捺不住内心的激动，纷纷投身于曲子词创作的时代大潮中。曲子词在词体上逐渐由原先来自市井里巷韵律不协、字数不定、平仄不拘等粗率放纵的本真状态，逐渐转向体制规范、格律精严的文人雅化之途。《花间集》专选晚唐五代"诗客曲子词",所收作品在运意、炼字、布局、构思、章法、句法等方面具有雅士文人逞才使巧、好为人师、别出心裁的鲜明特色。如前蜀文人鹿虔扆的曲子词作品《临江仙》(无赖晓莺惊梦断……)工于炼字,近人况周颐评价:"'约砌杏花零''约'字雅炼,残红受约于风,极婉款妍丽之致。"① 张泌的曲子词作品工于炼字运意,如《浣溪沙》"杏花凝恨倚东风""断香轻碧锁愁深"二句,况周臣民颐评价曰"妙在'凝'字,'碧'字"(《餐樱庑词话》);"翠锢金缕镇眉心""断香轻碧锁愁深"二句,清人李调元认为"'镇''锁'二字开后人无限法门"(《雨村词话》卷一)。又,五代前蜀文人孙光宪《河传》词云:"太平天子,等闲游戏,疏河千里……"近人李冰若认为"词写炀帝开河南游事,妙在'烧空'二字一转,使上文花团锦簇,顿形消灭。此法盖出自太白《越王勾践破吴归》一诗"②。此外,后蜀词人顾敻的曲子词作品《河传》(棹举,舟去……)高华秀美、工于发端,清人陈廷焯评价:"好起笔'天涯'十字,笔力精健"③;"起四语,一步紧一步,冲口而出,绝不费力"④。前蜀词人阎选的曲子词作品《河传》(秋雨,秋雨……)喜用叠字、工于起结,开后世词人的无限法门;明人汤显祖在《花间集》(卷四)中对此评价曰:"三句皆重叠字,大奇大奇。宋李易安《声声慢》,用十重叠字起,而以'点点滴滴'四字结之,盖用其法,而青于蓝者。"⑤ 清人陈廷焯《云韶集》(卷一)亦评价曰:"起笔胜,结笔缓。"又《词则·别调

---

① 李冰若:《花间集评注》,人民文学出版社1993年版,第209页。
② 李庆苏、李庆淦编著:《李冰若〈栩庄漫记〉笺注》,中国文联出版社2009年版,第107页。
③ 李冰若:《花间集评注》,人民文学出版社1993年版,第160页。
④ 张璋、黄畬编:《全唐五代词》,上海古籍出版社1986年版,第702页。
⑤ 史双元编著:《唐五代词纪事会评》,黄山书社1995年版,第896页。

集》认为阎选该词"起疏朗，结凄婉"①。欧阳炯的曲词作品《三字令》（春欲尽，日迟迟，牡丹时……），近人俞陛云亦评曰："十六句皆三字，短兵相接，一句一意，如以线贯珠，粒粒分明，似一线萦曳。"②

赵崇祚《花间集》大量选录五代蜀地的词人词作，整个曲词选本所彰显的文人雅化意蕴十分突出，贯穿着一种清绮雅正的词学审美思想。《花间集》中大量描写女性形象的曲人词作品，诸如"闺怨类"和"宫怨类"两大宗深具绮艳幽怨之美、空灵清雅之韵和劲健挺拔之格。五代"花间"词人喜好在曲人词作品中描写巫山神女和湘妃斑竹的逸闻故事与神话传说，此类作品深具哀怨婉转、凄美幽艳的悲伤意绪，作品中流露着作者本人的身世遭际与人生况味。如前蜀词人牛希济的作品《临江仙》（峭碧参差十二峰……），在立意方面避开了巫山神女与楚王幽会之陈词俗套的描写，刻意渲染二者伤悲别离后的孤寂情怀和落寞意绪。又，前蜀文人毛文锡和李珣的词作品《巫山一段云》，二者同样以巫山神女和楚王幽怨为故事题材，作品在叙述美女难求胜景不再的神话悲剧时流露出了自身对于昨梦前尘的歌哭伤悼。又，"花间"词人牛希济、毛文锡、张泌等人的曲词作品《临江仙》，专以凭吊感伤娥皇、女英的神话传说为题材，词人将舜之二妃泪洒斑竹的故事传说描写得凄美如画、悲婉卓绝、荡气回肠。又，"花间"词人创作了大量描写女子寂寞空闺的曲子词作品。如后蜀欧阳炯的《更漏子》（三十六宫秋夜永……），清代陈廷焯品评价其"系宫怨词，措语闲雅"③。薛昭蕴的《小重山》

---

① 史双元编著：《唐五代词纪事会评》，黄山书社1995年版，第896页。
② 俞陛云：《唐五代两宋词选释》，上海古籍出版社1985年版，第84页。
③ 史双元编著：《唐五代词纪事会评》，黄山书社1995年版，第913页。

(春到长门春草青……），茅瑛评价其"怨女弃才，千古同恨"①。韦庄的作品《小重山》（一闭昭阳春又春……），对寂寞红墙幽闭永巷的宫女怨恨深表同情。

《花间集》选录五代巴蜀文人大量咏史类、讽喻类、边塞类的曲词作品，体现出编选者对劲气内转、苍凉悲壮、格高之调远的词作的推尊之意。如词人鹿虔扆人格傲岸，"国亡（前蜀灭亡）不仕，词多感慨之音"②，其曲词作品"曲折尽变，有无限感慨淋漓处"③。如鹿虔扆的《临江仙》（其一）词云："金锁重门荒苑静，绮窗愁对秋空。翠华一去寂无踪。玉楼歌吹，声断已随风。 烟月不知人事改，夜阑还照深宫。藕花相向野塘中。暗伤亡国，清露泣香红。"④该词伤悼亡国、歌哭呜咽、情深调苦，令人不忍卒读。后蜀文人讽喻谏诤的批判锋芒，在《花间集》的选篇中有着精彩的体现。赵崇祚、欧阳炯等人选录了大量笔涉六朝、痛斥亡国的讽喻类的曲词作品。如牛峤的《江城子》（鵁鶄飞起郡城东……）与薛昭蕴的《浣溪沙》（倾国倾城恨有余……），均以春秋时期越王勾践、吴王夫差及美女西施为描写的故事题材，在吟咏美人情事和霸主雄图方面，堪称凭栏悼古的神来之笔。此外，孙光宪的《后庭花》（石城依旧空江国……）讽刺陈后主昏庸误国，韦庄的《河传》（何处，烟雨，隋堤春暮……）讽刺隋炀帝等闲游戏破国败家，毛熙震的《临江仙》（南齐天子宠婵娟……）讽刺南齐天子荒淫无道身首异处。《花间集》辑录了大量关涉边地苦寒、戍卒思乡类的边塞主题作品，此类曲子词格调苍凉、意境开阔，此类作品大量选入自然与后蜀文人

---

① 张璋、黄畬编：《全唐五代词》，上海古籍出版社1986年版，第570页。
② 张璋、黄畬编：《全唐五代词》，上海古籍出版社1986年版，第729页。
③ （清）沈辰垣等编：《历代诗余》，上海书店出版社1985年版，第1346页。
④ （五代）赵崇祚辑，李一氓校：《花间集校》，商务印书馆香港分馆1960年版，第170页。

格高调雅的审美情怀紧密相连。如牛峤的《定西蕃》（紫塞月明千里……），被徐士俊的《古今词统》评价为"盛唐诸公塞下曲"[1]。此外，毛文锡的作品《甘州遍》（秋风紧），犹如来自边关战鼓的洪钟巨响，开后世词人描写边塞主题的无限法门。又，孙光宪的《酒泉子》（空碛无边，万里阳关道路……），专以描绘边塞风光和异域苍凉为能事，被明人汤显祖评价为"再读不禁酸鼻"[2]。

此外，《花间集》大量选录五代蜀地文人描写异域风光和山水胜景的曲词作品，彰显了后蜀文人新奇雅化的审美理念。如《花间集》选录孙光宪的《浣溪沙》、选录毛文锡的曲词作品《应天长》、选录李珣的《渔歌子》等，此类作品风味爽朗、格调清新、韵味悠扬。"花间"词人喜欢以妍雅之笔描写江南水乡的风物胜景，如欧阳炯的八首《南乡子》、李珣的十首《南乡子》、孙光宪的两首《菩萨蛮》，此类作品专以烟瘴之地广南风物为其描写的对象，风格上秀美清新、活泼明快、趣味隽永。词人笔下的奇特广南风光诸如猩猩、大象、刺桐、椰子之类，特为词家开一新采。

《花间集》的编选辑录与后蜀文人比兴寄托、讽喻教化的创作思想紧密相关，其清绮雅正的审美主张顺应时代风潮要求，意在矫正唐末五代巴蜀文坛上盛行的市井做派和宫体风习。欧阳炯在《花间集叙》中对六朝宫体风习颇为不满，所谓"自南朝之宫体，扇北里之娼风。何止言之不文，所谓秀而不实"，指出其浮靡华艳秀而不实的内在弊端。赵崇祚《花间集》对当时文坛上流行的艳歌俚曲避而不取，如前蜀锦城烟花之主尹鹗词云"银台蜡烛滴红泪，酽酒劝人教半醉。帘幕外，月华如水。特地向，宝帐颠狂不肯睡"[3]。《栩庄

---

[1] 马清福主编：《花间集》，春风文艺出版社1995年版，第214页。
[2] 史双元编著：《唐五代词纪事会评》，黄山书社1995年版，第942页。
[3] 张璋、黄畲编：《全唐五代词》，上海古籍出版社1986年版，第630页。

漫记》指出"特地向,宝帐颠狂不肯睡……流于狎昵,几如柳三变俳调也"①,该词因不符合《花间集》的雅正高洁的艺术审美趣味未被选入。又,前蜀后主王衍以创作靡丽艳冶的宫体曲词最为著名,如"者边走,那边走,只是寻花柳。那边走,者边走,莫厌金樽酒",活化出一副纨绔公子的放浪举止。后蜀赵崇祚于王衍的艳词作品甚为不满,《花间集》无一首王衍作品入选。《花间集》的编选者喜欢欣赏《阳春》《白雪》式的高雅作品,有意贬低或忽视来自市井坊间类似《下里》《巴人》的民歌俚曲。如牛峤的《生查子》"终日劈桃穰,人在心儿里。两朵隔墙花,早岁成连理",因其俚俗,未被选入《花间集》。又,张泌的《江城子》"早是自家无气力,更被伊,恶怜人";尹鹗的《女冠子》"懒乘丹凤子,学跨小龙儿。叵耐天风紧,挫腰肢";欧阳炯的《春光好》"曲罢问郎名个甚,想夫怜"等;皆因曲词作品过于浅陋、俚俗,不符合文人雅士的口味,未能入选《花间集》。又,孙光宪的《浣溪沙》:"试问于谁分最多?便随人意转横波,缕金衣上小双鹅。醉后爱称娇姐姐,夜来留得好哥哥,不知情事久长么?"② 该词亦因粗率鄙俗而未被选入《花间集》。赵崇祚自视甚高,故而《花间集》处处以《阳春》《白雪》相标榜,究其目的意在雅化词境、提高词品,从而与来自市井里巷出自乐工伶人之手格调卑弱的俚歌谣曲划清界限。

---

① 李庆苏、李庆淦编著:《李冰若〈栩庄漫记〉笺注》,中国文联出版社2009年版,第124页。

② 张璋、黄畬编:《全唐五代词》,上海古籍出版社1986年版,第798页。

第 五 章

宗教文化视角下的五代巴蜀文学

五代时期，巴蜀地区的佛教与道教承袭历代精神文化之基业，奋发乱世宗教狂热之风潮，在三蜀大地上薪火相传、愈演愈烈。五代时期，氤氲弥漫的宗教文化氛围对巴蜀文人的生成聚合、思想心态及其文学创作活动产生了广泛影响。

五代时期，中原地区战火纷飞乱象纵横，富庶安宁的江南水乡和别有洞天的巴蜀大地成为北人南迁的避难港湾。中原地区战乱催生的社会现象，不仅表现在大量人口的避地南迁和经济重心的南下西移，还表现在宗教文化板块的整体迁移。五代时期，大量的诗僧群体与道人群体荟萃于巴蜀地区，他们的文学创作特色鲜明，是巴蜀文坛的重要组成内容。

第一节 佛教文化视角下的五代巴蜀文学

李唐王朝盛极一时的佛教派系，如天台宗、三论宗、华严宗、法相宗、净土宗、禅宗、密宗等，经过盛唐"安史之乱"、中唐"武宗灭佛"和唐末"黄巢大起义"的摧残破坏，有的灭绝不传、有的气息奄奄、有的难以为继。正当中原地区的佛教传法烟消云散之际，僻处西南内陆腹地的巴蜀佛教在宁静的盆地中异军突起。五代巴蜀地区的禅宗派别和密宗法系，在前蜀王朝和后蜀政权的大力支持和巴蜀民众崇佛思潮的推动下得到了迅猛发展。

一 五代时期巴蜀地区的佛教传播与崇佛思潮

唐末五代战乱之时，环山带水的巴蜀地区不仅是文人士子的避难天堂，而且大量的佛释缁流加入逃难队伍朝着这方富庶神秘的土地蜂拥而来。再加上蜀主王建乐善好施、虚心待士，"率土之黔黎老幼，竞献臣心；满朝之文武忠贤，皆陈天意"（《郊天改元赦文》）①，此时的巴蜀丛林，闪现着南地禅宗与真言密教中人的活动身影。唐末天复年间，诗僧贯休有感于"河北江东处处灾"的危险处境，怀抱着"惟闻全蜀少尘埃"的美好幻想，不辞千山万水"过洞庭、趋渚宫、历白帝"②，最终抵达成都沃土。长安京兆人僧缄"乾符中，巢寇充斥，遂流避乱……避地夔峡间。后唐同光三年入蜀"③。唐末之际，释僧澈"黄巢之乱"爆发后，于广明元年（880）随从唐僖宗避难入蜀。又，释守真"洎黄寇干纪，僖宗蒙尘，车驾避锋而西幸，咸镐失守而没贼，因而徙家居于蜀矣"④。五代时期，前蜀王朝与后蜀政权前后相继，生活在前蜀时期的禅宗名僧有昙域、尔岛、海印、远公、智广、子朗、扫地和尚，生活在后蜀时期的名僧有慈觉、行勤、可朋、晓峦、仁显、行勤等人。五代时期，每当中原王朝动荡倾覆之际，总有大量的朝士和僧侣逃难入蜀。如后唐王朝的

---

① （清）董诰等编：《全唐文》，中华书局1983年版，第1289页。
② 陆永峰校注：《禅月集校注》，巴蜀书社2006年版，第128页。
③ （宋）赞宁：《宋高僧传》，中华书局1987年版，第566页。
④ （宋）赞宁：《宋高僧传》，中华书局1987年版，第645页。

统治末期,宗室丧乱朝士奔窜,当时"有新罗僧携庄宗诸子为僧,入蜀投孟主,即福庆公主犹子也。因为起院,以庄宗万寿节为名额,蜀人号为太子太师"[①]。

真言密宗,在唐末五代之际的中原地区难觅踪迹几成绝学,而在剑南两川地区则薪火相传。盛唐开元四年(716),天竺僧善无畏来到长安。此后,金刚智、不空相继来华。这些异域僧徒不辞辛苦,带来了天竺密宗的真传。真言密宗"开元三大士"通过译经手段传道布教,在当时深受统治者的推崇和扶持,善无畏受封为鸿胪卿,金刚智受封"国师"尊号,不空出入宫廷交通王侯、权倾朝野。密宗的盛衰荣辱与朝政时局的变动密切相关,"安史之乱"的战火造成寺院毁弃、佛子星散,密宗受此打击影响一蹶不振。晚唐武宗时期的"会昌法难"以及僖宗一朝的"黄巢起义",造成密宗一系在中原大地上濒临绝迹。五代时期的真言密宗在全国范围内几成绝学,而这时剑南两川地区的宗教活动却表现得异常火热。如密宗教主嘉州人柳本尊"专持大轮五都咒,盖瑜伽经中略出,念诵仪也,诵数年而功成"[②]。此人常年活动在成都、金堂、汉州、弥牟、嘉州等地,采取符水治病的方式宣称密教。唐末王建镇蜀时,柳本尊有感于两川地区混战厮杀、横尸遍野,于是带领僧徒来到成都超度亡魂持咒灭厉,此举深受王建赞赏。柳本尊自称江渎神,能够修习割耳断臂之苦行,所谓"挥刀断左臂,凡四十八万刀"[③]。柳本尊此类惊世骇

---

① 上海古籍出版社编:《宋元笔记小说大观》,上海古籍出版社2007年版,第453页。

② 刘长久、胡文和主编:《大足石刻研究》,四川社会科学院出版社1985年版,第294页。

③ 刘长久、胡文和主编:《大足石刻研究》,四川社会科学院出版社1985年版,第295页。

俗之举震撼人心，致使"厢吏以事白，蜀主（王建）叹异，遣使慰劳"①。又成都玉津坊女子卢氏甘愿舍宅为寺，供柳本尊传法布道。柳本尊于天复七月（907）灭寂后，弟子袁承贵、杨直京继承他的衣钵主持弥牟本尊院和广汉本尊院，继续在王氏前蜀和孟氏后蜀两朝传播密教。五代两蜀时的密教咒法世代不绝，深受统治者推崇，如前蜀后主赐密教首领银青光禄大夫检校太子太傅、内殿侍等职，后唐吞并前蜀后后唐明宗赐密教"大轮"院额，后蜀广政二十四年（961），后主孟昶"赐杨直京紫绶金鱼袋、俾领主持事"②。

通过考察方志史料和地志文献可知，五代时期巴蜀地区的佛教很盛，表现在佛堂寺院的兴建及石刻碑文的流传等诸多方面。五代前后蜀两朝新建寺院很多，如王氏前蜀时期阆州兴建报恩寺，据《舆地纪胜》阆州"景物"条记载："唐道袭故宅，即今报恩寺也。地势在阆中最高，有王蜀张格所作道袭墓碑在寺中。"③ 又，渠州兴建阿育王山塔院，宋代改名为长乐寺，该寺据《舆地纪胜》渠州"景物"条记载："长乐寺，在渠江县北十里，旧名阿育王山塔院，伪蜀置。"④ 孟氏后蜀时期，资州新建清莲院，北宋时将其改名为天王院，此事据《舆地纪胜》资州"景物"条记载："清莲院，蜀广政建，为天王院，治平赐今额。"又，成都府西南的圣寿寺，为"孟蜀时宰相王处回舍宅以广其基"⑤。考察相关方志史料和地志文献可知，五代巴蜀地区寺院碑刻的文献资料很多。如成都府"龙兴寺

---

① 刘长久、胡文和主编：《大足石刻研究》，四川社会科学院出版社 1985 年版，第 295 页。
② 刘长久、胡文和主编：《大足石刻研究》，四川社会科学院出版社 1985 年版，第 296 页。
③ （宋）王象之：《舆地纪胜》，江苏广陵古籍刻印社 1991 年版，第 1258 页。
④ （宋）王象之：《舆地纪胜》，江苏广陵古籍刻印社 1991 年版，第 1174 页。
⑤ （清）杨芳灿等：《四川通志》（第 3 册），华文书局 1967 年版，第 1527 页。

碑",《舆地碑目》认为"乃前蜀王氏时所立"(《舆地碑目》卷四,四库全书本)。维州"灵泉院碑",《舆地碑目》记载:"在本寺,后唐同光三年立。"(《舆地碑目》卷四,四库全书本)维州宝林院有"僧晓微碑"和"显教大师碑",《舆地碑目》记载碑刻"在宝林院西,蜀明德元年立,又有显教大师碑,广政四年立"(《舆地碑目》卷四,四库全书本)。此外,梓州有"蜀安国寺碑"和"蜀明德四年碑",其中安国寺碑"在州罗城外,有永平二年碑"(《舆地碑目》卷四,四库全书本);明德四年碑"在小溪上,向尼寺"(《舆地碑目》卷四,四库全书本)。

五代巴蜀地区的崇佛狂热思潮,首先表现在统治者对佛教僧侣的特殊礼遇方面。如前蜀王建对高僧大德格外礼遇,终其一生积极扶持佛教的发展,他曾宣称:"寡人高筑金台,以师名士;广修宝刹,用接高僧。"① 王建对入蜀避难的诗僧贯休待遇优异,所谓"过秦主待道安之礼,逾赵王迎图澄之仪"②。贯休不仅生前深受王建的宠信推尊,而且死后亦受王建的厚礼埋葬,所谓"敕令四众,共助葬仪,特竖灵塔,敕谥'白莲之塔'"(昙域《禅月集序》)③。王建不仅对本土僧人照顾有加,而且对远道而来的西域胡僧亦极尽地主之谊。如《北梦琐言》"蜀王先主礼僧"条记载:"伪蜀王先主未开国前,西域僧至蜀,蜀人瞻敬,如见释迦。舍于大慈三学院,蜀主复谒,坐于厅,倾都士女就院,不令止之。妇女列次礼拜,俳优王舍城飘言曰:女弟子勤苦礼拜,愿后身面孔,一切似和尚。蜀主大笑……"④ 后蜀孟知祥亦有礼遇僧人之举,如"后唐之乱,庄宗诸

---

① (五代)何光远:《鉴诫录》,中华书局1985年版,第34页。
② 陆永峰校注:《禅月集校注》,巴蜀书社2006年版,第528页。
③ 陆永峰校注:《禅月集校注》,巴蜀书社2006年版,第528页。
④ (五代)孙光宪撰,林艾园点校:《北梦琐言》,上海古籍出版社2012年版,第121页。

儿多削发为僧，间道来成都，高祖以后（皇后）故，厚待之，赐予千计。敕器用局以沉香降真为钵，木香为匙箸，其优礼如此。"① 后蜀孟昶"好度僧尼，而（徐）光溥以为无益"②；孟昶不听劝告，曾于广政年间"出女侍为尼，俾居其间，号延福院"③。又，孟昶之子孟仁操"尤奉释氏，深究其理"④。五代前后蜀的统治者乐善好施，多有"饭僧之举"，如前蜀立国之初，蜀主王建登上兴义楼"有僧抉一目以献，蜀主命饭僧万人以报之"⑤。后蜀孟知祥镇蜀伊始，"饭僧于府署"⑥。前后蜀统治者礼遇僧人时有"赐师号"和"赐紫衣"之举措，如诗僧贯休被王建尊奉为"守三川僧箓大师、食邑三千户、赐紫大沙门"⑦。诗人令狐峤对当时统治者为僧人"赐紫衣"之事颇为不满，其《明庆节散后赠左右两街命服僧玄》诗云："却羡僧门与道门，年年今日紫衣新。可怜州县祁评事，尽向荷衣老却身。"⑧ 五代时期的典章礼制承袭李唐王朝，朝廷处理宗教事务的僧职"两街僧箓"是巴蜀地区寺院和僧侣的最高管理机构，诗僧贯休被前蜀朝廷封为"两街僧录封、司空、太平卿、云南八国镇国大师"。前后蜀统治者通过给高僧大德颁赐"师号"或"谥号"表现崇奉推尊之心，如贯休被赐号为"对御讲赞大师、兼禅月大师"；贯

---

① （清）吴任臣撰，徐敏霞、周莹点校：《十国春秋》，中华书局1983年版，第745页。

② （宋）马永易：《实宾录》卷七，文渊阁本四库全书本。

③ 王文才、王炎校笺：《蜀梼杌校笺》，巴蜀书社1999年版，第350页。

④ （清）吴任臣撰，徐敏霞、周莹点校：《十国春秋》，中华书局1983年版，第749页。

⑤ （宋）司马光等：《资治通鉴》，岳麓书社1990年版，第568页。

⑥ （宋）路振：《九国志》，中华书局1985年版，第79页。

⑦ （清）吴任臣撰，徐敏霞、周莹点校：《十国春秋》，中华书局1983年版，第671页。

⑧ （清）李调元编，何光清点校：《全五代诗》，巴蜀书社1992年版，第1164页。

休的弟子昙域被赐号为"惠光大师"。后蜀时期，僧人慈觉获赠的谥号为"大觉禅师"。前后蜀统治者对僧人的居所、饮食、用度等生活待遇非常关注。如诗僧贯休入蜀伊始驻锡于东禅院，后住进了王建为其专门修建的龙华道场，所谓"特修禅宇，恳请住持"[①]。又，后蜀广政年间，诗僧可朋深受孟昶礼遇，"赐诗僧可朋钱十万，帛五十匹"[②]。

五代巴蜀地区的崇佛思潮，在译经事业和造像运动上表现得很突出。为使佛法快速传播，雕版刻印佛经成为当时巴蜀社会的时代风尚。后蜀时期，眉州刺史侯宏实"晚年兴造禅院，开转藏经，广建第宅，竟得善终"[③]。宋军入川灭蜀后"诏四川转运使沈义伦于成都写金银字《金刚经》，传置阙下"[④]。五代巴蜀社会佛教盛行流韵广披，就连赳赳武夫亦沉迷其中不能自拔。时人王仁裕《玉堂闲话》之"李延召"条记载："岷峨之人，酷好释氏，军中皆右执凶器，左秉佛书，诵习之声，混于刁斗。"[⑤] 前后蜀时期，巴蜀地区的石刻造像运动开展得如火如荼，社会上的妃嫔夫人、刺史官僚、衙门应差、妇孺眷属各色人等，都按捺不住内心的激动与狂热纷纷投身其中。如前蜀利州佛崖柏堂寺，《蜀千佛崖越国夫人造像二种》记载："府主相公宅越国夫人。四十二娘奉为大王国夫人重修装毗卢遮那佛一龛，并诸菩萨及部从音乐等，全并已装严成就。伏愿行住吉祥，

---

① 陆永峰校注：《禅月集校注》，巴蜀书社2006年版，第528页。
② （宋）计有功：《唐诗纪事》，上海古籍出版社1987年版，第1086页。
③ （清）吴任臣撰，徐敏霞、周莹点校：《十国春秋》，中华书局1983年版，第762页。
④ （宋）李焘：《续资治通鉴长编》（第2册），中华书局1979年版，第173页。
⑤ 傅璇琮、徐海荣、徐吉军主编：《五代史书汇编》，杭州出版社2004年版，第1865页。

诸佛卫护。设斋表赞讫,永为供养。乾德六年七月十五日白。"① 按,前蜀妃嫔不见有越国夫人的文献记载,推测王衍生性沉迷酒色奢纵无度,经常"强取士民女子内宫中",蜀宫中当有此人。后唐统治巴蜀时期,利州千佛石壁留有金紫光禄大夫、上柱国刘处让的造像事迹,《后唐刘安文造像》记载此事云:"东川官告使客省副使、金紫光禄大夫、检校尚书右仆射、守左卫将军兼御史大夫、上柱国刘处让。大唐天成二年十二月一日,自东川加平章事回,再经兹寺,睹古龛灵迹,鲜驳苔封,遂舍俸金装此功德一龛。伏愿慈悲永臻福佑。"② 五代后唐时期,昌州大足县北山佛湾有女弟子胡氏的造像镌刻事迹,《大足北塔寺观音坡造像记》云:"弟子发心镌造。广政三年表庆讫,女弟子胡氏。"③ 后蜀广政十七年(954),昌州大足县北山佛湾有右厢前都押衙、知衙务刘恭及其亲属的镌刻造像事迹,《药师琉璃光佛像造像记》云:"镌药师琉璃光佛、八菩萨、十二神王、一部众,并七佛、三世佛、阿弥陀佛,尊胜幢一所,地藏菩萨三身,都供一龛。右弟子右厢前都押衙,知衙务刘恭。姨母任氏、女大娘子、二娘子,男仁福、仁禄,发心镌造前件功德,今并周圆。"④

二 五代时期巴蜀地区的诗僧群体及文学创作

五代时期的巴蜀地区佛寺兴盛僧侣众多,形成了一个业诗艺文造诣精湛的诗僧创作群体。诗僧贯休暮年入蜀,在巴山蜀水之地度过了他人生中的最后十年,堪称前蜀文坛上的诗僧代表。贯休的诗歌创作很有特色,他的作品"多以理胜,复能创新意。其语往往得

---

① 龙显昭主编:《巴蜀佛教碑文集成》,巴蜀书社2004年版,第81页。
② 龙显昭主编:《巴蜀佛教碑文集成》,巴蜀书社2004年版,第81页。
③ 龙显昭主编:《巴蜀佛教碑文集成》,巴蜀书社2004年版,第82页。
④ 龙显昭主编:《巴蜀佛教碑文集成》,巴蜀书社2004年版,第82页。

景物之混茫之际，然其旨归，必合于道。太白、乐天既没，可嗣其美者，非上人而谁？"（吴融《西岳集序》）[1]诗僧贯休精于笔札、为人真率、遇事便发、诋毁朝贤，显得对人情世故颇为不晓。五代孙光宪《北梦琐言》记载贯休的率真举止时云："休公初至蜀，先谒韦书记庄，而长乐公（冯涓）后至，遂与相见，欣然抚掌曰：'我与你阿叔有分。'长乐怒而拂袖。它日谒之竟不逢迎，乃曰：'此阿师似我礼拜也。'自是频投刺字，终为阍者所拒。"[2]冯涓恃才傲物自比杜工部，自然对贯休在他面前装大的行为颇为不满。又，"国清寺律僧尝许具蒿脯，未得间，姜侍中宅有斋，律僧先在焉，休公次至，未揖主人大貌，乃拍手谓律僧曰：'乃蒿饼子何在？'其它皆此类。"[3]贯休经常在大街上旁若无人般地徒步行走，而且边走边吃东西，他的率真性情"时人甚重之，异乎广宣、栖白之流也"[4]。诗僧贯休不仅为人真率，而且善于机锋对答和诙谐嘲讽。如《五代史补》"贯休与杜光庭嘲戏"条云："贯休有机辩，临事制变，众人无出其右者。杜光庭欲挫其锋，每相见必同其举措以戏调之。一旦，因并辔于通衢，而贯休马忽坠粪，光庭连呼：'大师大师，数珠落第。'贯休曰：'非数珠，盖大还丹耳。'光庭大惭。"[5]与诗僧贯休的举止行为互为表里，他的诗歌作品兼具率真明朗、质朴情深的风格特色以及诙谐幽默、讥刺嘲讽的战斗锋芒。贯休对蜀主王建的知遇之恩

---

[1] 陆永峰校注：《禅月集校注》，巴蜀书社2006年版，第4页。

[2] （五代）孙光宪撰，林艾园点校：《北梦琐言》，上海古籍出版社2012年版，第136页。

[3] （五代）孙光宪撰，林艾园点校：《北梦琐言》，上海古籍出版社2012年版，第136页。

[4] （五代）孙光宪撰，林艾园点校：《北梦琐言》，上海古籍出版社2012年版，第136页。

[5] 傅璇琮、徐海荣、徐吉军主编：《五代史书汇编》，杭州出版社2004年版，第2485页。

心怀感激，而且在人生最后十年有幸亲眼目睹蜀中的太平盛世，故而贯休蜀中诗歌作品时时流露出对王建的感念誉美。如贯休《蜀王登福感寺塔三首》（其一）诗云："释子沾恩无以报，只擎章句贡平津。"①《蜀王登福感寺塔三首》（其二）诗云："林僧岁月知何幸，还似支公见谢公。"②诗僧贯休对蜀主的恩遇念念不忘，衷心祝愿王建千秋万岁、福禄齐天，其诗歌作品有云："听经瑞雪时时落，登塔天花步步开。尽祝庄椿同寿考，人间岁月岂能催"（《大蜀皇帝潜龙日述圣德诗五首》）③；"寿春嗟寿域，万国尽虔祈。捧日三车子，恭思八彩眉。愿将七万岁，匍匐拜瑶墀"（《寿春节进》）④；"翠拔为天柱，根盘倚凤城。恭唯千万岁，岁岁致升平"（《寿春节进祝圣七首》）⑤。诗僧贯休刚肠嫉恶、遇事便发的个性，并未因受到蜀主优渥待遇的影响而丧失泯灭。贯休寓蜀期间的一些诗歌作品，颇具讥刺风格和战斗锋芒。如前蜀永平二年（912）二月，王建前往龙华禅院游赏"召僧贯休，命坐，赐茶药彩段，仍令口诵近诗。时诸王贵戚皆赐坐，贯休欲讽之，因诵《公子行》……建称善，贵幸皆怨之"⑥。贯休的这首《公子行》诗云："锦衣鲜华手擎鹘，闲行气貌多轻忽。艰难稼穑总不知，五帝三王是何物。"⑦诗僧贯休戳到了前蜀王公贵戚们的痛楚，讥刺这些纨绔子弟不读书，不去了解民间疾苦，只知斗鸡走马拼命享乐，进而败坏整个社会风气，难怪他们对贯休切齿痛恨。贯休的讽喻作品《公子行》又名《少年行》，共有

---

① 陆永峰校注：《禅月集校注》，巴蜀书社 2006 年版，第 386 页。
② 陆永峰校注：《禅月集校注》，巴蜀书社 2006 年版，第 387 页。
③ 陆永峰校注：《禅月集校注》，巴蜀书社 2006 年版，第 403 页。
④ 陆永峰校注：《禅月集校注》，巴蜀书社 2006 年版，第 330 页。
⑤ 陆永峰校注：《禅月集校注》，巴蜀书社 2006 年版，第 369 页。
⑥ 王文才、王炎校笺：《蜀梼杌校笺》，巴蜀书社 1999 年版，第 114 页。
⑦ 王文才、王炎校笺：《蜀梼杌校笺》，巴蜀书社 1999 年版，第 114 页。

三首，其二云："自拳五色球，进入他人宅。却捉苍头奴，玉鞭打一百。"① 其三云："面白如削玉，猖狂曲江曲。马上黄金鞍，适来新赌得。"② 以上三首诗歌，均以前蜀社会上的纨绔子弟为讽喻对象，深刻揭示豪门权贵的败德污行，称得上针砭时弊有为而发。

贯休圆寂后，弟子昙域应众人之请汇编刊刻其师作品为《禅月集》。昙域在《禅月集序》中交代编纂缘由时云："暇日或勋贤见访，或朝客见寻，或有念先师一篇两篇，或记三句五句，或未闲深旨，或不晓根源。众请昙域编集前后所制歌诗文赞，日有见问，不暇枝梧。遂寻检藁草，及暗记忆者，约一千首，乃雕刻成部，题号《禅月集》。"③ 昙域是前蜀文坛上继贯休之后的著名诗僧，昙域《怀齐己》诗云："鬓髯秋景两苍苍，静对茅斋一炷香。病后身心俱淡泊，老来朋友半凋伤。峨眉山色侵云直，巫峡滩声入夜长。犹喜深交有支遁，时时音信到松房。"④ 该诗是写给荆南诗僧好友齐己的，二人关系密切交往频繁，"时时音信到松房"。昙域《赠岛云禅师》诗云："远庵枯叶满，群鹿亦相随。顶骨生新发，庭松长旧枝。禅高太白月，行出祖师碑。乱后潜来此，南人总不知。"⑤ 前蜀文坛上，诗僧晓峦与昙域齐名，晓峦又名楚峦，"与昙域一时并称"⑥；为释梦龟弟子，有诗一卷。晓峦《蜀中送人游庐山》诗云："君游正值芳春月，蜀道千山皆秀发。溪边十里五里花，云上三峰五峰雪。君

---

① 范志民编：《贯休》，上海人民出版社1981年版，第20页。
② 范志民编：《贯休》，上海人民出版社1981年版，第20页。
③ 陆永峰校注：《禅月集校注》，巴蜀书社2006年版，第529页。
④ （清）李调元编，何光清点校：《全五代诗》，巴蜀书社1992年版，第1138页。
⑤ （清）李调元编，何光清点校：《全五代诗》，巴蜀书社1992年版，第1137页。
⑥ 陈尚君辑校：《全唐诗补编》（下册），中华书局1992年版，第1551页。

上匡山我旧居,松萝抛掷十年余。君行试到山前问。山鸟只今相忆无。"① 根据诗意可知,晓峦早年曾在庐山居住十年之久,故而对庐山的草木、山鸟颇为留恋。又,晓峦《隐居》诗云:"杖履独游裁药圃,琴楼多在钓鱼船。晓来花下敲门者,不是神仙即酒仙。"诗歌描写作者出尘世外杖履独游的隐逸情怀。② 晓峦《春》诗云:"谈漱金沙过枕前,雨丝斜织曲尘烟。绿杨红杏宜寒食,紫燕黄鹂聒昼眠。"③ 诗歌描写暮春寒食节的景物风光,雨丝飘洒、尘烟弥漫、绿杨红杏、莺歌燕语,烘托出了一幅生机盎然的春景图画。

前蜀文坛上比较著名的诗僧又有慈觉、尔岛、远国、尼海印等人。慈觉,字法天,姓刘氏,《茅亭客话》记载:"时有慈觉长老,禅门宗匠也。有《书妙圆塔院张道者屋壁》云云。"④ 慈觉《书妙圆塔院张道者屋壁》诗云:"成都有一张道者,五十年来住村野。只将淡薄作家风,未省承迎相苟且。南地禅宗尽遍参,西蜀丛林游已罢。深知大藏是解粘,不把三乘定真假。张道者,傍沙溪,居兰若,草作衣裳茅作舍。活计生涯一物无,免被外人来借借。寅斋午睡乐哈哈,檀越供须都不谢。沿身不值五分铜,一句玄玄岂论价。张道者,貌古神清不可画,鹤性云情本自然,生死无心全不怕。总逢劫火未为灾,暗里龙蛇应叹讶。张道者,不说禅,不答话,盖为人心难诱化。尽奔名利漫驱驱,个个何曾有般若。分明与说速休心,供家却道也烂也。张道者,不聚徒,甚脱洒,不结远公白莲社。心似秋潭

---

① 陈尚君辑校:《全唐诗补编》(下册),中华书局1992年版,第1551页。
② 陈尚君辑校:《全唐诗补编》(下册),中华书局1992年版,第1551页。
③ 陈尚君辑校:《全唐诗补编》(下册),中华书局1992年版,第1551页。
④ 上海古籍出版社编:《宋元笔记小说大观》,上海古籍出版社2007年版,第413页。

月一轮,何用声名播天下。"① 该诗所塑造的世外高僧张道者,长年隐居在成都的郊野,"草作衣裳茅作舍",生活非常俭朴。张道者貌古气清、性本自然,而且深究佛理、佛法高超,"南地禅宗尽遍参,西蜀丛林游已罢"云云。前蜀诗僧尔岛留存下来的诗歌作品不多,《全五代诗》收录其《春雨送僧》诗云:"蜀魄关关花雨深,送师冲雨到江寻。不能更折江头柳,自有青青松柏心。"②《诗话总龟》收录其诗歌残句一联,诗云:"鲸目光烧半海红,鳌头浪蹙掀天白。"③前蜀一朝精于诗赋笔札的诗僧又有慈光寺尼海印,海印《舟夜》诗云:"水色连天色,风声益浪声。旅人归思苦,渔叟梦魂惊。举棹云先到,移舟月逐行。旋吟诗句罢,犹见远山横。"④诗僧远国亲历后唐灭亡前蜀的重大历史事件,亲眼目睹了幼主王衍投降入洛的屈辱场景。诗僧远国追怀世事、探究治乱、悼念亡国,赋诗一首《伤蜀》云:"乐极悲来数有涯,歌声才歇便生嗟。牵羊废主寻倾国,指鹿奸臣尽丧家。丹禁夜凉空锁月,后庭空老漫开花。两朝基业都成梦,林暮苍苍噪暮鸦。"⑤诗中直斥奸臣殃民、昏主误国的统治败政,并将昙花一现的前蜀与短命王朝南陈"玉树后庭花"相比,其中所蕴含的批判讽刺意味不难索解。

后蜀一朝最著名的诗僧是可朋。可朋,丹棱人,能诗,好饮酒,

---

① 上海古籍出版社编:《宋元笔记小说大观》,上海古籍出版社2007年版,第414页。
② (清)李调元编,何光清点校:《全五代诗》,巴蜀书社1992年版,第1211页。
③ (宋)阮阅编,周本淳校点:《诗话总龟》,人民文学出版社1987年版,第93页。
④ (清)李调元编,何光清点校:《全五代诗》,巴蜀书社1992年版,1149页。
⑤ (清)李调元编,何光清点校:《全五代诗》,巴蜀书社1992年版,1209页。

他本人"贫无以偿酒债，或作诗酬之，遂自号醉髡"①。可朋热衷于诗歌创作，一生的诗歌创作数量巨大，所谓"有诗千余篇，号《玉垒集》"②。可朋比较有代表性的诗歌作品，如《观梦龟草书》诗云："欲尽金钟数斗余，从容攘臂立踟蹰。先教侍者浓磨墨，不揾旁人欸便书。画状倒松横洞涧，点尘飞石落空虚。兴来乱抹亦成字，只恐张颠颠不如。"③诗中极写诗僧梦龟的书法技艺绝妙高超，其龙飞凤舞的草书墨迹与草圣张旭相比有过之而无不及。可朋《赠孙真人》诗云："世上屡更改，山中常晏安。六爻穷易象，九转炼神丹。洞里花开晚，峰头雪落残。为余琴一弄，鹤舞下松端。"④诗中描写孙真人栖息山林摒绝俗念，长年与琴瑟舞鹤为伴，穷极《易》理炼丹养生。又，可朋颇具代表性的作品《耕田鼓》诗云："农舍田头鼓，王孙筵上鼓。击鼓兮皆为鼓，一何乐兮一何苦。上有烈日，下有焦土。愿我天翁降之以雨，令桑麻熟，仓箱富。不饥不寒，上下一般。"⑤该诗采用古风歌行体的形式直抒胸臆，诗歌语言质朴、掷地有声，闪现着批判锋芒。关于这首诗歌的创作缘起，《唐诗纪事》记载："孟蜀欧阳炯与可朋为友。是岁酷暑中，欧阳命同僚纳凉于净众寺，依林亭列樽俎，众方欢适。寺之外皆耕者，爆背烈日中耘田，击腰鼓以适倦。可朋遂作《耘田鼓》诗以贽欧阳，众宾阅已，遽命撤饮。"⑥

---

① （清）吴任臣撰，徐敏霞、周莹点校：《十国春秋》，中华书局1983年版，第830页。

② （清）吴任臣撰，徐敏霞、周莹点校：《十国春秋》，中华书局1983年版，第830页。

③ 陈尚君辑校：《全唐诗补编》（上册），中华书局1992年版，第446页。

④ 陈尚君辑校：《全唐诗补编》（下册），中华书局1992年版，第1545页。

⑤ （清）李调元编，何光清点校：《全五代诗》，巴蜀书社1992年版，1208页。

⑥ （宋）计有功：《唐诗纪事》，上海古籍出版社1985年版，第1086页。

在五代巴蜀文坛上，不仅本土诗僧活动频繁，而且时常见到异域僧人的身影。如日本高僧能光又称瓦屋和尚，唐末天复元年（901）入蜀，后唐灭蜀之后的长兴四年（933）圆寂蜀中。巴蜀文人鹿虔扆捐献成都碧鸡坊的住宅为寺堂供其居住。蜀中居士勾令玄写有《敬礼瓦屋和尚偈》，诗云："大空无尽劫成尘，玄步孤高物外人。日本国来寻彼岸，洞山林下过迷津。流流法乳谁无分，了了教知我最亲。一百六十三岁后，方于此塔葬全身。"① 又，前蜀乾德年间，南诏大长和国宰相段义宗使蜀，《十国春秋》记载此事云："义宗，本南诏布燮也。乾德中，与判官赞卫姚岑等来聘，义宗不欲朝拜，削发为僧，号曰'大长和国左街崇圣寺赐紫沙门银钵'。"② 诗僧段义宗喜好创作，其作品在巴蜀文坛上广为流传，《十国春秋》记载："义宗雅善词章，有《咏大慈寺芍药》、《三学院经楼》及《题判官赞卫听歌妓洞云歌》诸诗，言论风采，倾动一时。国师常莹、辩广、光业辈酬酢偈语，颇为所屈。"③ 诗僧段义宗《听妓洞云歌》诗云："嵇叔夜，鼓琴饮酒无闲暇。若使当时闻此歌，抛掷广陵都不藉。刘伯伦，虚生浪死过青春。一饮一硕犹自醉，无人为尔卜深尘。"④ 诗中引用魏晋名士嵇康弹奏《广陵散》和刘伶醉酒的逸闻典故，意在表达一己忘身尘外逍遥自适的方外意趣。段义宗在蜀中滞留的时间久了，心中难免有思乡念归之意，其《思乡作》诗云："泸北行人绝，云南信未还。庭前花不扫，门外柳谁攀。坐久销银

---

① （清）李调元编，何光清点校：《全五代诗》，巴蜀书社，1992年版，1203页。
② （清）吴任臣撰，徐敏霞、周莹点校：《十国春秋》，中华书局1983年版，第673页。
③ （清）吴任臣撰，徐敏霞、周莹点校：《十国春秋》，中华书局1983年版，第673页。
④ 林德保、李俊、倪文杰注：《详注全唐诗》，大连出版社1997年版，第2869页。

烛，愁多减玉颜。悬心秋夜月，万里照关山。"① 诗中"泸北行人绝，云南信未还"，意指自己身为大长和国的使臣来到泸水以北的王氏蜀国，由于没能完成出使任务，回到云南故国的打算遥遥无期。"坐久销银烛，愁多减玉颜"描写自己思乡之情十分急切，日夜惦念家乡然而返归无望令人憔悴。诗歌借景抒情感情真挚，"庭花""门柳""关山""秋月"无不寄托着作者对家乡故国的思念和久滞不归的惆怅。

三　五代巴蜀文人的禅悦情怀与文学创作的佛教色彩

五代时期，巴蜀地区氤氲弥漫的佛教文化氛围、诳惑相煽的崇佛社会思潮以及大放异彩的诗僧创作成就，给特定时空地域的巴蜀文人带来了心灵上的强烈震撼，深刻影响了他们的行藏出处、心性修持、理性哲思以及文学上的创作取向。巴蜀文人与佛禅结缘甚深，游走寺院、谈禅说空、结交僧侣、诗文唱和是他们日常生活的重要组成部分。巴蜀文人具有执着坚定的崇佛信念和隐秘幽微的佛禅情怀，他们的创作心态和创作活动浸染着浓厚的佛教文化色彩。

佛教谈空，禅宗把空讲到了极点，它以色彩斑斓的宗教故事、震撼人心的言辞譬喻对现实世界进行了彻底的唯心否定。巴蜀文人对佛教禅理有着发自内心的悟达和妙赏，他们醉心于与梵寺丛林中的高僧大德交接往返、机锋应变、谈禅论空。如前蜀禅宗居士张峤有偈诗云："毳流来问我家风，我道玲珑处处通。顷刻万邦皆遍到，途中未曾见人逢。"② 张峤在偈诗中把所有一切都看成"无"，走遍了"万邦"，路上不逢一人，真乃四大皆空、万物俱灭。文士勾令玄曾向张峤请教："不拘生死者？愿师直指。"张峤答曰："非干日月

---

①　林德保、李俊、倪文杰注：《详注全唐诗》，大连出版社1997年版，第2869页。
②　上海古籍出版社编：《宋元笔记小说大观》，上海古籍出版社2007年版，第414页。

照，昼夜自分明。"勾令玄又问："百亿往来非指的，光明终不碍山河时为何？"张峤答曰："红尾谩摇三尺浪，真龙透石本无踪。"① 勾、张二人一问一答如同是在猜谜语，他们故意用答非所问的机锋往返打断人们追求外在真知的执着妄念，从而见性成佛真指内心。又，前蜀文人张蠙有诗云："举世只将花胜实，真禅元喻色为空。"② 诗中流露出作者对佛禅真谛的透彻妙悟，同时认为"真身非有像，至理本无经"③；诗人张蠙提倡"师教本于空，流来不自东。修从多劫后，行出众人中"④，这是直指内心随缘自适的修行方式。前蜀文人主张修习禅法时要直指内心不假外求，如诗人郑谷主张"闲得心源只如此，问禅何必向双峰"⑤；前蜀文人卢延让《赠僧》认为"浮世浮华一段空，偶抛烦恼到莲宫"⑥；诗人李洞认为"尘劫自营还自坏，禅门无住亦无归"⑦。对于通过什么手段方能快速直接地证悟佛果，诗人韦庄也曾认真思索，其《赠礼佛名者》诗云："何用辛勤礼佛名，我从无得到真庭。寻思六祖传心印，可是从来读藏经。"⑧

诗僧贯休暮年寓蜀期间，深受前蜀一朝文人士子的膜拜崇奉，他们经常切磋佛理赋诗唱和。诗人韦庄"三年流落卧漳滨"在贯休的家乡婺州寓居漂泊，入蜀之前二人结下深厚友谊。入蜀后，韦庄、

---

① 上海古籍出版社编：《宋元笔记小说大观》，上海古籍出版社2007年版，第414页。
② 林德保、李俊、倪文杰注：《详注全唐诗》，大连出版社1997年版，第2782页。
③ 林德保、李俊、倪文杰注：《详注全唐诗》，大连出版社1997年版，第2779页。
④ 林德保、李俊、倪文杰注：《详注全唐诗》，大连出版社1997年版，第2780页。
⑤ 林德保、李俊、倪文杰注：《详注全唐诗》，大连出版社1997年版，第2669页。
⑥ （清）李调元编，何光清点校：《全五代诗》，巴蜀书社1992年版，第843页。
⑦ （唐）郑谷著，赵昌平笺注：《郑谷诗集笺注》，上海古籍出版社1991年版，第220页。
⑧ （五代）韦庄撰，聂安福笺注：《韦庄集笺注》，上海古籍出版社2002年版，第146页。

贯休二人推心置腹闲话婺州，贯休《和韦相公话婺州陈事》诗云："昔事堪惆怅，谈玄爱白牛。千场花下醉，一片梦中游。耕避初平石，烧残沈约楼。无因更重到，且副济川舟。"① 诗中的"白牛"暗含佛典，《法华经》中以白牛喻大乘佛教，足见韦庄喜好谈玄说禅，且具有很深的佛学修养。诗中的"初平石""沈约楼"均在婺州，诗僧贯休的桑梓之思不难索解。又，贯休《酬韦相公见寄》诗云："盐梅金鼎美调和，诗寄空门问讯多。秦客弈棋抛已久，楞严禅髓更无过。万般如幻希先觉，一丈临山且奈何。空讽平津好珠玉，不知更得及门么。"② 诗中"诗寄空门问讯多"意指韦庄经常投诗贯休，与之参禅悟道、讨论佛理。诗中"楞严禅髓更无过"，意指韦庄的佛学造诣极高，能够参透楞严"禅髓"。前蜀文人张格《寄禅月大师》诗云："龙华咫尺断来音，日夕空驰咏德心。禅月字清师号别，寿春诗古帝思深。画成罗汉惊三界，书似张颠值万金。莫倚名高忘故旧，晚晴闲步一相寻。"③ 诗中倾诉了作者对贯休的仰慕之情，在诗中很是担心贯休"龙华咫尺断来音"和"莫倚名高忘故旧"，于是在诗中表示"晚晴闲步一相寻"，亟不可待地前去拜访受教。贯休赋诗一首回赠张格，其《酬张相公见寄》诗云："周郎怀抱好知音，常爱山僧物外心。闭户不知芳草歇，无能唯拟住山深。感通未合三生石，骚雅欢擎九转金。但似前朝萧与蒋，老僧风雪亦相寻。"④ 诗中用周郎善知音律的典故称许张格深究佛理堪称知音，并表示"老僧风雪亦相寻"，无论何时都欢迎张格的来访。又，前蜀文人王锴结交贯休，其《赠禅月大师》诗云："常爱吾师性自然，天心明月水中莲。

---

① 陆永峰校注：《禅月集校注》，巴蜀书社2006年版，第286页。
② 陆永峰校注：《禅月集校注》，巴蜀书社2006年版，第394页。
③ 林德保、李俊、倪文杰注：《详注全唐诗》，大连出版社1997年版，第2949页。
④ 陆永峰校注：《禅月集校注》，巴蜀书社2006年版，第395页。

神通力遍恒沙外,诗句名高八斗前。寻访不闻朝振锡,修行唯说夜安禅。太平时节俱无事,莫惜时来话草玄。"① 作者在诗中称许贯休的品德节操犹如"水中莲花",对贯休的佛法、诗名更为崇拜。贯休回赠王锴《酬王相公见赠》,诗云:"孤拙将来岂偶然,不能为漏滴青莲。一从麟笔题墙后,常只冥心古像前。九德陶熔空有迹,六窗清净始通禅。今朝幸捧琼瑶赠,始见玄中更有玄。"② 诗中"今朝幸捧琼瑶赠,始见玄中更有玄",一方面表达对王锴赠诗的感激之情,另一方面称许王锴寄赠的诗篇直指内心,具有很高的禅悟哲思。前蜀文人周庠赋诗一首寄赠贯休,其《寄禅月大师》诗云:"昨日尘游到几家,就中偏省近宣麻。水田铺座时移画,金地谭空说尽沙。傍竹欲添犀浦石,栽松更碾味江茶。有时捻得休公卷,倚柱闲吟见落霞。"③ 诗中"水田铺座时移画"意指贯休身着"水田"袈裟,袈裟的形状酷似"水田""稻畦",又称"田相衣"或"福田衣"。诗中"金地谭空说尽沙",意指贯休的佛法造诣高深,善于机锋谈空说法布道说尽恒河沙数。诗僧贯休赋诗回赠周庠,其《酬周相公见寄》诗云:"三界无家是出家,岂宜拊凤睹新麻。幸生白发逢今圣,曾梦青莲映玉沙。境陟名山烹锦水,睡忘东白洞平茶。喜擎绣段攀金鼎,谢朓余霞始是霞。"④ 诗中"三界无家是出家"表达自己对佛思禅理的妙悟,"岂宜拊凤睹新麻"表明自己一心向佛,早已熄灭功名富贵之心,绝不会去追求浮世的荣华。

前蜀时期,不仅文人士子游走寺院结交僧侣,而且深宫内院中的后妃才人亦按捺不住内心深处的崇佛热情,纷纷来到寺院游赏题

---

① 林德保、李俊、倪文杰注:《详注全唐诗》,大连出版社1997年版,第2949页。
② 陆永峰校注:《禅月集校注》,巴蜀书社2006年版,第397页。
③ 林德保、李俊、倪文杰注:《详注全唐诗》,大连出版社1997年版,第2949页。
④ 陆永峰校注:《禅月集校注》,巴蜀书社2006年版,第398页。

诗。前蜀顺圣徐太后与翊圣徐太妃一起陪同后主王衍游历郡县赋诗唱和。徐氏后妃二姊妹首先来到汉州三学山看佛灯，顺圣太后赋诗《题汉州三学山夜看圣灯》云："虔祷游灵境，元妃夙志同。玉香焚静夜，银烛炫辽空。泉漱云根月，钟敲桧杪风。印金标圣迹，飞石显神功。满望天涯极，平临日脚穷。猿来斋室上，僧集讲筵中。顿觉超三界，浑疑证六通。愿成修偃化，社稷保延洪。"① 翊圣太妃继之同题唱和云："圣灯千万炬，旋向碧空生。细雨湿不暗，好风吹更明。磬敲金地响，僧唱梵天声。若说无心法，此光如有情。"② 离开汉州后，徐氏后妃二人来到彭州，顺圣太后赋诗《题丹景山至德寺》云："周回云水游丹景，因与真妃眺上方。晴日晓升金照耀，寒泉夜落玉丁当。松梢月转禽栖影，柏径风牵麝食香。虔揲六铢冥祷祝，唯期祚历保遐昌。"③ 翊圣太妃继之同题唱和云："丹景山头宿梵宫，玉轩金辂驻遥空。军持无水注寒碧，兰若有花开晚红。武士尽排青嶂下，内人皆在讲筵中。我家帝子专王业，积善终期四海同。"④

五代后蜀时期，自称作诗饮酒"青山绿水中为二千石"的嘉州刺史欧阳彬酷好佛释、喜与僧徒诗赋唱和、文字交往。诗僧齐己赋诗《寄欧阳侍郎》云："又闻繁总在嘉州，职重身闲倚寺楼。大象影和山面落，两江声合郡前流。棋轻国手知难敌，诗是天才肯易酬。毕竟男儿自高达，众来心不是悠悠。"⑤ 作者在诗题下自注"时在嘉

---

① （五代）何光远撰，邓星亮等校注：《鉴诫录校注》，巴蜀书社2011年版，第112页。
② （五代）何光远撰，邓星亮等校注：《鉴诫录校注》，巴蜀书社2011年版，第112页。
③ （五代）何光远撰，邓星亮等校注：《鉴诫录校注》，巴蜀书社2011年版，第110页。
④ （五代）何光远撰，邓星亮等校注：《鉴诫录校注》，巴蜀书社2011年版，第110页。
⑤ 林德保、李俊、倪文杰注：《详注全唐诗》，大连出版社1997年版，第3245页。

州馈赠",可知欧阳彬时任嘉州刺史馈赠齐己,齐己赠诗答谢。诗中"职重身闲倚寺楼""大象影和山面落",意指欧阳彬在嘉州事务繁忙,百忙之中仍然不忘来到大佛寺前观瞻游赏。又,齐己《酬蜀国欧阳学子》诗云:"姻缘刘表驻经行,又听西风堕叶声。鹤发不堪言此世,峨嵋空约在他生。已从禅祖参真性,敢向诗家认好名。深愧故人怜潦倒,每传仙语下南荆。"①诗中"每传仙语下南荆""峨嵋空约在他生",意指二人交往已久、感情深厚,欧阳彬曾多次接济作者并邀请他入蜀欢聚遨游岷峨。

五代巴蜀禅宗谈禅说空,其盛衰无常、人生如梦般的空幻意识,对巴蜀文人怀古凭吊类的诗文创作影响深远。如韦庄的怀古作品《台城》诗云:"江雨霏霏江草齐,六朝如梦鸟空啼。无情最是台城柳,依旧烟笼十里堤。"②诗人韦庄缅怀历史独对苍茫,追忆一个个走马灯似的短命王朝。又,蜀人毛熙震《临江仙》词云:"南朝天子宠婵娟,六宫罗绮三千。潘妃娇艳独芳妍,椒房兰洞,云雨降神仙。　　纵态迷欢心不足,风流可惜当年。纤腰婉约步金莲。妖君倾国,犹自至今传。"③词中极写南朝天子误国败政,昔日的明眸皓齿与轻歌曼舞顿成云烟,无情历史尘封了那段纸醉金迷的六朝旧梦。又,蜀人牛峤《江城子》词云:"鵁鶄飞起郡城东,碧江空,半滩风。越王宫殿,蘋叶藕花中。帘卷水楼鱼浪起,千片雪,雨濛濛。"④词中极写日暮江空,在伤感零落的江城图画

---

① 林德保、李俊、倪文杰注:《详注全唐诗》,大连出版社1997年版,第3246页。
② (五代)韦庄撰,聂安福笺注:《韦庄集笺注》,上海古籍出版社2002年版,第171页。
③ (五代)赵崇祚辑,李一氓校:《花间集校》,商务印书馆香港分馆1960年版,第179页。
④ (五代)赵崇祚辑,李一氓校:《花间集校》,商务印书馆香港分馆1960年版,第69页。

中，越王殿上烟雨蒙蒙，往事成空，历史淹没了西施馆娃的残梦与笑靥。

受佛教传播及文人禅悦心理的深刻影响，巴蜀文人在诗歌创作过程中，喜好将大量涉僧类的佛禅术语嵌入其中，使得其诗歌作品整体上呈现出禅味十足的风貌特征。如蜀人唐求《赠楚公》诗云："曾闻半偈雪山中，贝叶翻时理尽通。般若恒添持戒力，落叉谁算念经功。"① 诗中的"偈""贝叶""般若"，均是司空见惯的佛教术语。又，诗人李洞《题竹溪禅院》诗云："风摇瓶影碎，沙陷履痕端。爽极青崖树，平流绿峡滩。闲来披衲数，涨后卷经看。三境通禅寂，嚣尘染著难。"② 诗中的"瓶""衲""经""三境"是佛教专有语汇，作者刻意将其镶嵌在诗歌作品中，意在烘托"竹溪禅院"触处皆通的圆融禅境。巴蜀文人在诗歌创作中不仅大量运用佛释术语，而且喜好镶嵌大量关涉佛禅高僧的逸闻典故。五代巴蜀文人喜欢在其诗歌作品中镶嵌东晋慧远"虎溪三笑"的典故传说，如李洞"展经猿识字，听法虎知非"（《寄翠微无可上人》）；唐求"寻师拟学空，空住虎溪东"（《夜上隐居寺》）；张蠙"游吴累夏讲，还与虎溪同"（《赠可伦上人》）等。五代巴蜀文人在诗歌创作过程中，对六祖慧能的曹溪佛典念念不忘。如贯休"曹溪老兄一与语，金玉声利，泥弃唾委"（《经旷禅师院》）；韦庄"寻思六组传心印，可是从来读藏经"（《赠礼佛名者》）；唐求"依旧曹溪念经处，野泉声在草堂东"（《送僧讲罢归山》）等。

---

① （清）李调元编，何光清点校：《全五代诗》，巴蜀书社1992年版，第974页。
② 林德保、李俊、倪文杰注：《详注全唐诗》，大连出版社1997年版，第2843页。

第二节 道教文化视角下的五代巴蜀文学

早在上古社会，层峦叠嶂、环山带水、与世隔绝的巴蜀地区，即为土生土长原始宗教道教的策源地。巴蜀道教神秘莫测，融神仙信仰、天地崇拜、老庄思想及方士巫术于一体，历春秋战国、秦汉六朝及隋唐五代薪火相传而势成燎原。

五代时期，道教在前蜀王朝和后蜀政权两朝四主的大力倡导和积极扶持下，在巴蜀社会各色人等慕仙访道宗教热情强力推动下获得很大发展。盛况空前的巴蜀道教承袭前朝流风余韵，在五代巴蜀地区大放异彩。

一 五代巴蜀道教传播与崇道社会思潮

五代时期，巴蜀道教蓬勃发展、生机盎然。环山带水的巴蜀大地香烟袅袅、道观林立，各类碑文石刻、仙真遗迹及道人活动，遍布在巴山蜀水的各地。

在山水幽奇、富庶繁华的成都地区，著名的道教宫观有玉局观、青羊宫、鸿都观及仙居观和都庆观等。道教的洞天福地青城山十分著名，所谓"黄帝乘飚车，受龙乔之道，拜君为五岳丈人，司掌群岳。辙迹坛址，于今尚存"（杜光庭《修青城山诸观功德记》）[1]。五代时期，成都玉局观道士赵驾仙与上官道士"住青城山修斋，入坛行法事"[2]。又，成都府新都县有麻姑洞，此洞"即三十四化之第

---

[1] （清）董诰等编：《全唐文》，中华书局1983年版，第9711页。
[2] （五代）孙光宪撰，林艾园校点：《北梦琐言》，上海古籍出版社2012年版，第86页。

一,阳平之别名也。在繁水之阳,因以为名"(杜光庭《麻姑洞记》)[1]。北川绵州昌明县有豆圌山,此山"真人豆子明修道之所也"(杜光庭《豆圌山记》)[2]。陵州井监天师院旁有焰阳洞,此洞据天师院道士费神真介绍:"元和年刺史李正卿著《天师圣德碑》云:'张天师以东汉建安三年自沛游蜀,占乾分野,见阳山气象,指谓门弟子曰:此间直下有咸泉焉。'今验此洞,正当井上,即是焰阳洞也。"[3] 关于巴蜀地区道观的碑文刻石,五代梓州中江县有"游仙观老君碑田真人殿记",该遗迹为"(后)蜀广政六年碑"(王象之《舆地碑记目》卷四"潼川府碑记");五代果州有"伪蜀誓火碑",该碑"(前蜀)永平五年建,在州碑广川庙"(王象之《舆地碑记目》卷四"顺庆府碑记");五代资州有"杜光庭醮坛山北帝院记"(王象之《舆地碑记目》卷四"资中碑记"),醮坛山畔有洞凿石七十二级。巴东峡口夔州有"关城白帝庙碑"(王象之《舆地碑记目》卷四"夔州碑记"),在唐代元和元年(806)、五代后唐长兴二年(931)及后蜀广政元年(938)三个时间段分别有刻石记载。五代巴中地区阆州有"王蜀咸康碑",该碑立在阆州太宵观,"其石光莹,前后可鉴,人号透明碑"(王象之《舆地碑记目》卷四"阆州碑记")。五代巴蜀地区比较著名的仙真遗痕或道人活动,根据地理方志资料《舆地纪胜》,巴东涪州有王冒仙、兰真人之仙踪可考(《舆地纪胜》卷一七四"夔州路");川南资州有傅仙宗、陈审言、侯真人之仙踪遗迹可考(《舆地纪胜》卷一七四"潼川府路")。

　　五代巴蜀地区道教中的外丹派与内丹派双峰并峙,均得到长足

---

[1] (清)董诰等编:《全唐文》,中华书局1983年版,第9722页。
[2] (清)董诰等编:《全唐文》,中华书局1983年版,第9722页。
[3] 龙显昭、黄海德主编:《巴蜀道教碑文集成》,四川大学出版社1997年版,第70页。

发展。外丹派在五代巴蜀社会十分盛行，以讲究服食丹药硫黄和鼓吹烧炼黄金白银为主要特征。五代时期，巴蜀道教外丹派的代表人物很多。如东蜀涪州人章全益早年以孝著称，"后于成都府楼巷舍于其间，傍有丹灶，不蓄童仆，块然一室。鬻丹得钱，数及两金，即刻一像"①。前蜀文人李珣的弟弟李玹举止温雅，颇有节操，其人酷好炼丹术，"以鬻香药为业，善弈棋，好摄养，以金丹延驻为务。暮年，以炉鼎之费，家无余财，唯道书药囊而已"②。又，成都米市桥酒店的店主人柳条好善乐施，赊酒道士经常去店里喝酒不付酒钱，后来店主人柳条染病，赊酒道士"乃留丹数粒，且云：以酬酒债。令三日但水吞一粒，服尽此丹，患当痊矣"③。又，前蜀时道士杨勋"自号仆射，能于空中请自然还丹，其丹立至"，蜀主王衍认为他妖言惑众，将其折断一足并杀戮示众。又，青城山道士李浩与尔朱道士交往，曾作《大丹诗》百首行于世，其中有云："华池本是真神水，神水元来是白金。又将白金为鼎器，鼎成潜伏汞来侵。汞入金鼎终年尽，产出灵砂似太阴。"④在外丹派道人看来，灵丹妙药不仅能够使人脱胎换骨得道成仙，而且亦可改变动物的兽心野性。五代前蜀时期，杨干度善于使用朱砂驯化胡孙，使其会人言语并模仿人的举止。景焕《野人闲话》"灵砂饵胡孙"记载此事云："有内臣因问（杨干度）：'胡孙何以教之而会人言语'对曰：'胡孙乃兽，实

---

① （五代）孙光宪撰，林艾园校点：《北梦琐言》，上海古籍出版社2012年版，第144页。

② 上海古籍出版社编：《宋元笔记小说大观》，上海古籍出版社2007年版，第411页。

③ 上海古籍出版社编：《宋元笔记小说大观》，上海古籍出版社2007年版，第419页。

④ （清）李调元编，何光清点校：《全五代诗》，巴蜀书社1992年版，第1205页。

不会人言语。干度尝饵之灵砂，变其兽心，然后可教之。'内臣深惊所说其事。有好事者知之，多以灵砂饲胡孙、鹦鹉、犬、鼠等以教之。故知禽兽食灵砂，尚变人心，人食灵砂，足变凡质。"①

在五代巴蜀"外丹派"兴旺发达之际，以讲究精、气、神圆融保和及"性命双修"为特征的巴蜀道教内丹派也趁势而起。如五代前蜀时，夔州道士黄万祐深处岩萝修道自适，蜀主王建将黄万祐"迎入宫，尽礼事之。问其服食，皆秘而不言，曰：'吾非神仙，亦服饵之士，但虚心养气，仁其行，鲜其过而已。'"② 在道士黄万祐看来，个人想获得长生不死的真诀在于摒弃俗世欲望的干扰虚心养气。五代前蜀时，道士范德昭因读《周易参同契》而参悟内丹派的妙理玄说，曾创作《通宗论》《契真刊谬论》等内丹派养生保真的道教著作。又，后蜀时道人彭晓善于服食养生，他在注解《周易参同契》时提出"还丹与造化同途"的理论主张。为顺应内丹派学说日渐兴盛的时代潮流，彭晓著有《还丹内象金钥匙》，书中详细阐释了道教内丹派理论见解，为五代巴蜀道教"内丹派"的传播起到了推波助澜的作用。

五代巴蜀道教之所以能够蓬勃发展，离不开前后蜀两朝四主的大力推尊与积极提倡。

前蜀时期，王朝的政局统治与道教的谶纬迷信联姻互动，先主王建与后主王衍在提倡谶纬瑞应神化王权方面不遗余力。前蜀王建开国之初，凭借道门中人导演的一系列祥瑞谶纬登基称帝。道士杜光庭一手炮制了青城王老、青城仙伯、青城王气等瑞应谄媚王建，

---

① 傅璇琮、徐海荣、徐吉军主编：《五代史书汇编》，杭州出版社2004年版，第5994页。

② 傅璇琮、徐海荣、徐吉军主编：《五代史书汇编》，杭州出版社2004年版，第5998页。

又在《录异记》中自云："蜀之山川是大福之地，合为帝王之都，金德久远，王于西方，四海可服。"① 杜光庭的所作所为，意在为王建称帝制造声势和舆论。蜀主王建对道门中人和臣民百姓所制造的大量图谶瑞应乐此不疲，此举意在利用皇权神授的符箓图谶美化政权和笼络人心。终五代前蜀一朝，仙草仙木、珍奇异兽、符箓图谶等瑞应故事不绝于笔。据《齐东野语》记载：天复六年（906），王建登基在即，"凤凰见万岁县，黄龙见嘉陵江，而甘露、白雀、白鹿、龟龙并见于诸州"②；前蜀武成元年（908），"驺虞见武定，嘉禾生广昌，麟见壁州，龙五十见于洵阳水中"③；前蜀永平二年（912），"剑州木连理，文州麟见，黄龙见富义江"④；永平三年（913），"麟见永泰，白龙见邛江，驺虞见璧山，有三鹿随之"⑤；永平四年（914），"麟见昌州"。通正元年（916），"黄龙见太昌池"⑥。五代前蜀一朝瑞应神验的谶纬故事之琐碎繁多，令后世文人不耐其烦，宋人周密认为："瑞物之出，殆无虚岁，而太子元膺以叛死，大火焚其宫室，兵败于外，政乱于内，终之以身死衍立而国亡。其为瑞征乃如此耳。"⑦ 宋人欧阳修在《新五代史》中亦认为："麟、凤、龟、龙，王者之瑞，而出于五代之际，又皆萃于蜀，此虽好为祥瑞之说者亦可疑也。"⑧ 后主王衍的崇道热情与其父王建相比，更是有过之而无不及。据《蜀梼杌》记载，前蜀乾德三年（921）"八

---

① 王文才、王炎校笺：《蜀梼杌校笺》，巴蜀书社1999年版，第80页。
② （宋）周密撰，张茂鹏点校：《齐东野语》，中华书局1983年版，第108页。
③ （宋）周密撰，张茂鹏点校：《齐东野语》，中华书局1983年版，第108页。
④ （宋）周密撰，张茂鹏点校：《齐东野语》，中华书局1983年版，第109页。
⑤ （宋）周密撰，张茂鹏点校：《齐东野语》，中华书局1983年版，第109页。
⑥ （宋）周密撰，张茂鹏点校：《齐东野语》，中华书局1983年版，第109页。
⑦ （宋）周密撰，张茂鹏点校：《齐东野语》，中华书局1983年版，第109页。
⑧ （宋）欧阳修撰，（宋）徐无党注：《新五代史》，中华书局1972年版，第796页。

月，衍受道箓于苑中"①。王衍不仅笃信道教亲受符箓，而且变本加厉地伪造王氏宗族的神话谱系，据《新五代史》记载，王衍"起上清宫，塑王子晋像，尊以为圣祖至道玉宸皇帝，又塑建及衍像，侍立于其左右"②。为迎合蜀主王衍神化王氏宗教谱系的政治需要，杜光庭伪造了《王氏神仙传》以周灵王太子晋为王蜀政权的始祖，此举意在踵开元故事，追崇玉宸君，以配混元上德之号。关于《王氏神仙传》一书的著录情况，《郡斋读书志》记载："伪蜀杜光庭撰。光庭集王氏男真女仙五十五人，以谄王建。"③

五代后蜀时期，先主孟知祥决定脱离后唐王朝偏霸称帝。此时，朝野上下群情激奋，亦如王蜀开国时争献祥瑞图谶纷纷劝进。孟知祥即位之初各地州县祥瑞接连不断，据《蜀梼杌》记载："黄龙见犍为，白鹊集玉局苑，白龟游宣华苑。季良上表陈符瑞，率百官劝进。"④后主孟昶的崇道热情亦不减于乃父，他曾亲受道士赐予的符箓并接受法号"玉霄子"。孟昶即位后，曾多次召见道士询问长生之术。孟昶笃信道门中人青词符箓、斋醮解厄之法术，后蜀宠臣张公铎染病之初，"昶忧之，为玉局洞开灵宝坛，亲署青词以醮焉"⑤。后主孟昶不仅笃信道士的法术，而且对道门中人所绘画的图像写真爱尚不已。后蜀中元节孟昶生日时，太尉安思谦"进素卿所画十二仙真形十二帧，蜀主耽玩欣赏者久，因命翰林学士欧阳炯次第

---

① 王文才、王炎校笺：《蜀梼杌校笺》，巴蜀书社1999年版，第172页。
② （宋）欧阳修撰，（宋）徐无党注：《新五代史》，中华书局1972年版，第792页。
③ （宋）晁功武撰，孙猛校证：《郡斋读书志校证》，上海古籍出版社1990年版，第389页。
④ 王文才、王炎校笺：《蜀梼杌校笺》，巴蜀书社1999年版，第315页。
⑤ 王文才、王炎校笺：《蜀梼杌校笺》，巴蜀书社1999年版，第356页。

赞之"①。

五代时期，巴蜀道教氤氲弥漫，其蓬勃向上的发展态势自然离不开蜀地各色人等求仙慕道的宗教热情。巴蜀社会各阶层人物，上至帝王将相，下至市井小民，均投身于消灾解厄、斋醮长生的宗教狂热之中。遍检杜光庭现存的青词，描写五代巴蜀社会各色人等斋醮修箓活动的作品很多。其中，关涉皇子或公主为皇帝祈求符箓的青词有《皇太子为皇帝修金箓斋词》《太子为皇帝醮太乙及点金箓灯词》《普康诸公主为皇帝修金箓斋词》；关涉妃主外戚的青词有《徐耕司空九曜醮词》；关涉前蜀皇族王公的青词有《衙内宗夔本命醮词》《王宗寿常侍丈人山醮词》；关涉宰臣相国的青词有《冯涓大夫助上元斋词三首》《周庠员外助上元斋词二首》《兴州王承休特进为母修黄箓斋词》；关涉权贵命妇的青词有《越国夫人为都统宗侃令公还愿谢恩醮词》《赵国太夫人某氏疾厄醮词》《洋州令公宗夔宅陈国夫人某氏拜章设九曜词》《东院司徒郡夫人某氏醮词》等。

二　五代时期巴蜀地区的道人群体及文学创作

五代时期，道教在巴蜀地区是一股强大的宗教势力，对前蜀王朝和后蜀政权的政治、文化产生了深刻影响。唐末五代之时，大量道人黄冠荟萃于蜀，深受统治者的礼遇。他们不仅善于斋醮养炼传法布道，而且在业诗能文方面毫不逊色，是巴蜀文坛上一支重要的文学创作力量。

黄冠道人汇聚于巴蜀大地，受到统治者的格外礼遇。两蜀时期在成都府的深宫大内之中，经常可以见到黄冠道人的身影。如善于内丹养炼之术的道士范德昭，"伪蜀主频召入内，问道称旨，颇

---

① （宋）黄休复撰，何韫若、林孔翼注：《益州名画录》，四川人民出版社1992年版，第25页。

优礼之"①。道士杜光庭更是"每有起居称贺……不随众列者。礼加异等，事越常伦"②。又，后蜀时期，永康道人彭晓经常出入宫闱内苑，"广政初，授朝散郎，守尚书祠部员外郎，赐金鱼袋"③。在都城成都之外的其他地区，那些长年岩栖于穷山恶水的道门尊师，经受不住被皇帝征召眷顾的诱惑，他们不辞千辛万苦跋山涉水朝着花团锦簇的成都蜂拥而来。如长年隐居黔南不毛之地的道士黄万祐"爰随征诏，直诣阙廷，舍草带荷裳，宠紫衣师号，事光史笔，荣耀道门"（杜光庭《诏与黄万祐相见谢表》）④。与此同时，以深处岩萝林泉适志自诩的道士邓百经早有潜赞明朝的打算，于是离开罗江"遽捧鹤书，来朝凤阙……共仰尧天，俱荣舜泽"（杜光庭《黄万祐邓百经赐紫衣师号谢恩表》）⑤云云。又，后蜀道士杜仁杰善于导气烹炼之术，"高祖（孟知祥）镇西川时，仁杰来蜀，留诗至真观壁间"⑥。

五代时期的巴蜀地区，与道教势力蓬勃发展遥相辉映的是佛门势力的声势浩大如日中天。那些汇聚于蜀地的道人群体，面对佛门势力的冲击挑战，出于维护自身宗教学说、传法布道活动以及争夺利益的考虑，与禅门宗师展开了针锋相对的较量比拼。如前蜀时，道门威仪杨德辉"有出人之才，为道门之一俊"⑦；而佑圣国师光业

---

① 上海古籍出版社编：《宋元笔记小说大观》，上海古籍出版社2007年版，第407页。
② （清）董诰等编：《全唐文》，中华书局1983年版，第9681页。
③ （清）李调元编，何光清点校：《全五代诗》，巴蜀书社1992年版，第1205页。
④ （清）董诰等编：《全唐文》，中华书局1983年版，第9686页。
⑤ （清）董诰等编：《全唐文》，中华书局1983年版，第9686页。
⑥ （清）吴任臣撰，徐敏霞、周莹点校：《十国春秋》，中华书局1983年版，第831页。
⑦ （五代）何光远撰，邓星亮等校注：《鉴诫录校注》，巴蜀书社2011年版，第145页。

"有过人之辩，为僧门一瑞"①。杨德辉与光业为了维护各自的门户，抓住对方门派中的败德之事大肆攻击毫不手软。前蜀武成年间，巴东昌明县发生了道士李怀呆"聚盗构逆，寻亦受诛"之事，僧人光业赋诗一首大肆嘲讽，其《征李怀呆嘲道门》诗云："出上擒来镇里收，天然模样已成囚。妄占气色为征兆，更引文章说御楼。长榜数张悬市内，短刀一队送江头。旋驱旋斩教随水，只此名为正道流。"② 不久，佛门中发生了青州长老"录二尼道姑、道媪亲事巾瓶"之事，东窗事发后被成都左街使"奏闻收勘，决递遐方"③。道人杨德辉抓住此事大做文章，其《征青州长老嘲僧门》诗云："堪笑青州学坐禅，不供父母不耕田。口中虽道无诸相，心里元来有外缘。行者趁教门里卧，尼师留在脚头眠。高标不使观音救，徒说三千与大千。出家比要离生缘，争是争名更在先。说法谩称师子吼，魅人多使野狐涎。行婆饷送新童子，居士抄条施利钱。蚕食万民何所用，转教海内有荒田。"④ 诗中对佛门中人青州长老的败德行为，极尽讽刺揶揄之能事。又，在前蜀皇帝王建的生日万春节之际，佛道二教中人各自进献祝寿礼物以邀宠"僧门祝辟支佛牙，道门进武成混元图"⑤。释光业赋诗《嘲进图》嘲笑道门，杨德辉赋诗《朝佛牙》一首与之针锋相对。光业《嘲进图》诗云："夜深灯火满坛铺，

---

① （五代）何光远撰，邓星亮等校注：《鉴诫录校注》，巴蜀书社 2011 年版，第 145 页。

② （五代）何光远撰，邓星亮等校注：《鉴诫录校注》，巴蜀书社 2011 年版，第 146 页。

③ （五代）何光远撰，邓星亮等校注：《鉴诫录校注》，巴蜀书社 2011 年版，第 146 页。

④ （五代）何光远撰，邓星亮等校注：《鉴诫录校注》，巴蜀书社 2011 年版，第 146 页。

⑤ （五代）何光远撰，邓星亮等校注：《鉴诫录校注》，巴蜀书社 2011 年版，第 148 页。

拔剑挥空乱叫呼。黑撒半筐兵甲豆，朱书一道厌人符。重臣喂饲刚教活，圣主慈悲未忍诛。佛说毗卢三界了，如何更有混元图。"① 杨德辉《嘲佛牙》诗云："比来降诞为官家，堪笑群胡赞佛牙。手软阿师持磬钹，面甜童子执幡花。纵饶黎庶无知识，不可公王尽信邪。捧拥一函枯骨立，如何延得寿无涯。"② 在进献王建生日礼物事件上，佛门与道门的此次较量不分高低，所谓"议者以光业先兴北廊之师，德辉报尽东门之役"③。

五代巴蜀道人不仅注重以诗赋为武器与佛门中人进行抗争，更重要的是他们想通过诗文创作来表达自己对道教玄理的体认与妙悟。如前蜀杜光庭认为超凡证道、长生久视妙不可言，所谓"驻隙马风灯之景，享庄椿蟾桂之龄，变泡沫之姿，同金石之固……神仙得道之踪，或品升上圣，或秩豫高真，或统御诸天，或主司列岳，或骑箕浮汉，或隐月奔晨，或朝宴九清，或回翔八极。"（杜光庭《墉城集仙录序》）④ 又，后蜀道人杜仁杰《至真观》诗云："坤所载，乾所帱。象与形，孰朕兆。纬五行，环二曜。流而川，何浩浩。四淇晏，九河导。神有岳，山有峤。粤天坛，极道妙。巉孤撑，未易到。日出没，见遗照。偃东西，绝海徼。倏光怪，来熠耀。大龙烛，细萤爝。不恒出，赴感召。笙嘹亮，鹤窈窕。羽人路，屯其要。青螺堆，玉簪峭。左参井，右丹鳌。揭清虚，不二窍。昔王人，往昭告。始轩辕，末徽庙。接柴望，咸亲燎。莽劫灰，起天烧。摧栋宇，失

---

① （五代）何光远撰，邓星亮等校注：《鉴诫录校注》，巴蜀书社2011年版，第148页。
② （五代）何光远撰，邓星亮等校注：《鉴诫录校注》，巴蜀书社2011年版，第148页。
③ （五代）何光远撰，邓星亮等校注：《鉴诫录校注》，巴蜀书社2011年版，第148页。
④ （清）董诰等编：《全唐文》，中华书局1983年版，第9704页。

朱缥。群鹿豕，杂蓬藋。予何为，一来吊。必甚废，乃大造。圣之作，贤者绍。蚓玄元，语必奥。探愈远，理益耀。微是理，万有耗。文虽径，实非剽。庶今来，永为诏。"① 诗中颇多晦涩难懂的玄理哲思以及发兴无端的譬喻指代，读后不禁让人慨叹道教学说的博大精深与浩荡无涯。巴东遂州道士宋自然在《遗诗》中云："心是灵台神是室，口为玉池生玉液。常将玉液溉灵台，流利关元滋百脉。百脉润，柯叶青，叶青柯润便长生。世人不会长生药，炼石烧丹劳尔形。"② 诗中阐释修道成仙的真正秘诀在于心性清明拒诱保真，诗人反对"炼石烧丹"的药物服食行为，认为那样做徒劳无功有害无益。又，道号"真一子"的后蜀道人彭晓在其《参同契明镜图诀诗》中云："造化潜施迹莫穷，簇成真诀指蒙童。三篇秘列八环内，万象门开一镜中。离女驾龙为木婿，坎男乘虎作金翁。同人好道宜精究，究得长生路便通。至道希夷妙且深，烧丹先认大还心。日爻阴耦生真汞，月卦阳奇产正金。女妊朱砂男孕雪，北藏荧惑丙含壬。两端指的铅金祖，莫向诸般取次寻。"③ 道士彭晓在该诗中，与同时代道人宋自然针锋相对，极力鼓吹"两端指的铅金祖，莫向诸般取次寻"，即服食丹药以求长生不老。

三 五代巴蜀文人的羡仙意识与文学创作的神仙道化色彩

道教极力鼓吹长生久视、青春永驻的"不死"观念，这一理论学说非常契合巴蜀文人的内在心理，即畏惧死亡、贪图享乐以及摆脱俗世枷锁、尽享自由、延长个人的生命精彩。道教对五代巴蜀文

---

① （清）李调元编，何光清点校：《全五代诗》，巴蜀书社1992年版，第1203页。
② 陈尚君辑校：《全唐诗补编》（上册），中华书局1992年版，第506页。
③ （清）李调元编，何光清点校：《全五代诗》，巴蜀书社1992年版，第1206页。

人的行藏出处、生活追求、审美心态以及文学创作产生了深远的影响。

五代巴蜀文人对道教的崇拜是极其虔诚的,内心深处的成仙欲求也是非常强烈的。儒生也爱长生术,诗人郑谷曾向人剖白心迹"谁知野性真天性,不扣权门扣道门"(《自遣》)[1];并表示"仙山如有份,必拟访三茅"(《池上》)[2]。青城诗人唐求"每入市,骑一青牛,至暮,熏酣而归,非其类不与之交"[3];颇有些孤芳自赏的仙化意味。诗人唐求往返于青城山与味江山之间,"数里缘山不厌难,为寻真诀问黄冠"(《题青城山范贤观》)[4],有着寻仙访道、不畏艰险的执着信念。后蜀时期,金堂县令彭晓慕仙求道、放旷不羁,史书记载其"宰金堂县,则恒骑一白牛,于昌利山往来"[5]。后蜀文人王处回热衷于服食养炼、喜欢交接道流,曾向道士王桃之剖白心迹"弟子有志清闲,思于青城山下,致小道院居住,以适闲性"[6]。又,后蜀文人黄休复,其人仙风道骨、多才多艺,"鬻丹养亲、达观自适"[7],他的笔记小说《茅亭客话》对于道人升天、服食丹药、延年不死的仙化故事记载颇多。五代巴蜀文人的行藏出处、生活追求以

---

[1] (唐)郑谷著,赵昌平等笺注:《郑谷诗集笺注》,上海古籍出版社1991年版,第347页。

[2] (唐)郑谷著,赵昌平等笺注:《郑谷诗集笺注》,上海古籍出版社1991年版,第104页。

[3] 上海古籍出版社编:《宋元笔记小说大观》,上海古籍出版社2007年版,第415页。

[4] (清)李调元编,何光清点校:《全五代诗》,巴蜀书社1992年版,第973页。

[5] 傅璇琮、徐海荣、徐吉军主编:《五代史书汇编》(第10册),杭州出版社2004年版,第6013页。

[6] 傅璇琮、徐海荣、徐吉军主编:《五代史书汇编》(第10册),杭州出版社2004年版,第5995页。

[7] (宋)黄休复撰,何韫若、林孔翼注:《益州名画录》,四川人民出版社1982年版,第1页。

及交游往返的人际关系深受道教影响。如诗人王仁裕创作了《题斗山观》，韦庄创作了《题许仙师院》《尹喜宅》《王道者》《赠峨眉山弹琴李处士》，唐求创作了《题青城山范贤观》《赠王山人》《赠道者》《送刘炼师归山》，郑谷创作了《送张逸人》《敷溪高士》，张蠙写有《赠道者》《华阳道者》等大量关涉交往道人、游赏宫观、寻仙证道的诗歌作品。五代巴蜀文人的羡仙心理与慕道行为执着狂热，前蜀后妃徐氏姊妹、宫嫔李舜弦纷纷走出宫闱大内来到自由浪漫的青山道观。顺圣徐太后《题青城丈人观》诗云："早与元妃慕至玄，同跻灵岳访真仙。当时信有壶中境，此日亲来洞里天。仪仗影交寥廓外，金丝声揭翠微巅。唯惭未致华胥理，徒祝升平卜万年。"① 翊圣徐太妃同题赋诗云："获陪翠辇喜殊常，同陟仙程岂厌长。不羡乘鸾入烟雾，此中便是五云乡。"② 此次出游，宫嫔李舜弦亦同驾随行，其《随驾游青城》诗云："因随八马上仙山，顿隔尘埃物象闲。只恐西追王母宴，却忧难得到人间。"③

五代时期，巴蜀道教思潮弥漫在社会的每一个角落，巴蜀文人的日常起居及生活情趣深受道教文化的浸润与影响。如韦毂描写卧室内竹席的《斑竹簟》诗云："龙鳞满床波浪湿，血光点点湘娥泣。一片晴霞冻不飞，深沉尽讶蛟人立。"④ 诗人奇思妙想，将竹席与上古时期"怨女啼竹"之娥皇、女英的神话传说相比附。又，诗人郑

---

① （五代）何光远撰，邓星亮等校注：《鉴诫录校注》，巴蜀书社 2011 年版，第 107 页。

② （五代）何光远撰，邓星亮等校注：《鉴诫录校注》，巴蜀书社 2011 年版，第 107 页。

③ （清）李调元编，何光清点校：《全五代诗》，巴蜀书社 1992 年版，第 1144 页。

④ （清）李调元编，何光清点校：《全五代诗》，巴蜀书社 1992 年版，第 1193 页。

谷收到家乡寄来的药材无比珍视,诗云"宗人忽惠西山药,四味清新香助茶。爽得心神便骑鹤,何须烧得白朱砂"(《宗人惠四药》),诗中描写的药效神奇之处,直可与长生不死的丹砂妙药相比。诗人郑谷踏青郊游、举目闲眺,见到"春云薄薄日辉辉,宫树烟深隔水飞。应为能歌系仙籍,麻姑乞与女真衣"①。诗人眼前莺歌燕舞美景如画,好似三清上界中的麻姑、女真起舞翩翩。韦庄在自家庭院里种了一株桃树,正值桃花盛开芳春烂漫,韦庄赏花饮酒突发奇想,将桃树与神话传说中的刘、阮天台山桃源故事相比附,所谓"曾向桃源烂漫游,也同渔父泛仙舟。皆言洞里千株好,未胜庭前一树幽。带露似垂湘女泪,无言如伴息妫愁。五陵公子饶春恨,莫引香风上酒楼"(《庭前桃》)②。

　　五代巴蜀地区氤氲弥漫的宗教文化氛围、社会民众欢腾如醉的崇道热情以及文人士子寻仙访道世俗享乐的审美情怀,给巴蜀文坛上带来一抹炫人眼目的亮丽色彩。巴蜀文人善于在作品中点缀道教意象和镶嵌神话故事,他们将关涉道教主题和道人生活的名物、典故和传说纷纷纳入作品中。巴蜀文人在其诗歌作品中,犹如手擎一支画笔很用心地描绘道人的日常生活场景,与道人岩栖隐逸生活息息相关的方外名物悉皆囊括在内。如唐求《赠道者》诗云:"披霞戴鹿胎,岁月不能催。饭把琪花煮,衣将藕叶裁。鹤从归日养,松是小时栽。往往樵人见,溪边洗药来。"③作者笔下的道人头戴鹿胎帽、身着藕叶衣、烧煮琪花饭,终日与野鹤松竹为邻与青山白云为伴。巴蜀文人关注道人的日常生活起居,经常将他们养炼服食用的

---

① (唐)郑谷著,赵昌平等笺注:《郑谷诗集笺注》,上海古籍出版社1991年版,第238页。

② (五代)韦庄著,聂安福笺注:《韦庄集笺注》,上海古籍出版社2002年版,第298页。

③ (清)李调元编,何光清点校:《全五代诗》,巴蜀书社1992年版,第971页。

丹灶药物纳入作品中。如张蠙诗云"惟餐白石过白日，拟骑青竹上青冥"（《华阳道者》）[1]；唐求诗曰"山下有家身未老，灶前无火药初成"（《赠王山人》）[2]；杜光庭亦曰"顶藏青玉髓，腰隐紫金芝"（《题天坛》）[3]等。

五代巴蜀文人飞驰想象用心构思，善于在文学作品中镶嵌上古时期色彩斑斓的神话传说及道教经籍中的典故逸闻。羽客仙人类王乔、麻姑、嫦娥、西王母之流的神话传说，在五代巴蜀文人笔下屡见不鲜。如郑谷有"一自王乔放自由，俗人行处懒回头"（《鹤》）[4]；向瓒有"龙腰凤背犹嫌软，须问麻姑借大鹏"（《乘烟观蒋炼师》）[5]；薛映有"嫦娥不惜宫中桂，乞与天香分外多"（《七夕》）[6]；张蠙有"翔螭岂作汉武驾，神娥徒降燕昭庭"（《华阳道者》）[7]；韦庄有"只应汉武金盘上，泻得珊瑚白露珠"（《白樱桃》）[8]等。五代巴蜀文人又有大量关涉蓬莱、阆苑、瑶池、三岛、十洲之洞天福地道教故事的诗歌作品，如欧阳炯的"自领蓬莱都水监，只忧沧海变成尘"（《大游仙诗》）[9]；杜光庭的"自是人间轻举地，何须蓬岛访真仙"

---

[1]（清）李调元编，何光清点校：《全五代诗》，巴蜀书社1992年版，第933页。
[2]（清）李调元编，何光清点校：《全五代诗》，巴蜀书社1992年版，第974页。
[3] 陈尚君辑校：《全唐诗补编》（上册），中华书局1992年版，第499页。
[4]（唐）郑谷著，赵昌平等笺注：《郑谷诗集笺注》，上海古籍出版社1991年版，第444页。
[5]（清）李调元编，何光清点校：《全五代诗》，巴蜀书社1992年版，第1164页。
[6]（清）李调元编，何光清点校：《全五代诗》，巴蜀书社1992年版，第1199页。
[7]（清）李调元编，何光清点校：《全五代诗》，巴蜀书社1992年版，第933页。
[8]（五代）韦庄著，聂安福笺注：《韦庄集笺注》，上海古籍出版社2002年版，第78页。
[9]（清）李调元编，何光清点校：《全五代诗》，巴蜀书社1992年版，第1182页。

(《题福唐观》)①；唐求的"千山万水瀛洲路，何处烟飞是醮坛"（《送刘炼师归山》)②；欧阳炯的"赤城霞起武陵春，桐柏先生解守真"（《大游仙诗》)③；王仁裕的"霞衣欲举醉陶陶，不觉全家住绛霄。拔宅只知鸡犬在，上天谁信路岐遥"（《题斗山观》)④ 等。此外，五代巴蜀文人作品中关涉汉武帝会见西王母故事、刘阮天台山桃源艳遇故事、月桂女神嫦娥飞天故事以及巫山神女故事、江畔湘妃洒泪"斑竹"故事的句子更是数不胜数。巴蜀文人对这些神话传说或道教典故的成功运用，使其文学作品呈现出浪漫的神仙色彩和道教情韵。

五代巴蜀文人的曲子词创作深受道教影响，大量曲子词作品蕴含道教文化因子，在曲子词的词牌、本事、意象、风格等方面呈现出色彩斑斓的神仙道化色彩，于香艳绮靡之中平添了几分清旷、悠扬、哀婉的浪漫韵味。五代巴蜀文人曲子词创作的"仙化"审美取向，丰富了曲子词的文化审美意蕴，开拓了词境、提高了词品。

五代巴蜀文人的词牌运用深受道教文化影响，现存词牌大多来源于道调仙曲、神话传说或民间故事，如《天仙子》《喜迁莺》《临江仙》《河渎神》《女冠子》《月宫春》《巫山一段云》等。宋人黄昇《花庵词选》认为："唐词多缘题，所赋《临江仙》则言仙事，《女冠子》则述道情，《河渎神》则咏祠庙，大概不失本题之意。"⑤此论精辟透彻，考察巴蜀文人的曲子词作品，可知他们的词牌名称与曲子词的本事内容浑然圆融密不可分。词牌《临江仙》《巫山一

---

① （清）李调元编，何光清点校：《全五代诗》，巴蜀书社1992年版，第980页。
② （清）李调元编，何光清点校：《全五代诗》，巴蜀书社1992年版，第975页。
③ （清）李调元编，何光清点校：《全五代诗》，巴蜀书社1992年版，第1182页。
④ （清）李调元编，何光清点校：《全五代诗》，巴蜀书社1992年版，第281页。
⑤ （宋）黄昇选：《花庵词选》，中华书局1958年版，第33页。

段云》关涉巫山神女故事，曲子词亦主要围绕着瑶姬、楚神、巫山云雨、神女峰等仙化意象来展开作品的内容。如牛希济《临江仙》词云"峭碧参差十二峰，冷烟寒树重重。瑶姬宫殿是仙踪"[1]；阎选《临江仙》亦云"十二高峰天外寒，竹梢轻拂仙坛。宝衣行雨在云端。画帘深殿，香雾冷风残"[2]；毛文锡《巫山一段云》词曰"雨霁巫山上，云轻映碧天。远峰吹散又相连，十二晚峰前"[3]；李珣《巫山一段云》亦曰"有客经巫峡，停桡向水湄。楚王曾此梦瑶姬，一梦杳无期"[4]。又，词牌《女冠子》自然与五代时期道教兴盛、宫观林立及女道士出家成为社会时尚密切相关，后蜀花蕊夫人在作品中描写了蜀宫定期放出宫女出家修道的现象。如花蕊夫人《宫词》曰："老大初教学道人，鹿皮冠子淡黄裙。后宫歌舞今抛掷，每日焚香事老君。"[5] 可知这位宫女因年老色衰而被逐出后宫，她出家为女冠并非是自愿的。五代巴蜀文人运用《女冠子》进行创作时，自然非常注重词牌的名称所指与词牌背后的女冠修道故事相契合。如牛峤《女冠子》词云"星冠霞帔，住在蕊珠宫里。佩丁当，明翠摇蝉翼，纤珪理宿妆"[6]；薛昭蕴《女冠子》词曰"云罗雾縠，新授明威法

---

[1] （五代）赵崇祚辑，李一氓校：《花间集校》，商务印书馆香港分馆1960年版，第93页。

[2] （五代）赵崇祚辑，李一氓校：《花间集校》，商务印书馆香港分馆1960年版，第173页。

[3] （五代）赵崇祚辑，李一氓校：《花间集校》，商务印书馆香港分馆1960年版，第92页。

[4] （五代）赵崇祚辑，李一氓校：《花间集校》，商务印书馆香港分馆1960年版，第193页。

[5] 徐式文笺注：《花蕊宫词笺注》，巴蜀书社1992年版，第138页。

[6] （五代）赵崇祚辑，李一氓校：《花间集校》，商务印书馆香港分馆1960年版，第61页。

篆。降真函,髻绾青丝发,冠抽碧玉篸"[1];鹿虔扆《女冠子》亦云"步虚坛上,绛节霓旌相向。引真仙,玉佩摇蟾影,金炉袅麝烟"[2];李珣《女冠子》亦曰"星高月午,丹桂青松深处。醮坛开,金磬敲清露,珠幢立翠苔"[3]。此上所引曲词作品,作者在创作过程中尽量做到了词牌的名称与内容表里相依名副其实。

五代巴蜀文人所创作的神仙道化类的曲词作品,就词的意境、风格而言,大多属于凄迷感伤、哀感顽艳之类的。词人牛希济的七首《临江仙》写尽了人神空恋昨梦前尘般的缠绵哀曲,作品中的巫山神女、湘妃啼竹、宓妃洛神、汉江解佩之类无果而终的悲剧传说,无不为曲词作品蒙上了一层空灵杳渺、幽怨旷远的清冷色调。此外,巴蜀文人在创作关涉仙人阻隔、人神空恋主题的曲词作品时,刻意选用诸如寒树、阴云、啼痕、空苑、冷烟之类的辞藻,为读者营造一种发兴无端、哀情似水、缠绵悱恻的感伤氛围。

---

[1] (五代)赵崇祚辑,李一氓校:《花间集校》,商务印书馆香港分馆1960年版,第55页。

[2] (五代)赵崇祚辑,李一氓校:《花间集校》,商务印书馆香港分馆1960年版,第171页。

[3] (五代)赵崇祚辑,李一氓校:《花间集校》,商务印书馆香港分馆1960年版,第198页。

第 六 章

地域文化视角下的五代巴蜀文学

一方水土养育一方人，《礼记·王制》云："凡居民材，必因天地寒暖燥湿，广谷大川异制。民生其间者异俗：刚、柔、轻、重、迟、速异齐，五味异和，器械异制，衣服异宜。修其教，不易其俗，齐其政，不易其宜。"[①]《汉书·地理志》亦曰："凡民函五常之性，而其刚柔缓急，音声不同，系水土之风气，故谓之风；好恶取舍，动静亡常，随君上之欲，故谓之俗。"[②]

五代时期，巴、蜀、汉中三大文化板块的自然地理环境、经济文化背景以及历史文化渊源，塑造了本地区人群的独特思维习惯、心性修持和审美习性。五代时期，巴蜀地区三大文化板块区异质多元的自然地理条件、人文社会环境，对巴蜀文人群体的生成聚合、交通行旅以及分布态势产生了深刻影响。

[①] 杨天宇译注：《礼记译注》（上册），上海古籍出版社2004年版，第155页。
[②] （汉）班固撰，（唐）颜师古注：《汉书》（第6册），中华书局1964年版，第1640页。

第一节　地域文化视角下的五代巴蜀文学

五代前蜀王朝与后蜀政权的统治版图，主要由剑南西川、剑南东川和山南西道三大板块构建而成。此外，荆南、黔南和剑南东道的部分地区，经过唐末巴蜀地区各大势力集团之间不断的征战侵吞，亦归入巴蜀王朝的疆域。

五代巴蜀王朝的统治版图，从地域文化的独特视角来审视，大体上可以划分为巴文化区（剑南东川、荆南地区、黔南地区）、蜀文化区（剑南西川）和汉中文化区（山南西道）。巴、蜀、汉中三大区域，在自然地理环境、人文风俗习惯以及文人分布和文学创作等方面存在很大差异，各自形成了特色鲜明的地域文化。

一　巴文化区的自然地理、人文习俗及文学创作

五代时期，前、后蜀王朝的巴文化区大体上包括由果、阆、遂、普、巴、蓬、集、壁等州府组成的巴中区以及由通、渠、开、夔、忠、万等州府组成的巴峡区。巴文化区的自然地理条件和人文社会环境自成特色，对五代巴蜀文人的分布态势和文学创作产生了深远影响。

巴文化区的自然地理条件复杂多变，具有多种地貌。这里群峦叠嶂、深谷险壑、急湍猛浪，好似一块亟待开发的蛮荒之地。炎瘴蒸腾的气候条件，刀耕火种的耕作方式，散发着一股旷古蛮荒的气息。巴地的州府群山环抱、溪流密布，据宋代的相关地志史料记载，

蓬州"环蓬皆山,两蓬高峙"①;普州"介万山间,为东蜀下州"②;果州"巴子旧封,大江襟带,群峰矗于四望"③;巴州"名因古巴国……包错万山"④;遂州"居蜀腹,有城如斗"⑤;巴地崇山峻岭、野兽出没,素来土地贫瘠、物产不丰,据地志史料记载普州"地僻俗固,土瘠民贫"⑥;通州"地湿热卑偏……俗不耕桑"⑦。中唐文人元稹曾在巴中通州任职,他在《叙诗寄乐天书》一文中提到当地的恶劣自然条件为"通之地,湿垫卑褊。人士稀少,近荒札,死亡过半。邑无吏,市无货,百姓茹草木,刺史以下,计粒而食"。诗人白居易任职巴东的忠州刺史时,对当地贫瘠险恶的自然环境有着生动的描绘,如《初到忠州登东楼寄万州杨八使君》诗云:"山束邑居窄,峡牵气候偏。林峦少平地,雾雨多阴天。隐隐煮盐火,漠漠烧畲烟。"⑧又,白居易《送高侍御使回因寄杨八》亦云:"明月峡边逢制使,黄茅岸上是忠州。到城莫说忠州恶,无益虚教杨八愁。"⑨巴地的气候十分恶劣,这里经常云蒸霞蔚、淫雨霏霏、阴风怒号,

---

① (宋)祝穆撰,(宋)祝洙增订,施和金点校:《方舆胜览》,中华书局2003年版,第1184页。
② (宋)祝穆撰,(宋)祝洙增订,施和金点校:《方舆胜览》,中华书局2003年版,第1110页。
③ (宋)祝穆撰,(宋)祝洙增订,施和金点校:《方舆胜览》,中华书局2003年版,第1103页。
④ (宋)祝穆撰,(宋)祝洙增订,施和金点校:《方舆胜览》,中华书局2003年版,第1186页。
⑤ (宋)祝穆撰,(宋)祝洙增订,施和金点校:《方舆胜览》,中华书局2003年版,第1100页。
⑥ (宋)祝穆撰,(宋)祝洙增订,施和金点校:《方舆胜览》,中华书局2003年版,第1109页。
⑦ (宋)祝穆撰,(宋)祝洙增订,施和金点校:《方舆胜览》,中华书局2003年版,第1040页。
⑧ (唐)白居易著,顾学颉点校:《白居易集》,中华书局1979年版,第209页。
⑨ (唐)白居易著,顾学颉点校:《白居易集》,中华书局1979年版,第391页。

气候多变。巴地是典型的亚热带雨林气候,寓居此地的文人士子经常将此地独特的气候特征付之于篇章吟咏。如元稹笔下的通州"夏多阴淫,秋多痢疟,地无医巫,药石万里,病者有百死一生之虑"(《叙诗寄乐天书》)[1];又,元稹《酬乐天东南行诗一百韵》诗云:"楚风轻似蜀,巴地湿如吴。气浊星难见,州斜日易晡。通宵但云雾,未酉即桑榆。瘴窟蛇休蛰,炎溪暑不徂。"[2] 又,诗人郑谷避乱寓蜀舟行出峡时,描写巴地恶劣的自然地理条件和气候特征为"故楚春田废,穷巴瘴雨多"(《渠江旅思》)[3]、"瘴村三月暮,雨熟野梅黄"(《颜惠詹事即孤侄舅氏谪官黔巫舟相遇怆然有寄》)[4] 等。

以地域文化的独特视角审视巴地的人文环境,可以看出该地区山地居民的气质心性和习俗民风自成特色。中唐诗人元稹对巴东地区的民俗风情耳濡目染,其诗歌作品《遣行十首》描写当地的风土习俗为"见说巴风俗,都无汉性情"[5]。又,五代巴地居人群体喜好聚集财货和祭祀迷信,唐末五代时期万州"风俗朴野,尚鬼信巫"[6];孙光宪《北梦琐言》记载巴地土著的风俗习性为:"巴、巫间民,多积黄金。每有聚会,即于席上罗列三品,以夸尚之。"[7] 五代巴峡地区的居人群体性情,又以朴陋质直和好勇斗狠为特征,如

---

[1] (清)董诰等编:《全唐文》,中华书局1983年版,第6635页。

[2] (唐)元稹撰,冀勤点校:《元稹集》,中华书局1982年版,第235页。

[3] (唐)郑谷著,赵昌平笺注:《郑谷诗集笺注》,上海古籍出版社1991年版,第92页。

[4] (唐)郑谷著,赵昌平笺注:《郑谷诗集笺注》,上海古籍出版社1991年版,第89页。

[5] (唐)元稹撰,冀勤点校:《元稹集》,中华书局1982年版,第173页。

[6] (宋)祝穆撰,(宋)祝洙增订,施和金点校:《方舆胜览》,中华书局2003年版,第1043页。

[7] (宋)孙光宪著,林艾园校点:《北梦琐言》,上海古籍出版社1981年版,第166页。

万州居人性情"风俗朴野，尚鬼信巫"①；通州地区的居人心性"任侠尚气，质朴无文"②等。

巴文化区山高水恶、层峦叠嶂，这里沟壑纵横、交通不便，上古时期即为苴、楚、夷、濮、板楯等少数民族的栖息繁衍地。巴人在生生不息的民族繁衍和劳动耕作过程中，创造了历史久远辉煌灿烂的巴文化。巴地源远流长的竹枝歌和巴渝舞，是上古时期巴、楚文化相互融合渗透的产物。巴峡地区的文学创作，继承了先秦"诗经""楚辞"优秀传统，同时深受巴、楚两地文化的交互影响，具有情思婉转瑰丽浪漫的"楚骚"风韵和"竹枝"情怀。

巴地与荆楚接壤，两者在文化的各个方面各个层次交互融会。古代地志史料《华阳国志》认为"江州（重庆市）以东，滨江山险，其人半楚，姿态敦重"③。引文中的"半楚"，即为巴楚文化难分难解交互参半。春秋战国时期，在楚国的都城聚集了迁徙而来的大量巴地居人，他们被称为"下里巴人"。又，五代诗人韦庄在路过三峡地区时，写有一部专门记载此地风土人情的地志史料《峡程记》。又，韦庄《抚盈歌》诗云："凤縠兮鸳绡，霞疏兮绮寮。玉庭兮春昼，金屋兮秋宵。愁瞳兮月皎，笑颊兮花娇。罗轻兮浓麝，室暖兮香椒。銮舆去兮萧屑，七丝断兮沉寥。主父卧兮漳水，君王幸兮云轺。铅华窅窕兮秾姿，棠公肝蠡兮靡依。翠华长逝兮莫追，晏相望门兮空悲。"④ 韦庄这首诗歌含思幽怨、色泽凄艳，具有楚地的

---

① （宋）祝穆撰，（宋）祝洙增订，施和金点校：《方舆胜览》，中华书局2003年版，第1043页。
② （宋）祝穆撰，（宋）祝洙增订，施和金点校：《方舆胜览》，中华书局2003年版，第1040页。
③ （晋）常璩撰，刘琳校注：《华阳国志校注》，巴蜀书社1984年版，第49页。
④ （五代）韦庄撰，聂安福笺注：《韦庄集笺注》，上海古籍出版社2002年版，第357页。

"楚辞"风味。

五代巴文化的另一枝艺术奇葩，即为"竹枝"情歌。巴地"竹枝词"具有半楚半巴的韵味特征。"竹枝词"是巴、楚两地文化相互融合的产物，据清人万树《词律》记载："《竹枝》，十四字，又名《巴渝辞》。"[1] 早在中唐时期，诗人杜甫寓居巴东夔州时，对当地的"竹枝"歌谣和巴渝"巫曲"颇为喜爱，其《暮春题瀼西新赁草屋》诗云："万里巴渝曲，三年实饱闻。"[2] 又，刘禹锡贬官夔州时，积极吸收巴渝地区的民谣新声，大力创作"竹枝词"，曾在《竹枝词九首序》中自称："四方之歌，异音而同乐。岁正月，余来建平（按，今巫山县），里中儿联歌《竹枝》，吹短笛击鼓以赴节。歌者扬袂睢舞，以曲多为贤。聆其音，中黄钟之羽。卒章激讦如吴声，虽伧儜不可分，而含思宛转，有《淇澳》之艳音。昔屈原居沅、湘间，其民迎神词多鄙陋，乃为作《九歌》，到于今荆楚鼓舞之。故余亦作《竹枝词》九篇，俾善歌者扬之，附于末，后之聆巴歈，知变风之自焉。"[3] 又，文人郑谷避乱入蜀曾寓居巴东地区，诗人对当地的"竹枝"歌谣耳濡目染，所谓"引人乡泪尽，夜夜竹枝歌"（《渠江旅思》）[4]；"醉欹梅障晓，歌厌竹枝歌"（《寄南浦谪官》）[5]；"不知几首南行曲，留与巴儿万古传"（《将之泸郡旅次遂州遇裴晤

---

[1] （清）万树：《词律》，上海古籍出版社1984年版，第21页。
[2] （唐）杜甫，（清）仇兆鳌注：《杜诗详注》，中华书局1979年版，第1611页。
[3] （唐）刘禹锡著，瞿蜕园校点：《刘禹锡全集》，上海古籍出版社1999年版，第197页。
[4] （唐）郑谷著，赵昌平等笺注：《郑谷诗集笺注》，上海古籍出版社1991年版，第92页。
[5] （唐）郑谷著，赵昌平等笺注：《郑谷诗集笺注》，上海古籍出版社1991年版，第298页。

员外谪居于此话旧凄凉因寄二首》)①;"渐解巴儿语,谁怜越客吟"(《通川客舍》)②等。巴渝歌谣"竹枝词",以其清新明快的语言节拍、细腻绵长的相思怨情、高山大川的地域文化色彩,一直为后世的文人士人所钟爱。五代时期,著名蜀籍词人欧阳炯、李珣、孙光宪等热衷于"竹枝体"的创作。宋人周密认为:"李珣、欧阳炯辈皆蜀人,各制《南乡子》数首,以志风土,亦竹枝体。"③如孙光宪《竹枝》(其一)词云:"门前春水(竹枝)白蘋花(女儿),岸上无人(竹枝)小艇斜(女儿),商女经过(竹枝)江欲暮(女儿),散抛残食(竹枝)饲神鸦(女儿)。"④俞陛云《五代词选释》评价该词曰:"此《竹枝女儿》词也……此词因《竹枝》妍唱,即作七言绝句诵之,亦是晚唐风调。"⑤又,孙光宪《竹枝》(其二)词云:"乱绳千结(竹枝)绊人深(女儿),越罗万丈(竹枝)表长寻(女儿)。杨柳在身(竹枝)垂意绪(女儿),藕花落尽(竹枝)见莲心(女儿)。"⑥《唐五代词纪事会评》引清人万树《词律》评价该词:"所用'竹枝'、'女儿',乃歌时群相随和之声,犹《采莲曲》之有'举棹''少年'等字。刘禹锡在沅湘以里歌鄙陋,乃依骚人《九歌》作《竹枝》新词九章,原无和声,后皇甫松、孙光宪作此,始有'竹枝''女儿'为随和之声,'枝''儿'叶韵。"⑦

---

① (唐)郑谷著,赵昌平笺注:《郑谷诗集笺注》,上海古籍出版社1991年版,第298页。
② (唐)郑谷著,赵昌平笺注:《郑谷诗集笺注》,上海古籍出版社1991年版,第96页。
③ 王兆鹏主编:《唐宋词汇评》(唐五代卷),浙江教育出版社2004年版,第390页。
④ 张璋、黄畬编:《全唐五代词》,上海古籍出版社1986年版,第823页。
⑤ 史双元编著:《唐五代词纪事会评》,黄山书社1995年版,第939页。
⑥ 张璋、黄畬编:《全唐五代词》,上海古籍出版社1986年版,第823页。
⑦ 史双元编著:《唐五代词纪事会评》,黄山书社1995年版,第939页。

二 蜀文化区的自然地理、人文习俗及文学创作生态

五代巴蜀王朝中的蜀文化区，大体包括益州、彭州、汉州、眉州、蜀州、绵州、陵州、灌州等州府。这里气候温润、物产丰富、地势平坦，自然条件十分优越，岷江、沱江等河流汇聚于西川，形成扇状冲积平原。汉末李雄在蜀地称王割据，即认为这里的地理环境得天独厚，在他看来，"蜀地沃野千里，土壤膏腴，果实所生，无谷而饱。女工之业，覆衣天下。名材竹竿，器械之饶，不可胜用。又有渔盐铜银之利，浮水漕运之便"①。五代文人李昊来到物产丰饶的川西平原后，被这里的繁荣富庶的美景所陶醉，其《创筑羊马城记》文曰："夫华阳旧国，宇内奥区，地称陆海之珍，民有沃野之利。郛郭则楼台叠映，珠碧鲜辉；江山则襟带牵连，物华秀丽。"② 在南宋理学家魏了翁的眼中，"蜀地险隘，多硗少衍，侧耕危获，田事孔难，唯成都、彭、汉，平原沃壤，桑麻满野"③。在明代状元文人杨慎的眼中，蜀地"惟成都则四塞中开，土沃而地夷，川流无声，弥望不知所穷。无拳石箦壤之阻，膴膴如中原；而清江碧石佳木修篁，有中原之所无"④。蜀地的富饶图画在宋人的地志史料中有着十分精彩的描述。如益州"有江水沃野，山林竹木蔬食果实之饶"⑤；彭州"湖分东

---

① （南朝宋）范晔撰，（唐）李贤等注：《后汉书》，中华书局1965年版，第535页。
② （清）董诰等编：《全唐文》，中华书局1983年版，第9311页。
③ （宋）魏了翁：《鹤山集》卷一百，清文渊阁四库全书本。
④ （明）杨慎、（明）刘大谟纂：《嘉靖四川总志》，书目文献出版社1998年版，第3页。
⑤ （宋）乐史撰，王文楚点校：《太平寰宇记》，中华书局2007年版，第1462页。

西，小成都"①；蜀州"土地肥美"②；汉州"土地沃美，人士俊乂，一州称望"③；简州"山不险而川平，土地肥美"④ 等。

五代蜀文化区的居人群体，沐浴着色彩斑斓的人文社会环境，他们的习俗心性素以奢靡游荡和柔弱不争为特征。宋人乐史在《太平寰宇记》中描写成都居民的风土习俗为："地沃人骄，奢侈颇异，人情物态，别是一方。"⑤ 与成都紧邻的蜀州亦不逊色，当地居民"尚奢好文，俗好歌舞"⑥。又，五代前蜀时期，后主王衍于乾德五年（932）率群臣畅游浣花溪，此时"游人士女，珠翠夹岸"；前蜀灭亡前夕"庄宗遣李严聘蜀，衍与俱朝上清，而蜀都士庶，帘帷珠翠，夹道不绝"⑦；后蜀孟昶统治时期的成都内外，"村落间巷之间，弦管歌诵，合筵社会，昼夜相接"⑧。五代蜀地居人群体纵情欢笑奢靡无度的社会风习积重难返。宋人认为："蜀俗奢侈，好游荡。民无盈余，悉市酒肉为声技乐。"⑨ 生长于斯游乐于斯的蜀地居人群体过惯了纸醉金迷的享乐生活，他们的心性气质自然逐渐变得柔弱不争

---

① （宋）祝穆撰，（宋）祝洙增订，施和金点校：《方舆胜览》，中华书局2003年版，第963页。
② （宋）祝穆撰，（宋）祝洙增订，施和金点校：《方舆胜览》，中华书局2003年版，第929页。
③ （晋）常璩撰，刘琳校注：《华阳国志校注》，巴蜀书社1984年版，第254页。
④ （宋）祝穆撰，（宋）祝洙增订，施和金点校：《方舆胜览》，中华书局2003年版，第933页。
⑤ （宋）乐史撰，王文楚点校：《太平寰宇记》，中华书局2007年版，第1461页。
⑥ （宋）祝穆撰，（宋）祝洙增订，施和金点校：《方舆胜览》，中华书局2003年版，第928页。
⑦ （宋）欧阳修撰，（宋）徐无党注：《新五代史》，中华书局1974年版，第792页。
⑧ 王文才、王炎校笺：《蜀梼杌校笺》，巴蜀书社1999年版，第381页。
⑨ （元）脱脱等：《宋史》，中华书局1977年版，第8950页。

醉生梦死。《宋史·地理志》认为蜀地居民"好音乐，少愁苦，尚奢靡，性轻扬，喜虚称"[1]；北宋王辟之认为蜀地居民"民性懦弱，俗尚文学"[2]；南宋李焘亦评价蜀人"俗习柔良，小事辄骇"[3]。五代后蜀时期，蜀主孟昶面临宋军压境大厦将倾的危难处境，面对蜀地居人群体脆弱怯懦的心性气质，发出无奈的叹息，所谓："吾父子以丰衣美食，养兵四十年，无一人为我东向发一箭，今若闭垒，谁肯效命？"[4] 蜀主孟昶只好束手待毙，备好"亡国之礼"投降归宋。

巴蜀古国历史悠远，经济富庶，文化灿烂。早在上古的神话传说时期，川西平原就已出现了人类活动的痕迹，所谓"蚕丛及鱼凫，开国何茫然。尔来四万八千岁，不与秦塞通人烟"（李白《蜀道难》）[5]。五代蜀地经济发达文化昌盛，这里汇聚了四面八方的才硕俊彦，他们的文学创作活动和文学创作的审美价值取向，颇具地域文化特色。

川西平原草木峥嵘、气候温润，这里的自然景观和人文社会环境对蜀地文人柔弱不争、多情浪漫的审美心态和寻芳嗜艳的创作取向产生了深刻影响。锦江春暖、杨柳拂风、众芳喧艳，诗人韦庄沉醉其中挥毫泼墨，其《奉和左司郎中春物暗度感而成章》诗云"锦江风散霏霏雨，花市香飘漠漠尘……"[6] 文人士子终日沉醉于蜀地这种迷离炫目、艳冶旖旎、花香袭人的节候风光，其内在的心性气质

---

[1] （元）脱脱等：《宋史》，中华书局1977年版，第2230页。
[2] （宋）王辟之撰，吕友仁点校：《渑水燕谈录》，中华书局1981年版，第105页。
[3] （宋）李焘：《续资治通鉴长编》，中华书局1995年版，第5820页。
[4] 王文才、王炎校笺：《蜀梼杌校笺》，巴蜀书社1999年版，第435页。
[5] （清）王琦注：《李太白全集》，中华书局1977年版，第162页。
[6] （五代）韦庄撰，聂安福笺注：《韦庄集笺注》，上海古籍出版社2002年版，第370页。

和审美情趣在潜移默化间发生着变化。他们在文学创作过程中,偏嗜于描写一些柔弱不争的诗歌物象,如自然界的飞絮、残红、袅烟、露珠、柳丝、纤草等。文人在曲词作品中描写闺阁相思塑造佳人形象时,专注于坠钗、欹枕、垂鬟、鬓云、粉污、醉眼、笑靥之物象情态的细腻描写。如五代后蜀词人毛熙震《浣溪沙》词云:"一支横钗坠髻丛,静眠珍簟起来慵,绣罗红嫩抹酥胸。"① 近人李冰若《栩庄漫记》评价该词"细腻风光"②。又,五代前蜀词人魏承班《玉楼春》词云:"春情满眼脸红绡,娇妒索人饶。星靥小,玉珰摇,几共醉春朝。别后忆纤腰,梦魂劳。如今风叶又萧萧,恨迢迢。"③ 近人李冰若评价该词曰"春情满眼脸红绡,描写细腻"④。

五代蜀地文人过惯了花林步月、锦水行春的冶游生活,他们的文学创作活动深受蜀地自然地理环境和人文社会风俗的熏陶习染,故而其文学作品整体上呈现绮错婉美的地域文化特征。如文人韦庄《定西蕃》词云:"芳草丛生结楼,花艳艳,雨濛濛。"⑤ 清代况周颐评韦庄的该词"熏香掬艳,眩目怜心"⑥。五代蜀地词人薛昭蕴《浣溪沙》(其四)词云:"握手河桥柳似金,蜂须轻惹百花心。"⑦ 近人

---

① (五代)赵崇祚辑,李一氓校:《花间集校》,商务印书馆香港分馆1960年版,第178页。
② 李庆苏、李庆淦编著:《李冰若〈栩庄漫记〉笺注》,中国文联出版社2009年版,第126页。
③ (五代)赵崇祚辑,李一氓校:《花间集校》,商务印书馆香港分馆1960年版,第168页。
④ 李庆苏、李庆淦编著:《李冰若〈栩庄漫记〉笺注》,中国文联出版社2009年版,第118页。
⑤ 张璋、黄畬编:《全唐五代词》,上海古籍出版社1986年版,第561页。
⑥ 张璋、黄畬编:《全唐五代词》,上海古籍出版社1986年版,第561页。
⑦ (五代)赵崇祚辑,李一氓校:《花间集校》,商务印书馆香港分馆1960年版,第50页。

李冰若《栩庄漫记》评价该词为"巧丽极矣"[1]。又，薛昭蕴《浣溪沙》（其五）词云："帘下三间出寺墙，满街垂柳绿阴长，嫩红轻翠间浓妆。"[2] 李冰若认为该词"设色艳冶，如一幅画"[3]。又，张德瀛评价前蜀尹鹗的词"尹参卿词多艳冶态"[4]；清人吴任臣评价前蜀毛文锡词"尤工艳语"[5]。五代时期，蜀地文人的创作取向和审美意趣，整体性地趋向类似温庭筠的艳冶一途。如前蜀文人牛峤现存《花间集》三十二首曲词作品，"大体皆莹艳缛丽，近于飞卿"[6]。后蜀文人顾敻的曲子词作品镂玉雕琼、务裁艳语，被认为"顾词浓丽，实近温尉"[7]。又，李冰若评价前蜀文人魏承班的曲子词作品"浓艳处近飞卿"[8]；评价后蜀文人阎选的曲子词作品"多侧艳语，颇近温词一派"[9]。

三 汉中文化区的自然地理、人文习俗及文学创作

地处秦岭以南的汉中文化区，早在上古时期即成为巴蜀王朝的

---

[1] 李庆苏、李庆淦编著：《李冰若〈栩庄漫记〉笺注》，中国文联出版社2009年版，第52页。

[2] （五代）赵崇祚辑，李一氓校：《花间集校》，商务印书馆香港分馆1960年版，第50页。

[3] 李庆苏、李庆淦编著：《李冰若〈栩庄漫记〉笺注》，中国文联出版社2009年版，第53页。

[4] 张璋、黄畬编：《全唐五代词》，上海古籍出版社1986年版，第634页。

[5] （清）吴任臣撰，徐敏霞、周莹点校：《十国春秋》，中华书局1983年版，第609页。

[6] 张璋、黄畬编：《全唐五代词》，上海古籍出版社1986年版，第596页。

[7] 李庆苏、李庆淦编著：《李冰若〈栩庄漫记〉笺注》，中国文联出版社2009年版，第91页。

[8] 李庆苏、李庆淦编著：《李冰若〈栩庄漫记〉笺注》，中国文联出版社2009年版，第115页。

[9] 李庆苏、李庆淦编著：《李冰若〈栩庄漫记〉笺注》，中国文联出版社2009年版，第123页。

疆域。古人认为："古梁州巴、濮、庸、蜀之地。在秦则汉中、巴、蜀三郡，此其境也。"① 五代巴蜀王朝的汉中文化区，具有风貌独具的自然地理特征和人文社会风俗，生活在此地的居人群体在习性心态、精神气度方面迥异于巴、蜀文化区。

汉中文化区大体包括洋、金、阆、利、果、剑、兴元等州府。汉中的战略位置非常重要，其地正当中原地区、襄汉地区进入川西平原的交通要道。汉中文化区群山丛簇、峰回路转，其自然地理环境和陆路交通条件十分恶劣。五代巴蜀王朝境内的栈阁、关隘、峡口大多集中于川北的汉中文化区。汉中地形险要，凤州"北限秦岭，东绵秦汉，万山盘踞"②；阶州"道通陇蜀，土地险阻"③；金州"东接襄沔，北阻方山，秦头楚尾"④；洋州"东连襄汉，南蔽巴蜀，境临秦雍，上通荆楚，楚之北境"⑤；利州"为蜀北门，据秦、巴之冲，据川陆之会，咽喉要路，四战之地"⑥；兴元府"蜀之股臂，成都之喉噬。秦、蜀出入之冲"⑦ 等。川北之地的汉中文化区山高水恶、土地贫瘠、物产不丰，据地志史料记载利州"土瘠民贫，民贫

---

① （宋）乐史撰，王文楚点校：《太平寰宇记》，中华书局2007年版，第1457页。
② （宋）祝穆撰，（宋）祝洙增订，施和金点校：《方舆胜览》，中华书局2003年版，第1213页。
③ （宋）祝穆撰，（宋）祝洙增订，施和金点校：《方舆胜览》，中华书局2003年版，第1233页。
④ （宋）祝穆撰，（宋）祝洙增订，施和金点校：《方舆胜览》，中华书局2003年版，第1190页。
⑤ （宋）祝穆撰，（宋）祝洙增订，施和金点校：《方舆胜览》，中华书局2003年版，第1194页。
⑥ （宋）祝穆撰，（宋）祝洙增订，施和金点校：《方舆胜览》，中华书局2003年版，第1155页。
⑦ （宋）祝穆撰，（宋）祝洙增订，施和金点校：《方舆胜览》，中华书局2003年版，第1148页。

役重"①；凤州更是"土少桑麻，妇人无机杼之勤。至于井税之布帛，口食之盐酪，皆资于他郡焉"②。这一文化区的农业耕作方式十分落后，仍然采用原始的烧畬驱兽刀耕火种的方式进行。唐末诗人薛能《褒斜道中》诗云："十驿褒斜到处憴，眼前常似接灵踪……鸟径恶时应立虎，畬田闲日自烧松。"③

汉中文化区的自然条件恶劣、物产不丰，生活在此地的居人群体的心性气质特征为质直刚强和好勇斗狠。山南西道的政治中心在兴元府，生活在该地区的居人群体"其气强梁，其民质直"④；洋州之地的居人群体"好气勇斗，信鬼不信医"⑤。唐末文人周庠投奔王建时，曾向其介绍过利州、阆州两地的地理交通条件和好勇斗狠的居人习性，《蜀梼杌》云："周博雅说王（建）曰：'利州四会五达，阆中地险民豪。'"⑥

就五代巴蜀王朝文人士子的地域分布态势而言，朴陋寒荒的汉中地区自然比不上巴、蜀两地。不过，汉中文化区中的各大战略要地的藩府节镇，依然汇聚许多的文学俊彦和辅才佐吏，他们的存在犹如撒播在此地的文明火焰。如梓州为前蜀武德军驻地，文人欧阳炯仕前蜀王建为武德军判官。果州为后蜀武宁军驻地，据《十国春

---

① （宋）祝穆撰，（宋）祝洙增订，施和金点校：《方舆胜览》，中华书局2003年版，第1155页。
② （宋）祝穆撰，（宋）祝洙增订，施和金点校：《方舆胜览》，中华书局2003年版，第1213页。
③ 林德保、李俊、倪文杰注：《详注全唐诗》，大连出版社1997年版，第2196页。
④ （宋）祝穆撰，（宋）祝洙增订，施和金点校：《方舆胜览》，中华书局2003年版，第1048页。
⑤ （宋）祝穆撰，（宋）祝洙增订，施和金点校：《方舆胜览》，中华书局2003年版，第1193页。
⑥ 王文才、王炎校笺：《蜀梼杌校笺》，巴蜀书社1999年版，第18页。

秋》记载："广政二十一年……置武宁军于果州。以通州隶之。"①五代后蜀广政年间，文人李昊知武宁军，据《十国春秋》记载："（广政四年）三月甲戌，以翰林学士承旨李昊知武宁军。"②山南西道治所兴元府是汉中的战略要地，五代时期前蜀王朝和后蜀政权均在此地设置藩镇节度。唐末文人王仁裕入蜀后，仕前蜀后主王衍为山南西道节度判官，他曾题诗于斗山观。王仁裕《题斗山观》诗云："霞衣欲举醉陶陶，不觉全家住绛霄。拔宅只知鸡犬在，上天谁信路歧遥。三清辽廓抛尘梦，八景云烟事早朝。为有故林苍柏健，露华凉叶锁金飙。"③关于该诗的写作缘由，王仁裕在诗题下自注云："仁裕辛巳岁为节度判官，尝以片板题诗于观。癸未年入蜀，因谒严真观，见斗山诗牌在焉，不知所来。旧说，斗山一洞与严真观井相通也。"④又，后蜀成都人文谷笃学博闻，"事后主，历官员外郎、侍御史、山南道节度判官"⑤。又，后蜀文人张廷伟任职山南西道节度判官，曾劝节度使王昭远派人联合北汉共同抗击北宋王朝。此事，据《十国春秋》记载："广政二十七年冬十月，山南节度判官张廷伟说王昭远曰：公素无勋业，一旦位至枢近，不自建立大功，何以塞时论。莫若通好并州，令发兵南下……"⑥

---

① （清）吴任臣撰，徐敏霞、周莹点校：《十国春秋》，中华书局1983年版，第728页。
② （清）吴任臣撰，徐敏霞、周莹点校：《十国春秋》，中华书局1983年版，第711页。
③ （清）李调元编，何光清点校：《全五代诗》，巴蜀书社1992年版，第281页。
④ （清）李调元编，何光清点校：《全五代诗》，巴蜀书社1992年版，第281页。
⑤ （清）吴任臣撰，徐敏霞、周莹点校：《十国春秋》，中华书局1983年版，第816页。
⑥ （清）吴任臣撰，徐敏霞、周莹点校：《十国春秋》，中华书局1983年版，第731页。

四　西北和西南边疆地区的自然地理、人文习俗及文学创作

五代前后蜀王朝的西北和西南边疆地区，经常遭受吐蕃和南诏进军侵犯，为少数民族聚居之地，其自然地理条件和人文社会环境与蜀地其他地区相比更为恶劣和朴陋。如西北边境的文、扶、维、茂等州在前后蜀时期是羌人游牧的地区，这一地区被称为"西山八国"。王建开国后，在武成初年的大赦诏令中，针对羌族群居游牧的西北边区采取了一些具体的安抚措施，王建下诏："朕爰自统临，八国同心，诸藩部落首领以下，宜差使臣各赐诏敕，分物宣谕，其见在鸿胪礼院入朝藩客等，各赐分物，续有敕旨处分。"① 不过，前蜀时期西北边州的羌族地区尚未完全归于王化，又加之前蜀统治者对这里的开发工作做得并不充分，遂经常导致羌族之人的反叛与不满。如前蜀永平二年（912）羌胡反，茂州刺史文人顾琼"入蕃部，为蕃酋害之"②。又，前蜀末年，天雄军（驻秦州）节度使王承休带领蜀军一万二千人"自文、扶而南；其地皆不毛，羌人抄之，且战且行，士卒冻馁，比至茂州，余众二千而已"③。

据地志资料记载，西蜀王朝统治下的西北文州之地"俗同秦陇，无可耕之野"④；"土风习俗半杂氐羌"⑤。龙州之地"山高水峻，峭

---

① （五代）勾延庆：《锦里耆旧传》，中华书局1985年版，第7页。
② （宋）孙光宪著，林艾园校点：《北梦琐言》，上海古籍出版社1981年版，第95页。
③ （宋）司马光等：《资治通鉴》，岳麓书社1990年版，第668页。
④ （宋）祝穆撰，（宋）祝洙增订，施和金点校：《方舆胜览》，中华书局2003年版，第1226页。
⑤ （宋）乐史撰，王文楚点校：《太平寰宇记》，中华书局2007年版，第2632页。

拔云栈，郡连氐、羌，乃蜀捍蔽"①；其区域人群性情为"人多瘤痴声，盖山水之气使然"②。茂州之地"异俗耐饥寒，垒石为巢，毡裘杂糅，盛夏凝冻"③；其区域人群性情为"此一州本羌戎之人，好弓马，以勇捍相高，诗礼之训阙如"④。维州之地"据高山绝顶，三面临江，地甚险固，地接蕃部"⑤；其区域人群性情为"人尤劲悍，性多质直，工习射猎"⑥。

五代前蜀和后蜀时期，西南边地的黎、雅、戎、泸诸州与南诏接壤，这些地区是少数民族僚人浅蛮的聚居区。据《资治通鉴》记载："黎、雅间有浅蛮曰刘王、郝王、杨王，各有部落。西川岁赐缯帛三千匹，使觇南诏，亦受南诏赐诇成都虚实。"⑦前蜀永平四年（914），大长和国进攻黎州，王建派大将还击，浅蛮三王泄军事机密给敌军，于是王建将三王召至成都斩首示众。又，后蜀明德三年（936）蜀地西南的嘉州爆发了僚乱，《太平寰宇记》称罗目县"去州（嘉州）西南二百七十里，伪蜀明德三年獠乱"⑧。据相关地志资

---

① （宋）祝穆撰，（宋）祝洙增订，施和金点校：《方舆胜览》，中华书局2003年版，第1230页。
② （宋）乐史撰，王文楚点校：《太平寰宇记》，中华书局2007年版，第1682页。
③ （宋）祝穆撰，（宋）祝洙增订，施和金点校：《方舆胜览》，中华书局2003年版，第981页。
④ （宋）乐史撰，王文楚点校：《太平寰宇记》，中华书局2007年版，第1574页。
⑤ （宋）祝穆撰，（宋）祝洙增订，施和金点校：《方舆胜览》，中华书局2003年版，第993页。
⑥ （南宋）王象之撰：《舆地纪胜》，江苏广陵古籍刻印社1991年版，第1055页。
⑦ （宋）司马光等：《资治通鉴》，岳麓书社1990年版，第506页。
⑧ （宋）乐史撰，王文楚点校：《太平寰宇记》，中华书局2007年版，第1511页。

料记载，西蜀统治下西南黎州的自然地理条件为"黎常多风，岚雾常晦"[1]；其人文社会环境为"蛮夷混杂之地，原无市肆，每汉人与蕃人博易，不使见钱"[2]。雅州的自然地理条件为"地多岚瘴，黎风雅雨"[3]；其人文社会环境为"俗信妖巫，击铜鼓以祈祷"[4]。戎州的自然地理形势为"控扼诸蛮，负山滨水"[5]；其人文社会环境为"夷夏杂居，风俗各异"[6]。泸州的自然地理形势为"古巴子国，舟车之冲"[7]；其人文社会环境为"其夷獠则与汉不同，性多狂戾而又好淫祠，巢居岩谷，因险凭高，著班布，击铜鼓，弄鞘刀。男则露髻跣足，女即椎髻横裙"[8]。

如此荒寒、朴陋和恶劣的自然地理和人文社会环境，在五代时竟然成了前后蜀统治者处置朝中待罪臣子的理想场所，这些地区不时闪现遭受贬谪流放的文人身影。如文人张道古深受同僚排挤，"复

---

[1] （宋）祝穆撰，（宋）祝洙增订，施和金点校：《方舆胜览》，中华书局2003年版，第999页。

[2] （宋）乐史撰，王文楚点校：《太平寰宇记》，中华书局2007年版，第1559页。

[3] （宋）祝穆撰，（宋）祝洙增订，施和金点校：《方舆胜览》，中华书局2003年版，第977页。

[4] （宋）乐史撰，王文楚点校：《太平寰宇记》，中华书局2007年版，第1551页。

[5] （宋）祝穆撰，（宋）祝洙增订，施和金点校：《方舆胜览》，中华书局2003年版，第1130页。

[6] （宋）乐史撰，王文楚点校：《太平寰宇记》，中华书局2007年版，第1590页。

[7] （宋）祝穆撰，（宋）祝洙增订，施和金点校：《方舆胜览》，中华书局2003年版，第1085页。

[8] （宋）乐史撰，王文楚点校：《太平寰宇记》，中华书局2007年版，第1740页。

贬茂州，武成元年，卒于灌州"①。又，前蜀武成元年（908），王建诛杀王宗佶时贬斥同党文人郑骞和李纲，《资治通鉴》称："贬其党御史中丞郑骞为维州司户，卫尉少卿李纲为汶川（茂州属县）尉。"② 前蜀文人毛文锡嫁女与庾传素之子时擅自动用宫廷乐队，由于宦官唐文扆进献谗言毛文锡与其子询和其弟毛文晏均遭到贬谪流遣，毛文锡被贬为茂州司马，毛文晏被贬为雅州之荣经县尉，毛洵被流放于维州。前蜀后主王衍即位后诛杀宦官唐文扆，文人宰相张格和礼部尚书杨玢因依附唐文扆，于是"庚午，贬格为茂州刺史，玢为荣经尉"③。前蜀文人王保晦雅善文才，亦因依附宦官唐文扆遭到流贬，《十国春秋》称："王保晦，阆州人也。雅善文才，酷无体式，而辞致晓畅……光天元年，坐附会宦官唐文扆，夺职流泸州。"④ 又，前蜀末年，眉州人杨义方因讥刺宦官宋光嗣被贬黎州，据《鉴诫录》记载："（杨义方）执性强良，所为狂简……曾以笔砚见用于宋枢密光嗣。因题九头鸟，宋疑杨见咏，遂奏谴沈黎。"⑤ 后蜀文人章九龄慷慨直言讥刺权贵被孟昶贬谪维州，《十国春秋》云："广政中，上言政事不治，由奸佞在朝。后主问奸佞为谁，九龄指宰相李昊、知枢密使王昭远以对。后主怒，以九龄毁斥大臣，谪维州录事参军。"⑥

---

① （清）吴任臣撰，徐敏霞、周莹点校：《十国春秋》，中华书局1983年版，第617页。
② （宋）司马光等：《资治通鉴》，岳麓书社1990年版，第570页。
③ （宋）司马光等：《资治通鉴》，岳麓书社1990年版，第623页。
④ （清）吴任臣撰，徐敏霞、周莹点校：《十国春秋》，中华书局1983年版，第641页。
⑤ （五代）何光远：《鉴诫录》，中华书局1985年版，第41页。
⑥ （清）吴任臣撰，徐敏霞、周莹点校：《十国春秋》，中华书局1983年版，第795页。

第二节　交通地理视角下的五代巴蜀文学

"蜀道之难难于上青天",古代巴蜀地区的地理交通条件十分恶劣。这里群山环抱、溪流纵横、野兽出没、与世隔绝,是一个"尔来四万八千岁,不与秦塞通人烟"的奇幻天地,同时也是一个令人心惊胆战"侧身西望长咨嗟"的艰险畏途。本节采取交通地理的独特视角,全面审视唐末五代文人在巴蜀地区的交通行役的流转态势及羁旅诗歌创作中的地域文化色彩。

一　巴蜀地区的陆路交通地理与唐末五代文人的迁徙流转态势

唐末五代时期,汉中地区是连接蜀地与关中地区的陆路中转站。中原文人为躲避战火摧残选择入蜀避难时,首先要翻越秦岭来到山南西道的兴元府(汉中)。从关中到兴元的陆路交通,以褒斜道和骆谷道为主要的交通驿道。唐玄宗入蜀时,经褒斜道历扶风、陈仓、大散关、河池郡(凤州)抵达兴元府。唐僖宗入蜀时,经骆谷道历盩厔、洋州抵达兴元府。唐末五代文人由关中入蜀途径兴元府中转时,亦追随帝王皇室的逃亡路线。如诗人郑谷亲历关中乱离避难入蜀,他沿着褒斜古道一路前行,历兴、剑、梓、汉抵达成都府。诗人郑谷的入蜀途中,在兴州略作停留并赋诗,其《兴州东池》诗云:"南连乳郡流,阔碧浸晴楼。彻底千峰影,无风一片秋。垂杨拂莲叶,返照媚渔舟。鉴貌还惆怅,难遮两鬓羞。"[1]兴州以北至凤州、成州通舟楫,兴州以下更通水运,诗中所谓"南连乳郡流,阔碧浸

---

[1] (唐)郑谷著,赵昌平等笺注:《郑谷诗集笺注》,上海古籍出版社1991年版,第90页。

晴楼"诚不虚言。又，郑谷《兴州江馆》亦曰："向蜀还秦计未成，寒蛩一夜绕床鸣。愁眠不稳孤灯尽，坐听嘉陵江水声。"① 兴州下辖顺政、长举、鸣水三县。嘉陵江水流经顺政县城南，去县百步，诗人郑谷在兴州江馆进退维谷"坐听嘉陵江水声"倍感凄凉。兴州长举县的青泥岭地势险峻，山多云雨，悬崖峭壁，行人泥泞，故李白为之浩叹曰"青泥何盘盘，百步九折萦岩峦"。兴州长举县的青泥驿站在唐末五代时期十分重要，直到北宋至和年间才废弃不用。此事，据宋人雷简夫《新开白水路记》云："至和二年冬，利州转运使王容、郎中李虞卿，以蜀道青泥岭旧路高峻，请开白水路，自凤州河池驿至兴州长举驿，五十里有半，以便公私之行……减旧路三十三里，废青泥一驿。大抵蜀道之难，自昔青泥岭称首。"又，诗人韦庄于唐末五代之际由关中地区两次入蜀时，亦以山南西道的兴元府为中转站。唐昭宗乾宁四年（897），诗人韦庄初次入蜀，诗人此行旨在宣谕王命消弭战火，诏令西川王建与东川顾彦晖二者罢兵休战。诗人韦庄与谏议大夫李洵一起沿着便捷的骆谷道经盩厔、洋州首先抵达兴元府，而后到达两军对垒之地的梓州张杷寨。韦庄此行沿骆谷道进入洋州后，写有作品《焦崖阁》诗云："李白曾歌蜀道难，长闻白日上青天。今朝夜过焦崖阁，始信星河在马前。"② 按，韦庄作品中的焦崖阁位于洋州东北的焦崖山，据《陕西通志》记载："焦崖山，在（洋）县北五十里。"③ 诗人韦庄第二次入蜀的目的在于投奔蜀主王建，诗人身上没有了王命的羁绊束缚，能够从容地边行边赏路边景。诗人沿着褒斜古道一路前行，当他经由兴元府所辖

---

① （唐）郑谷著，赵昌平等笺注：《郑谷诗集笺注》，上海古籍出版社1991年版，第223页。

② （五代）韦庄撰，聂安福笺注：《韦庄集笺注》，上海古籍出版社2002年版，第313页。

③ （清）沈青峰：《陕西通志》卷十一，清文渊阁四库全书本。

的褒城县鸡公山时赋诗一首《鸡公帻》，诗云："石状虽如鸡，山形可类鸡。向风疑欲斗，带雨似闻啼。蔓织青笼合，松长翠羽低。不鸣非有意，为怕客奔齐。"[1] 韦庄在该诗的题目下自注云"去褒城县二十里"[2]。

唐末五代时期的文人士子，在兴元府稍作停留之后，他们中的大部分人选择继续前行，沿着折西南的官路金牛道、剑阁道，经利、剑、绵、汉四州到达目的成都府。这一交通路线，为唐末五代中原人口入蜀的陆路要道。金牛驿正当入蜀的咽喉孔道，唐末诗人胡曾《金牛驿》诗云："山岭千重拥蜀门，成都别是一乾坤。五丁不凿金牛路，秦惠何由得并吞。"[3] 李商隐在入蜀途中，经过金牛驿时曾赋诗云"深惭走马金牛路，骤和陈王白玉篇"（《行至金牛驿寄兴元渤海尚书诗》）[4]。

利州辖区内有"九井""五盘（七盘）""漫天岭""深渡岭"等险恶路段，沿途著名的驿站有筹笔驿和嘉陵驿。入蜀官路的"九井"之险，据宋人陈鹏《九井滩记》记载云："九井滩有大石三，其名鱼梁、龟堆、芒鞋嘴，参差相望于波间，操舟之人力不胜舟，而辄为石所触，故抵于败。"[5] 此通道的"五盘"之险，杜甫《五盘》诗云："五盘虽云险，山色佳有余。仰凌栈道细嫩，俯映江木疏。"[6] 关于"五盘"的得名由来，杜甫诗题下自注云："七盘岭在

---

[1] （五代）韦庄撰，聂安福笺注：《韦庄集笺注》，上海古籍出版社 2002 年版，第 314 页。

[2] （五代）韦庄撰，聂安福笺注：《韦庄集笺注》，上海古籍出版社 2002 年版，第 314 页。

[3] 林德保、李俊、倪文杰注：《详注全唐诗》，大连出版社 1997 年版，第 2545 页。

[4] 林德保、李俊、倪文杰注：《详注全唐诗》，大连出版社 1997 年版，第 2091 页。

[5] 朝天区政协文史资料委员会编：《广元市朝天区文史资料：第 6 编·朝天记胜》，朝天区政协文史资料委员会，2001 年，第 297 页。

[6] 林德保、李俊、倪文杰注：《详注全唐诗》，大连出版社 1997 年版，第 782 页。

广元县北，一名五盘，栈道盘曲有五重。"① 由"七盘岭"沿嘉陵江折向西南行，便来到"筹笔驿"。该驿站在唐五代时期十分出名，《舆地纪胜》卷一八四"利州景物下"云："筹笔驿，在绵谷县，去州北九十里，旧传诸葛武侯出师尝驻此，唐人诗最多。"② 利州境内的"大漫天岭""小漫天岭""深渡岭"均是入蜀途中必经的险恶路段，唐末诗人罗隐入蜀时赋诗《漫天岭》云："西去休言蜀道难，此中危峻已多端。到头未会苍苍色，争得禁他两度漫。"③ 又，前蜀后主王衍不顾群臣劝阻执意北巡，他的随从队伍浩浩荡荡地"从驾兵至绵、汉至深渡，千里相属"④。嘉陵驿在利州的治所绵谷县，五代文人张蠙《题嘉陵驿》诗云："嘉陵路恶石和泥，行到长亭日已西。独倚阑干正惆怅，海棠花里鹧鸪啼。"诗人深感嘉陵江畔的蜀道艰险，一路行来崎岖蜿蜒令人疲惫不堪，故而诗人在嘉陵驿站独倚栏杆情绪低沉。

由利州益昌县西南行进入剑阁道，五代蜀主王衍从成都出发的北巡路线，据王仁裕《王氏闻见录》记载："历梓潼、剑门、过白卫岭，至利州。"五代时期，利、剑之间的白卫岭野兽出没、虎豹横行。宋人黄休复《茅亭客话》云："圣朝未克蜀前，剑、利之间，虎暴尤甚。白卫岭石洞碛，虎名披鬃子，地号税人场。"⑤ 又，王仁裕形象地描写了王衍君臣途径"税人场"遭遇恶虎袭击的事件，其《王氏闻见录》记载："蜀后主王衍……至剑州西二十里以来，夜过一碛山。忽闻前后数十里，军人行旅，振革鸣金，连山叫噪，声动

---

① 林德保、李俊、倪文杰注：《详注全唐诗》，大连出版社1997年版，第782页。
② （南宋）王象之：《舆地纪胜》，中华书局2002年版，第4736页。
③ 林德保、李俊、倪文杰注：《详注全唐诗》，大连出版社1997年版，第2626页。
④ （宋）司马光等：《资治通鉴》，岳麓书社1990年版，第667页。
⑤ 上海古籍出版社编：《宋元笔记小说大观》，上海古籍出版社2007年版，第400页。

溪谷。问人云：'将过税人场，惧有鵉兽搏人，是以噪之。'其乘马忽咆哮恐惧，箠之不肯前……迟明有军人寻之，草上委余骸矣。少主至行宫，顾问臣僚，皆陈恐惧之事。寻命从臣令各赋诗……"① 王仁裕《奉诏赋剑州途中鵉兽》诗云："剑牙钉舌血毛腥，窥算劳心岂暂停。不与大朝除患难，惟余当路食生灵。从将户口资嚵口，未委三丁税几丁。今日帝王亲出狩，白云岩下好藏形。"② 文人李浩弼《从幸秦川赋鵉兽诗》亦云："岩下年年自寝讹，生灵餐尽意如何？爪牙众后民随减，溪壑深来骨已多。天子纪纲犹被弄，庸人穷独固难过。长途莫怪无人迹，尽被山王秣杀他。"③ 剑州辖区内的剑门关，素有"一夫当关，万夫莫开"美誉。王衍君臣巡幸于此迭相赋诗唱和，王衍《题剑门》诗云："缓辔逾双剑，行行蹑石棱。作千寻壁垒，为万祀依凭。道德虽无取，江山粗可矜。回看城阙路，云叠树层层。"④ 佞臣韩昭《和题剑门》诗云："闭关防老寇，孰敢振威稜。险固疑天设，山河自古凭。三川奚所赖，双剑最堪矜。鸟道微通处，烟霞锁百层。"⑤ 文人王仁裕《题剑门》亦云："孟阳曾有语，刊在白云棱。李杜常挨托，孙刘亦恃凭。庸才安可守，上德始堪矜。暗指长天路，浓岚蔽几层。"⑥ 五代时，绵州所辖的罗江县有白马关，白马关是整个西川和成都平原以北的第一个关隘。距离白马关四十里的地方有罗江驿，诗人唐彦谦入蜀时赋诗《罗江驿》诗云："数

---

① 傅璇琮、徐海荣、徐吉军主编：《五代史书汇编》，杭州出版社2004年版，第5839页。

② （清）李调元编，何光清点校：《全五代诗》，巴蜀书社1992年版，第284页。

③ （清）李调元编，何光清点校：《全五代诗》，巴蜀书社1992年版，第839页。

④ （清）李调元编，何光清点校：《全五代诗》，巴蜀书社1992年版，第883页。

⑤ （清）李调元编，何光清点校：《全五代诗》，巴蜀书社1992年版，第839页。

⑥ （清）李调元编，何光清点校：《全五代诗》，巴蜀书社1992年版，第280页。

枝高柳带鸣鸦，一树山榴自落花。已是向来多泪眼，短亭回首在天涯。"① 绵州罗江县的白马关与汉州德阳县的鹿头关相对而立，严耕望《唐代交通图考》认为："又西南十里至白马关，与德阳县之鹿头关相对。核之里数，盖一关之东西口，分属两州县耳。"②

汉州鹿头关在唐五代时期非常出名，郑谷《蜀中》诗云："马头春向鹿头，远树平芜一望闲。"③ 又，汉州的治所近郊有金雁驿，韦庄《汉州》诗云："北侬初到汉州城，郭邑楼台触目惊。松桂影中旌旆色，芰荷风里管弦声。人心不似经离乱，时运还应却太平。十日醉眠金雁驿，临岐无恨脸波横。"④ 韦庄诗中的"金雁驿"之得名，源自流经汉州城郊的雁江，据《方舆胜览》记载："雁江，在雒县南，曾有金雁，故名。"⑤ 行人经过汉州之后，便来到目的地成都府。五代时期，成都之天回驿十分出名。如顺圣徐太后《题天回驿》诗云："周游灵境散幽情，千里江山暂得行。所恨烟光看未足，却驱金翠入龟城。"⑥ 翊圣徐太妃继而同题唱和诗云："翠驿红亭近玉京，梦魂犹自在青城。比来出看江山境，尽被江山看出行。"⑦

唐末五代时期，入蜀文人在兴元府稍作休憩后，有的人会一路南下，沿着崎岖险峻的大竹道（米仓道）抵达丛林密布、山高水险、

---

① 林德保、李俊、倪文杰注：《详注全唐诗》，大连出版社1997年版，第2653页。
② 严耕望：《唐代交通图考》，"中研院"历史语言研究所，1985年，第897页。
③ （唐）郑谷著，赵昌平等笺注：《郑谷诗集笺注》，上海古籍出版社1991年版，第310页。
④ （五代）韦庄著，聂安福笺注：《韦庄集笺注》，上海古籍出版社2002年版，第373页。
⑤ （宋）祝穆撰，（宋）祝洙增订，施和金点校：《方舆胜览》，中华书局2003年版，第967页。
⑥ （五代）何光远撰，邓星亮校注：《鉴诫录校注》，巴蜀书社2011年版，第112页。
⑦ （五代）何光远撰，邓星亮校注：《鉴诫录校注》，巴蜀书社2011年版，第112页。

人烟罕至的巴中或巴东地区。兴元府以南，大巴山横亘东西，将唐末五代时期的山南西道分割为南北两部分。

五代时期，行人和商旅自兴元府南下，沿大竹道（米仓道）翻越大巴岭、小巴岭、孤云山、两角山、米仓山来到巴中。文人王仁裕曾多次沿着大竹道往返于兴元与巴中地区之间，其笔记小说《玉堂闲话》描写当时大竹道艰险的行旅路程，所谓"深溪峭岩，扪罗摸石，一上三日而达于山顶，行人止宿，则以绹蔓系腰，萦树而寝。不然，则堕于深涧，若沉黄泉也。复登措大岭，盖有稍似平处"①。大竹道上的孤云、两角二山山势险峻，为商旅行人所必经的险恶路段。王仁裕曾将豢养的宠物猿猴"野宾"放生于此，其《王氏闻见录》记载："王仁裕尝从事于汉中，家于公署。巴山有采捕者，献猿儿焉。怜其小而慧黠，使人养之，名曰野宾……使人送入孤云两角山，且使系在山家，旬日后方解而纵之，不复来矣。"② 王仁裕为此赋诗二首，其《放猿》诗云："放尔丁宁复故林，旧来行处好追寻。月明巫峡堪怜静，路隔巴山莫厌深。栖宿免劳青嶂梦，跻攀应惬白云心。三秋果熟松梢健，任抱高枝彻晓吟。"③ 诗人飞驰想象，设想猿猴"野宾"回到大自然的种种逍遥情状。又，王仁裕《遇放猿再作》诗云："嶓冢祠前汉水滨，饮猿连臂下嶙峋。渐来仔细窥行客，认得依稀是野宾。月宿纵劳羁绁梦，松餐非复稻粱身。数声肠断和云叫，识是前时旧主人。"④ 根据诗意，足见诗人与宠物"野宾"之间的感情深厚，他相信"野宾"放生数年之后遇见旧主人依旧能够

---

① 傅璇琮、徐海荣、徐吉军主编：《五代史书汇编》，杭州出版社2004年版，第1899页。

② 傅璇琮、徐海荣、徐吉军主编：《五代史书汇编》，杭州出版社2004年版，第5851页。

③（清）李调元编，何光清点校：《全五代诗》，巴蜀书社1992年版，第284页。

④（清）李调元编，何光清点校：《全五代诗》，巴蜀书社1992年版，第284页。

辨认出来。

二 巴蜀地区的水路交通地理与唐末五代文人的迁徙流转态势

长江水路是连接巴蜀与荆湘、吴越地区的交通大动脉。唐末五代时期的长江水路，自成都出发历眉、嘉、戎、泸、渝、涪、忠、万、夔等州府奔腾出峡，地志书《太平寰宇记》引韦庄《峡程记》云："泸、合、遂、蜀四郡，皆峡之郡。"[1] 又，《舆地纪胜》云："涪（州）于三峡，最为要郡。"[2] 唐五代之时，成都是个繁忙的大码头，杜甫笔下的浣花草堂为"窗含西岭千秋雪，门泊东吴万里船"（《绝句》）；李白描写成都便利的水路交通条件为"濯锦清江万里流，云帆龙舸下扬州"（《上皇西巡南京》）。五代时期，夔、忠、渝峡路水程，地当巴中与荆楚地区的交通要冲，其战略地位十分重要。夔州城南的瞿塘峡，亦名广溪峡，为三峡之首。《资治通鉴》记载后梁乾化四年（914），"峡上有堰，或劝蜀主乘夏秋江涨，决之以溉江陵。毛文锡谏曰：'高季昌不服，其民何罪！陛下方以德怀天下，忍以邻国之民为鱼鳖乎！'蜀主乃止"[3]。

五代时期的巴东峡口，不仅是西蜀王朝与荆南政权长期争夺的战略要地，而且是文人士子东向入楚、漫游吴越和西向入蜀、锦江步月的交通孔道。如天复二年（902），诗僧贯休由荆门溯江入蜀，其诗歌作品《三峡闻猿》即写于入峡途中。贯休沿三峡水路溯流西上，秋天抵达渝州，写有诗歌作品《秋过相思寺》。相思寺即缙云寺，在渝州城西的缙云山上，据《蜀中广记》记载："缙云寺，即

---

[1] （宋）乐史撰，王文楚等点校：《太平寰宇记》，中华书局2007年版，第1742页。
[2] （南宋）王象之：《舆地纪胜》，中华书局2002年版，第4526页。
[3] （宋）司马光等：《资治通鉴》，岳麓书社1990年版，第606页。

古相思寺也。以此山有相思崖生相思竹……而得名。"① 五代时，荆楚文人欧阳彬早年落魄，与歌伎酒徒无所不狎，后来适逢"西川图纲将发，（欧阳彬）得歌伎所分资，求为纲吏仆夫，纲吏许之，遂入成都，献《万里朝天赋》"②。又，五代文人张格逃难入蜀，他从长安南奔渡过汉水"由荆江上峡，入成都"③。后蜀元老重臣李昊在后蜀灭亡后，随蜀主孟昶入宋归顺，《十国春秋》记载："国亡，随后主降宋……亲属乘舟，自峡江，下至夷陵，妻死，昊闻之，悲怆成疾而卒。"④ 又，诗人郑谷于唐末五代战乱之际寓居夔州，其作品《峡中》形象描写羁旅漂泊的况味，所谓："万重烟霭里，隐隐见夔州。夜静明月峡，春寒堆雪楼。独吟谁会解，多病自淹留。往事如今日，聊同子美愁。"⑤

五代时期，巴中地区的水路交通十分便利。如诗人韦庄沿嘉陵江一路南下，所谓"入嘉陵道上，如行青萝帐中"⑥。又，诗人郑谷赋诗《舟次通泉精舍》一首，描写其舟船劳顿的水路行程，该诗云："江清如洛汭，寺好似香山。劳倦孤舟里，登临半日间。树凉巢鹤健，岩响语僧闲。更共幽云约，秋随绛帐还。"⑦ 按，梓州东南六十里至射洪县，东临涪江水，有梓潼水自东来会。又东南六十五里至

---

① （明）曹学佺：《蜀中广记》卷十七，清文渊阁四库全书本。
② （清）吴任臣撰，徐敏霞、周莹点校：《十国春秋》，中华书局1983年版，第779页。
③ （清）吴任臣撰，徐敏霞、周莹点校：《十国春秋》，中华书局1983年版，第603页。
④ （清）吴任臣撰，徐敏霞、周莹点校：《十国春秋》，中华书局1983年版，第774页。
⑤ （唐）郑谷著，赵昌平等笺注：《郑谷诗集笺注》，上海古籍出版社1991年版，第193页。
⑥ （宋）陈思编：《两宋名贤小集》卷一一六，清文渊阁四库全书本。
⑦ （唐）郑谷著，赵昌平等笺注：《郑谷诗集笺注》，上海古籍出版社1991年版，第108页。

通泉驿。又，诗人郑谷舟行过渠州时，创作了一首《渠江旅思》，诗云："流落复蹉跎，交亲半逝波。谋身非不切，言命欲如何。故楚春田废，穷巴瘴雨多。引人乡泪尽，夜夜竹枝歌。"① 按，渠江为嘉陵江的支流，其源头出自万顷池，渠江县因此得名，唐五代时属渠州。此外，前蜀乾德二年（920），王衍北巡行幸时，由利州沿嘉陵江南下阆州。王衍此行"自制《水调·银汉曲》，命乐工歌之"②。嘉陵江水流经利、阆二州南下经果州、合州、渝州，最终汇入奔腾东流的长江，足见嘉陵江是巴中地区连接山南西道和剑南两川的水路交通主干线。

三　交通地理视角下的唐末五代巴蜀文人作品中的地域色彩

唐末五代文人对巴蜀地域文化深有体会，他们在巴蜀大地上跋涉之时不忘边行边赏路边景，纷纷将这里的风光景物、名胜古迹、乡邦特产以及风俗文化纳入诗词创作之中，从而使得文学创作浸染着绚烂多彩的地域文化色彩。

五代文人对巴蜀地区瑰丽奇特的地域风光别有深情。他们对锦江风物之美的吟咏赞叹不绝于耳。如郑谷《蜀中》诗云："窗下斫琴翘凤足，波中濯锦散鸥群。"③ 牛峤《女冠子》词云："锦江烟水，卓女烧春浓美。小檀霞。绣带芙蓉帐，金钗芍药花。"④ 又，韦庄

---

① （唐）郑谷著，赵昌平等笺注：《郑谷诗集笺注》，上海古籍出版社1991年版，第92页。
② 王文才、王炎校笺：《蜀梼杌校笺》，巴蜀书社1999年版，第165页。
③ （唐）郑谷著，赵昌平等笺注：《郑谷诗集笺注》，上海古籍出版社1991年版，第310页。
④ （五代）赵崇祚辑，李一氓校：《花间集校》，商务印书馆香港分馆1960年版，第61页。

《河传》词云："春晚，风暖，锦城花满。"① 词人孙光宪《浣溪沙》词曰："十五年来锦岸游，未曾何处不风流，好花长与万金酬。满眼利名浑信运，一生狂荡恐难休，且陪烟月醉红楼。"② 孙光宪醉心于锦江春风，纵情游赏狂荡不休。巴东地区的蛮烟瘴雨和竹枝歌谣，在五代文人眼中亦具有一种别开新面的惊奇之美，如郑谷《将之泸郡途次遂州遇裴晤员外谪居于此话旧凄凉因寄二首》诗云："黄鸟晚啼愁瘴雨，青梅早落中蛮烟。不知几首南行曲，留与巴儿万古传。"③ 诗中的瘴雨、黄鸟、蛮烟、青梅尽显巴峡地区云蒸霞蔚的节物风光，再加上巴蜀歌谣的仰天啸歌，别具世外天籁般的民族风情。孙光宪的曲词作品《菩萨蛮》亦云："木棉花映丛祠小，越禽声里春光晓。铜鼓与蛮歌，南人祈赛多。"④

巴蜀地区独特的物产，在入蜀文人的诗词作品中不胜枚举。巴东地区盛产荔枝，诗人郑谷由遂州前往泸州拜见恩师座主时，对沿江一带的荔枝之美赞不绝口，曾赋诗云："我拜师门更南去，荔枝春熟向渝泸。"(《将之泸郡途次遂州遇裴晤员外谪居于此话旧凄凉因寄》)⑤ 郑谷早年求宦于长安、洛阳二京时，欣赏过荔枝的图谱画卷，当他来到巴山蜀水之后，折服于当地荔枝花树之美，其《荔枝树》诗云："二京曾见画图中，数本芳菲色不同。孤棹今来巴徼外，

---

① （五代）赵崇祚辑，李一氓校：《花间集校》，商务印书馆香港分馆 1960 年版，第 41 页。

② 张璋、黄畲编：《全唐五代词》，上海古籍出版社 1986 年版，第 799 页。

③ （唐）郑谷著，赵昌平等笺注：《郑谷诗集笺注》，上海古籍出版社 1991 年版，第 298 页。

④ （五代）赵崇祚辑，李一氓校：《花间集校》，商务印书馆香港分馆 1960 年版，第 145 页。

⑤ （唐）郑谷著，赵昌平等笺注：《郑谷诗集笺注》，上海古籍出版社 1991 年版，第 298 页。

一枝烟雨思无穷。"① 川西高原的蒙顶山和巴峡地区自古盛产茶叶，五代后蜀词人毛文锡著有《茶谱》一卷，对蜀茶的产地和品种作了详细的记载。诗人郑谷对蜀茶情有独钟，其《蜀中》诗云："蒙顶茶畦千点露，浣花笺纸一溪春。"② 郑谷避乱寓居夔州时，赋诗《峡中寓止》云："夜船归草市，春步上茶山。寨将来相问，儿童竞启关。"③ 又，郑谷《峡中尝茶》诗云："蔟蔟新英摘露光，小江园里火煎尝。吴僧漫说鸦山好，蜀叟休夸鸟觜香。合座半瓯轻泛绿，开缄数片浅含黄。鹿门病客不归去，酒渴更知春味长。"④ 诗中对巴峡地区茶叶的颜色、光泽、味道乃至功效描述得淋漓尽致，令人心驰神往、垂涎不已。又，前蜀文人周庠将青城山盛产的味江茶写入作品中，其《寄禅月大师》诗云："傍竹欲添犀浦石，栽松更碾味江茶。有时捻得休公卷，倚柱闲吟见落霞。"⑤ 成都锦城的"浣花笺"和"蜀锦"闻名遐迩，入蜀文人的作品中对此多有涉及。如诗人李洞《龙州送裴秀才》诗云："榜挂临江省，名题赴宅筵。人求新蜀赋，应贵浣花笺。"⑥ 又，郑谷诗歌作品《锦》诗云："文君手里曙霞生，美号仍闻借蜀城。夺得始知袍更贵，着归方觉昼偏荣。宫花颜色开时丽，池雁毛衣浴后明。礼部郎官人所重，省中别占好窠名。"⑦

---

① （唐）郑谷著，赵昌平等笺注：《郑谷诗集笺注》，上海古籍出版社1991年版，第278页。
② （唐）郑谷著，赵昌平等笺注：《郑谷诗集笺注》，上海古籍出版社1991年版，第310页。
③ 赵昌平、黄明、严寿澂笺注：《郑谷诗集笺注》，上海古籍出版社1991年版，第57页。
④ （唐）郑谷著，赵昌平等笺注：《郑谷诗集笺注》，上海古籍出版社1991年版，第305页。
⑤ 林德保、李俊、倪文杰注：《详注全唐诗》，大连出版社1997年版，第2945页。
⑥ 林德保、李俊、倪文杰注：《详注全唐诗》，大连出版社1997年版，第2842页。
⑦ （唐）郑谷著，赵昌平等笺注：《郑谷诗集笺注》，上海古籍出版社1991年版，第280页。

巴蜀地区与历史名人相关的遗迹旧址很多，诸如扬雄宅、杜甫台、文君酒垆、薛涛坟、巫山庙、十二峰、高阳台、夜郎城、李白读书山等不胜枚举。唐末五代入蜀文人在行役旅途中，抑制不住内心深处对巴蜀遗迹的仰慕之情，纷纷前去凭吊怀古，借以寄托其仰天浩叹的历史幽思。如郑谷诗云："扬雄宅在唯乔木，杜甫台荒绝旧邻"（《蜀中》）[1]；"渚远江清碧簟纹，小桃花绕薛涛坟"（《蜀中》）[2]；"雪下文君沽酒市，云藏李白读书山"（《蜀中》）[3]。韦庄《谒巫山庙》诗云："乱猿啼处访高唐，路入烟霞草木香。山色未能忘宋玉，水声犹似哭襄王。"[4] 按，巫山庙，即巫山神女庙，据《方舆胜览》"夔州"条记载："高唐神女庙，在巫山县西北二百五十步，有阳台。"[5] 关于巫山神女的神话故事，前蜀文人牛希济在《临江仙》词中曰："峭碧参差十二峰，冷烟寒树重重。瑶姬宫殿是仙踪。金炉珠帐，香霭昼偏浓。一自楚王惊梦断，人间无路相逢。至今云雨带愁容。月斜江上，征棹动晨钟。"郑谷寓蜀时的诗歌作品中有对巴子古国夜郎古城的形象描写，其《荔枝树》诗云："夜郎城近含香樟，杜宇巢低起暝风。肠断渝泸霜霰薄，不教叶似灞陵红。"[6] 诗人郑谷暗用了巴子国"夜郎自大"和古蜀国"望帝啼鹃"的典

---

[1] （唐）郑谷著，赵昌平等笺注：《郑谷诗集笺注》，上海古籍出版社1991年版，第310页。

[2] （唐）郑谷著，赵昌平等笺注：《郑谷诗集笺注》，上海古籍出版社1991年版，第310页。

[3] （唐）郑谷著，赵昌平等笺注：《郑谷诗集笺注》，上海古籍出版社1991年版，第310页。

[4] （五代）韦庄撰，聂安福笺注：《韦庄集笺注》，上海古籍出版社2002年版，第251页。

[5] （宋）祝穆撰，（宋）祝洙增订，施和金点校：《方舆胜览》，中华书局2003年版，第1013页。

[6] （唐）郑谷著，赵昌平等笺注：《郑谷诗集笺注》，上海古籍出版社1991年版，第278页。

故，为诗歌作品披上了一层传说色彩。

第三节 地理文化视角下的五代花蕊夫人《宫词》

"宫词"，主要是指古代描写宫女生活和宫院生活的诗。"宫词"以宫廷生活的细腻描绘和苑囿风光的生动展现为主要内容，同时还关涉特定时代的习赏风俗、人文制度、审美意趣等内容的深层揭示。

五代时期，花蕊夫人的《宫词》具有鲜明的地域文化特征，集成都的自然地理风光和人文社会风俗之大成。它真实再现了五代时期成都宫苑建筑的结构布局、地理位置、四时节序，以及深宫内院的典章制度、民俗节庆、宫人生态、审美时尚等社会文化内容。花蕊夫人《宫词》内容丰富意蕴深厚，具有清新雅洁的艺术品格与健康活泼的情感基调。

一 蜀宫与花蕊夫人《宫词》中的地理文化色彩

花蕊夫人《宫词》中关涉五代蜀宫地理位置和自然风光的作品很多。这些诗歌作品大多围绕"蜀宫"的御花园"宣华苑"展开，花蕊夫人《宫词》从某种意义上可以称为"宣华苑宫词"。花蕊夫人《宫词》中大量存在关涉"宣华苑"的亭台水榭、荷池水流、酒库马厩、道台佛堂等建筑物的描写，为后人研究五代蜀宫建筑群的布局提供了十分珍贵的参考资料。

五代时期的"蜀宫"与皇家禁苑"宣华苑"连成一片。"宣华苑"中矗立着名目繁多的宫馆殿阁和水榭楼台。据《蜀梼杌》记载，乾德三年（921），"宣华苑成，延袤十里。有重光、太清、延昌、会真之殿，清和、迎仙之宫，降真、蓬莱、丹霞之亭。土木之功，穷极奢巧"①。会真殿的建筑所在，据花蕊夫人《宫词》诗云："会真广殿连高阁，楼阁相扶倚太阳。净氎玉阶横水岸，御炉香气扑龙床。"②（所引《宫词》作品均出自该书，下文不再详注）根据该诗的描写可知，会真殿背靠皇宫横亘水边。"宣华苑"中的另一重要建筑宣徽院，据花蕊夫人《宫词》诗云："宣徽院约池南岸，粉壁红窗画不成。"诗歌讲述了宣徽院位于摩诃池的南边。"宣华苑"中的摩诃池颇为出名，该池又名龙跃或龙池，经常见之于花蕊夫人《宫词》的描写，如"龙池九曲远相通，杨柳丝牵两岸风"；"东内斜将紫气通，龙池凤苑夹城中"；"旋移红树斫青苔，宣使龙池再凿开"；"修仪承宠住龙池，扫地焚香日午时"；"每日内庭闻教队，乐声飞出到龙池"；"春日龙池小宴开，岸边亭子号流杯"等。"宣华苑"中的其他建筑群见之于花蕊夫人《宫词》描写的，如太虚阁和凌波殿，《宫词》诗云："太虚高阁凌波殿，背倚城墙面枕池"；会仙观，《宫词》诗云："会仙观里玉清坛，新点宫人作女冠"；重光殿，《宫词》诗云："殿庭新立号重光，岛上亭台尽改张"；酒库，《宫词》诗云"酒库新修近水傍，泼醅初熟五云浆"。由皇宫进入西边的"宣华苑"，其间有三条路径可以选择。第一条即由狮子门进入，《宫词》诗云："三面宫城尽夹墙，苑中池水白茫茫。亦从狮子门前入，旋见亭台绕岸傍。"狮子门即蜀宫正南门，因门前蹲着一对石狮子而得名，此处曾为唐剑南西川节度的理政衙门。唐末五代之际，剑南西川节度使王建即皇帝位后，将狮子门改为神兽门。第二条，通过皇宫内的夹墙进入，《宫词》诗云："东内斜将紫气通，龙池凤苑夹城中"；"夹城门与内门通，朝罢巡游到苑中"；"近日承恩

---

① 王文才、王炎校笺：《蜀梼杌校笺》，巴蜀书社1999年版，第168页。
② 徐式文笺注：《花蕊宫词笺注》，巴蜀书社1992年版，第24页。

移住处，夹城里面占新宫"等。根据诗意可知，夹城门位于皇宫与"宣华苑"两者之间，君主白天经常通过这一便捷通道出入宫苑，《宫词》诗云"夹城门与内门通，朝罢巡游到苑中"。第三条为水路通道，蜀主晚间经常由水门乘船往来宫苑之间，《宫词》诗云："望见内家来往处，水门斜过画楼船"；"半夜摇船载内家，水门红蜡一行斜"；"树头木刻双飞鹤，扬起晴空映水门"；"挂得彩帆教便放，急风吹过水门边"。五代前蜀时期，蜀主王建曾引郫江水自成都西北角入城，流水经由水门进入"宣华苑"，流经皇宫后出城。傍晚时分，宫人经常乘坐小船进出皇宫和内苑，如《宫词》称："半夜摇船载内家，水门红蜡一行斜"；"近侍婕妤先过水，遥闻隔岸唤船家"；"挂得彩帆教便放，急风吹过水门边"等。

从四时节序方面看，成都地区冬暖春早、气候温润，有着非常适宜的气候环境。花蕊夫人《宫词》的诗歌作品，为后世读者真实再现了五代时期蜀宫禁苑迷人的自然风光和四时景致。仔细品读花蕊夫人《宫词》，可以看到沉寂了一冬的皇家御花园"宣华苑"，在杨柳风轻流云素月的温润气息感召下，又迎来一季温暖的春。此时的"宣华苑"热闹非凡，各种草木花卉姹紫嫣红争奇斗艳。此时，也正是宫女们游园赏春的美好时节，《宫词》诗云："三月樱桃乍熟时，内人相引看红枝"；"春早寻花入内园，竞传宣旨欲黄昏"；"立春日进内园花，花蕊轻轻嫩浅霞"；"海棠花发盛春天，游赏无时列御筵"等。炎炎夏日中，"宣华苑"雀噪蝉鸣、溽热喧腾，宫女们纷纷脱下春装换上轻便的薄罗衣衫，她们三三五五来到花亭水榭边消夏纳凉，《宫词》诗云："夏日巡游歇翠华……内人手里剖银瓜"；"薄罗衫子透肌肤，夏日初长板阁虚"；"卷帘初听一声蝉……殿头日午摇纨扇"等。"宣华苑"中海榴结子、天淡云高的金秋时节，正是宫女佳丽荡舟采莲的美好季节，《宫词》诗云："内家追逐采莲时,惊起沙鸥两岸飞。兰棹把来齐拍水,并船相斗湿罗衣";"新秋女伴各相逢,罨画船飞别浦中。旋折荷花伴歌舞,夕阳斜照满衣红"等。在"宣华苑"朔风凄紧、飞雪飘零的隆冬季节,我们在花蕊夫人《宫词》中很难寻觅到宫女们户外嬉戏的生活场景,只有她们围炉取暖、寒枕长眠场景的生动再现,《宫词》诗云:"密室红泥地火炉,内人冬日晚传呼";"归来困顿眠红帐,一枕西风梦里寒"等。

二　蜀宫与花蕊夫人《宫词》的人文社会色彩

五代花蕊夫人《宫词》,不仅向后世读者展示了蜀宫迷人的自然风光,亦真实再现了蜀宫深厚的文化底蕴。从人文社会文化的独特视角考察花蕊夫人《宫词》,为我们深入解读五代时期蜀宫文化,提供了一条可资借鉴的线索甚或是一种研究上的思路启迪。

五代时期,前蜀王朝与后蜀政权中的许多典章制度承袭李唐王朝,蜀宫禁苑中的各类典制仪轨、机构建制、运转机制亦概莫能外。花蕊夫人《宫词》中关涉蜀宫内部机构、人员配备和运转机制的作品很多。五代时期,蜀宫之内的宫人数量非常庞大,《宫词》诗云:"满殿宫人近数千";"六宫官制总新除,宫女安排入画图";"每日日高祗候处,满堤红艳立春风"。这些宫人不仅数量多,而且分工明确、各司其责,所谓"二十四司分六局,御前频见错相呼"。根据诗意可知,蜀宫承袭唐代旧制内设六宫二十四司,六宫的首席女官分别为尚官、尚仪、尚服、尚食、尚寝和尚功。二十四司是六宫中举足轻重的内设机构。此外,六宫中还设有二十四掌、二十四典,具体掌管宫中其他的琐碎事务。蜀宫的内设机构如此大庞大,为后宫的运转提供了强有力的保障。根据花蕊夫人《宫词》的形象描绘,读者们可以看到,每天天色刚亮"寝殿门前晓色开",这些宫女们便"更番上值来"开始了新的一天紧张忙碌的生活。根据《宫词》的描写，这些宫女们所从事的职事差役名目繁多：有打鱼撑船者，如"日午殿头宣索脍，隔花催唤打鱼人"；"预进活鱼供日料，满筐跳跃白银花"。有歌舞献艺者，如"旋炙银笙先按拍，海棠花下合梁州"。有熏衣煎茶者，如"近被宫中知了事，每来随驾使煎茶"。有折花养鸟者，如"圣人正在宫中饮，宣使池头旋折花"。此外，蜀宫"宣华苑"中还有一项最苦最累的苦差事，那就是盛夏时节宫女们轮番踏水车汲水为皇帝所居住的房屋消暑降温，《宫词》诗云："水车踏水上宫城，寝殿檐头滴滴鸣。助得圣人高枕兴，夜凉长作远滩声。"这种类似人工增雨的纳凉方式，称得上是别出心裁。

皇宫之内规矩众多等级森严，这里面除了大量从事各种劳役执事的宫女太监之外，还存在一些颐指气使的特权人物，如妃嫔夫人、昭仪修仪、婕妤才人等。五代后蜀时期，宫廷内苑的妃嫔名目之多令人眼花缭乱，据《蜀梼杌》记载："（广政）六年春，大选良家子，以备后宫……于是后宫位号，有十四品：昭仪、昭容、昭华，保芳、保香、保衣，安宸、安跸、安情，修容、修媛、修娟等。"[①]这些特权人物高高在上，她们在"宣华苑"中按照等级贵贱分房入住。花蕊夫人《宫词》诗云："近日承恩移住处，夹城里面占新宫"；"诸院各分娘子位"；"内人承宠赐新房，红锦泥窗绕画廊"；"修仪承宠住龙池"等。五代"蜀宫"之内皇后的地位至高无上，下面有贵妃、淑妃、德妃、贤妃所谓四夫人。在后宫中一人之下万人之上声势显赫，她们经常颐指气使地胡乱指挥下人，《宫词》所谓"小小宫娥到内园，未梳云鬓脸如莲。自从配与夫人后，不使寻花乱入船"；"后宫阿监裹罗巾，出入经过御苑频。承奉圣颜忧误失，就中长怕内夫人"。此外，蜀宫"四夫人"之下又设有昭仪、修仪等

---

① 王文才、王炎校笺：《蜀梼杌校笺》，巴蜀书社1999年版，第348页。

即所谓的"九嫔"。她们亦不时凭借手中的权力作威作福,《宫词》诗云:"昭仪侍宴足精神,玉烛抽看记饮巡。倚赖识书为录事,灯前时复错瞒人。"该诗描写"昭仪"在宴会上行酒令时故意舞弊逞强卖乖,根本不按照既有的章法行事。此外,"九嫔"下面的婕妤、才人等上等女官,也有一定的特权可以安享尊荣,如《宫词》诗云:"婕妤生长帝王家,常近龙颜逐翠华";"近侍婕妤先过水,遥闻隔岸唤船家";"才人出入每相随,笔砚将行绕曲池"等。蜀宫中的妃嫔女官等级森严不容逾越,《宫词》宣称"每日日高祇候处,满堤红艳立春风";"翠辇每随城畔出,内人相次簇池隈",诗中"相次"意指迎驾皇上时,众人要严格按照自己身份高低和地位尊卑排队等候。

花蕊夫人《宫词》中有许多反映"蜀宫"四时节庆习俗的作品,如立春日皇帝赐花,《宫词》诗云"立春日进内园花,花蕊轻轻嫩浅霞。跪到玉阶犹带露,一时宣赐与宫娃";描写上巳节曲水流觞,《宫词》诗云:"春日龙池小宴开,岸边亭子号流杯。沉檀刻作神仙女,对捧金樽水上来";描写寒食节斗鸡走狗,《宫词》诗云:"寒食清明小殿旁,彩楼双夹斗鸡场。内人对御分明看,先赌红罗被十床";描写清明节游蚕市,《宫词》诗云:"春早寻花入内园,竞传宣旨欲黄昏。明朝随驾游蚕市,暗使毡车就院门";描写三元节焚修,《宫词》诗云:"金画香台出露盘,黄龙雕刻绕朱阑。焚修每遇三元节,天子亲簪白玉冠";描写腊日打猎,《宫词》诗云:"明朝腊日官家出,随驾先须点内人。回鹘衣装回鹘马,就中偏称小腰身"等。此外,《宫词》中反映宫女日常生活状况的,诸如投壶、垂钓、围棋、蹴鞠、弹雀之类的游艺活动,更是花样繁多。

五代时期,巴蜀社会盛行尚武精神和崇道思潮,亦在花蕊夫人《宫词》中有着生动的反映。五代时期的蜀宫苑囿,被金戈铁马的尚武精神的时代洪流所激荡，《宫词》中关于宫女打猎、蹴鞠、射击、骑马生活片段的描写，给后世读者描绘了一幅幅色彩斑斓的风俗画卷。五代时期，所有割据政权无不建立在金戈铁马的拼杀基础上，前蜀政权和后蜀王朝的开国立统概莫能外。故而，巴蜀社会乃至蜀宫内苑弥漫着炽热浓重的尚武精神。前蜀王朝的立国之初，蜀主王建为炫耀骑兵武力，曾在星宿山举行大规模的阅兵活动。此事，据《蜀梼杌》记载，武成二年（909）十月"（王建）讲武星宿山，步骑三十万"[①]。花蕊夫人描写宫女们的尚武精神的作品很多，诸如演奏边地歌曲，《宫词》诗云："旋炙银笙先按拍，海棠花下合梁州"。描写蹴鞠运动，《宫词》诗云："殿前宫女总纤腰，初学乘骑怯又娇"；"自教宫娥学打球，玉鞍初跨柳腰柔"。描写打猎射鸭，《宫词》诗云："新教内人工射鸭，长将弓箭绕池头"；"御前接见高叉手，射得山鸡喜进来"。描写女扮男装，《宫词》诗云："少年相逐采莲回，罗帽罗衫巧制裁。每到岸头相拍水，竞提纤手出船来。"描写蜀宫内的胡服骑射，《宫词》诗云："明朝腊日官家出，随驾先须点内人。回鹘衣装回鹘马，就中偏称小腰身。"花蕊夫人作为五代时期"蜀宫"禁苑社会风习的亲历者，其《宫词》中大量关涉宫人歌女尚武精神的作品描写，为后世读者深入探讨五代巴蜀地区的社会思潮提供了一个全新的观察视角。

　　五代时期，巴蜀地区道教盛行。花蕊夫人《宫词》中，关涉道观建筑和宫女入道的作品很多。描写"宣华苑"道观建筑的作品，如"会真广殿绕宫墙""会仙观里玉清坛""三清台近苑墙东""金画香台出露盘"等。描写宫女入道的作品，《宫词》诗云："老大初教学道人，鹿皮冠子淡黄裙"；"每度驾来羞不出，羽衣初著怕人

---

① 王文才、王炎校笺：《蜀梼杌校笺》，巴蜀书社1999年版，第95页。

看"。描写斋戒法事的作品,《宫词》诗云:"后宫歌舞全抛掷,每夕焚香事老君""焚修每遇三元节,天子亲簪白玉冠"等。

五代时期的巴蜀地区道观林立、香烟袅袅,巴蜀社会皇宫禁苑之内的道教"女冠"特别引人注目。成都宫苑中的"女冠"不仅数量众多,而且来源不一,除了一般的良家女子出家修道外,宫嫔入道亦是十分普遍的现象。五代前蜀王朝和后蜀政权往往出于各种原因不定期地放出宫女,这些被放出的宫女有相当一部分人被分遣入道观,后蜀花蕊夫人《宫词》诗云:"老大初教学道人,鹿皮冠子淡黄裙。后宫歌舞今抛掷,每日焚香事老君。"诗中描写一位昔日妙善歌舞的多才宫女,由于年老色衰被遣入观,每天过着"焚香事老君"的枯寂生活,其内心的孤独、无助可想而知。那些被派遣入观的宫女妃嫔,大多数情况下是被逼无奈的。《宫词》诗云:"会仙观内玉清台,新点宫人作女冠。每度驾来羞不出,羽衣初著怕人看。"诗中明确指出"会仙观"中的"女冠"来源于朝廷的下放派遣,"新点宫人作女冠",并非出自本人的自觉自愿。

三 花蕊夫人《宫词》的艺术审美特质

花蕊夫人《宫词》与汉代的"宫怨诗"、六朝的"宫体诗"、唐代的"宫词"相比,具有卓然挺立无与伦比的艺术审美特质。花蕊夫人《宫词》抒真情、写实事,以女性第一人称的独特视角,为后世读者再现了一千年前蜀宫生活的真实场景,深刻揭示了五代蜀宫文化的多层内蕴。花蕊夫人突破了传统"宫词"或"宫体"诗创作由外臣叙述深宫内事,或由以男性作者视角审视描写后庭闺怨的尴尬套路,花蕊夫人作为蜀宫内苑生活的亲历者和当事人,她所耳闻目睹、娓娓道来的"蜀宫"秘事,具有强烈的"写实"性,其可信度毋庸置疑,为后世读者进行"蜀宫"文化研究提供了弥足珍贵的文献史料。

宫闱秘事外人难以了解，所谓"自是姓同亲向说，九重争得外人知"①。汉代"宫怨诗"、六朝"宫体诗"以及唐代大量的"宫词"，在真实展示深宫内苑的生活场景方面，远不如花蕊夫人《宫词》真切生动。那些由男子模拟闺音创作的"宫词"，根本无法与花蕊夫人《宫词》相媲美。"男子作闺音"，是指以男性的眼光去描写后庭宫掖女子们的生活场景，以男性的心理去揣摩宫女的思想流程和心态变化。"男子作闺音"所依据的创作素材大多是道听途说的二手资料，其故事情节的生动性和真实性往往令人质疑。花蕊夫人由于长年生长在深宫内苑，其《宫词》作品中的一草一木一事一景触处牵情，都经过作者的一番亲身体验或者耳闻目睹。花蕊夫人在《宫词》作品的创作过程中，以其女性的独特视角和心理感知，真实触摸到了蜀宫生活的方方面面。故而，花蕊夫人《宫词》具有无可质疑的真实感和无与伦比的震撼力，清人吴之振在《宋诗钞》中评价其花蕊夫人《宫词》为："清新艳丽，足夺王建、张籍之席。盖外间摹写，自多泛设，终是看人富贵语。固不若内家本色，天然流丽也。"②

花蕊夫人《宫词》与"男子作闺音"的"宫怨诗""宫体诗"或"宫词"类的作品相比，在诗歌创作的感情基调和审美情趣方面存在很大的差异。男子拟作"闺音"的"宫怨诗"其感情基调大多是哀怨忧伤的，汉代"宫怨诗"以描写宫女不幸和对命运的无力抗争为主要内容，整体上流露出汉魏六朝人"以悲为美"的审美意趣。

---

① （唐）王建著，王宗堂校注：《王建诗集校注》，中州古籍出版社2006年版，第293页。

② （清）吴之振、（清）吕留良等编：《宋诗钞》，中华书局1986年版，第3057页。

男子拟作"闺音"的六朝齐梁"宫体诗",是以其浮艳绮靡的时代特征而著称的。如萧纲的作品《咏内人昼眠》、庾信的作品《梦入堂内》,这类作品不仅感情基调不健康、诗风浮艳淫靡,而且倡领了一代社会思潮,将诗歌创作引向了轻薄狎昵的穷途末路。此外,唐代文人摹拟汉魏乐府古风创作的所谓"宫词"作品,诸如王昌龄《长信秋词》、白居易《上阳白发人》、元稹的《古行宫》《连昌宫词》之类的诗歌作品,其创作目的不过是借助描写宫廷黑暗和宫女凄苦来针砭时弊和抒发一己的怨愤情绪,其感情基调自然是凄苦而悲凉的。花蕊夫人的《宫词》作品与男子拟作"闺音"的宫怨类、宫体类、宫词类的诗歌作品不同,其笔下的宫女形象是健康明朗、鲜活可爱和情真意切的,作品处处洋溢着欢乐的青春气息,呈现出前所未有的健康基调和清丽色彩。

花蕊夫人的《宫词》善于将生活中的小场景付之笔墨,其优雅闲适的审美情趣溢于言表。可以说,花蕊夫人《宫词》在某些方面或一定程度上继承了白居易"闲适诗"的创作风格,花蕊夫人善于截取宫苑生活中的小场景,运用情景交融和白描手法,将作品中人物形象塑造得形神毕肖真切可感。花蕊夫人《宫词》作品的艺术风格是清新雅致、鲜活灵动和自然明快,花蕊夫人在作品的遣词造语方面当行本色、质朴平实。明人钟惺在评价花蕊夫人《宫词》作品"翠辇每随城畔出,内人相次簇池隈边。嫩荷花里摇船去,一阵香风送水仙"时,认为"娟秀在荷花上着一'嫩'字,觉船摇去,飘然棹入矣"[1];评价《宫词》作品"后宫阿监裹罗巾,出入经过御苑频。承奉圣颜忧误失,就中长怕内夫人"时,认为"疑畏处只'忧误失'三字尽之"[2];评价《宫词》作品"池心小样钓鱼船,入玩偏

---

[1] (明)钟惺辑:《名媛诗归》,清内府藏本。
[2] (明)钟惺辑:《名媛诗归》,清内府藏本。

宜向晚天。挂得彩帆教便放，急风吹过水门边"时，认为"'教便放'影出轻疾，声口之妙不必言"[①]。此外，宋人胡仔《苕溪渔隐丛话》评价花蕊夫人《宫词》为"清婉可喜"[②]；近人徐式文评价花蕊夫人《宫词》"以真情、真感、真事，写出纯真之诗来，别开生面，其诗学地位很独特、很高。手把宫词，能令人百读不厌，掩卷还思。它的艺术魅力大，其底蕴可能全在真情与高法、艳情与动情"[③]。

以地理文化的独特视角审视和观照花蕊夫人《宫词》，可以看出花蕊夫人《宫词》作品具有卓尔独立的蜀地自然地理风貌和人文社会文化特征。花蕊夫人《宫词》以女主人公第一人称抒情写意的写实手法和细腻笔触，为后世读者揭开了神秘的成都宫苑生活的面纱，堪称对五代时期蜀宫的自然地理特征和人文社会文化的一次集中展示。

[①] （明）钟惺辑：《名媛诗归》，清内府藏本。
[②] （宋）胡仔纂，廖德明校点：《苕溪渔隐丛话》，人民文学出版社1962年版，第334页。
[③] （宋）胡仔纂，廖德明校点：《苕溪渔隐丛话》，人民文学出版社1962年版，第230页。

第七章

五代巴蜀文学对同时期荆南和南唐文坛的影响

　　五代十国时期，处在同一历史空间背景下的三大割据政权巴蜀、荆南和南唐，并非闭关自守、互不交往，而是有着十分频繁的军事往来、外交聘问、经贸互动和文化交流。五代巴蜀文人及其文学创作活动，对同一历史时期的荆南文坛和南唐文坛产生广泛、深刻和持久的影响。

第一节　五代巴蜀文学对荆南文坛的影响

　　五代时期，高氏荆南政权在夹缝中求生存，疆土狭小势单力薄。北与中原旋兴旋灭的后梁、后唐、后晋、后汉、后周接壤，东与杨吴（南唐）政权比邻，西与前、后蜀王朝唇齿相依，南与马楚政权相连。高氏荆南政权地处四战之地所向称臣，形式上虽未开国建号称帝，但实质上如同一个独立自主的割据王国，历四世五主五十七年几与整个五代相始终。高氏荆南政权在五代十国的大舞台上纵横捭阖尽情演绎，与中朝、巴蜀、马楚、杨吴、李唐政权之间的征战媾和、经贸往返、文化交流等活动异彩纷呈。其中，巴蜀王朝与荆南政权之间一衣带水唇齿相依，一条奔腾不息的长江水将两个割据政权紧紧地连接在了一起。

一 五代荆南政权与巴蜀王朝之间的征战聘问活动

唐代荆南藩镇下辖八州，到了唐末五代之际七州尽为邻镇所夺，仅存治所荆州（江陵府）一地。后梁开平元年（907），高季昌（后唐时避李国昌庙讳改名高季兴）被朱全忠委任为荆南节度使，史书记载："（开平元年）五月，拜季昌荆南节度使。荆南旧统八州，僖、昭以来数为诸道蚕食，季昌至，惟江陵一城而已。"[①] 荆南所失七州，其中夔、忠、万、归、峡五州为前蜀政权所夺。唐末五代时期，西川王建在火并东川、蚕食山南之际，仍不忘出兵三峡掠夺荆南邻道，攫取夔、忠、万、归、峡五州之地。唐昭宗天复三年（903），王建派军袭击荆南，《资治通鉴》记载是年"八月，前渝州刺史王宗本言于王建，请出兵荆南；建从之，以宗本为开道都指挥使，将兵下峡"[②]。《新五代史》记载王建同年"攻下夔、施、忠、万四州"[③]。按，施州，在唐末属黔中道，非荆南属郡。又，《册府元龟》之《宰辅部》"贪黜"条亦云："天祐初，成汭失荆、襄，王

[①] （清）吴任臣撰，徐敏霞、周莹点校：《十国春秋》，中华书局1983年版，第1428页。

[②] （宋）司马光等著，（元）胡三省音注：《资治通鉴》，中华书局1956年版，第8613页。

[③] （宋）欧阳修撰，（宋）徐无党注：《新五代史》，中华书局1974年版，第785页。

建乘虚收归、夔、峡等州。"①

　　高季兴在荆南站稳脚跟后，便着手收复巴、峡失地。后梁乾化四年（914）正月，高季兴派出水军溯流而上攻击巴峡诸州，遭到蜀军的顽强抵抗而战败。《十国春秋》记载此事云："（高季昌）以夔、万、忠、涪四州旧隶荆南，兴兵攻蜀，夔州刺史王先成逆战。王纵火船焚蜀浮桥，蜀招讨副使张武举铁絙拒之，船不得进，我兵焚溺死者甚众。会飞石中王战舰之尾，王遁还，我兵大败，俘斩五千级。"②前蜀王建对荆南高季兴的出兵袭扰十分恼怒，曾设想掘开峡口水堰趁着长江秋水暴涨之时漫灌荆州，《资治通鉴》称："峡上有堰，或劝蜀主乘夏秋江涨，决之以灌江陵，毛文锡谏曰：'高季昌不服，其民何罪！陛下方以德怀天下，忍以邻国之民为鱼鳖食乎！'"③由引文可知，此等祸国殃民的毒辣计谋幸好被文人毛文锡及时阻止并未付诸行动，否则后果不堪设想。高季兴攻蜀失败的教训，致使其数十年内偃旗息鼓对巴峡失地不敢轻言动武。

　　前蜀后主王衍昏庸无能、不恤国政、恣意玩乐，其主政期间的王朝政治分崩离析乱象纵横。此时，李克用后唐政权迅速崛起并灭掉了后梁。高季兴入朝拜见李克用，极力劝说后唐政权出兵伐蜀。高季兴向后唐献策伐蜀意在一石二鸟，高季兴设想蜀道艰难伐蜀不利可以极大损耗后唐的国力兵力，另一方面后唐伐蜀时荆南可以趁火打劫趁机收复巴峡诸州的失地。高季兴与后唐李克用，曾就伐蜀问题有一段精彩的商榷。对于此事，宋人周羽翀《三楚新录》一书

---

① （宋）王钦若等编纂，周勋初等校订：《册府元龟》，凤凰出版社1980年版，第3809页。

② （清）吴任臣撰，徐敏霞、周莹点校：《十国春秋》，中华书局1983年版，第1430页。

③ （宋）司马光等著，（元）胡三省音注：《资治通鉴》，中华书局1956年版，第8784页。

中记载："初，季兴方对，庄宗谓之曰：'今天下负固不服者，唯吴与蜀耳。朕今欲先有事于蜀，而蜀地险阻，尤难之。江南才隔荆南一水耳，朕欲先征之，卿以为何如？'季兴曰：'臣闻蜀国地富民饶，获之可建大利，江南国贫，地狭民少，得之恐无益。臣愿陛下释吴先蜀。'时庄宗意欲伐蜀，及闻季兴之言，大悦。未逾年，庄宗伐蜀，季兴私自喜曰：'此吾以计给之，彼乃信而用耳。'"[①] 后唐出兵伐蜀之际，高季兴趁火打劫，《册府元龟》记载："季兴请攻峡内，庄宗许之，如能得夔、忠、万、归、峡等州，俾为属郡。"[②]《十国春秋》亦记载后唐同光三年（925），秋九月"唐以王（南平王高季兴）为西川东南面行营招讨使伐蜀，仍诏取忠、万、归、峡五州为属郡"。高季兴是年十月亲自统率水军沿江而上袭击巴峡，此次出师不利又一次败还。史书称："冬十月，（高季兴）统水军上峡取施州。蜀将张武以铁锁断江路，季兴遣勇士乘舟斫之。会风大起，舟絓于锁，不能进退，矢石交下，坏其战舰，季兴轻舟遁去。（张武）既而闻北路陷败，以夔、忠、万三州遣使诣魏王降。"[③]

后唐庄宗伐蜀大获全胜，整个巴蜀三川连同荆南旧地巴峡诸州一起并入后唐王朝的版图。荆南高季兴向后唐朝廷连上奏章求索巴峡诸州，后唐明宗李嗣源不得已将巴峡地区的夔、忠、万、归、峡五州划归荆南。高季兴得到巴峡诸州管辖权之后，进一步要求后唐让出用人权由自己来委任刺史，后唐明宗并未应允，高季兴袭据夔州驱逐刺史，导致荆南与后唐兵戎相见。荆南与后唐的争斗结果为，

---

① 傅璇琮、徐海荣、徐吉军主编：《五代史书汇编》，杭州出版社2004年版，第6327页。

② （宋）王钦若等编纂，周勋初等校订：《册府元龟》，凤凰出版社1980年版，第3799页。

③ （清）吴任臣撰，徐敏霞、周莹点校：《十国春秋》，中华书局1983年版，第1433页。

巴峡忠、夔、万三州复归后唐，高季兴"遂以荆、归、峡三州臣于吴"①。

荆南高季兴之所以在五代乱世中纵横捭阖，源于其对战国时期合纵连横的"纵横家"之术运用得炉火纯青。如高季兴来到荆南萌生割据之意后，便着手建造战舰五百艘，修饬器械为攻守之具，同时"招聚亡命，交通吴、蜀二国，中朝不能制"②。清人吴任臣对高季兴"合纵连横"的兴邦谋略洞烛幽微，所谓"蕞尔荆州，地当四战，成赵相继，亡不旋踵。武信（高季兴）以一方而抗衡诸国间，或和或战，戏中原于股掌之上，其亦深讲纵横之术也哉"③。高季兴病殁后的后继之主，如高从诲、高保融、高保勖、高继冲四人守成有余开拓不足，仅仅保有荆、归、峡三州之地苟延残喘，最后迎降送款纳土归宋。

荆南政权与巴蜀王朝之间的聘问往返活动丰富多彩、形式多样，二者在军事上攻伐战守令人眼花缭乱。武信王高季兴统治时期，荆、蜀之间交兵混战的状况自不待言，就连后继之人文献王高从诲本人，亦曾当着后晋使者陶谷的面豪言壮语："吴、蜀不宾久矣，愿修武备、习水战以待师期。"④荆南政权对巴蜀王朝除了在军事上的抗争掣肘之外，还有对其在政治上的拉拢依附一面，如高从诲与后汉刘

---

① （宋）欧阳修撰，（宋）徐无党注：《新五代史》，中华书局1974年版，第857页。

② （清）吴任臣撰，徐敏霞、周莹点校：《十国春秋》，中华书局1983年版，第1429页。

③ （清）吴任臣撰，徐敏霞、周莹点校：《十国春秋》，中华书局1983年版，第1438页。

④ （清）吴任臣撰，徐敏霞、周莹点校：《十国春秋》，中华书局1983年版，第1442页。

知远交恶用兵、落荒失败之际，"王乃绝汉，附于唐、蜀"①。荆南政权对巴蜀王朝除了军事对抗、政治依附之外，还有经济掠夺的一面。荆南政权凭借四通八达的地理位置以及长江水道便捷的交通条件，对四邻诸国的经济掠夺是其赖以生存的重要手段，对巴蜀地区路出三峡水道的船舶货物自然不会放过。如后唐灭蜀后，前蜀王朝的大量珍宝通过长江水道下峡，经过荆南政权辖区时被其悉数劫掠。《十国春秋》记载此事："初魏王继岌遣押牙韩珙部送蜀珍宝金帛四十万，浮江而下，王（武信王高季兴）杀珙等十余人于峡谷，尽掠其赀重。至是，唐加诘问，对曰：'珙辈舟行下峡，逾越险阻，凡数千里。欲知覆溺之故，自宜按问水神。'唐主大怒……"②又，宋人李石在其《续博物志》中详载此事，该书云："同光中，庄宗遣平蜀，得到王衍金银，命悉熔之为金砖银砖。约重三百斤，一砖间开一穴，二人担之，上有匠人名曰'冯高'。过荆南，高季兴曰：'冯高，主属我。'坑官吏，持而有之，储为一库。皇朝建隆中，金银入京师，斤两封缄如故。"③荆南与巴蜀之间的聘问往返活动，文化交流是其中的一项重要内容。如后晋天福七年（942），高从诲派遣使者入蜀，史书记载此行的目的在于"王遣使者如蜀，请翰林待诏李文才图义兴门石笋并其故事"④。又，五代巴蜀地区的名家名画，成为荆南和湖湘地区入蜀商贾们重金购买的对象。如"张玄……攻画

---

① （清）吴任臣撰，徐敏霞、周莹点校：《十国春秋》，中华书局1983年版，第1444页。

② （清）吴任臣撰，徐敏霞、周莹点校：《十国春秋》，中华书局1983年版，第1434页。

③ （宋）李石：《续博物志》，《影印文渊阁四库全书》（第1047册），上海古籍出版社1987年版，第974页。

④ （清）吴任臣撰，徐敏霞、周莹点校：《十国春秋》，中华书局1983年版，第1443页。

人物，尤善罗汉。当王氏偏霸武成年，声迹赫然，时呼玄为'张罗汉'。荆、湖、淮、浙令人入蜀，纵价收市，将归本道"①；阮惟德"（阮）知诲子也。袭承父艺，美继前踪，父子同时入内供奉……蜀广政初，荆湖商贾入蜀，竞请惟德画'川样'美人卷簇，将归本道，以为奇物"②。

二 五代巴蜀文人对荆南政权的政治影响

荆南政权之所以能够在纷繁混乱的五代存续长达五十七年之久，这与高氏君主礼贤下士重用文人的政治举措密不可分。五代乱世武夫挥戈、悍将跋扈，文人士子朝不保夕流离失所。荆南高季兴虽然是行伍出身，可他对流寓荆南的文人士子倾心相接倚为心腹，这为荆南政权的繁荣稳定提供了强有力的人才智力支持。清人吴任臣对高季兴礼贤下士的行为颇为称许，其《十国春秋》评价云："王虽武人，颇折节好宾客，游士缁流至者，无不倾怀接纳。"③ 又，高从诲继承乃父高季兴重用文人的优良传统，曾对文人梁震自言："欲捐一切玩好，以经史自娱，省刑薄赋，境内以安，是吾愿也。"④

五代时期，流寓在荆南境内的文人士子数量庞大、成员复杂，诸如唐末前朝遗民文人，五代中原流寓士子，西蜀词人才子等形形色色。五代荆南文人群体见诸史籍可考者，有梁震、孙光宪、司空

---

① （宋）黄休复撰，何韫若注：《益州名画录》，四川人民出版社 1982 年版，第 62 页。

② （宋）黄休复撰，何韫若注：《益州名画录》，四川人民出版社 1982 年版，第 95 页。

③ （清）吴任臣撰，徐敏霞、周莹点校：《十国春秋》，中华书局 1983 年版，第 1438 页。

④ （清）吴任臣撰，徐敏霞、周莹点校：《十国春秋》，中华书局 1983 年版，第 1461 页。

第七章 五代巴蜀文学对同时期荆南和南唐文坛的影响

薰、王贞范、王惠范、李载仁、齐己、高若拙、严光楚等。这些人皆非荆南本土人,其中司空薰、李载仁为李唐遗民,史书称司空薰为"唐知制诰(司空)图族子"①;李载仁为"唐室之远裔也。开平初,避乱来江陵,武信王署为观察推官"②。又,王贞范、王惠范弟兄二人,本是幽州人,五代后梁、后唐兴替时避祸南奔,随父王保义流寓荆南为高季兴所优遇延接。其中,哥哥王贞范"事文献王为推官,类官少监。素精于春秋,有驳正杜预《左传注》数百条,人多讶之"③。弟弟王惠范亦深受荆南高氏的宠信与重用,史书称王惠范"善修饰,喜读书,以门荫为文轩,迁观察推官"④。来自巴蜀地区的文人士子梁震和孙光宪,更是堪称为五代荆南文坛上的翘楚,二人文韬武略兼备,不仅对荆南文坛欣欣向荣的发展面貌起到推动作用,亦对荆南政权的兴衰荣辱和政治走向产生了深刻的影响。

巴蜀邛州依政人梁震,是荆南政权中的谋略重臣。高季兴将归蜀之时路经江陵的才硕俊彦梁震挽留府中以礼相待托以心腹。梁震倾其胆略智慧尽心辅佐荆南高氏,以报答其知遇之恩。梁灭唐兴之际,高季兴执意入朝亲自拜见李存勖,梁震认为此行不妥凶多吉少苦谏不已。梁震曰:"(后)唐有并吞天下之志,严兵守险,犹恐不自保,况数千里入觐乎!且大王梁室故将,安知彼不以雠敌相遇,

---

① (清)吴任臣撰,徐敏霞、周莹点校:《十国春秋》,中华书局1983年版,第1460页。
② (清)吴任臣撰,徐敏霞、周莹点校:《十国春秋》,中华书局1983年版,第1465页。
③ (清)吴任臣撰,徐敏霞、周莹点校:《十国春秋》,中华书局1983年版,第1466页。
④ (清)吴任臣撰,徐敏霞、周莹点校:《十国春秋》,中华书局1983年版,第1467页。

行当为掳尔。"[1] 高季兴一意孤行只身涉险，差点有去无回，他斩关夺路奔还江陵，见到梁震握着手狼狈地说道："不用君言，几不免虎口。"[2] 后唐与荆南交恶，派房知温率大军讨伐。梁震高瞻远瞩深谋远虑，劝说高季兴："为大王计，莫若致书主帅，且以牛酒为献，然后上表自劾，如此庶几可保。"[3] 高季兴听从梁震的计谋，使荆南躲过了覆灭之灾。高季兴殁后高从诲优待梁震如故，史书云："王（高季兴）寝疾不起，文献王（高从诲）继立，尤委任震，以兄礼事之，震常谓王为郎君……（梁震）每诣府，辄跨黄牛至听事以为常，王亦时过其家，斗酒相劳，欢叙平生，四时赐予甚厚。"[4] 梁震鉴于自己年事已高且认为高从诲励精图治堪当重任，于是主动请辞颐养天年，谓曰："先王待我如布衣交，以嗣王属我，今幸不坠先业。吾老矣，不复事人矣。固请退居监利。"[5] 梁震执掌荆南政坛时兢兢业业鞠躬尽瘁，积极推荐巴蜀同乡孙光宪辅佐荆南高氏。

孙光宪为西蜀陵州贵平人，陵州"地瘠而力耕，家贫而好学，此风俗之古也"[6]。正是陵州这块贫瘠的土地孕育了五代巴蜀奇才孙光宪，《十国春秋》记载其生平："孙光宪，字孟文，贵平人。家世业农，至光宪独读书好学。唐时为陵州判官，有声。（后唐）天成

---

[1] （清）吴任臣撰，徐敏霞、周莹点校：《十国春秋》，中华书局1983年版，第1461页。

[2] （清）吴任臣撰，徐敏霞、周莹点校：《十国春秋》，中华书局1983年版，第1461页。

[3] （清）吴任臣撰，徐敏霞、周莹点校：《十国春秋》，中华书局1983年版，第1461页。

[4] （清）吴任臣撰，徐敏霞、周莹点校：《十国春秋》，中华书局1983年版，第1462页。

[5] （清）吴任臣撰，徐敏霞、周莹点校：《十国春秋》，中华书局1983年版，第1462页。

[6] （宋）王象之：《舆地纪胜》，中华书局1992年版，第4033页。

初,避地江陵,武信王奄有荆土,招致四方之士,用梁震荐,入掌书记。"① 前蜀灭亡之后,孙光宪流寓荆南,经同乡好友梁震的举荐被高季兴延接入府。关于孙光宪出峡来到荆南的缘由,《郡斋读书志》曰:"(孙光宪)陵州人,王衍降唐,避地江陵。"② 孙光宪在《北梦琐言》中自言离蜀入荆时的舟行水程,该书云:"光宪自蜀沿流……泊发嘉州,取阳山路,乘小舟,以避青衣之险。"③ 按,据《唐代交通图考》当时的嘉州的治所龙游县有二水合流于城西,二水分别是沫水和青衣水,引文中"避青衣之险"指青衣水中的险滩。

孙光宪在荆南幕府罄竭才智辅佐高氏政权,直至纳土归宋。孙光宪的智慧谋略,在荆南割据政权的政治大舞台上发挥得淋漓尽致。如高季兴主政期间曾大造战舰,准备与南方比邻的马楚政权决一死战。孙光宪极力劝阻曰:"荆南乱离之后,赖公休息,士民始有生意。若又交恶于楚,一旦他国乘吾弊,良足忧也。"④ 高季兴听从孙光宪的良言苦劝,放弃了动武之念。荆南高从诲对马楚国主的奢靡僭越时常流露出艳羡之意,孙光宪以勤俭持国奢靡败家的道理苦劝他,"光宪曰:'天子诸侯,礼有等差。彼乳臭子,徒骄侈僭汰,取快一时,危亡无日,又足慕乎!'王忽悟,曰:'公言是也。'为悔谢者久之"⑤。南楚政权,终因马氏国主奢靡僭越诸子争位国力日削,

---

① (清)吴任臣撰,徐敏霞、周莹点校:《十国春秋》,中华书局1983年版,第1463页。
② (宋)晁公武撰,孙猛校证:《郡斋读书志校证》,上海古籍出版社1990年版,第943页。
③ (五代)孙光宪撰,林艾园校点:《北梦琐言》,上海古籍出版社2012年版,第140页。
④ (清)吴任臣撰,徐敏霞、周莹点校:《十国春秋》,中华书局1983年版,第1463页。
⑤ (清)吴任臣撰,徐敏霞、周莹点校:《十国春秋》,中华书局1983年版,第1463页。

被南唐政权攻灭。孙光宪此举深谋远虑，避免了荆南政权步马楚政权的后尘。司马光《资治通鉴》在记载上述史实后，高度评价孙光宪的忠谏与高从诲的纳谏之举，认为："孙光宪见微而能谏，高从诲闻善而能徙……自古有国家着能如是，何亡国败家丧身之有？"① 后周大将赵匡胤发动"陈桥兵变"黄袍加身后，跃马扬鞭致力于天下一统的伟大事业。孙光宪高瞻远瞩审时度势，在宋军假虞伐虢兵临城下之时主动劝说幼主高继冲纳土迎降。孙光宪曰："宋帝规模宏远，不若早以疆土归之，不惟免祸，而亦不失富贵。"② 高继冲听从孙光宪的谋略劝说，"遂诣延钊纳牌印，尽籍其境内州府三（江陵府归峡二州）县一十七（一作一十六），户一十四万三千三百，遣客将王昭济、萧仁楷奉表于宋"③。在荆南纳土入宋的政治大事件上，孙光宪起到了一言偾事的重要作用，此后的漳泉纳土、吴越纳土无不受其影响。

由以上论述可知，区区弹丸之地的荆南割据政权之所以能够在五代乱世中岿然挺立，与其治下巴蜀文人竭忠尽虑的佐政努力分不开。清人吴任臣对此有十分精辟的论述，所谓："南平起家仆隶，而能折节下贤。震以谋略进，光宪以文章显，卒之保有荆土，善始善终。区区一隅，历世五主，夫亦得士力哉！"④

---

① （宋）司马光等著，（元）胡三省音注：《资治通鉴》，中华书局1956年版，第9135页。

② （清）吴任臣撰，徐敏霞、周莹点校：《十国春秋》，中华书局1983年版，第1452页。

③ （清）吴任臣撰，徐敏霞、周莹点校：《十国春秋》，中华书局1983年版，第1452页。

④ （清）吴任臣撰，徐敏霞、周莹点校：《十国春秋》，中华书局1983年版，第1464页。

三 五代巴蜀文人对荆南文学创作的影响

五代巴蜀文人不仅在荆南政坛上叱咤风云力挽狂澜，而且在文学创作上执掌文衡大放异彩。如梁震晚年自称荆台隐士，每日穿着鹤氅逍遥若仙，以诗文创作自娱，所著文集一卷行于世。梁震《题院中壁》诗云："桑田一变赋归来，爵禄焉能浼我哉！黄犊依然花竹外，清风万古凛荆台。"①《十国春秋》亦记载梁震"晚年酷好吟咏，尤与齐己善，互相酬答"②。荆南诗僧齐己对梁震的才华和人品十分钦慕，其《寄梁先辈》诗云："陈琳笔砚甘前席，角里烟霞待共眠。爱惜麻衣好颜色，未教朱紫污天然。"③ 又，齐己《荆渚病中因思匡庐遂成三百字寄梁先辈》诗云："生老病死者，早闻天竺书。相随几汩没，不了堪欷歔。自理自可适，他人谁与祛。应当入寂灭，乃得长销除。前月已骨立，今朝还貌舒。披衣试步履，倚策聊踟蹰。江月青眸冷，秋风白发疏。新题忆剡硾，旧约怀匡庐。张野久绝迹，乐天曾卜居。空龛掩薜荔，瀑布喷蟾蜍。古桧鸣玄鹤，凉泉跃锦鱼。狂吟树荫映，纵踏花蔫芋。唇舌既已闲，心脾亦散抒。松窗有偃息，石径无趑趄。梦冷通仙阙，神融合太虚。千峰杳霭际，万壑明清初。长往期非晚，半生闲有余。依刘未是咏，访戴宁忘诸。稽古堪求己，观时好笑渠。埋头逐小利，没脚拖长裾。道种将闲养，情田把药锄。幽香发兰蕙，秽莽摧丘墟。敢谓囊盈物，那言庾满储。微烟动晨爨，细雨滋园蔬。藓乱珍禽羽，门稀长者车。冥机坐兀兀，著履行徐徐。

---

① 林德保、李俊、倪文杰注：《详注全唐诗》，大连出版社1997年版，第2956页。

② （清）吴任臣撰，徐敏霞、周莹点校：《十国春秋》，中华书局1983年版，第1472页。

③ 林德保、李俊、倪文杰注：《详注全唐诗》，大连出版社1997年版，第3252页。

每许亲朱履,多怜奉隼旟。簪嫌红玳瑁,社念金芙蕖。海内竞铁马,箧中藏纸驴。常言谢时去,此意将何如。"①齐己在诗中不仅向好友梁震倾诉了自己隐居匡庐逍遥出尘的内在心曲,亦向友人袒露了病后重生所领悟到的生老病死的哲理禅思。

巴蜀俊彦孙光宪才大志高、雅善小词,史书称其"素以文学自负,处荆南,怏怏不得志,常慕史氏之作,颇恨居诸侯幕府,不足展其才力,每谓知交曰:'宁知获麟之笔,反为倚马之用。'"②孙光宪仕宦于荆南政权时著述颇丰,如《荆台集》《橘斋集》《玩笔佣集》《巩湖编玩》《北梦琐言》《蚕书》等诗、文、子、史兼备。孙光宪流寓荆南时与文士王贞范交好,二人情投意合引为知音,闲暇时共同研究探讨《春秋》经义。史书记载二人的亲密情状,所谓"王贞范……素精于《春秋》,有驳杜预《左传注》数百条,人多讶之。独与同官孙光宪说《春秋》义合,两人心相得也"③。孙光宪又与诗僧齐己过从甚密,现存齐己《白莲集》中收录二人交往酬唱的作品多达九首,其中有代表性的作品如《夏满日偶作寄孙支使》《和孙支使惠示院中庭竹之什》《中秋夕怆怀荆南孙郎中》《孙支使来借诗集因有寄》《因览支使孙中丞看可准大师诗序有寄》。齐己去世后,孙光宪整理其诗歌作品并为之作序。孙光宪在序言中叙述了两人十多年的交谊,所谓"鄙以旅宦荆台,最承款押。较风人之情致,颐大夫之旨归,周旋十载,互见阃域。师平生诗稿,未逞删汰,俄惊迁化。门人西文并以所集见授,因得编就八百一十篇,勒成一

---

① 林德保、李俊、倪文杰注:《详注全唐诗》,大连出版社1997年版,第3226页。

② (清)吴任臣撰,徐敏霞、周莹点校:《十国春秋》,中华书局1983年版,第1464页。

③ (清)吴任臣撰,徐敏霞、周莹点校:《十国春秋》,中华书局1983年版,第1466页。

十卷，题曰《白莲集》。盖以久栖东林，不忘胜事"①。从该序言中可以看出，孙光宪对齐己的品行操守及诗文成就颇为称许，对两人之间志同道合的深厚友谊念念不忘。

前蜀时期，才华横溢的"诗窖子"王仁裕整日陪伴着后主王衍游山玩水赋诗唱和。前蜀灭亡后，王仁裕作为降主王衍的朝臣归命中原，历后唐、后晋、后汉、后周四朝。王仁裕曾作为中朝的使臣出使荆南，多才多艺的荆南国主高从诲盛情接待了他。《诗话总龟》记载此事云："从诲明音律，癖好弹胡琴。有女妓数十，皆善其事。王仁裕使荆渚，从诲出十妓弹胡琴。仁裕有诗美之。"②王仁裕此次出使荆南，在宴席上听胡琴演奏时即兴所作的诗歌作品为《荆南席上咏胡琴妓二首》。清人李调元的《全五代诗》收录了这两首作品，其一云："红妆齐抱紫檀槽，一抹朱弦四十条。湘水凌波惭鼓瑟，秦楼明月罢吹箫。寒敲白玉声偏婉，暖逼黄莺语自娇。丹禁旧臣来侧耳，骨清神爽似闻韶。"③其二云："玉纤挑落折冰声，散入秋空韵转清。二五指中句塞雁，十三弦上啭春莺。谱从陶室偷将妙，曲向秦楼写得成。无限细腰宫里女，就中偏惬楚王情。"④两首诗歌作品对盛筵演奏时的歌女装束、胡琴的颜色造型、胡琴弹奏的音色之美及作者倾听时的视听观感、会心妙赏，极尽工笔描摹与多重譬喻之能事。

第二节　五代巴蜀文学对南唐文坛的影响

五代十国时期，前、后蜀王朝所在的巴蜀地区与杨吴、南唐政

---

① （清）董诰等编：《全唐文》，中华书局1983年版，第9390页。
② （宋）阮阅编，周木淳校点：《诗话总龟》，人民文学出版社1987年版，第239页。
③ （清）李调元编，何光清点校：《全五代诗》，巴蜀书社1992年版，第280页。
④ （清）李调元编，何光清点校：《全五代诗》，巴蜀书社1992年版，第280页。

权所在的江淮地区，是五代乱世之中人文荟萃、文明昌盛的两大经济、文化中心。巴蜀与江淮两大地域文化中心，荟萃中原流亡士人之俊杰、秉持前朝李氏王朝之流风余韵，不断培植本朝文化昌盛之气象。五代时期，出于维系自身生存发展及在错综复杂的势力角逐中立稳脚跟的需要，前、后蜀王朝与杨吴、南唐政权建立了极为紧密的战略伙伴关系。巴蜀、江淮地区两大割据政权之间频繁的政治往来、经贸互动及文化交流，深刻影响了两地的文学生态与文坛面貌。

一 五代巴蜀王朝与南唐政权之间的聘问往返活动

五代十国时期干戈扰攘、国土碎裂，各大军事势力集团割据称霸、混战不已。中原地区的后梁、后唐、后晋、后汉、后周五朝旋兴旋灭，西南地区的前蜀（907—925）、后蜀（934—965）亡替相继，江淮地区的杨吴、南唐承袭代兴，江浙地区的钱氏吴越开国建号，王氏闽国蜗居东南沿海一隅，刘氏南汉在两广的南疆地区蛰伏不起，潇湘地区的马楚政权四处征战，弹丸之地的高氏荆南政权所向称臣，再加上伺机进取中原倚靠契丹的北汉政权，构成了一幅五代十国的割据画面。

五代时期，出于自身生存和发展壮大的需要，各大割据政权之间时而合纵时而连横进行了无休止的纷争与较量。经过军事上的长期攻防对决，五代时期两大军事联盟集团最终浮出水面，当时的形势是吴越、马楚、王闽乃至南汉奉中原为正朔、常年纳贡、听其号令，西蜀王朝与南唐政权则称帝建号割据自专联手抗衡中原王朝。西蜀与南唐二者之间相互借重相互支援，在联手制衡中原王朝方面有着共同的利益诉求，它们都有着北定中原一统山河的憧憬与冲动。如前蜀王建即位初年，曾在星宿山下举行盛大的阅兵仪式炫耀武力，王建借机对臣下说:"得一二人如韩信而将之,中原不足平也。"①面对蜀主的此番豪言壮语,佞臣悍将王宗佶邀功请赏趁机献媚曰:"臣虽不才,自顾可驱策。"②南唐君臣亦有过类似的北伐中原的憧憬,所谓"唐主(李璟)自即位以来,未尝亲祠郊庙,礼官以为请。唐主曰:'俟天下一家,然后告谢。'……魏岑侍宴,言:'臣少游元城(河北大名),乐其风土,俟陛下定中原,乞魏博节度使。'唐主许之,岑趋下拜谢"③。南唐与西蜀两国之间频繁的聘问活动,其核心要义是在面对来自中原王朝的威胁时互相策应—荣俱荣—损俱损。如朱全忠废唐自立开国称帝时,西川王建"与弘农王杨渥(吴国主)驰檄诸道,欲与岐王李茂贞、晋王李克用会兵讨梁"④。后蜀广政十八年(955),后周攻打后蜀的秦、凤、阶、成诸州之时,蜀主孟昶"遣间使如北汉及唐,欲与之俱出兵以制周,北汉主、唐主皆许之"⑤。此事,陆游《南唐书》亦曰:"保大十三年(955)……夏六月,周攻秦、凤,蜀使间使来告难。"⑥

前蜀、后蜀与杨吴、南唐的战略联盟关系十分紧密,两地两国之间除军事联盟之外,外交上的聘问往返与政治上的联姻活动亦十分活跃。如南唐烈祖李昪即位之时,后蜀孟昶派使臣前去祝贺,陆游《南唐书》曰:"升元三年(939)二月……蜀使来贺即位。"⑦南

---

① 王文才、王炎校笺:《蜀梼杌校笺》,巴蜀书社1999年版,第95页。
② 王文才、王炎校笺:《蜀梼杌校笺》,巴蜀书社1999年版,第95页。
③ (宋)司马光等:《资治通鉴》,岳麓书社1990年版,第877页。
④ (清)吴任臣撰,徐敏霞、周莹点校:《十国春秋》,中华书局1983年版,第500页。
⑤ (宋)司马光等:《资治通鉴》,岳麓书社1990年版,第903页。
⑥ 傅璇琮、徐海荣、徐吉军编:《五代史书汇编》,杭州出版社2004年版,第5479页。
⑦ 傅璇琮、徐海荣、徐吉军编:《五代史书汇编》,杭州出版社2004年版,第5467页。

唐中主李璟即位后，于保大二年（944）派出使臣聘问后蜀，《十国春秋》称："唐遣使来聘，副以六鹤。"①蜀主孟昶派赵季礼往聘南唐，史书称："后主（孟昶）与江南通好，遣使者赵季札往聘。"②此外，西蜀与南唐历史上曾结为政治上的姻亲之好。此事，据《蜀梼杌校笺》之补录"通聘南唐"条记载："曾极《金陵百咏·凤州柳酒》云：'蜀主函封遣使时，芳根原自凤州移。'注：'蜀主与江南结婚，求得其种，凤州出手、柳、酒。'移柳江南，自是广政十年何重建以秦州降蜀之后。"③

后蜀与南唐两国之间，伴随着日益紧密的战略伙伴关系，商贸往来与文化交流活动日趋活跃。如后蜀广政七年（944）南唐遣使入聘，蜀主孟昶令翰林待诏黄筌与其子黄居寀"同手画《四时花雀图》、《青城山图》、《峨眉山图》、《春山图》、《秋山图》，用答国信"④。又，画家杜敬安"妙于佛像……蜀偏霸时，江、吴商贾入蜀，多请其画，将归本道"⑤。五代时期，随着巴蜀与江淮两地之间日益频繁的经济商贸与文化交流活动，裁剪精美、质地柔韧的川蜀笺纸成为输入南唐政权的奇珍异宝。南唐君臣儒雅好学崇尚意趣，在文房四宝的雅意追求方面乐此不疲。宋人陈师道在《后山丛谈》中云："南唐于饶置墨务，歙置砚务，扬置纸务，各有官，岁贡有数。求墨工于海东，求纸工于蜀中，中主（李璟）好蜀纸，既得蜀

---

① （清）吴任臣撰，徐敏霞、周莹点校：《十国春秋》，中华书局1983年版，第713页。
② （清）吴任臣撰，徐敏霞、周莹点校：《十国春秋》，中华书局1983年版，第774页。
③ 王文才、王炎校笺：《蜀梼杌校笺》，巴蜀书社1999年版，第402页。
④ （宋）黄休复撰，何韫若注：《益州名画录》，四川人民出版社1982年版，第72页。
⑤ （宋）黄休复撰，何韫若注：《益州名画录》，四川人民出版社1982年版，第91页。

工，使行境内，而六合之水与蜀同。"① 南唐由西蜀引进造纸工艺，极大地提高了本国境内的纸张质量，其中尤以建业出产的"澄心堂纸"最为出名，宋人梅尧臣称其"焙干坚滑若铺玉，一幅百金曾不疑"②。

二 五代巴蜀影响南唐词坛的原因探讨

五代时期，西蜀与南唐之间的文学创作联系紧密互相影响。源自南唐和西蜀之间均衡的经济文化势力、两国君臣相似甚或是相同的音乐嗜好与文学创作热情，两地之间极为相似的曲词创作环境及文人雅集、歌舞娱乐的文学创作风习，故而南唐与巴蜀两地词人群体在曲词创作范式、词曲艺术品位和词学审美理想方面，有着很大程度上的趋同性或相似性。

五代时的南唐社会繁华富庶。史书记载南唐盛时"东暨衢、婺，南及五岭，西至湖湘，北拒长淮，凡三十余州，广袤千里"③；"江淮间，旷土尽辟，桑柘满野，国以富强"④。伴随着南唐经济社会的跨越发展，一种适应统治者裁红剪翠、娱宾遣兴、朝弦夜歌的文人曲子词应运而生。南唐君主寄情声色纸醉金迷的豪奢生活一如西蜀，如南唐烈主李昪即位之初，便着手创设教坊委任乐官，马令《南唐书》云："升元初，案籍编括，（申）渐高以善音律为部长。"⑤ 南唐

---

① 上海古籍出版社编：《宋元笔记小说大观》，上海古籍出版社 2007 年版，第 1585 页。
② （清）王士禛编，（清）郑方坤删补：《五代诗话》，人民文学出版社 1998 年版，第 394 页。
③ （宋）薛居正等：《旧五代史》，中华书局 1976 年版，第 1787 页。
④ （宋）司马光等：《资治通鉴》，岳麓书社 1990 年版，第 624 页。
⑤ 傅璇琮、徐海荣、徐吉军主编：《五代史书汇编》，杭州出版社 2004 年版，第 5418 页。

李昇急不可耐地追求享乐，与前蜀高祖王建即位后改"乐营为教坊"的做法如出一辙。又，南唐中主李璟"嗣位之初，春秋鼎盛，留心内宠，宴私击鞠，略无虚日"①；后主李煜"性骄侈，好声色"②，"常微行倡家，乘醉大书石壁曰：'浅斟低唱偎红倚翠大师，鸳鸯寺主，传风流教法'"③。南唐后主李煜恣肆放纵的不检行为，与前蜀后主王衍私混娼家御笔大书"王一来"别无二致。后主李煜对本人的豪奢放荡的荒唐行为毫不隐瞒，曾在《却登高文》中坦言："昔时之壮也，情槃乐恣，欢赏忘劳。悁心志于金石，泥花月于诗骚。轻五陵之得侣，陋散秦之选曹。量珠聘妓，纫彩维艘。被墙宇以耗帛，论丘山而委糟。"④南唐李煜能歌善舞宠幸歌伎，即位后"大展教坊，广开第宅。下条制则教人廉隅，处宫苑则多方奇巧"⑤；甚至于国破家亡之时仍不忘"最是仓皇辞庙日，教坊犹奏别离歌"（《破阵子》）⑥。如此荒唐的举止行为，令人可叹、可怜与可笑。

南唐伎乐发达，其昼夜弦歌、歌舞翩跹、合筵会社的音乐娱乐环境一如西蜀社会。南唐社会中的教坊乐伎、市井娼妓乃至豪门家妓的数量非常大，其中比较著名的南唐宫廷乐工与皇家伶人有杨名高、王感化、杨飞花、李家名、曹生等。南唐李煜一朝，宫廷乐妓深得宠幸，其中窅娘妙善歌舞多情美艳，"后主作金莲，高六尺，饰以宝物，细带缨络莲中，作品色瑞莲，命窅娘以帛缠足，令纤小屈

---

① 傅璇琮、徐海荣、徐吉军主编：《五代史书汇编》，杭州出版社 2004 年版，第 5057 页。

② （宋）欧阳修撰，（宋）徐无党注：《新五代史》，中华书局 1974 年版，第 779 页。

③ （清）吴任臣撰，徐敏霞、周莹点校：《十国春秋》，中华书局 1983 年版，第 256 页。

④ 蒋方编选：《李璟李煜集》，凤凰出版社 2011 年版，第 211 页。

⑤ （宋）李焘：《续资治通鉴长编》（第 2 册），中华书局 1995 年版，第 213 页。

⑥ 蒋方编选：《李璟李煜集》，凤凰出版社 2011 年版，第 157 页。

上，作新月状，素袜舞莲花中，回旋有凌波之态"①。上有所好下必甚焉，南唐社会中的达官贵人蓄养家伎一如巴蜀社会蔚然成风。五代前蜀时期，内枢密使潘炕宠爱家姬解愁，高祖王建欲夺之，潘炕冒着杀身之祸婉言拒绝。《蜀梼杌》记载此事云："（潘炕）嬖于美妾解愁，遂风恙成疾。解愁姓赵氏，其母梦吞海棠花蕊而生，有国色，喜为新声，及工小词。建尝至炕第，见之，谓曰：'朕宫无如此人。'意欲取之。炕曰：'此臣下贱人，不敢以荐于君。'其实靳之。弟峭谓曰：'绿珠之祸，可不戒邪？'炕曰：'人生贵于适意，岂能爱死而自不足于心耶！'"② 五代后蜀时期，宰相李昊纵情享乐家中歌姬曳罗绮者达数百人之多。南唐一朝，达官豪门之中蓄养姬妾的风俗习气更为突出，如孙晟"以家妓甚众，每食不设食几，令众妓各执一食器，周侍于其侧，谓之'肉台盘'"③；刘承勋"家蓄妓乐，迨百数人，每置一妓，费数百缗，而珠金服饰，亦各称此"④；韩熙载"肆情坦率，不遵礼法，破其财货，售集妓乐，迨数百人，日与荒乐，蔑家人之法，所受月俸，至即散为妓女所有"⑤。市井娼妓一般活跃于市井街巷，其倚门卖笑的风月性情一般难登大雅之堂。不过，在南唐社会的僚朋宴聚的场合，偶尔亦会召之劝觞侑酒，如文人史虚白避乱南逃自中原来到江淮后，宋齐丘"欲穷其技，乃命僚

---

① （清）王士禛编，（清）郑方坤删补：《五代诗话》，人民文学出版社1989年版，第175页。
② 王文才、王炎校笺：《蜀梼杌校笺》，巴蜀书社1999年版，第129页。
③ （宋）薛居正等：《旧五代史》，中华书局1976年版，第1733页。
④ 傅璇琮、徐海荣、徐吉军主编：《五代史书汇编》，杭州出版社2004年版，第5400页。
⑤ （清）王士禛编，（清）郑方坤删补：《五代诗话》，人民文学出版社1989年版，第157页。

属宴之以倡乐"①。

　　巴蜀、南唐与前朝李唐的文化渊源很深。唐末五代之际中原鏖战、庐舍焚荡，各色人等包括衣冠士族和音乐艺人潮水般涌入了远离战火摧残的巴山蜀水与江南泽国。巴蜀与南唐的乐工伶人、歌儿舞女承袭李唐前朝的燕乐系统，与士子文人通力合作致力于新曲创调与旧曲新翻工作，为两地的曲词创作创造了良好的音乐环境。巴蜀王朝之"典章文物有唐之遗风"②，南唐政权亦"文物彬焕，渐有中朝之风采"③；"江左三十年间，文物有元和之风"④。五代时期，中原燕乐随着音乐艺人的避乱南下播迁到了江南泽国，唐代宫廷的教坊大曲《霓裳》《水调》在南唐社会十分盛行。关于《霓裳》大曲，南唐徐铉《又听霓裳羽衣曲送陈君》诗云："清商一曲远人行，桃叶津头月正明。此是开元太平曲，莫教偏作别离声。"⑤ 关于《水调》大曲，马令《南唐书》记载云："元宗嗣位，宴乐击鞠不辍，尝乘醉命感化奏《水调》词"⑥；冯延巳《抛球乐》词曰："谷莺语软花边过，《水调》声长醉里听。"⑦ 南唐君臣不满足于已有的大曲传唱，更热衷于新声创调与旧曲新翻。如中主李璟"善晓音律，不至耽溺"；后主李煜通晓音律创作《念家山破》《振金铃曲》，史载：

---

　　① 傅璇琮、徐海荣、徐吉军主编：《五代史书汇编》，杭州出版社 2004 年版，第 5213 页。
　　② （宋）司马光等：《资治通鉴》，岳麓书社 1990 年版，第 567 页。
　　③ 傅璇琮、徐海荣、徐吉军主编：《五代史书汇编》，杭州出版社 2004 年版，第 5007 页。
　　④ 傅璇琮、徐海荣、徐吉军主编：《五代史书汇编》，杭州出版社 2004 年版，第 5347 页。
　　⑤ 王山峡等编注：《历代音乐舞蹈诗选》，云南人民出版社 1990 年版，第 164 页。
　　⑥ 傅璇琮、徐海荣、徐吉军主编：《五代史书汇编》，杭州出版社 2004 年版，第 5420 页。
　　⑦ （南唐）冯延巳撰，谷玉校点：《阳春集》，上海古籍出版社 1989 年版，第 35 页。

"（李）煜善音律，造《念家山破》及《振金铃曲》，破言者，取要而言，《念家山破》其声焦杀，《振铃》其词不祥。"① 李煜的第一位皇后昭惠周后所创作的乐曲新声很多，如《邀醉舞破》《恨来迟破》《念家山破》等。清人李调元对此事言之颇详，所谓："昭惠后宠嬖专房，创为高髻纤裳及首翘鬓朵之妆。雪夜酣饮，立命笺缀《邀醉舞破》，又有《恨来迟破》《念家山破》。"② 南唐文人冯延巳的新声创调作品亦不少，如《抛球乐》《金错刀》《鹤冲天》《归自遥》《莫思归》等。其中，冯延巳《抛球乐》之旧曲翻唱，据清代《御定词谱》记载："此调三十字者，始于刘禹锡词；皇甫松本此填，多一和声；其三十三字者，始于冯延巳。"③

文人曲子词，在很大程度上是文人士子宾朋雅集时侑酒劝觞的宴饮文化产物。五代时期，南唐文人酒席歌筵制谱填词的社会习俗一如巴蜀"花间"做派。巴蜀文人用情创志与歌儿舞女通力合作致力于"花间"曲子词的艺术品位提高，所谓"绮筵公子，绣幌佳人，递叶叶之花笺，文抽丽锦。举纤纤之玉指，拍按香檀"④。南唐时期的歌儿舞女亦竞相谱曲传唱文人的曲子词作品。如陆游《南唐书》记载："（徐）锴久次当迁中书舍人，游简言当国，每抑之。锴乃诣简言，简言从容曰：'以君才地，何止一中书舍人。然伯仲并居清要，亦物忌太盛，不若少迟之。'锴颇怏怏。简言徐出妓佐酒，所歌词皆锴所为，锴大喜。"⑤ 南唐中书侍郎韩熙载"后房蓄声妓，皆

---

① 傅璇琮、徐海荣、徐吉军主编：《五代史书汇编》，杭州出版社2004年版，第3185页。
② 张璋、黄畲编：《全唐五代词》，上海古籍出版社1986年版，第352页。
③ （清）康熙皇帝：《御定词谱》卷二，文渊阁四库全书本。
④ 张惠敏编：《宋代词学资料汇编》，汕头大学出版社1993年版，第189页。
⑤ 傅璇琮、徐海荣、徐吉军主编：《五代史书汇编》第9册，杭州出版社2004年版，第5501页。

天下妙绝。弹丝吹竹,清歌艳舞之观,所以娱侑宾客者,皆曲臻其极,是以一时豪杰,如萧俨,江文蔚,常梦锡、冯延巳、冯延鲁、徐铉、徐锴,潘佑、舒雅、张洎之徒,举集其门"①。又,据《阳春集序》记载:"公(冯延巳)以金陵盛时,内外无事,朋僚亲旧,或当燕集,多运藻思,为乐府新词,俾歌者倚丝竹而歌之,所以娱宾而遣兴也。"②

三 南唐词人对西蜀"花间"曲子词的创作范式、词学理想的接受

五代十国时期,群山环绕的巴蜀故地与水潦纵横的江淮泽国,分别孕育了西蜀"花间"与南唐文人两大词人群体。西蜀"花间"词人群体以韦庄、顾夐、李珣、牛峤、牛希济、毛文锡、毛熙震、魏承班、欧阳炯和孙光宪等人为代表;南唐词人创作群体以徐铉、陈陶、潘佑、李璟、李煜、冯延巳、韩熙载、成彦威等人为代表。西蜀"花间"与南唐文人"曲子词",均属于由文人执笔创作的"诗客"曲子词,两者均呈现出氤氲弥漫的文人士大夫雅化气息。从曲子词发展演进的角度来看,南唐文人的曲子词创作要晚于西蜀"花间"。后蜀广政三年(940),赵崇祚、欧阳炯等人编纂《花间集》,此时南唐开国尚不足三年。西蜀"花间"给予了南唐文人的曲子词创作以极大的示范力量,南唐文人不断仿效"花间",从曲子词的语句、体式、主题、意境以及表现手法等方面努力做到青出于蓝而胜于蓝。近人詹安泰评价冯延巳的词作"选声设色,犹不尽脱

---

① 傅璇琮、徐海荣、徐吉军主编:《五代史书汇编》第9册,杭州出版社2004年版,第5028页。

② 施蛰存主编:《词籍序跋萃编》,中国社会科学出版社1994年版,第15页。

花间习气"①，该评价颇为中肯，冯延巳《阳春集》中有十几首作品见于《花间集》。此外，李煜所创作的大量的香艳词作，其风容色泽亦与"花间"风习亦相去不远。

南唐文人的曲子词创作经常模仿西蜀"花间"的语句或字面，如李煜《菩萨蛮》"漫脸笑盈盈，相看无限情"模仿后蜀毛熙震《女冠子》"修蛾慢脸，不语檀心一点"。又，李煜《浪淘沙》"流水落花春去也，天上人间"化用后蜀张泌《浣溪沙》"天上人间何处去，旧欢新梦觉来时"；李煜《临江仙》"子规啼月小楼西，玉钩罗幕，惆怅暮烟垂"模仿前蜀毛文锡《更漏子》"花外子规啼月，人不见，梦难凭，红纱一点灯"；李煜《乌夜啼》"寂寞梧桐，深院锁清秋"模仿后蜀欧阳炯《贺明朝》"碧梧桐锁深深院"。又，冯延巳《阮郎归》"花露重，草烟低"模仿韦庄《酒泉子》"月落星沉。楼上美人春睡""柳烟轻，花露重"；冯延巳《采桑子》"回倚孤屏，不语含情"模仿张泌《浣溪沙》"回倚孤屏，不语含情"。冯延巳《南乡子》"细雨湿流光……芳草年年与恨长……"模仿孙光宪《浣溪沙》"一帘疏雨湿春愁"及顾敻《虞美人》"恨共春芜长"的字面与句法。

南唐词人在曲子词创作的设色敷彩方面积极效"花间"，他们着意选用一些色彩亮丽的字面。如冯延巳词"玉笛才吹，满袖猩猩血又垂"（《采桑子》）[2]；"春艳艳，江上晚山三四点，柳丝如剪花如染"（《归自谣》）[3]；"娇鬟堆枕钗横凤，溶溶春水杨花梦。红烛泪阑

---

① 詹安泰：《宋词散论》，广东人民出版社1980年版，第123页。
② （南唐）冯延巳撰，谷玉校点：《阳春集》，上海古籍出版社1989年版，第11页。
③ （南唐）冯延巳撰，谷玉校点：《阳春集》，上海古籍出版社1989年版，第28页。

干,翠屏烟浪寒"(《菩萨蛮》)①;"金丝帐暖牙床稳,怀香方寸。轻颦轻笑,汗珠微透,柳沾花润"(《贺圣朝》)② 等。南唐词人善于调色役彩,经常在曲词中粉刷一层秾丽华艳的鲜艳色彩。如李煜《浣溪沙》词云:"红日已高三丈透,金炉次第添香兽。红锦地衣随步皱。佳人舞点金钗溜,酒恶时拈花蕊嗅。别殿遥闻萧鼓奏。"③ 词写帝王酣醉佳人艳舞纸醉金迷,可谓是花香生色神情兼备。又,李煜《一斛珠》词云:"晚妆初过,沉檀轻注些儿个。向人微露丁香颗。一曲清歌,暂引樱桃破。罗袖裛残殷色可,杯深旋被香醪涴。绣床斜凭娇无那。烂嚼红茸,笑向檀郎唾。"清人陈廷焯评该词"风流绣曼,失人君之度矣"④。李煜这首词极写歌女容色的妖艳与举行的轻狂,与《花间集》所载和凝的《山花子》异曲同工,和凝《山花子》词云:"银字笙寒调正长,水纹簟冷花屏凉。玉腕重金扼臂,淡梳妆。几度试香纤手暖,一回尝酒绛唇光。佯弄红丝绳拂子,打檀郎。"⑤

南唐词人在曲子词的叙事视角和抒情方式等方面,刻意模仿西蜀"花间"词人的做法。西蜀"花间"词人在曲子词创作过程中,十分注重自我感情的张扬与抒发,其作品中时时跃动着第一人称的主人公形象。如前蜀牛峤"礼月求天,愿君知我心"⑥(《感恩多》);

---

① (南唐)冯延巳撰,谷玉校点:《阳春集》,上海古籍出版社1989年版,第42页。

② (南唐)冯延巳撰,谷玉校点:《阳春集》,上海古籍出版社1989年版,第48页。

③ 蒋方编选:《李璟李煜集》,凤凰出版社2011年版,第104页。

④ 张璋、黄畲编:《全唐五代词》,上海古籍出版社1986年版,第452页。

⑤ (五代)赵崇祚辑,李一氓校:《花间集校》,商务印书馆香港分馆1960年版,第108页。

⑥ (五代)赵崇祚辑,李一氓校:《花间集校》,商务印书馆香港分馆1960年版,第63页。

前蜀韦庄"劝我早归家,绿窗人似花"①(《菩萨蛮》)。南唐李煜效仿西蜀"花间",在词中以第一人称抒情主人公的身份发愤抒情,如"人生愁恨何能免,销魂独我情何限。故国梦重归,觉来双泪垂"②(《菩萨蛮》)。李煜这首词,极写"我"之感受,凸显"我"之存在。西蜀"花间"词人喜欢在曲词创作中使用逆挽、追忆类的倒叙手法,如薛昭蕴"记得去年寒食日,延秋门外卓金轮,日斜人散暗销魂"③(《浣溪沙》);牛峤"记得去年,烟暖杏园花正发,雪飘香。江草绿,柳丝长"④(《酒泉子》)。"花间"词人的这种叙述手法,在南唐词人的手中被模仿运用地炉火纯青。如冯延巳《鹊踏枝》词云:"忽忆当年歌伴舞,晚来双脸啼痕满"⑤;冯延巳《喜迁莺》词曰:"香已寒,灯已绝,忽忆去年离别。石城花雨倚江楼,波上木兰舟。"⑥ 钟辐《卜算子·桃花院落》词云:"风拂珠帘,还记去年时候"⑦ 等。

在曲子词的创作主题取向上,南唐词人积极向西蜀"花间"词人学习与模仿。如《花间集》中有许多关涉"征夫思妇"边塞类主题的作品,这与前蜀王建开疆拓土及后蜀孟昶抵御后周进犯的军事行动息息相关。如前蜀牛峤《定西蕃》词云:"紫塞月明千里,金

---

① (五代)赵崇祚辑,李一氓校:《花间集校》,商务印书馆香港分馆,1960年版,第31页。

② 蒋方编选:《李璟李煜集》,凤凰出版社2011年版,第164页。

③ (五代)赵崇祚辑,李一氓校:《花间集校》,商务印书馆香港分馆1960年版,第50页。

④ (五代)赵崇祚辑,李一氓校:《花间集校》,商务印书馆香港分馆1960年版,第68页。

⑤ (南唐)冯延巳撰,谷玉校点:《阳春集》,上海古籍出版社1989年版,第4页。

⑥ (南唐)冯延巳撰,谷玉校点:《阳春集》,上海古籍出版社1989年版,第31页。

⑦ 张璋、黄畬编:《全唐五代词》,上海古籍出版社1986年版,第497页。

甲冷,戍楼寒。梦长安。乡思望中天阔,漏残星亦残。画角数声呜咽,雪漫漫。"① 后蜀顾敻《遐方远》词曰:"辽塞音书绝,梦魂长暗惊。玉郎经岁负娉婷,教人争不恨无情。"② 由前蜀王朝流寓荆南的孙光宪《酒泉子》亦云:"空碛无边,万里阳关道。马萧萧,人去去,陇云愁。香貂旧制戎衣窄,胡霜千里白。绮罗心,魂梦隔,上高楼。"③ 南唐政权与周边邻国亦有过许多金戈铁马、征战杀伐的军事行动,如南唐与吴越之间的攻伐对决,南唐灭亡马楚后与王闽为邻国。南唐词人作品中征战边塞主题十分醒目,如中主李璟"辽阳月,秣陵砧,不传消息但传情。黄金台下忽然惊,征人归日二毛生"(《望远行》)④;冯延巳"回首西南看残月。孤雁来时,塞管声呜咽。历历前欢无处说,关山何日休离别"(《鹊踏枝》)⑤。又,南唐文人陈陶写有曲子词作品《水调》十四首,任二北在《敦煌曲初探》一书中认为:"陈陶有《水调词》十首,全部只咏绝塞贪功、深闺抱恨之一贯情绪。"⑥

在曲子词的开掘内心和抒情造境的艺术手法方面,南唐词人极力学习模仿西蜀"花间"。西蜀词人的曲子词创作善作尽头决绝语,在感情抒发方式上刻意造就一种火山喷发式的激情烈响。如牛峤"须作一生拚,尽君今日欢"(《菩萨蛮·玉楼冰簟鸳鸯锦》);韦庄

---

① (五代)赵崇祚辑,李一氓校:《花间集校》,商务印书馆香港分馆1960年版,第68页。

② (五代)赵崇祚辑,李一氓校:《花间集校》,商务印书馆香港分馆1960年版,第129页。

③ (五代)赵崇祚辑,李一氓校:《花间集校》,商务印书馆香港分馆1960年版,第149页。

④ 蒋方编选:《李璟李煜集》,凤凰出版社2011年版,第13页。

⑤ (南唐)冯延巳撰,谷玉校点:《阳春集》,上海古籍出版社1989年版,第2页。

⑥ 任二北:《敦煌曲初探》,上海联合出版社1954年版,第48页。

"纵被无情弃，不能羞"（《思帝乡·春日游》）等。这种发愤抒情、开掘内心的艺术手法，被清人贺裳称为"作决绝语而妙者"[①]；又被王国维誉为"专作情语而绝妙者"[②]。南唐词人成功借鉴并极力模仿这种艺术手法，如李煜"奴为出来难，教君恣意怜"（《菩萨蛮·花月暗笼轻雾》），词中刻意营造一种为了爱情不惜赴汤蹈火的痴绝心态。又，冯延巳的作品"月月花前常病酒，不辞镜里朱颜瘦"（《蝶恋花》）、"醉里不辞金爵满，阳关一曲肠千断"（《蝶恋花》），这又与韦庄"此度见花枝，白头不誓归"（《菩萨蛮》）、"未老莫还乡，还乡须断肠"（《菩萨蛮》）作品中所蕴含的喷薄怒张的炽热情怀异曲同工。

[①] 唐圭璋编：《词话丛编》，中华书局1986年版，第697页。
[②] 施议对译注：《人间词话译注》，岳麓书社2003年版，第121页。

第 八 章

五代巴蜀文学对宋初文坛的影响

蜀灭宋兴的时代巨变,对宋初巴蜀文人的流转迁徙生态和文学创作心态产生了深刻影响。后蜀灭亡后,孟氏皇族及其群臣僚属被迫入汴归顺。犹如百川归海般的巴蜀文人群体是宋初文坛的重要组成部分,与后周文人群体、南唐文人群体、吴越文人群体、南汉文人群体以及荆楚文人群体共同组成了姹紫嫣红的宋初文坛的生态版图。巴蜀文人群体是宋初文坛上带有遐方异域色彩的创作生力军,对宋初文坛的诗词创作的价值取向和审美范式产生了深远的影响。

第一节 宋初蜀籍文人的聚合情状与创作心态

后蜀灭亡,宋太祖为了加强对四川地区的控制,将孟氏皇族连根拔起征召入汴,置于直接的掌控之中。后蜀皇族入朝归顺的人数众多,据孟昶提交的投降书记载:"但念臣中外二百余口,慈母七十余年。"① 宋太祖为了彻底消除巴蜀地区的反叛隐患，又将孟昶一朝的文武百官集体迁徙入汴。不仅如此，就连文武官员的家属也不放过。据《续资治通鉴长编》记载，乾德三年（965）"二月丙午，诏伪蜀文武官并遣赴阙，赐装钱有差……（三月）孟昶与其官属皆挈族归朝"②；同年"八月戊申诏伪蜀将士妻子并发赴阙，官给舟乘，有父母者别给钱五千"③；乾德四年（966）"（正月）丙子，遣供奉官都知曹守琪等，分诣江陵、凤翔，赐伪蜀群臣家属钱帛，疾病者给以医药"④。

宋太祖征召后蜀一朝降君陪臣、文人士子的政治举措，对宋初文人的迁徙流转生态产生了深刻影响。在宋初文坛上，一个规模庞大、人数可观、成就斐然的蜀籍文人创作群体应运而生。宋初蜀籍文人大体可划分为两大类：第一类，因其沐浴着后蜀君主的雨露恩泽而拥有官爵职位或科第功名，他们只是亡国后万般无奈地归命赵宋新朝。第二类，虽经历了蜀灭宋兴的时代巨变，只是他们当时年龄尚幼、随父辈中人入汴归命，他们成年之后沐浴着赵宋新朝的雨露恩泽，且大多数在宋太宗一朝科举及第，他们有着与父辈迥异的心性气质、认知理念、价值取向及文学创作心态。

沐浴后蜀皇恩的第一类蜀籍文人，他们在宋初中朝的身世遭际和生活处境十分尴尬和困顿。宋初统治者对这些由后蜀一朝过渡来的降官陪臣和文人士子颇为忌惮，一般给予一些虚职散官，只是象征性地留用。如后蜀进士句中正"归朝，补曹州录事参军，汜水令，

---

① 傅璇琮、徐海荣、徐吉军主编：《五代史书汇编》，杭州出版社2004年版，第6051页。
② （宋）李焘：《续资治通鉴长编》，中华书局1995年版，第149页。
③ （宋）李焘：《续资治通鉴长编》，中华书局1995年版，第156页。
④ （宋）李焘：《续资治通鉴长编》，中华书局1995年版，第165页。

又为潞州录事参军"[①]；后蜀进士王著"广政时进士及第，授隆平主簿，有政绩。国亡降宋，累官殿中侍御史，以书法名"[②]；后蜀工部侍郎幸寅逊"国亡，随后主降宋，授右庶子……开宝五年（972），为镇国军行军司马"[③]；后蜀职方员外郎赵元拱"国亡，降宋，除虞部员外郎"[④]；后蜀翰林学士范禹偁"从后主降宋，授鸿胪卿"[⑤]；后蜀宰相欧阳炯"从后主归宋，为右散骑常侍，俄充翰林学士，转左散骑常侍"[⑥]。

此类文人的心头总是萦绕着挥之不去的亡国伤痛。他们对时代的巨变感触极深，对故国的往事记忆犹新。蜀主孟昶入汴后七日丧亡的暴毙经历，给这些蜀籍文人留下了心理阴影。他们通过著书撰史的方式来抒发内心的郁愤，他们笔下的故主孟昶是一位勤政爱民的明君，他们眼中的后蜀社会一派富庶祥和的升平景象。如张唐英的《蜀梼杌》在蜀人李昊《后蜀实录》的基础上博采小说、杂史编纂而成，该书很大程度上反映了宋初蜀籍文人的感情。《蜀梼杌》中的孟昶形象高洁持正，所谓："昶好学，凡为文皆本于理，常谓李昊、徐光溥曰：'王衍浮薄而好轻艳之辞，朕不为也。'"[⑦] 宋初佚名《五国故事》记述孟昶的仁者情怀和节俭生活，所谓"寝处惟紫罗

[①] （元）脱脱等：《宋史》第37册，中华书局1977年版，第13049页。

[②] （清）吴任臣撰，徐敏霞、周莹点校：《十国春秋》，中华书局1983年版，第785页。

[③] （清）吴任臣撰，徐敏霞、周莹点校：《十国春秋》，中华书局1983年版，第794页。

[④] （清）吴任臣撰，徐敏霞、周莹点校：《十国春秋》，中华书局1983年版，第815页。

[⑤] （清）吴任臣撰，徐敏霞、周莹点校：《十国春秋》，中华书局1983年版，第782页。

[⑥] （清）吴任臣撰，徐敏霞、周莹点校：《十国春秋》，中华书局1983年版，第777页。

[⑦] 王文才、王炎校笺：《蜀梼杌校笺》，巴蜀书社1999年版，第345页。

帐、紫碧绫帷褥而已，无加锦绣之饰。至于盥漱之具，亦但用银，兼以黑漆木器耳。每决死刑，多所矜减"①。又，"四库馆臣"考证句延庆《锦里耆旧传》时，认为"书中于后蜀主多所称美，疑出蜀人之词。孟昶时有校书郎华阳句中正者，后入宋为屯田郎中，延庆疑即其族"②。宋初蜀人景焕《野人闲话》着重刻画蜀主孟昶治下歌舞升平的景象，所谓："城内人生三十岁，有不识米麦之苗者。每春三月，夏四月，人游浣花者、游锦浦者，歌乐掀天，珠翠填咽。贵门公子，乘彩舫游百花潭，穷奢极丽，诸王功臣以下，皆置林亭，异果名花，小类神仙之境。"③ 由上述引文，可以看出这些著书人所代表的集体无意识的创作心理及情感爱憎。

与父辈相比，年轻一辈的蜀籍文人沐浴赵宋新朝雨露恩泽，他们的科举功名和仕宦利禄源自新朝的奖掖，故而他们对赵宋统治者感恩戴德、倾心认可。

宋初统治者在提拔使用年轻一辈的蜀籍文人群体方面不遗余力。如梓州人苏易简"太平兴国五年，年逾弱冠，举进士"④；益州华阳人梁鼎"祖钺，仕蜀为剑门关使。父文献，乘氏令。鼎，太平兴国八年进士甲科，释褐大理评事、知秭归县，再迁著作佐郎"⑤；益州华阳人罗处约"父济，仕蜀。后随父归宋，登第，仕终荆南路巡抚"⑥；蜀人李建中"太平兴国八年进士甲科，释褐大理评事，知岳

---

① （宋）轶名：《五国故事》，中华书局1991年版，第9页。
② （清）永瑢等：《四库全书总目》，中华书局1965年版，第587页。
③ 傅璇琮、徐海荣、徐吉军主编：《五代史书汇编》，杭州出版社2004年版，第5991页。
④ （元）脱脱等：《宋史》，中华书局1977年版，第9171页。
⑤ （元）脱脱等：《宋史》，中华书局1977年版，第10057页。
⑥ （清）李调元编，何光清点校：《全五代诗》，巴蜀书社1992年版，第1199页。

州录事参军"①;益州华阳人薛映"父允中,事孟氏后蜀为给事中。归朝,为尚书都官郎中。映进士及第,授大理评事,历通判绵、宋、昇州,累迁太常丞"②;蜀人曹迥"自父始徙家彭门,太宗太平兴国五年进士"③;嘉州人田锡"幼聪悟,好读书属文……太平兴国三年,进士高等,释褐将作监丞、通判宣州。迁著作郎、京西北路转运判官"④。此外,阆州人陈尧叟"太宗端拱二年进士,解褐光禄寺丞"⑤;陈尧佐"太宗端拱元年进士"⑥;眉州人朱台符"淳化三年进士,通判青州,入直史馆,迁秘书丞"⑦;益州人陈充"太宗雍熙间进士"⑧。由上述引文可知,这些沐浴新朝雨露、科举及第的蜀籍文人,在宋初的政坛和文坛上大放异彩。

这类文人群体没有父辈仕宦新朝时进退维谷的内疚和负罪感,他们积极进取、志高气豪、指点江山、舍我其谁。这些文人创作了大量关于救灾、垦田、安边、劝民、考绩、外交、转运、御戎等方面有为而作的鸿篇巨制,如宋初田锡《论边事疏》《论旱灾疏》、梁鼎《论申明考绩之法疏》《言关中边费疏》《言陕西盐运疏》《计度边军粮草状》、陈尧叟《劝谕民广植麻苎疏》《言陈许等州垦田疏》,以及何亮《安边书》罗处约《应诏言三司设官疏》、朱台符《论宜通使契丹修好通市以专力西事疏》等。又,此类蜀籍文人的诗歌作品亦极歌功颂德之能事。如苏简易《赠翰林学士宋公白》诗云:

---

① (元)脱脱等:《宋史》,中华书局1977年版,第13056页。
② (元)脱脱等:《宋史》,中华书局1977年版,第10089页。
③ 傅璇琮等主编:《全宋诗》第1册,北京大学出版社1991年版,第605页。
④ (元)脱脱等:《宋史》,中华书局1977年版,第9787页。
⑤ 傅璇琮等主编:《全宋诗》第2册,北京大学出版社1991年版,第983页。
⑥ 傅璇琮等主编:《全宋诗》第2册,北京大学出版社1991年版,第1085页。
⑦ 傅璇琮等主编:《全宋诗》第2册,北京大学出版社1991年版,第1136页。
⑧ 傅璇琮等主编:《全宋诗》第1册,北京大学出版社1991年版,第507页。

"天子昔取士，先俾分媸妍。济济俊兼秀，师师麟与鸾。小子最承知，同辈寻改观。甲第叨荐名，高飞便凌烟。遂使拜扆坐，果得超神仙。"① 诗中流露出了作者欣逢盛世、感念明君、志满意得的内在情怀。又，陈省华《上方》诗云："四望平川独一峰，峰前潇洒是莲宫。松声竹韵千年冷，水色山光万古同。客到每怜楼阁异，僧言因得鬼神功。县民遥喜行春至，鼓腹闲歌夕照中。"② 诗歌所要表达的是作者欣逢盛世的欣喜心情，所要描写的是自己为官一任的太平景象。又，李建中《早朝》诗云："著衣香重海棠风，人在瀛洲御苑东。将对池堙班未定，井干楼角且先红。"③ 诗歌以春风煦暖的鲜润笔调开头，刻画了臣僚百官在海棠盛开的美好季节早朝面君的场景。又，诗人陈尧叟鞠躬尽瘁、感念皇恩，以致带病离京之际涕泣沾衣、恋恋不舍、望阙徘徊，其《赓上赐病归韵》诗云："寅会丁昌运，讦谟愧琐才。微功酬帝造，迈级处公台。辞位囊封上，逾涯宠数来。维藩分圣寄，涕泗远丹台。旌仰宸章降，降弥睿眷回。载赓诚寡和，望阙几徘徊。"④

第二节　巴蜀文人对宋初诗坛创作思潮的影响

宋初文坛的创作思潮既受当时政治、经济、文化等社会条件的制约，又与前朝文人的创作积习和士子的心态变动密切相关。蜀籍文人群体的文学创作不仅浸染着前朝故国的历史哀思，更深味着新

---

①　傅璇琮等主编：《全宋诗》第2册，北京大学出版社1991年版，第848页。
②　傅璇琮等主编：《全宋诗》第1册，北京大学出版社1991年版，第451页。
③　傅璇琮等主编：《全宋诗》第1册，北京大学出版社1991年版，第512页。
④　傅璇琮等主编：《全宋诗》第2册，北京大学出版社1991年版，第984页。

朝时代的流风余韵。

宋初文坛的创作思潮,可谓是多元并进、异彩纷呈。沿袭五代创作积习,卑弱靡丽、鄙俚浅俗者有之;效仿"元白"习尚,知足饱和、次韵相酬者有之;心仪"姚贾"雕琢刻镂、苦吟为诗者有之;追求"兴寄""美刺",倡言革弊复古、激扬颂声者有之。宋初蜀籍文人群体与当时风起云涌、波澜壮阔的文学创作思潮同鸣共振,对宋初诗坛上"白体"时尚、"晚唐体"取向,文坛上"革弊""复古"的创作思潮、词坛上"花间"余韵的承流接绪等方面,均起到了推波助澜的促进作用。

宋初诗坛沿袭五代积习,文人的诗歌创作浅俗鄙俚。宋人蔡启在《蔡宽夫诗话》中认为"国初沿袭五代之余"[1];宋人赵彦卫《云麓漫钞》亦云:"本朝之文,循五代之旧,多骈俪之词。"[2] 浮靡鄙薄俗不可耐的五代诗风,在宋初文坛上颇有市场。宋人陈师道《后山诗话》记载了这样一则逸闻故事:"太祖夜幸后池,对新月置酒,问:'当值学士为谁?'曰:'卢多逊。'召使赋诗,请韵,曰:'些子儿。'其诗云:'太液池边看月时,好风吹动万年枝。谁家玉匣开新镜,露出青光些子儿。'太祖大喜,尽以坐间饮食器赐之。"[3] 又,陶谷被宋太祖讥笑为"依样画瓢",大量的敕表诏诰之类,基本上是由简单改易旧作中的字句拼凑而成。陶谷似乎对这种做法觉得略有亏欠,曾自我解嘲道"堪笑翰林陶学士,一生依样画葫芦"(《题玉堂壁》)[4]。君臣们的审美意趣和创作风习如此,五代时期流衍下来的积习余韵,在短时间内很难消除。故而,苏颂在《小畜外集序》

---

[1] 郭绍虞辑:《宋诗话辑佚》,中华书局1980年版,第398页。
[2] (宋)赵彦卫撰,傅根清点校:《云麓漫钞》,中华书局1996年版,第135页。
[3] (清)何文焕辑:《历代诗话》,中华书局1981年版,第313页。
[4] 傅璇琮等主编:《全宋诗》第1册,北京大学出版社1991年版,第16页。

一文中认为:"窃谓文章末流,由唐季涉五代,气格摧弱,沦于鄙俚。国初屡有作者,留意变风,而习尚难移,未能复雅。"①

追求骈偶声律、淫艳浮靡的五代文风在宋初文坛上十分盛行。宋初的科举考试依然沿袭唐朝五代考试诗赋、时文的科场积习。这为宋初卑弱靡丽、骈俪偶对文风的死灰复燃,提供了适宜的土壤。宋人孙复认为当时骈俪文风盛行不衰,其重要的原因在于"国家踵隋、唐之制,专以辞赋取人,故天下之士皆奔走致力于声病对偶之间,探索圣贤之奥者百无一二"②。王禹偁《答张知白书》亦指出宋初律赋"拘变声病,以难后学,至使鸿藻硕儒,有不能下笔者。虽壮夫不为,亦仕进之羽翼,不可无也"③。

宋初蜀籍文人身处因循守旧的时代风潮之中,他们的诗文创作和审美取向无疑受到五代靡丽风习的深刻影响。如热衷于诗文创作的嘉州人田锡,其《晓莺赋》《雁阵赋》《杨花赋》《春色赋》之类的作品,在图貌写物、摛文敷彩方面极尽铺排渲染和工笔描摹之能事。田锡的审美追求和创作意趣如此,浦铣评价曰:"田谏议锡,有宋一代謇谔之臣,乃观其《春云》、《晓莺》诸赋,芊绵清丽,亦宋广平之赋梅花也。"④田锡本人亦对前朝五代的浮靡创作风习,持一种豁达宽容的态度,在诗中说:"风月心肠别有情,灵台珠玉气常清。微吟暗触天机骇,雅道因随物象生。春是主人饶荡逸,酒为欢伯伴纵横。莫嫌宫体多淫艳,到底诗狂罪亦轻。"(《吟情》)⑤此外,

---

① 曾枣庄、刘琳主编:《全宋文》第61册,上海辞书出版社2006年版,第346页。

② 沈善洪主编:《黄宗羲集》第3册,浙江古籍出版社1992年版,第139页。

③ 曾枣庄、刘琳主编:《全宋文》第4册,巴蜀书社1990年版,第354页。

④ (清)浦铣辑,何新文、路成文校证:《历代赋话校证》,上海古籍出版社,第374页。

⑤ 傅璇琮等主编:《全宋诗》第1册,北京大学出版社1991年版,第459页。

田锡认为只要"艳歌不害于正理"(《贻陈季和书》)①,六朝"宫体"的靡丽又风自有其存在的理由和价值。

宋初诗坛上,通俗浅切、次韵相酬、流连光景的"白体"诗风占据主导地位。宋初统治者为粉饰太平、消弭隐患,积极倡导文人士子知足饱和、吟玩性情。宋太宗本人的诗文造诣很高,而且喜好附庸风雅,经常引导文人士子们宴饮聚会和雅集唱和。据《石林燕语》记载:"太宗当天下无事,留意文艺,而琴棋亦皆造极品。时从臣应制赋诗,皆用险韵,往往不能成篇,而赐两制棋势,亦多莫究所以,故不行已,则相率上表乞免和,诉不晓而已。"② 宋太宗在听政之余积极参加文人士子们的诗赋唱和活动,有时太宗皇帝心血来潮即兴出题,让文士们应制创作。如太平兴国二年(977),宋太宗殿试举子"御讲武殿,内出诗赋题复试进士"试后"赐宴开宝寺,上自为诗二章赐之"③。太平兴国四年(979),太宗皇帝平定北汉割据政权后"作《平晋赋》,令从臣皆赋;又作《平晋诗》二章,令从臣和"④。同年六月,宋太宗率军北征燕云十六州"作《悲陷蕃民诗》,令从臣和"⑤。太平兴国五年(980),宋太宗"作《喜春雨诗》,令近臣和。"⑥ 雍熙元年(984),宋太宗"召宰相近臣赏花于后苑……赏花赋诗自此始"⑦。

上有所好下必甚焉,宋初文坛上涌动着一个规模庞大的"白体"诗歌创作群体。宋人蔡居厚在其《蔡宽夫诗话》中认为"国初沿袭

---

① (宋)田锡著,罗国威校点:《咸平集》,巴蜀书社2008年版,第33页。
② (宋)叶梦得撰,侯忠义点校:《石林燕语》,中华书局1984年版,第117页。
③ (宋)李焘:《续资治通鉴长编》,中华书局1995年版,第393页。
④ (宋)李焘:《续资治通鉴长编》,中华书局1995年版,第453页。
⑤ (宋)李焘:《续资治通鉴长编》,中华书局1995年版,第454页。
⑥ (宋)李焘:《续资治通鉴长编》,中华书局1995年版,第473页。
⑦ (宋)李焘:《续资治通鉴长编》,中华书局1995年版,第575页。

五代之余，士大夫皆宗白乐天诗"①。其中，蜀籍文人群体作为举足轻重的势力集团，无疑是宋初"白体"创作风潮的积极参与者和推波助澜者。如蜀人王著"后蜀明经及第，历平泉，百丈，永康主簿。入宋，授隆平主簿"②。其《禁林宴会之什》诗云："文明天子重词臣，圣制褒扬日月新。宸翰特颁仙署额，皇风先发玉堂春。虬龙逸势诚难伏，鸾鹤回翔信得真。齐武任夸非人妙，汉章虽巧未通神。非唯炫耀鳌宫客，兼是辉华凤阁人。幸接英儒同赞咏，辄书狂斐继清尘。"③ 状元诗人梓州人苏易简不仅是太宗皇帝的心腹宠臣，而且是当时馆阁臣僚"白体"唱和活动的积极参与者，其《禁林宴会之什》诗云："雨晴禁署绝纤尘，宴会名贤四海闻。供职尽居清显地，崇儒同感圣明君。翩然飞白旋题字，焕若丹青翠琰文。梓潼笙歌诚外物，兰亭诗酒不同群。少年已作瀛洲老，他日终栖太华云。莫怪坐间全不饮，心中和气自醺醺。"④ 诗歌流露出了作者欣逢盛世、吟玩性情、知足饱和的内在情愫。又，蜀人田锡有着效仿"白体"诗风的创作实绩和理论自觉，诗云"顺熟合依元白体，清新堪拟郑韩吟"（《览韩偓郑谷诗因呈太素》)⑤。田锡创作了许多追摹"白体"唱和风习的诗歌作品，如《和宋太玄腊日》《和太素早春书事忆游京国》《和太素春书》《和朱玄进士对雪》等，其流连光景的冲淡意绪和叠韵唱和的酬赠技法，深得"元白"二人的"三昧"功夫。

蜀灭宋兴的鼎革巨变、波谲云诡的政坛官场、猜忌刻薄的独裁统治，造成了相当一部分蜀籍文人"且前且却"的退避心态和脆弱敏感的心理阴影。他们在内省精神和避世思想的指引下醉心于个人

---

① 郭绍虞辑：《宋诗话辑佚》，中华书局1980年版，第398页。
② 傅璇琮等主编：《全宋诗》第1册，北京大学出版社1991年版，第256页。
③ 傅璇琮等主编：《全宋诗》第1册，北京大学出版社1991年版，第256页。
④ 傅璇琮等主编：《全宋诗》第2册，北京大学出版社1991年版，第849页。
⑤ 傅璇琮等主编：《全宋诗》第1册，北京大学出版社1991年版，第457页。

生活的小天地，他们积极以贾岛、姚合的"晚唐体"为榜样，终日在"苦吟"琢磨中寻得自适与自乐。

宋初蜀籍文人群体积极效仿"晚唐体"，他们在诗句的工稳妥帖、诗境的狭仄孤峭、诗艺的刻削锻炼方面呕心沥血、惨淡经营。国亡入宋的孟蜀进士卞震，《全宋诗》录其断章残句九则，其现存作品在炼句、造境、取材、敷彩等方面与宋初"晚唐体"别无二致。如"雨壁长秋菌，风枝落病蝉"（《即事》）[①]；"老筇搘瘦影，寒木凭吟身"（《即事》）[②]；"积雨生残稻，苍苔入旧笼"（《忆鹤》）[③]；"风涛秋渡阙，烟雨晚村孤"（《途中》）[④]；"空囊万里客，斜月一床寒"（《秋夕》）[⑤] 等。益州华阳人梁鼎国亡入宋，其诗歌作品具有鲜明的"晚唐体"的风貌，如"禅室冷思沧海雪，吟楼晴忆赤城霞"（《送僧归天宁万年禅院》）[⑥]；"孤根斜照水，寒色不知秋""晓妨残月下，晴碍落星流"（《题仙都山》）[⑦] 等。又，国亡入宋的孟蜀进士田淳，在积极追摹"晚唐体"方面有着一定的创作实绩与理论自觉，曾自云："闲行闲坐复闲吟，一片澄然太苦心。拾得好诗清似玉，炼来虚府静如琴。已将蛇足师陈轸，懒把绳头爱华饮。必也长磨到如此，退身何更羡云涔。"（《失题》）[⑧] 此外，后蜀进士成都人句中正国亡入宋，其人酷爱"苦吟"裁诗，为乡邦好友田锡所称扬赞誉。田锡评价曰："嘉宾有诗留别我，句句高奇字字新。新若新花凝宿

---

① 傅璇琮等主编：《全宋诗》第 1 册，北京大学出版社 1991 年版，第 145 页。
② 傅璇琮等主编：《全宋诗》第 1 册，北京大学出版社 1991 年版，第 145 页。
③ 傅璇琮等主编：《全宋诗》第 1 册，北京大学出版社 1991 年版，第 146 页。
④ 傅璇琮等主编：《全宋诗》第 1 册，北京大学出版社 1991 年版，第 145 页。
⑤ 傅璇琮等主编：《全宋诗》第 1 册，北京大学出版社 1991 年版，第 146 页。
⑥ 傅璇琮等主编：《全宋诗》第 2 册，北京大学出版社 1991 年版，第 818 页。
⑦ 傅璇琮等主编：《全宋诗》第 2 册，北京大学出版社 1991 年版，第 818 页。
⑧ 陈尚君辑校：《全唐诗补编》（下册），中华书局 1992 年版，第 1547 页。

露，高似秋天晓星布。"①句中正的"苦吟"篇章生新刻削、造境幽微，以致让田锡"三复吟看既忘倦，命笔和来才思缓"②。

宋初文学思想多元并存此消彼长。那些由残唐五代沿袭而来的浅俗鄙薄的创作积习，与蓬勃向上的时代气息日益显得背道而驰；那些吟玩情性、流连光景的"白体"风格以及苦吟雕琢、料峭寒塞的"晚唐体"作派，也与革弊复古的时代精神甚不谐和。宋初蜀籍文人应和着新变时代的脉搏律动，自觉地以尊经复古和弘扬儒道为己任，在崇雅复古、革新自振的时代风潮中摇旗呐喊、罄竭才智、导夫先路。

后蜀孟氏一朝绍兴汉学、复古崇儒、刻印石经的文化举措，以及亡国后为赵宋新朝输入大量的通经诵古的儒学之士，为宋初文坛复古崇雅的时代新变做出了突出贡献。宋人张俞《华阳县学馆记》称誉后蜀孟氏"绍兴庙学，遂勒石书《九经》，又作都内二县学馆，置师弟子讲习，以儒远人"③；《宋史》指出"孟氏既平，声教攸暨，文学之士，彬彬辈出焉"④。成都人孙逢吉国亡入宋，奉宋太祖之命回川搜集图书文物。《梼杌校笺》引《麟台故事》记载此事为"乾德三年平蜀，遣右拾遗孙逢吉往收其图籍，凡得书万三千卷"⑤。又，阆州人陈尧佐国亡入宋，其人"属辞尚古，不牵世用，喜为二韵诗，词调清警隽永"⑥。陈尧佐崇雅教化的诗文创作意趣，得益于其父陈省华教育有方，《宋史》认为陈尧佐"少好学，父授诸子经，其兄

---

① 傅璇琮等主编：《全宋诗》第1册，北京大学出版社1991年版，第493页。
② 傅璇琮等主编：《全宋诗》第1册，北京大学出版社1991年版，第493页。
③ （宋）程遇孙辑：《成都文类》卷三十一，清文渊阁四库全书本。
④ （元）脱脱等：《宋史》，中华书局1977年版，第2230页。
⑤ 王文才、王炎校笺：《蜀梼杌校笺》，巴蜀书社1999年版，第469页。
⑥ （元）马端临：《文献通考·经籍考》（下册），华东师范大学出版社1985年版，第1402页。

未卒业,尧佐窃听已成诵"①。此外,嘉州人田锡自幼服膺儒道,其古文创作讲求文道并重、转益多师,其父谆谆教导他"读圣人之书而学其道,慎无速为"(范仲淹《赠兵部尚书田公墓志铭》)②。由上文论述可知,蜀籍文人群体为宋初文坛的复古崇雅思潮的兴起,做出了不可磨灭的贡献。

第三节 巴蜀文人对宋初词坛创作思潮的影响

宋初词坛承袭西蜀"花间"的创作余绪,在曲子词的音乐环境、功用本色、创作范式和词学思想等方面积极效仿"花间",并从中汲取丰富的艺术素养。从某种意义上讲,西蜀"花间"为宋初词坛的繁荣起到了示范引领的作用。

赵宋王朝的礼乐构建,以吸纳各个割据降国的音乐资源为基础。《宋史》记载:"宋初循旧制,置教坊,凡四部。其后平荆南,得乐工三十二人;平西川,得一百三十九人;平江南,得十六人;平太原,得十九人……由是,四方执艺之精者皆在籍中。"③可见,蜀灭宋兴之际巴蜀地区的音乐典籍、艺术文物连同词人乐工一并成为新朝的战利品。赵宋王朝喜好歌舞娱乐的音乐曲词创作环境一如西蜀。宋太祖公开鼓励群臣僚属歌舞娱乐,宣称:"人生驹过隙尔,不如多积金,市田宅以遗子孙,歌儿舞女以终天年。君臣之间无所猜嫌,不亦善乎。"④宋太祖灭亡后蜀,曾在便殿召见亡国陪臣欧阳炯为其

---

① (元)脱脱等:《宋史》,中华书局1977年版,第9583页。
② 曾枣庄、刘琳主编:《全宋文》第19册,巴蜀书社1990年版,第36页。
③ (元)脱脱等:《宋史》,中华书局1977年版,第3347页。
④ (元)脱脱等:《宋史》,中华书局1977年版,第8810页。

吹奏长笛。关于此事,《宋史》记载云:"(欧阳炯)性坦率,无检操,雅善长笛。太祖常召于偏殿,令奏数曲。"[1] 又,宋太宗"洞晓音律,前后亲制大小曲及因旧曲创新声者,总三百九十"[2]。后蜀一朝的音乐系统、伶人乐工以及"花间"曲子词的流芳余韵,无疑为宋初词坛的百废待兴奠定了坚实的基础。

宋初词坛"娱宾遣兴"的词体功用观承袭西蜀"花间"。宋人陈世修认为曲子词创作目的在于"为乐府新词,俾歌者倚丝竹而歌之,所以娱宾而遣兴也"[3]。宋人此论,与后蜀欧阳炯"将使西园英哲,用资羽盖之欢;南园婵娟,休唱莲舟之引"的"花间"做派别无二致。在宋初社会纵情歌吹的时代背景下,一些适合茶楼酒肆即席演唱的曲子词选本应运而生。如宋初以"尊前"命名的坊间唱本《尊前集》,其编纂目的和审美趣味与西蜀《花间集》似曾相似。同时,在编撰体例上宋初《尊前集》有意效仿后蜀《花间集》,二者均将词作品系于作者的名字之下,且同一词调的作品汇集于一处。此外,《尊前集》的词作品很少重复《花间集》,《尊前》的编纂意在为《花间》补苴罅漏。此外,花前月下劝觞侑酒另一部宋初曲子词选本《家宴集》亦值得一提。宋人陈振孙《直斋书录解题》记载《家宴集》:"序称子起,失其姓氏。雍熙丙戌岁也。所集皆唐末五代人乐府,视《花间》不及也。末有《清和乐》十八章,为其可以侑觞,故名《家宴》也。"[4] 可见,《家宴集》的汇编的目的也不过是娱宾遣兴的盛筵之需,这与西蜀"花间"的结集目的别无二致。

---

① (元)脱脱等:《宋史》,中华书局1977年版,第13894页。
② (元)脱脱等:《宋史》,中华书局1977年版,第3351页。
③ 施蛰存主编:《词籍序跋萃编》,中国社会科学出版社1994年版,第15页。
④ (宋)陈振孙:《直斋书录解题》,上海古籍出版社1987年版,第615页。

宋初词人以效仿西蜀"花间"为风潮时尚。西蜀"花间"的立意造境、敷彩设色、遣词用语对宋初词坛产生了深刻影响。在宋初词人的眼中，西蜀"花间"专主小令的词体特色、委婉含蓄的审美风范、相思柔情的题材取向，是成熟的审美创作范式。宋人李之仪认为："长短句于遣词中最为难工，自有一种风格，稍不如格，便觉龃龉……大抵以《花间集》中所载为宗。"① 宋人陈善《扪虱新话》亦主张："唐末诗格卑陋，而小词最为奇绝。今世人尽力追之，有不能及者，予故尝以唐《花间集》当为长短之宗。"② 西蜀"花间"的曲子词创作对宋初词人影响深远，况周颐评价词人李珣"李秀才词清疏之笔，下开宋人体格"③。又，范仲淹的词作《渔家傲》似乎可以在《花间集》中找到它的影子所在。如毛文锡《甘州遍》词云："秋风紧，平碛雁行低，阵云齐。萧萧飒飒，边声四起，愁闻戍角与征鼙……"④ 而范仲淹《苏幕遮》词云："碧云天，黄叶地。秋色连波，波上寒烟翠。山映斜阳天接水，芳草无情，更在斜阳外……"⑤ 该词在主题选取、意象安排、色彩搭配、景物捕捉等方面，因袭模仿西蜀"花间"的痕迹十分明显。张泌《河传》词云："渺莽云水，惆怅暮帆，去程迢递。夕阳芳草，千里万里，雁声无限起……"⑥ 而寇准的《甘草子》词云："春早。柳丝无力，低拂青门道。暖日笼啼鸟。初撚桃花小。遥望碧天净如扫，曳一缕轻烟飘渺。堪惜流年

---

① 张惠民编：《宋代词学资料汇编》，汕头大学出版社1993年版，第200页。
② 施蛰存、陈如江辑录：《宋元词话》，上海书店出版社1999年版，第307页。
③ 张璋、黄畲编：《全唐五代词》，上海古籍出版社1986年版，第661页。
④ （五代）赵崇祚辑、李一氓校：《花间集校》，商务印书馆香港分馆1960年版，第86页。
⑤ 唐圭璋编：《全宋词》，中华书局1965年版，第11页。
⑥ 张璋、黄畲编：《全唐五代词》，上海古籍出版社1986年版，第603页。

谢芳草，任玉壶倾倒。"① 该词与西蜀毛文锡的作品《酒泉子》："绿树春深，燕语莺啼声断续，惠风飘荡入芳丛，惹残红。柳丝无力袅烟空。金盏不辞须满酌，海棠花下思朦胧，醉香风。"② 两者在格调、意趣、范式、技法等方面均如出一辙。

---

① 唐圭璋编：《全宋词》，中华书局1965年版，第3页。
② （五代）赵崇祚辑，李一氓校：《花间集校》，商务印书馆香港分馆1960年版，第86页。

余 论

五代巴蜀文学，是属于特定地域和特定时代背景下的一种文学形态。从时间发展的角度看，它经历了唐末、前蜀、后唐、后蜀四个不同的历史阶段，前承唐末余绪后启宋世新声，是一种典型的转型嬗变时期的文学形态。从空间的角度来看，五代巴蜀政权僻处中国西南疆土的内陆腹地，文人群体深受巴蜀宗教文化和地域文化的熏陶影响，使得五代巴蜀文学生态具有鲜明的宗教和地域文化色彩。无论从纵向的时间维度，还是从横向的空间维度来看，五代巴蜀文学均具有其独特的研究价值。

五代巴蜀文学，与唐末、前蜀、后唐、后蜀、宋初五个不同时间段的王朝政权密切相关。身处每一个王朝时期的文人群体，分别感受着异质独特的时代文化气息，他们的聚合生态、价值理念和创作意趣有着阶段性的流动变异。以流动化的审美视角，全面审视巴蜀文人的聚合生态及文学创作面貌，可以看出每一个王朝政权背景下的巴蜀文人群体，由于所处的时代背景和社会环境的不同，以及所感受到的王朝气象和社会思潮的迥异，他们的聚合生态、群体人格及文学创作思想自成阶段性的品貌特色。同时，由于巴蜀文人群体沐浴着相同或相似的宗教文化气息，感受着相同或相似的地域文化风气，故而他们的文学创作和文学思想深深烙上巴蜀宗教文化和地域文化的鲜明印记。此外，五代巴蜀文学对同一时期的荆南文坛和南唐文坛产生了深刻影响。五代巴蜀文学"承唐启宋",前承残唐"余绪"后启宋世"新声",对宋初文坛产生了深远的影响。

五代十国是中国历史上一个大分裂大动荡的历史时期,全国的疆域版图被分裂成了许多的割据小国。其中,中原地区后梁、后唐、后晋、后汉、后周五朝迭相更替,巴蜀地区的王蜀政权与孟蜀政权前后相继,江淮地区的杨吴政权与南唐政权承袭代兴,此外,还有江浙地区的钱氏吴越政权,湖湘地区的马楚政权,岭南的南汉政权,东南一隅的王氏闽国政权以及四战之地的荆南政权,再加上伺机进取中原倚靠契丹的北汉政权。在天下大乱、时局动荡的残唐五代时期,每个割据政权统治下的文人群体和文学生态各不相同。本研究课题致力于五代巴蜀文学的个案研究,试图为五代其他割据政权文学生态研究提供一个独特的切入视角,甚至提供一种研究的思路或者是方法上的启迪,从而为构建整个五代十国文学的研究体系贡献出绵薄之力。

参考文献

一　古籍整理

（唐）杜甫：《杜甫全集》，珠海出版社1996年版。

（五代）黄滔：《莆阳黄御史集》，中华书局1985年版。

（五代）冯延巳：《阳春集》，上海古籍出版社1989年版。

（五代）韦庄著，聂安福笺注：《韦庄集笺注》，上海古籍出版社2002年版。

（五代）赵崇祚辑，李一氓校：《花间集校》，人民文学出版社1981年版。

（宋）黄休复：《益州名画录》，四川人民出版社1982年版。

（宋）计有功：《唐诗纪事》，上海古籍出版社1987年版。

（宋）乐史：《太平寰宇记》，中华书局2007年版。

（宋）李焘：《续资治通鉴长编》，中华书局1995年版。

（宋）李昉等：《太平广记》，中华书局1961年版。

（宋）路振：《九国志》，中华书局1985年版。

（宋）欧阳修：《新五代史》，中华书局1974年版。

（宋）司马光等：《资治通鉴》，岳麓书社1990年版。

（宋）孙光宪：《北梦琐言》，中华书局2002年版。

（宋）王溥：《五代会要》，上海古籍出版社1978年版。

（宋）薛居正等：《旧五代史》，中华书局1976年版。

（宋）祝穆、（宋）祝洙：《方舆胜览》，中华书局 2003 年版。

（宋）王象之：《舆地纪胜》，江苏广陵古籍刻印社 1991 年版。

（明）高棅：《唐诗品汇》，上海古籍出版社 1988 年版。

（明）胡震亨：《唐音癸签》，上海古籍出版社 1981 年版。

（明）刘大漠、（明）杨慎等：《嘉靖四川总志》，书目文献出版社 1998 年版。

（清）王士禛编，（清）郑方坤删补：《五代诗话》，人民文学出版社 1989 年版。

（清）李调元编，何光清校：《全五代诗》，巴蜀书社 1992 年版。

（清）李诰等辑：《全唐文》，中华书局 1983 年版。

（清）吴任臣：《十国春秋》，中华书局 1983 年版。

（清）徐松撰，赵守俨点校：《登科记考》，中华书局 1984 年版。

（清）徐松撰，孟二冬补正：《登科记考补正》，北京燕山出版社 2003 年版。

《道藏》（全三十六册），文物出版社、上海书店、天津古籍出版社 1988 年版。

二 今人成果

艾治平：《艺妓诗事》，学林出版社 2006 年版。

成松柳：《晚唐五代词研究》，湖南人民出版社 2000 年版。

程民生：《宋代地域文化》，河南大学出版社 1997 年版。

丁如明、李宗为、李学颖：《唐五代笔记小说大观》，上海古籍出版社 2000 年版。

董希平：《唐五代北宋前期词之研究：以诗词互动为中心》，昆仑出版社 2006 年版。

杜晓勤：《隋唐五代文学研究》，北京出版社 2001 年版。

房锐：《孙光宪与〈北梦琐言〉研究》，中华书局 2006 年版。

房锐：《唐五代文化论稿》，巴蜀书社 2006 年版。

房锐：《晚唐五代巴蜀文学论稿》，巴蜀书社 2005 年版。

傅璇琮、倪其心等编：《全宋诗》，北京大学出版社 1991 年版。

傅璇琮：《唐才子传校笺》，中华书局 1990 年版。

傅璇琮：《唐人选唐诗新编》，陕西人民教育出版社 1996 年版。

傅璇琮、徐海荣、徐吉军：《五代史书汇编》，杭州出版社 2004 年版。

傅璇琮、张忱石、许逸民：《唐五代人物传记资料综合索引》，中华书局 1982 年版。

高峰：《唐五代词研究史稿》，齐鲁书社 2006 年版。

高锋：《花间词研究》，江苏古籍出版社 2001 年版。

葛兆光：《想象力的世界——道教与唐代文学》，现代出版社 1990 年版。

胡文和：《四川道教、佛教石窟艺术》，四川人民出版社 1994 年版。

黄尚明：《蜀文化研究》，华中师范大学出版社 2007 年版。

黄世中：《唐诗与道教》，漓江出版社 1996 年版。

贾大泉：《四川通史》，四川大学出版社 1994 年版。

贾晋华、傅璇琮：《唐五代文学编年史（五代卷）》，辽海出版社 1998 年版。

姜方锬：《蜀词人评传》，成都古籍书店 1984 年版。

蒋方：《李璟李煜集》，凤凰出版社 2011 年版。

金启华、张惠民：《唐宋词集序跋汇编》，江苏教育出版社 1990 年版。

蓝勇：《四川古代交通路线史》，西南师范大学出版社 1989 年版。

李定广：《唐末五代乱世文学研究》，中国社会科学出版社 2006

年版。

李冬红：《〈花间集〉接受史论稿》，齐鲁书社2006年版。

李剑国：《唐五代志怪传奇叙录》，南开大学出版社1993年版。

李剑亮：《唐宋词与唐宋歌妓制度》，浙江大学出版社2006年版。

李庆苏、李庆滏编著：《李冰若〈栩庄漫记〉笺注》，中国文联出版社2009年版。

李时人：《全唐五代小说》，陕西人民出版社1988年版。

李谊：《历代蜀词全辑》，重庆出版社2007年版。

李映辉：《唐代佛教地理研究》，湖南大学出版社2004年版。

林德保、李俊、倪文杰注：《详注全唐诗》，大连出版社1997年版。

刘浏：《〈才调集〉研究》，对外经济贸易大学出版社2008年版。

刘宁：《唐宋之际诗歌演变研究：以元白之"元和体"的创作影响为中心》，北师范大学出版社2009年版。

刘扬忠：《唐宋词流派史》，福建人民出版社1999年版。

刘尊明：《唐五代词史论稿》，文化艺术出版社2000年版。

龙显昭：《巴蜀佛教碑文集成》，巴蜀书社2004年版。

龙显昭、黄海德：《巴蜀道教碑文集成》，四川大学出版社1997年版。

陆永峰：《禅月集校注》，巴蜀书社2006年版。

罗根泽：《中国文学批评史》，上海书店出版社2003年版。

罗婉薇：《五代诗人与诗风》，暨南大学出版社2009年版。

罗争鸣：《杜光庭道教小说研究》，巴蜀书社2005年版。

罗宗强：《隋唐五代文学思想史》，中华书局2003年版。

孟晖：《花间十六声》，生活·读书·新知三联书店2006年版。

倪进、赵立新等：《中国诗学史（隋唐五代卷）》，鹭江出版社2002年版。

彭万隆：《唐五代诗考论》，浙江大学出版社 2006 年版。

任继愈：《中国道教史》，上海人民出版社 1990 年版。

任天海：《韦庄研究》，人民文学出版社 2004 年版。

施蛰存：《词籍序跋萃编》，中国社会科学出版社 1994 年版。

史双元：《唐五代词纪事会评》，黄山书社 1995 年版。

宋治民：《蜀文化与巴文化》，四川大学出版社 1998 年版。

孙昌武：《道教与唐代文学》，人民文学出版社 2001 年版。

孙亦平：《杜光庭评传》，南京大学出版社 2005 年版。

谭兴国：《蜀中文章冠天下：巴蜀文学史稿》，四川人民出版社 2001 年版。

王文才、王炎：《蜀梼杌校笺》，巴蜀书社 1999 年版。

王秀林：《晚唐五代诗僧群体研究》，中华书局 2008 年版。

王瑛：《仙乐飘起的殿堂：图说前蜀永陵》，重庆出版社 2006 年版。

王兆鹏：《唐宋词汇评（唐五代卷）》，浙江教育出版社 2004 年版。

王兆鹏：《唐宋词史论》，人民文学出版社 2003 年版。

王重民：《敦煌曲子词集》，商务印书馆 1950 年版。

吴汝煜：《唐五代人交往诗索引》，上海古籍出版社 1993 年版。

吴在庆：《增补唐五代文史丛考》，黄山书社 2006 年版。

徐式文：《花蕊宫词笺注》，巴蜀书社 1992 年版。

严正道：《唐五代入蜀诗与巴蜀文化研究》，中国社会科学出版社 2016 年版。

杨世明：《巴蜀文学史》，巴蜀书社 2003 年版。

杨伟立：《前蜀后蜀史》，四川社会科学出版社 1986 年版。

杨荫深：《五代文学》，上海书店出版社 1935 年版。

杨曾文：《唐五代禅宗史》，中国社会科学出版社 1999 年版。

余传鹏：《唐宋词流派研究》，武汉大学出版社 2004 年版。

袁庭栋：《巴蜀文化》，辽宁教育出版社 1995 年版。

袁庭栋：《巴蜀文化志》，巴蜀书社 2009 年版。

张帆：《唐宋蜀词人论丛》，巴蜀书社 2006 年版。

张海：《前后蜀文学研究》，上海古籍出版社 2013 年版。

张兴武：《五代十国文学编年》，人民文学出版社 2001 年版。

张兴武：《五代作家的人格与诗格》，人民文学出版社 2000 年版。

张璋、黄畲：《全唐五代词》，上海古籍出版社 1986 年版。

张仲裁：《唐五代文人入蜀考论》，中国社会科学出版社 2013 年版。

赵昌平、黄明、严寿澂笺注：《郑谷诗集笺注》，上海古籍出版社 1991 年版。

祝尚书：《宋代巴蜀文学通论》，巴蜀书社 2005 年版。

三 期刊论文

鲍晓敏：《论"花间派"产生的现实文化基因》，《军事经济学院学报》1996 年第 2 期。

查明昊、卢佑诚：《晚唐五代诗僧群体的文学理论》，《吉林师范大学学报》2009 年第 2 期。

晁成林：《唐五代词中的道教文化情结》，《温州大学学报》2007 年第 1 期。

陈尚君：《"花间"词人事辑》，载中国社会科学院文学研究所编《俞平伯先生从事文学活动六十五周年纪念文集》，巴蜀书社 1992 年版。

陈未鹏：《〈花间集〉与地域文化》，《沈阳大学学报》2007 年第 4 期。

陈小铓：《论唐末诗风的词化倾向》，《抚州师专学报》1997 年第 4 期。

段玉明:《略论五代时期的西蜀画派》,《四川文物》1986年第4期。

范晓燕:《试论唐五代词雅俗流变的轨迹》,《深圳大学学报》2006年第3期。

冯汉骥:《前蜀王建墓内石刻伎乐考》,《四川大学学报》1957年第1期。

高铭铭:《论五代西蜀诗歌中的特殊意象群》,《学理论》2009年第12期。

郭杨波:《浅谈五代西蜀帝王之词作》,《四川经济管理学院学报》2009年第4期。

韩波:《从"敦煌曲子词"到"唐五代文人词"词体审美风格之嬗变》,《大庆师范学院学报》2011年第1期。

韩云波:《五代西蜀词题材处理的地域文化论析》,《西南师范大学学报》1997年第4期。

何汝泉、钟大群:《韦庄与前蜀政权》,《西南师范大学学报》1990年第2期。

贺中复:《五代十国诗坛概说》,《北京社会科学》1996年第4期。

胡杨:《论唐代寺院讲经变文的产生及对中国古代白话小说的影响》,《晋中学院学报》2007年第6期。

黄香菊:《"词为艳科"成因与巴蜀文化》,《广西教育学院学报》2007年第1期。

蓝勇:《唐宋四川馆驿汇考》,《成都大学学报》1990年第4期。

李冬红:《〈花间集〉的雅俗之辨》,《新疆大学学报》2003年第2期。

李建中:《韦庄两次入蜀考述》,《陕西理工学院学报》2015年第1期。

李江峰:《晚唐五代诗学的理论核心——以诗格为中心》,《古籍整理研究学刊》2009 年第 3 期。

李均惠：《孟蜀石经与蜀文化》，《文史杂志》1998 年第 6 期。

李其霞：《是侧艳，还是清绝——浅评〈花间集序〉的词学观》，《焦作师专学报》2007 年第 2 期。

李志嘉：《蜀石经述略》，《文献》1989 年第 2 期。

刘桂华、刘茜茜：《"〈花间〉范式"及其批评》，《黄石理工学院学报》2008 年第 4 期。

刘琳：《唐宋之际北人迁蜀与四川文化的发展》，载四川大学古籍整理研究所编《宋代文化研究（第二集）》，四川大学，1992 年。

刘扬忠：《五代西蜀词的地域文学特色》，《文史知识》2001 年第 7 期。

刘尊明：《唐五代词与道教文化》，《社会科学战线》1997 年第 3 期。

刘尊明：《于"花间"香风中行"教化之道"——论"花间词人"牛希济的散文创作》，《南京师范大学学报》1992 年第 2 期。

鲁立智、何尊沛：《论唐五代词对佛教思想的接受》，《鸡西大学学报》2009 年第 3 期。

罗争鸣：《杜光庭两度入蜀考》，《宗教学研究》2002 年第 1 期。

罗争鸣：《〈花间集〉编纂背景及编纂原则探析》，《天津大学学报》1999 年第 2 期。

罗宗强：《牛希济的〈文章论〉与唐末五代倡教化的文学主张》，《天津社会科学》1984 年第 4 期。

马明霞：《古代家刻先驱毋昭裔刻书事略考》，《图书与情报》2004 年第 2 期。

聂和平、杨洋：《古代巴蜀地区对外陆路交通小考》，《齐齐哈尔大学学报》2012 年第 6 期。

欧明俊：《花间词与晚唐五代社会风气及文人心态》，《福建师范大学学报》1996 年第 3 期。

祁开龙:《浅谈五代十国私学的发展》,《合肥学院学报》2009 年第 5 期。

舒大刚:《"蜀石经"与〈十三经〉的结集》,《周易研究》2007 年第 6 期。

苏勇强:《五代时期西蜀的印刷业》,《文史知识》2008 年第 1 期。

汤洪:《蜀石经产生原因试探》,《四川师范大学学报》2006 年第 4 期。

陶亚舒:《从前蜀文化的世俗化看前蜀诗词》,《理论与改革》1990 年第 2 期。

汪洪生:《五代后西蜀词衰亡原因探析》,《沧桑》2007 年第 6 期。

王达津:《郑谷生平系诗》,《天津大学学报》1981 年第 1 期。

王辉斌:《西蜀花间词派论略》,《伊犁师范学院学报》2006 年第 4 期。

王魁星:《从〈才调集〉看〈浣花集〉部分补遗诗作系年》,《许昌学院学报》2007 年第 1 期。

王彦永:《欧阳炯〈花间集叙〉之词学审美标准探源》,《安阳工学院学报》2006 年第 3 期。

王瑛:《杜光庭蜀中著述考略》,《成都大学学报》1993 年第 3 期。

王瑛:《论前后蜀文化的发展及影响》,《中华文化论坛》2007 年第 1 期。

温雪芳:《五代十国时期书籍刊刻及其影响》,《图书与情报》2006 年第 6 期。

吴惠娟:《试论西蜀词与南唐词风格的异同》,《上海大学学报》1999 年第 4 期。

吴夏平:《"人间无路相逢"的悲哀——兼谈牛希济的七首〈临江

仙〉词》,《贵州教育学院学报》(社会科学版)2003年第1期。

谢元鲁:《唐五代移民入蜀考》,《中国社会经济史研究》1987年第4期。

徐乐军:《拔于流俗的唐诗余响——清词丽句的韦庄诗评析》,《贵州社会科学》2004年第6期。

杨子江:《论花间词的道教文化意蕴》,《上海大学学报》2000年第3期。

尤佳:《杜光庭与蜀中道教的发展》,《文史杂志》2003年第6期。

张帆:《论牛峤词的"劲气暗转"》,《西华大学学报》2006年第2期。

张海:《贯休入蜀考论》,《四川师范大学学报》2002年第4期。

张海:《论前后蜀诗坛的形成原因》,《西南交通大学学报》2007年第5期。

张海鸥:《宋初诗坛"白体"辨》,《中山大学学报》2000年第6期。

张海:《前蜀作家考略》,《四川师范大学学报》2006年第4期。

张兴武:《乱世江南著雅音——南唐妓乐与南唐词》,《西北师范大学学报》2001年第1期。

张兴武:《论五代诗在中国诗歌发展史上的位置》,《西北师范大学学报》1995年第3期。

张仲裁:《唐诗人入蜀考》,《湖北函授大学学报》2009年第6期。

赵晓兰:《论花间词传播及南唐词对花间词的接受》,《四川师范大学学报》2003年第1期。

四 学位论文

曹仲芯宁:《韦庄入蜀及其蜀中诗歌研究》,硕士学位论文,四川师范大学,2009年。

陈婷婷：《孙光宪词研究》，硕士学位论文，黑龙江大学，2008年。

陈晓莹：《两宋时期关于五代十国的研究》，博士学位论文，山东大学，2010年。

陈毓文：《世俗化潮流中的五代文学——以诗词为中心》，博士学位论文，福建师范大学，2009年。

顾玉文：《韦縠〈才调集〉研究》，硕士学位论文，南京师范大学，2004年。

郭杨波：《五代西蜀词论稿》，硕士学位论文，四川大学，2003年。

黄全彦：《〈花间集〉研究》，硕士学位论文，四川大学，2003年。

黄圆：《花间词人李珣作品研究》，硕士学位论文，贵州大学，2006年。

蹇玉清：《李洞诗歌校注》，硕士学位论文，西北大学，2010年。

蒋晓城：《流变与审美视域中的唐宋艳情词》，博士学位论文，苏州大学，2004年。

林洁：《晚唐五代仙道艳情词研究》，硕士学位论文，贵州大学，2006年。

吕红光：《郑谷诗歌及其诗歌思想研究》，硕士学位论文，黑龙江大学，2007年。

罗虹：《杜光庭及其著作研究》，硕士学位论文，华中师范大学，2004年。

蒲曾亮：《李珣生平及其词研究》，硕士学位论文，湘潭大学，2005年。

舒越：《晚唐诗人郑谷及其蜀中诗研究》，硕士学位论文，四川师范大学，2005年。

苏雷：《花蕊夫人宫词研究》，硕士学位论文，广州大学，2007年。

田道英：《释贯休研究》，博士学位论文，四川大学，2002年。

王凤翔：《五代士人群体及士风研究》，硕士学位论文，陕西师范大学，2004年。

王利军：《郑谷奔亡诗研究》，硕士学位论文，安徽大学，2006年。

魏成宇：《宫体传统与花间传统》，硕士学位论文，山东师范大学，2006年。

闫雪莹：《郑谷诗歌论稿》，硕士学位论文，吉林大学，2006年。

余霞：《晚唐五代贾岛接受史研究》，硕士学位论文，陕西师范大学，2004年。

俞晓红：《佛教与唐五代白话小说》，博士学位论文，上海师范大学，2004年。

曾育荣：《高氏荆南史稿》，博士学位论文，暨南大学，2008年。

张海：《前后蜀文学研究》，博士学位论文，四川大学，2005年。

张巍：《花间词的社会文化阐释》，硕士学位论文，西北师范大学，2002年。

张玉兰：《牛峤及其作品考论》，硕士学位论文，西北师范大学，2009年。

郑涛：《唐宋四川佛教地理研究》，博士学位论文，西南大学，2013年。